BESTSELLER

Regina Rodríguez Sirvent, nacida en Puigcerdà en 1983, se graduó en Psicología, en la especialidad de Estudio de Mercados, aunque después de trabajar en el sector durante un año vio que esta no era su vocación. Se fue a vivir fuera para encontrarse. A la vuelta estudió Guion de Cine en la Escuela Superior de Cine y Audiovisuales de Cataluña y realizó cursos de escritura narrativa en el Ateneu Barcelonès. Ha publicado artículos, ha escrito guiones de programas y ha presentado reportajes de vídeo. A diferencia de la mayoría de los escritores que empiezan, no ha ganado juegos florales ni ningún concurso literario. Esta es la primera novela que publica.

Biblioteca

REGINA RODRÍGUEZ SIRVENT

Las bragas al sol

Traducción de
Andrea Montero Cusset

DEBOLS!LLO

Papel certificado por el Forest Stewardship Council®

Título original: *Les calces al sol*

Primera edición en esta colección: abril de 2025
Segunda reimpresión: febrero de 2026

© 2023, Regina Rodríguez Sirvent
© 2023, 2025, Penguin Random House Grupo Editorial, S. A. U.
Travessera de Gràcia, 47-49. 08021 Barcelona
© 2023, Andrea Montero Cusset, por la traducción
Diseño de la cubierta: Penguin Random House Grupo Editorial / Begoña Berruezo
Imagen de la cubierta: © Silja Goetz

Printed in Spain – Impreso en España

ISBN: 978-84-663-8125-3
Depósito legal: B-2.552-2025

Impreso en Liberdúplex
Sant Llorenç d'Hortons (Barcelona)

P 381253

A mi padre, por creer en los sueños
A mi madre, por sostenernos a todos
A mi hermano, por la vida entera
A Koeman, por existir
A Guillem, por la magia
A Nord, por el infinito
A Bruc, por la explosión de luz

A los Kretsinger-Walters, por convertirse en family
A Aksel, Eva y Bini, porque nunca podré hacerles justicia
A Lídia, por la gran aventura
A Clari, por venir: el Gran Cañón siempre será nuestro
A Britt Dean, por verme

El parecido entre los personajes ficticios y los reales no es pura coincidencia. Qué es cierto y qué no nunca se sabrá. Pero la verdad es que tampoco es importante.

PRIMERA PARTE

El cartel de neones

—¿Y cómo supiste que querías ser depiladora?

Pam se concentra. La cera hirviendo me cae líquida en el muslo. Pronostico una quemadura de segundo grado.

—Pues me hice diseñadora estética —remarca la palabra «diseñadora»— porque, de todas las primas, era la que mejor peinaba a la tía Paquita. —Sopla—. ¿Aún quema?

—Mucho, Pam, quema mucho… Además, mañana tengo una cita importantísima y el aspecto de mi muslo será crucial…

(En realidad, no sé si tengo cita, hace dos días que espero su mensaje y no llega).

—Bueeeeeeno, mujer, no te quejes tanto, que es una quemadura de nada; ya te rebajaré un euro.

—Algún día deberías hacérmelo gratis, en homenaje a toda la epidermis que me he dejado sobre esta camilla.

—Ay, nena, «epidermis», qué técnica te pones. ¿Te depilo los brazos?

—Ya te he dicho mil veces que no, Pam. ¿No te basta con el resto del cuerpo? Total, tampoco es para tanto.

—¿Que no es para tanto? Eso lo dirás tú, porque esta pelambrera no es aceptable ni en el Pakistán rural.

—Entonces ¿supiste cuál era tu vocación porque peinabas bien a la tía Asunción?

—A la tía Paquita.

—Paquita. ¿Y ya está?

—Ay, Rita, qué pesada. Sí, de pequeña me gustaba peinar a las muñecas, a mis hermanas y a la tía Paquita.

—Ajá...

—Y ya de mayor, no sé cómo, lo vi claro. Un día me di cuenta de que mi vocación siempre había sido esa. Apareció como un cartel de neones. El diseño estético me había gustado desde que le hidrataba el pelo a la Barbie nadadora y le hacía trasplantes capilares a Ken.

—¿Ken es calvo? Le recordaba una buena mata.

—En mi casa era calvo, no hagas más preguntas. Oye, ¿por qué quieres saberlo? ¿No estabas acabando la carrera?

—Mira, ¿ves el papel donde has dejado el trozo de cera con los pelos de mis ingles?

—Sí.

—Pues es el resguardo que necesito para ir a buscar la nota de Inglés, la última. Si apruebo, seré una mujer licenciada.

—Oh mai got! ¡Licenciada! ¡Abogada!

—Psicóloga.

—¡Coño! ¡Una loquera! No me analices, ¿eh? Las uñas las he tenido siempre así, ¿eh? Bueno, en realidad no, mi madre...

—Pam, relájate, que esto no va así. Además, no tengo intención de ejercer. He estudiado Psicología por tener una carrera, porque no sabía qué hacer con mi vida... y ya.

—¿Y?

—Y que después de la carrera sigo sin saberlo.

—¿Y entonces?

—Entonces nada, ninguna vocación. Tendré que ir a buscar ese cartel de neones del que hablas.

Pam da el último tirón mortal y se lleva tres capas de piel; se me salta una lágrima, pero ella ni se inmuta.

—Por cierto, Pam, ¿tú no te llamabas Dolors?

Salgo a la calle gestionando el roce seco de los pantalones con la piel. Qué dolor. El sol de junio se esconde tras una nube esponjosa y avanzo por la plaza principal de la Universidad Autónoma dejándome llevar por la euforia propia de la última semana del curso. Gritos y risas y orlas bajo el brazo. Miro al cielo, cierro los ojos y me permito el lujo que todavía no me he ganado: sentir el verano.

Me observo en la pared de cristal de la hemeroteca y pienso que el reflejo no está nada mal. Mi cuerpo fibrado y sin curvas, la melena morena, lisa y alocada, los cuádriceps chamuscados bajo los vaqueros. Me quedan quince días sin pelos.

Miro el móvil: ningún mensaje.

Dejo atrás la plaza y me encamino hacia la Vila Universitaria. Hace rato que me esperan y sospecho que hoy seremos unos cuantos. Me detengo en la puerta principal de la Escuela de Idiomas y cojo aire. Entro con decisión; el repiqueteo de las chanclas resuena con fuerza por el pasillo. Ni rastro de los acentos extranjeros, ni de las cabelleras pelirrojas, ni de los aromas exóticos de los estudiantes durante el curso. Soy el último mohicano.

Seguro que he aprobado. Por primera vez repasé todos los deberes. Rellené los espacios en blanco de las frases. Busqué sinónimos de calidad y me puse la cinta de cuando una tal Stephanie iba a un restaurante a comer fish and chips. Imposible suspender.

Apoyo la mano en el pomo de la puerta y, cuando me dispongo a entrar, se me dispara el móvil. La canción «Mi carro me lo robaron» me reclama con un extra de volumen. Luego la llamo.

Lo apago; estoy demasiado nerviosa para hablar con nadie. Me espera el verano. La licenciatura. El futuro. La vida.

Vuelvo a respirar hondo y llamo a la puerta con una sonrisa forzada. Todo ayuda.

—Adelante. —Una voz seca que no levanta la mirada del papel me invita a entrar. La calidez británica.

—Buenos días, Suuus…

—Ah, Rita —me ve, decepción absoluta—, eres tú.

¡Oh, Susan! «Suuusan», como nos obliga a llamarla. Podría ser la representante de la comunidad guiri en Cataluña: venida de un pueblo amurallado cerca de Newcastle, tiene más de sesenta años, es delgada y blanca, y amortiza el escaso cabello que tiene alisándoselo con el secador cada mañana. Pero eso no quiere decir que se duche cada mañana. Tiene los dientes desordenados y teñidos del amarillo hippy de los que vivieron en el Londres de los setenta. Puede que folle mucho con su marido, pero no se le nota. De joven debía estar bastante buena; me la imagino fuerte y esbelta, con uno de esos cuerpos llenos de promesas. Por eso cree que no debería estar aquí, como profesora de esta universidad pública del sur de Europa, más cerca de África que de Yorkshire. La pobre Susan incluso habría aceptado casarse con un rico descamisado de la época dorada de Gil y Gil, que ahora le permitiría flotar sobre las aguas de Marbella en un barco que quizá llevase el nombre de otra mujer, pero que ya le serviría. Lo que fuese con tal de no estar ahora mismo delante de esta chica, cuarenta años más joven que ella, que pasa olímpicamente de todo.

—He venido a traerte el comprobante para recoger la nota… —La cera se ha quedado pegada encima del número de expediente. Intento arrancarla.

—Dámelo, da igual…

—Un segundo, es que… —No puedo entregárselo con pelos, ¡joder, Pam!

—Rita.

—Ya casi está…

—Rita.

—Un segundo.

—Rita, has suspendido.

—¿Có... cómo?

—Has suspendido.

Mierda.

—Pero... No puede ser... Sé pedir fish and chips y...

—A ver: ¿cómo puedes saber que «torpe» se dice «clumsy» y no conjugar una simple frase en futuro? —Pues porque Big Muzzy, el mejor profesor de Inglés que he tenido, era un desastre y no lo ocultaba—. Rita, ¡el futuro es de tercero de básica!

—Pero, sí... Sí que sé conjugar el futuro perfectamente... —Siempre tengo problemas con el futuro, aunque he aprendido a conjugarlo en inglés.

—Mira —Susan coloca el torso esmirriado encima de la mesa—, si eres capaz de traducir ahora mismo la frase «Hoy podría acabar la carrera», te apruebo.

—¿Así de fácil?

—Así de fácil.

—Un segundo, un segundo, déjame pensar...

—Ahora.

—Tudei... —Cinco palabras y acabo la carrera. ¡Big Muzzy, ven a mí!—. Tudei, ai... will... —¡Muzzy!—. Ai will can... finish... de digrí.

—Nos vemos el año que viene.

—¡Pero si lo he hecho bien! ¡Pregúntame cómo pedir fish and chips!

—Goodbye, Rita.

He cerrado la puerta a mi espalda al tiempo que arrugaba el examen con la mano, y me he dejado la dignidad y un verano de ensueño sobre el escritorio gris e insulso de Suuusan. He avanzado por el pasillo arrastrando las chanclas, pensando en cómo decirles a mis padres que no he acabado la carrera porque no sé hablar un idioma que llevo aprendiendo desde los ocho años. Fuck.

Abandono el caminito de tierra de la Escuela de Idiomas y me fijo en las rosas rojas que trepan por las paredes de cemento caliente de la Vila, al otro lado de la calle. Saco el móvil, que me reclama desde hace rato, y escucho el mensaje que me ha dejado la yaya cuando Manolo Escobar ha dejado de cantar.

Dice que le lleve bacalao de la Boqueria, el de Carme, que mañana vienen sus amigas al restaurante y quiere prepararles esqueixada de la buena. También me cuenta que no quiere ir con el Imserso a ver las granjas de percebes de Galicia porque le importan una mierda los percebes, pero sobre todo porque al Imserso solo van los viejos. Tiene ochenta y cuatro años. Se queja porque, con el frío que hace en Alp, los geranios no habrán crecido para San Pedro, y trece minutos y veintiocho segundos de tonterías imprescindibles. Y, bueno, que tardo demasiado en ir a verlos.

Sin darme cuenta, se me cae de la mano el examen que me ha arruinado el día. Me agacho a recogerlo y lo tiro a la papelera.

Un sol amable me calienta la cara e ilumina la explanada de verdes y marrones que colorean el jardín de la Vila Universitaria de la Autónoma de Barcelona. Junto al primer arbusto veo a Virus, un chico de veintipocos que está «a punto de acabar Geografía» desde que llegué y que canta una de sus canciones delante de cuatro estudiantes de primero que han venido a ver el campus. Virus y recién llegadas corean el estribillo con entusiasmo, sintiéndose parte del cliché soñado en el que el universitario greñudo canta una canción que escribió sin camiseta y con los dedos llenos de tinta, y que ahora toca con su guitarra llena de pegatinas antisistema.

Unos padres con matrícula de Lleida aparcan un Renault 21 y salen del coche con cierta pereza, como si fuesen a la boda de un primo lejano. El padre se abrocha el botón de los pantalones y observa a Virus con cara de asco, con la repugnancia propia de los progenitores que están a punto de abandonar a sus hijas vírgenes y perfectas en lo que les parece más la mansión Playboy que una universidad de cierto renombre.

Virus ha ampliado el cuórum. Ahora exagera el estribillo como si cantase AC/DC, pero la canción dice algo así como «Me gustas más que los macarrones de la yaya. Yeah, yeaaah…».

La madre de la estudiante de Lleida sonríe con una alegría nostálgica, viviendo el inicio de un sueño que le habría gustado protagonizar muchos años antes, cuando aún pensaba en primera persona. Detrás del coche, entre maletas y dos sacos de naranjas, sale la hija: una cría de dieciocho años que observa el paisaje como si acabase de llegar a la Luna, o más lejos aún, y con la boca abierta se le transparentan la ilusión y el terror.

Es la una y media. El sol aprieta y el olor de los táperes que se abren simultáneamente en los cientos de cocinas que me rodean me recuerda que llego tarde. Por favor, qué pereza me da contarles a mis amigos que he suspendido Inglés y que bla, bla, bla. Y qué hambre tengo.

Pero, de pronto, sin avisar, el mundo se detiene.

Se me reseca la garganta. El breve timbre a dos tiempos del móvil ha provocado una onda expansiva de esperanza. He notado la vibración combinada con el sonido que puede abrirme las puertas de los cielos: «Pip-pip, pip-pip».

Me llevo la mano al bolsillo como si tuviese que desactivar un paquete bomba y advierto que la escena que me rodea entra en cámara lenta.

Las bocas de las fans de Virus cantan lentas sin voz. La familia de Lleida se queda petrificada en cuanto al padre, con cara de bulldog, se le resbala uno de los sacos y las naranjas salen rodando por el asfalto. Tengo las manos frías y ya no noto el calor del sol.

Cierro los ojos y cojo el Nokia:

1 mensaje recibido

Que sea él, por favor, que sea él.

GONÇAL:
Morena! Qué te cuentas? Llego mañana por la noche. Te espero a las 9 en mi casa. Tengo una sorpresa

Buum.

Mi garganta vuelve a la vida y emite una especie de grito sin vocales que podría encasillarse en la familia de los delfines. En cuestión de segundos, el rectángulo de verdes y marrones de la Vila se ha transformado en un jardín de las maravillas, como si una sombra de frío se alejase e hiciese crecer una flora salvaje a su paso. Estoy tan contenta que veo a Virus con unos calzoncillos de musgo.

Releo el mensaje seis, siete, treinta y ocho veces. Diseño la noche de mañana con un *collage* de imágenes de las noches que hemos pasado juntos: aquel prado nevado, su cama en una cueva, la sierra del Cadí desde El Querforadat... hasta que un grito de histeria me arranca del sueño.

—¡Ritaaaaaa! —Astrid salta con los brazos extendidos, como si con su grito de loca no hubiese despertado ya a todos los habitantes de Marrakech.

Treinta y cuatro horas para verle. Avanzo hasta ellos, miro al cielo y sonrío.

—Rita, se te está cayendo la baba. —Demura me mira por encima de las gafas de sol con un poco de asco.

—Cállate, anda, tonto.

—Rita, tienes una gota de saliva en la barbilla. Te brilla con el sol. Es un hecho. —Se enciende el porro.

Es cierto, pero por suerte el resto del grupo no la ve, la gota, porque están demasiado ocupados disfrutando de la felicidad ineludible de haber acabado la carrera, de saber dónde trabajarán el año que viene, de tener el plan vital del que yo carezco, de llegar exultantes a sus respectivas casas, donde sus familias cocinarán paella y sacarán cava del bueno para celebrar el fin de una era.

—Bono, bono, señora contenta, ¿por fin has aprobado Inglés? —pregunta Nofre con su sexy acento mallorquín.

Vamos allá.

—No... —Y, cuando estoy a punto de continuar, las miradas licenciadas de mis amigos me machacan.

—¡¡¡Tía!!! —grita Astrid.

—¿Qué quieres decir? —pregunta Demura—. ¿Has suspendido... suspendido? Pero si era el nivel 1, Rita, era imprescindible para...

—Sí, ya lo sé... Da igual, en el fondo tampoco me sorprende, ya pensaré en ello —contesto feliz, porque lo único que me importa ahora es una cuenta atrás.

—Pero ¿y te quedas tan tranquila? —Astrid aún no sale de su asombro.

—¿Y qué quieres que haga? No te preocupes, un día aprenderé inglés y volveré a ver a Susan y hablaré con ella durante horas sobre los pueblos de Yorkshire y la Marbella de Gil y Gil.

—La virgen, Rita, cómo puedes bromear en un momento así...

Quizá tenga razón. Con la carrera acabada habría tenido un plan, el que fuera, un cartel de neones provisional, pero ahora, de golpe, no hay nada. Vacío existencial en toda regla. Bueno, sí, tengo mañana y toda la eternidad con Gonçal.

—Pues entonces creo que ha llegado el momento de que abra el souvenir de final de curso —prosigue Nofre con un orgullo poco visto en la mirada modesta a la que nos tiene acostumbrados—. Yo, Onofre Torres Mulet, natural de Son Macià..., nieto, bisnieto, tataranieto y sangre del primer homínido que pisó la isla más esplendorosa del mar Mediterráneo —saca una caja octogonal envuelta en papel de aluminio y la sostiene, cual ofrenda al cielo—, os hago entrega de la ensaimada verde, preparada con maría que he visto nacer y que hoy, 29 de junio de 2007, ha sacrificado sus frondosos frutos para convertirse en el Hulk de las ensaimadas, el eslabón perdido de la pastelería moderna.

De un tirón, arranca el papel de aluminio y muestra su obra mientras traza una media circunferencia con el brazo, como un torero. Las caras de los presentes se iluminan.

—Pero, pero, pero... ¡Eso son tres kilos de plantas de maría en forma de ensaimada! —grito.

—Tú ríete, ya me lo contarás cuando la pruebes. —Habla como si estuviese en posesión de la verdad absoluta. Nofre saca la navaja y corta la pasta verde en porciones demasiado generosas.

Treinta y tres horas para verlo.

Wa yeah!

Me he despertado sentada en la butaca del comedor con la cabeza colgando del reposabrazos.

En la mesa había dos paquetes de pan Bimbo, puré de patatas y una caja vacía de donetes Nevados. Nosotras nunca compramos donetes Nevados. Aquí vino alguien.

—¿Has resucitado? —pregunta Astrid mientras se enciende un porro desde la barra de la cocina.

De repente me viene una secuencia de flashes: *Los Simpson*. La bandera americana. *Mary Poppins*. Tres niños que destrozan un oso panda de peluche que tenía de muy pequeña y del que no había vuelto a acordarme.

—Joder… no tengo saliva. Tía, que me han disecado. ¿Qué ha pasado? ¿Qué hora es? ¿Y quién trajo esos donetes Nevados?

—Llevas unas diez horas y media durmiendo en esa butaca.

—¿Qué?

Astrid se echa a reír, se atraganta con el humo del porro.

—Tía, no me extraña que no tengas saliva, te tragaste una caja de polvorones.

—¿Polvorones? ¿Teníamos polvorones?

—Sí, estaban caducados y debieron traerlos para alguna fiesta; después, claro, se te empezaron a acartonar los labios y decidiste comer paté para que pasase mejor.

—¿Paté?

—Paté, Rita, paté. Y como con el paté no bajaban, te tragaste medio brik de Don Simón.

—No puede ser. Te lo estás inventando.

—¡Ja! Tía, qué viaje. Puto Nofre. ¡Qué maría! Me he despertado a las seis de la mañana porque te estaban llamando. Tenías cuarenta perdidas. De tu madre, las Saras, Nu y Anne, que ya ha salido para Lleida.

—¿Y Gonçal?

—No, Gonçal no. —Astrid da una calada al porro—. Yo estaba fatal, pero tú... Te he preparado café con leche y le he puesto dos cucharadas de sal, para ver si reaccionabas.

—Puta.

—Pero nada. Hablamos mucho rato, ¿te acuerdas? —Astrid me acerca un ibuprofeno—. De mi viaje a América, de si ibas a hacer el Camino de Santiago...

—¿Yo? ¿Hacer el Camino de Santiago?

—Eso decías. Después no tengo ni idea de cómo llegamos a las butacas. Ni de cómo han llegado hasta aquí estos donetes Nevados.

El sol de esta extraña mañana flota en un océano de cielo azul. Los rayos se cuelan por la suciedad de los ventanales del comedor y llegan hasta el pelo color ceniza de Astrid en una especie de poema visual. Astrid, cuya belleza innata le permite aguantar digna incluso con una resaca como esta, se echa, perezosa, en el colchón que tenemos en el suelo del comedor, al que no le quedan más que unas horas para volver al borde de la piscina donde lo encontramos, hace ahora cuatro años, el primer día de universidad.

Son las últimas horas que pasamos aquí, juntas, solas. La melancolía ya ha empezado a roer, pero la escondemos bien. Yo mejor que ella. Nos abrazamos y repasamos los momentos antológicos con un nudo en la garganta.

Pero Astrid aguanta poco y llora. Llora por el vértigo de abandonar la universidad. Llora por la vorágine de la edad adulta, por la flacidez de la piel y por la ropa que, según ella, ya no podremos ponernos. La consuelo y me río. Me cuesta llorar. Me cuesta por la pereza que me dan las despedidas, porque tengo la piel estupenda y porque no tengo ninguna intención de cambiar de vestuario... Pero sobre todo no lloro porque tengo la mejor cita de la historia.

Una vez he pasado el túnel del Cadí, la última frontera antes de llegar a la Cerdaña, al coger la curva hacia Urtx, canto. No puedo evitarlo. Volver a casa y que «casa» sea la Cerdaña supongo que hace cantar a cualquiera. Pero hoy canto sobre todo para domar mis palabras, porque pienso en él y me tiembla la voz, me tiemblan las rodillas y me tiembla la vida en general.

En el alargamiento de la última a de «Cerdañaaa», agravado por la densidad cerebral de la resaca de hierba mallorquina, me invade un ligero estado de hiperventilación que me hace ver chiribitas. Paro. Sí, mejor que pare. Aparco la furgoneta en el rellano de la curva. El vehículo huele ligeramente a bacalao, y eso que Carme lo ha envuelto con cuidado; ¡qué espectáculo, hoy, la Boqueria!

Empieza a ponerse el sol y el cielo brilla en un degradado de rosas. En el centro de la imagen, conectando cielo y tierra, la neblina se funde en gotas que iluminan el valle.

Las montañas, guarnecidas de miles de pinos, enmarcan la escena en forma de corona; una capa verde y densa que comienza a deshacerse, falda abajo, hasta convertirse en pueblos de piedra, teja negra y campanarios puntiagudos.

Justo por debajo de mí se encuentran los prados de los Flotats, los Moxó y los Oliu. Cada uno se cose con el siguiente en una hilera de chopos y caminitos de tierra; olas aterciopeladas que cambian de color cuando se levanta viento.

Desde aquí arriba, las vacas son juguetes en miniatura. Pastan en el margen de la recta donde siempre hacía el esprint final después de correr quince kilómetros como entrenamiento para la temporada de esquí.

Llegaba hasta el prado donde está el largo muro de piedras que me recuerda a aquel en el que Morgan Freeman encuentra la caja que le había escondido Tim Robbins en *Cadena perpetua*: «Ya que has llegado hasta aquí, quizá estarías dispuesto a viajar un poco más lejos». El camino de Fontanals a Sanavastre es un sueño.

Poco a poco, la luz tenue de la tarde comienza a teñirlo todo de rosa. Me levanto para irme y veo que, al final del paisaje, como una cremallera que se cierra a cámara lenta, el tren de Barcelona avanza paralelo a la recta de Queixans y desaparece en la falda de Puigcerdà. Este fin de semana están todos —es como si pudiese oír los gritos de mis amigos, Riqui y Riesgo, fumando entre los vagones— y tengo unas ganas de fiesta que me muero.

Desde aquí solo hay silencio y tranquilidad, justo lo contrario de lo que pasará cuando llegue a Puigcerdà. Pero aún me falta mucho para eso. Tomo aire y me armo de valor para retomar el camino.

La casa de Gonçal está al final de un caminito sin asfaltar por el que nunca pasa nadie. El punto de referencia para coger su desvío son los restos de una casa de piedra en la que los campesinos guardaban los aperos, pero que ahora es solo eso, el eco de una época pasada, cuando la Cerdaña era más tierra que asfalto. Pero, incluso cuando llegas al final del caminito, la casa aún podría confundirse con las ruinas de una iglesia antigua en la que ha crecido un cerezo gigante.

Me arreglo el vestido blanco y vierto la muestra de perfume Coco Mademoiselle que venía con la *Vogue*, la mayoría en el cuello y el escote, y me seco el resto en las braguitas.

Inspiro, espiro. Inspiro, espiro. El aire se llena de tomillo y del fresco inconfundible de las tardes de verano en la montaña. Levanto la mano y cojo un puñado de cerezas. Me las como a conciencia, como si protagonizase el comienzo de una película porno —espero que así sea—, lo que me hace caminar contorneando las caderas de forma dramática.

Avanzo por debajo de las ramas y llego al final del pequeño muro de piedra que se oculta bajo el cerezo. Me detengo una vez más. Vuelvo a respirar y entro en el patio; veo la sombra temblorosa de mi figura.

Llamo a la puerta.

—¿Hola? ¿Gonçal? Gon…

La puerta se abre sola. Encima de la mesa del comedor hay una nota con una margarita recién cogida.

Ya he acabado la casita del árbol, te espero allí

Que me proponga ir al árbol significa que ha decidido sacar la artillería. Que parece que no haya suficiente con que quedemos en una preciosa casa de piedra de cuando el mundo era de los hombres de las cavernas. Que no es bastante magnífico que desde el salón el único sonido sea el del agua que baja por el riachuelo que atraviesa la parcela. (¡Joder, que los hippies podrían grabar aquí cintas para masajes!). Encima el cabrón decide arreglar la casa del árbol, esperarme allí y decírmelo con una nota escrita a mano y una margarita recién cogida. Estoy segura de que ha comprado quesos de Ger. Es todo un profesional.

En realidad me indigno porque sé que cuando parece imposible mejorarlo, cuando parece que no puede enamorarme más, descubro que no era verdad. Que aún quedaba un último baluarte que conquistar: la magia.

Inicio el trayecto y me resulta inevitable recordar el primer día que dimos juntos el paseo más romántico de la historia de los paseos.

Recuerdo los besos. El agua salvaje de la poza. La brisa nos mecía el cabello en el punto justo, como los ventiladores que mueven la melena de las modelos en una sesión de fotos. Los pajaritos daban volteretas sobre nuestras cabezas y parecían reír y que también tuviesen melenas movidas por la brisa de forma calculada.

Cantamos juntos la canción «Wa yeah!», de Antònia Font —«Jo cant sa Lluna i s'estrella, sa jungla i es bosc animat…»— mientras la vida avanzaba en otra parte y el mundo solo existía donde estábamos él y yo. La verdad es que podría haber llovido mierda y habría seguido pareciéndome el paseo más romántico de la historia.

Recuerdo que cuando llegamos al árbol se le iluminó la cara. «¡Es una de las únicas tres secuoyas de la Cerdaña y será para mí! ¡Aquí nunca viene nadie, Rita!», dijo. En realidad, en la Cerdaña hay más secuoyas y ese árbol no lo es, pero ¿a quién coño le importa?

«Reformaré la casa y abriré una ventana en el techo y veremos las estrellas». Y, aunque yo sabía que no podía permitírmelo, lo creí.

Aquel día, en el árbol no había más que cuatro tablones mal puestos entre las ramas y unas maderas clavadas en el tronco que hacían las veces de escaleras. Los clavos que sobresalían los recuerdo a la perfección, porque cuando me empotró para levantarme la falda sentí que se me clavaba uno sutil en las lumbares. Pero decidí no decir nada y dejar que su mano siguiese abriéndose camino entre los muslos. Recuerdo que solo me detuve un segundo, cuando pronunció el nombre de aquella camarera del Raval, y me di cuenta de que se me clavaba otro clavo invisible, mucho más doloroso. Pero incluso entonces seguí callada.

Hoy avanzo por el mismo caminito de retamas y siento el terror y la felicidad cabalgándome sobre los hombros al saber que la colisión es inminente.

De pronto, llego al punto en el que la senda queda interrumpida por la poza. El salto es más impresionante de lo que recordaba y el agua no se concentra con textura de terciopelo hasta muchos metros más abajo. Pero, si quiero seguir adelante, debo cruzarla sí o sí. Aunque, antes de encaramarme, vuelvo a respirar. Inspiro, espiro. Siento la soledad. El preludio, el silencio, el dramático ruido de la cascada, el agua blanca que arrastra recuerdos fundidos del invierno.

Afianzo el pie en una de las piedras más grandes y continúo. Uno, dos, tres pasos más hacia arriba. Escalo hasta la última roca y, con las manos mojadas y libres, asciendo a la cima. Avanzo por un camino borrado y llego al truco final del escondite: el camino parece desaparecer detrás de las zarzas, pero si llegas al otro lado de las ramas, con un par de rasguños a modo de peaje, la luz cae sobre un rellano y se abre para presentar el gran final.

La casita del árbol.

Un azul marino suave se ha apoderado del cielo. Un pantone elegante que contrasta con la madera recién pintada y con las velas que iluminan los marcos de las ventanas. Putas velas. Qué foto. La rabia intenta abrirse espacio entre un torrente de amor, pero no lo consigue. Es demasiado tarde. La silueta de Gonçal se detiene ante la puerta.

El piar de los pájaros se funde con las notas de una canción que empieza. El golpeteo suave de una baqueta inconfundible. La melodía que da paso a una guitarra y marca el ritmo de esta bonita noche de verano. Ahora sí: ha llegado el verano.

Una cuerda sale disparada desde el interior la casita y cae junto a los peldaños a una distancia calculada del suelo, solo apta para atrevidas. La cojo por el cabo con ambas manos, decidida a escalarla, y la recorro con la mirada hasta encontrarme con él.

Las primeras palabras de la canción, entonadas por una voz mallorquina, trepan por las ramas: «Jo cant sa Lluna i s'estrella, sa jungla i es bosc animat...».

Al otro extremo de la cuerda, Gonçal sonríe y noto que empieza a devorarme; está quieto y espera el momento justo para cantarme las palabras que se me graban a fuego, para siempre, en la memoria: «Qué sexy, qué dulce y qué fría, wa yeah…!».

Tomates maduros

Hay días que harían vomitar a un unicornio. Este es uno de ellos.

Conduzco hacia Alp con una sonrisa gloriosa y cierro los ojos cada pocos segundos para revivir la noche anterior. Me huelo los labios. Sostengo un mechón de pelo húmedo entre la boca y la nariz, y recuerdo el olor del champú con el que me lo ha lavado esta mañana.

A la tercera llamada de mi madre he tenido que irme porque me esperaban para comer y ya no podía alargar más la excusa. Le he dicho que había caravana en la cuesta del túnel de Cadí, pero las dos sabemos que es martes y que eso es mentira.

Paso por delante del banco del pueblo y no veo a nadie allí sentado. Ni a Lina. No hay nadie en la calle. Aparco el coche fuera del patio. Me retoco el maquillaje que me cubre el chupetón del cuello y me suelto el pelo.

Las campanas de la iglesia dan la una y media. La voz de la presentadora del telediario sale del comedor de Magdalena, que está sola y le discute a la desconocida de la tele.

Entro en el patio de casa y miro por las ventanas: apenas hay gente en el restaurante. Mejor, porque llego media hora tarde.

Decido acceder a la cocina por la puerta de atrás y veo que en la tele está La 1. Anne Igartiburu anuncia grandes titulares en *Corazón, corazón*.

La veo de espaldas, hablando en voz alta mientras lava tomates. Lleva la bata habitual; está tan gastada que no sabría decir cuáles eran los colores originales, pero ahora es gris claro y se entrevén unos cuadraditos rosas y muchos años de historia. En las zapatillas lleva restos de tierra del huerto.

—¡Yaya! —Grito mucho y hago que un tomate salga disparado.

—¡Coññño! —contesta ella, alargando la eñe a conciencia—. Hija mía, ¡qué susto me has dao, por favooor! —Se vuelve hacia mí con los ojos cerrados, la mano en el corazón y el culo en la encimera.

Cuando se recupera y me dispongo a darle el bacalao, abre unos ojos como platos y se detiene con un grito más fuerte que de costumbre, que es mucho decir:

—¡Aiuuuuuuh! —La mano en el pecho, la espalda arqueada—. Madre del amor hermoso, pero ¡qué cara que me traes, mi niña! ¡Tú estás enamorá hasta las trancas!

Me quedo inmóvil y pienso que no sé si me ha impresionado más el grito o la velocidad a la que me ha leído. Me atuso el pelo y me vuelvo para mirarme y asegurarme de que no se me escapa nada.

—No hace farta que te mires en el mirái, que eso lo veo yo en los ojos, que son el reflejo del alma. Y tú tienes el alma atrapaíta perdía, mi niña…

La abrazo. Huele a lejía y a huerto.

—Pero ¿qué ha pasado? ¿Qué son esos gritos? —Mi madre llega acelerada.

—Rita me ha dao un susto que casi me meo encima.

—Así que había caravana, ¿eh? —pregunta mi padre, que me da un abrazo que me hace crujir y se sienta a ver las noticias.

—Sí, en la cuesta del túnel…

—Hombre, tú dirás, un martes de junio a mediodía, en la Cerdaña, ya se sabe, se forman unas colas… —continúa, irónico.

Ahora me abraza mi madre.

—Hummm, ¿colonia nueva?

—Champú —respondo.

—Champú.

Hace como si no se hubiese dado cuenta de que llevo el pelo mojado. Me da un beso y me dice que ya era hora de que viniese. Afirma que tengo muy buena cara. Sonrío y me alegro de estar en casa. Sobre todo porque nadie se acuerda de que ayer me dieron la nota de Inglés que determinaba mi futuro inmediato y, por consiguiente, también a largo plazo. Mejor, que tengo mucha hambre.

Para comer hay crema de calabacín, una tabla de embutidos para parar un tren y sobrasada casera. Hacía un mes que no subía; me parece una eternidad.

Cojo los tomates y vuelvo a recordar la imagen de Gonçal anoche, cuando los cortaba con la camisa mal abrochada después de hacer el amor por primera vez y yo le escuchaba pensando si sería posible, en realidad, detener el tiempo.

—Rita. ¡¡Rita!! —Me miran las caras de toda la familia—. ¡Rita! —grita una vez más mi hermano desde la puerta de la cocina—. Tía, estás muy en la parra, ¿no?

—¡Albert! —Mi hermano me levanta como si pesase cuatro kilos. Cuando me deja en el suelo, me ve el chupetón.

—Ya era hora de que vinieras, ¿no?

—¡Venga, vamos! ¡Todos a la mesa! —grita la yaya mientras saca la espalda de cordero del horno.

Pienso en cuando crucé la puerta de la casita de un salto desde el último escalón de madera. Cuando ya no dijimos nada más. Cuando empezamos a desnudarnos, muy despacio. Sus manos trazándome los muslos por debajo del vestido blanco, la canción al oído, sus labios en mis pechos. El olor de su aliento. Las sábanas limpias y los quesos encima de un trapo, en el suelo. Una botella de Camins del Priorat.

Cuento los minutos que faltan hasta que vayamos juntos a Girona. Noto un fuerte cosquilleo en el estómago.

—Por cierto, ¿el viernes me necesitáis en el restaurante? —pregunto—. Me gustaría ir a Girona.

—¿A Girona? —dice mi madre.

—Sí, he quedado con Astrid y los de la uni. También vendrán Santi y su amigo —calculo la magnitud de la sonrisa antes de pronunciar su nombre—, Gonçal.

—Gonçal, ¿el de Cal Fuster de Das?

—Sí. —Arrugo la nariz mientras reprimo el sueño de que un día todos formaremos una gran familia, la mañana de Navidad nos reuniremos en este comedor y nos sentaremos a la mesa para meter la carne picada en los galets.

—El viernes no hace falta que nos ayudes —dice mi padre, que no aparta los ojos de la tele y celebra el gol de ayer de Ronaldinho—. Esta semana la tenemos tranquila. Ve y pásatelo bien. ¿Qué opinas de la malvasía? Buena, ¿no?

—Efectivamente —continúa Albert en ese tono adulto que le sale con los comentarios enológicos—. Se notan los seis años de barrica.

El vino tiene aromas de almendra y piel de naranja. El alcohol se nota, pero no despunta. Y me viene a la mente el sabor del otoño y las manos de la yaya, huesudas y arrugadas, cuando preparan panellets y pasan las tardes recordando historias de contrabando.

—¡Buenísimo! —exclamo, salvaje, presionándome el vestido por encima de la tripa, a punto de reventar.

—Siempre da gusto verte comer, hija. —La yaya me da un beso lleno de orgullo.

—Has suspendido Inglés, ¿verdad? —Albert y yo hemos salido a dar unos toques al balón.

—Sí, Albert, sí… —Caliento la pierna izquierda con toques bajos—. Pero no les comentes nada a papá ni a mamá, que están un poco preocupados porque junio ha sido flojo en el restaurante.

—Junio no ha sido flojo. Dicen lo mismo cada año y después de repente llegan todos los pixapins —así es como llamamos a los urbanitas, «meapinos»— y no damos abasto. Pero, Rita —veinte toques—, ¿cómo puede ser?

—¿El qué?

—¡Que hayas suspendido! ¡Que no te hayas sacado la carrera! ¡Que no sepas conjugar el futuro simple, joder!

—Ya lo sabes, el Inglés y yo somos incompatibles.

—Anda ya, pero si has aprobado las asignaturas más chungas de la carrera y hace nada sacaste un excelente en escritura, ¿no?

—Cierto. —Cuarenta toques.

—¿Ves?

—Era una optativa, y tuve suerte. Me vino una buena historia. Pero eso ahora da igual, la cuestión es que no tengo carrera. —Chuto el balón y lo recupero con un control sorprendente.

—Y ¿qué vas a hacer? ¿Cuándo la acabarás?

—Ay, pues no lo sé. He estudiado Psicología como podría haber hecho taxidermia o gaita. Me la habría sacado con la misma desgana. —Sesenta y cinco toques—. La cuestión es tener una carrera, ¿no?

—También podrías empezar algún curso de algo que te guste mucho, que te apetezca, y a partir de ahí…

—Sí, claro, como si saber qué me gusta fuese tan fácil.

—¿Y qué harás el año que viene?

—¡Qué pesado, Albert! ¡No lo sé! No me estreses. ¡No tengo ni idea! ¿Es que hay que tener toda la vida calculada a los veintitrés años o qué?

—Sí, perdona. —Albert se permite una filigrana con el balón que pone en riesgo el contador, pero, como era de esperar, la acaba dominando. Me lo devuelve. Ochenta.

—De momento lo único que sé es que este viernes me voy a Girona con Gonçal y que dentro de dos fines de semana es la fiesta mayor de Puigcerdà.

—Ajá...

—La vida puede ser maravillosa aunque no tengas ni puta idea de hacia dónde irá después de la fiesta mayor del pueblo, ¿sabes?

—Si tú lo dices...

—¡Noventa y nueve! ¡Cien!

El amanecer

No puedo dormir. Hace seis noches que no pego ojo. Solo pienso en él y en su espalda y en su boca y en los quesos y en el «Wa yeah...!». Hoy, por fin, nos vamos a Girona.

Después de dar unas ochenta vueltas en la cama, al final me he rendido minutos después de las seis. He bajado a la cocina y me he enfrentado al silencio único de la mañana, cuando hay más dosis de esperanza general, cuando los olores están en reposo y existe un orden inmóvil, con todo a punto de estrenarse.

Aún chirría algún grillo, pero salvo por eso siento que con el roce esponjoso del cajón del pan fabrico los primeros sonidos de este viernes. Pongo la leche a calentar y voy al huerto a buscar tomates.

Canta un gallo y Antònia empieza a ordeñar a la primera vaca. Me quedo un buen rato sentada entre las tomateras, imaginando cómo será el día. Gonçal y yo por las calles de Girona, Gonçal y yo tomándonos un helado, Gonçal y yo yendo a...

—¡¡¡Tooo la leche desparramááá!!! —La voz sale por la ventana como una onda expansiva.

Corro hacia la cocina.

—¡Yaya! ¡Shhh! ¡No grites, joder! ¡Que vas a despertar a todo el pueblo!

—Niña, es que siempre haces lo mismo con la leche…
¿Qué haces despierta tan temprano? ¿Te encuentras mal o
argo? —Me acerca un zumo de naranja que acaba de prepararme.

—No podía dormir…

—Claro, si es que se te ve de aquí a la China, niña. Es por
er Punsá ese… —afirma convencida, escurriendo la bayeta
llena de leche.

Se me sale medio zumo de naranja por la nariz.

—Niña, que te me vas a ahogá.

—Yaya, se llama Gonçal, no Punsá.

—Gunsá, Punsá, qué más da. Mientras no sea un hijo de
la grandísima…

—Yaya, ¡qué dices! Si ni lo conoces…

—Créeme, no me hace ninguna farta.

—Pásame el aceite, anda.

La casa ya está en marcha. Antoni Bassas da las noticias ma-
tutinas por la radio. La yaya se ha puesto una especie de rejilla en la cabeza y ahora vierte el café en una taza enorme mientras tararea una de sus canciones favoritas de Radio Teletaxi.
«Cómo le gusta la zanahoria al conejo de mi novia…».

Unto el pan en el aceite que queda en el plato como si me
fuese la vida en ello y me corto otro trozo de longaniza. Y, cuando estoy a punto de preguntarle a la yaya qué cojones es esa
rejilla, se vuelve con la bandeja en las manos y un cóctel gastro-
nómico que sobrepasa las calorías que necesita cualquier jugador
de la NBA: un par de huevos fritos, una chistorra resplandecien-
te, una morcilla de cebolla a punto de reventar, dos rebanadas
de pan empapadas en aceite y una taza de café con leche.

—Pero… pero ¿eso no era solo para tu cumpleaños?

—¡Ja! ¿Tú cómo te crees que me conservo así de bien?
¿Comiendo lechuga? —Se ajusta la rejilla de la cabeza—. Ten-

go ochenta y cuatro años y el colesterol de un niño de doce que va pa cura. —Moja la morcilla en el huevo y sigue—: ¿Y cómo te crees que tengo la piel sin una arruga, eh? ¡Que la Nivea no da pa tanto, hija!

En realidad, tiene la cara más arrugada que un leñador centenario vasco.

—El secreto es una chistorra cada mañana. —Cojo un trozo de su plato—. Y el aceite de Jaén, niña, er der primo de las Casillas de Martos.

—Tomo nota, yaya, que yo, para llegar a tu edad como tú estás, como lo que haga falta.

Subo corriendo a vestirme, que se me está haciendo tarde. Como caso excepcional, anoche dejé la ropa preparada encima del escritorio: vaqueros rotos, jersey negro con el cuello blanco y unos zapatos de charol negro. Conjunto arriesgado pero elegante. Girona sabrá entender mi estilo.

—¡Me voy! —grito fuerte para que me oigan todos—. ¡Vuelvo esta noche!

Estoy a punto de cerrar la puerta cuando mi hermano entra en la cocina con un bañador en las manos, muy enfadado:

—¡Yaya! ¡Me has vuelto a arrancar el forro del bañador! ¡Este era nuevo, joder! —Entonces se da cuenta de que la funda que busca la lleva la yaya en la cabeza y se le va la mala leche de golpe.

Lanzo un beso al aire —«¡Adiós!»— y salgo al patio.

La furgoneta de Santi espera en la puerta.

El restaurante más romántico del mundo

Siempre he ido a Girona de noche, a las Barracas, y no me he movido de la explanada de tierra en la que era obligatorio llevar una birra en una mano y un porro en la otra. Una vez, con Koeman, vimos un mono en el hombro de alguien, nos miramos y seguimos como si nada. Así que podríamos decir que hoy visito la ciudad por primera vez.

Para los que hemos crecido entre trapos y cazuelas, para aquellos cuyos padres han calculado nuestra altura por las posibilidades que teníamos de servir mesas, ir a comer al restaurante de los padres Roca es como ir a un concierto de los Beatles.

Miro por la ventana desde fuera y veo a la madre Roca de refilón. Qué fuerte. Paul McCartney. Leo el menú y dudo entre el bacalao con sanfaina, las manitas de cerdo o el fricandó. Todavía tengo tiempo. Qué indecisión.

Astrid ya ha llegado, pero disimula. Está guapísima.

—Ya podemos entrar. He reservado mesa para cuatro… —anuncia ella, muerta de vergüenza y entusiasmo.

—Id entrando, que tengo que hacer una llamada —dice Gonçal al tiempo que se aleja con el teléfono al oído.

—Gonçal está raro, me da pánico que ahora mismo esté hablando con otra tía —le digo a Astrid desanimada mientras entramos en el restaurante.

—Qué va, no exageres, tendrá hambre —responde ella por decir algo, siguiendo a Santi como un perrito—. Ahora no te vayas a poner paranoica. ¡Si ha sido él quien te ha invitado a venir aquí y follasteis hace nada!

Las mesas se llenan de clientes puntuales y de los trabajadores del restaurante de sus hijos, que vienen a comer aquí todos los días, antes de la batalla diaria para seguir defendiendo las dos estrellas Michelin; pienso que me encantaría ir con Gonçal y probar la cigala con artemisa.

Finalmente me he decantado por el fricandó. Y al tercer bocado, me lo he tirado por encima. Todo el regazo lleno. Después de que todos se riesen de mí un rato un pelín demasiado largo, Gonçal nos ha propuesto ir a tomar el café a otro sitio.

Nos hemos perdido por callejuelas de flores y piedras, y hemos visto hiedras que trepaban por columnas en patios abandonados. Hemos caminado por el casco antiguo, que es tan bonito, mientras Astrid y Santi se revolcaban por los rincones. Gonçal sonreía, lejano, y si no fuese porque lo conozco diría que le daban vergüenza ajena. Entonces he recordado nuestra última noche juntos y he pensado que parecíamos idiotas, que no hacía más de una semana de aquel día. He decidido acercarme a él. Con el corazón palpitándome en la garganta, me he colocado a menos de un metro, pero en el último segundo ha visto algo y me ha hecho una cobra. Una puta cobra histórica.

—¡Mírala!—ha gritado y ha avanzado por la calle contigua para volver con una chica—. Rita, te presento a Sònia, es una amiga de la infancia, de toda la vida.

«Amiga», «infancia», «de toda la vida». Fantástico. Espléndido. Qué alborozo. ¡Elevemos los corazones, gloria, aleluya!

—Hola, encantada… —he mentido, automáticamente, impregnándome de su colonia de pachuli. Le he dado un repaso y le he mirado el culo y las manos y los dientes.

43

Sònia es una de esas chicas roqueras cliché de los anuncios de Levi's: vaqueros, camiseta blanca y chaqueta de piel. Tiene el pelo rubio y tan afro que sobresale un palmo por encima de la cabeza de Gonçal; lleva los ojos pintados de un negro profundo que resalta su oscuridad. Esta chica es tan cool que de pronto me siento como si llevara el vestido de los domingos de Antònia.

—Por cierto —he añadido, señalándome el regazo, graciosa, para romper mi propio hielo—, esta mancha no es de un fricandó cualquiera, ¡es fricandó de Can Roca!

—Muy bien, encantada —ha respondido, amable, con acento gerundense. No sabría decir si ha sabido apreciar la broma.

Enseguida han llegado Santi y Astrid; van despeinados y llevan los labios hinchados. Y después de las presentaciones pertinentes hemos doblado la esquina y a pocos metros ha aparecido la plaza de la Catedral. Nos hemos sentado en la terraza del Arc, justo al final de una escalinata larguísima que empieza en las puertas de la basílica. Las campanadas anunciaban la tarde y el sol teñía las fachadas de naranja.

Son casi las seis y Sònia y Gonçal hace un buen rato que rememoran anécdotas que, debo reconocerlo, son bastante divertidas. Pero estoy muy muy contenta porque Sònia ha comentado no sé qué de su pareja. Tiene pareja. Qué maravilla de día.

La tarde avanza entre gin-tonics hasta que anochece y por fin abandonamos los recuerdos infantiles de *Els Pastorets* con mallas marcando paquete y hablamos de política y teorías conspiratorias. Y cuando ya pensaba que volvíamos a la Cerdaña, de repente parece que a todos les han entrado unas ganas terribles de cenar.

Cuando he llegado al rellano por el que se accede a Le Bistrot, he pensado que había visto ese rincón en una postal. Este arco, esta escalera. Toda la escena es un viaje en el tiempo, una película.

La puerta de entrada al restaurante es de madera antigua y se abre por debajo de una hiedra larguísima que cuelga desde el tejado, cuatro plantas más arriba. Gonçal abre dedicándonos una reverencia graciosa, que empieza por Sònia y culmina conmigo. Y yo me sonrojo. Idiota.

Me detengo en la entrada y hablo con el camarero, un integrante de la comparsa de los Showboys del Carnaval de Palamós. Me explica que este año se disfrazarán de Las Tres Mellizas y no sé qué más. Pero tarda poco en darse cuenta de que no puede importarme menos de qué se disfrazarán los Showboys, así que me acompaña a nuestra mesa. Me toca ocupar la cabecera, al lado de Gonçal.

Santi y Astrid siguen en su mundo, y Gonçal y Sònia, cinco horas más tarde, siguen riéndose de los putos leotardos de *Els Pastorets*.

—Yo tomaré timbal de escalivada —pido—. Y un gin-tonic, por favor.

—¿El gin-tonic lo quieres ahora o luego?

—Ahora. Ahora mismo.

Lanzo una mirada a Astrid y me levanto en dirección al lavabo. Cuando llega, me enjabono las manos por tercera vez.

—Tía, ¿son imaginaciones mías o... se molan?

—¿Cómo? —Astrid reacciona como si acabase de salir de la cama después de pasarse tres semanas seguidas follando.

—Pero ¿no ves cómo lo mira la pava? ¡Y él no hace nada! Joder, ¡que follamos hace una semana!

—¿Eh? Pero ¿qué dices? Si ella tiene pareja, ya lo ha dicho. Tía, hacía mil años que no se veían, son amigos de toda la vida...

—Quizá tienes razón... es que me gusta mucho... —contesto para mí misma, porque Astrid ya está volviendo a la mesa.

De vuelta en mi silla, observo la sala con las manos entrelazadas bajo la barbilla y espero mi timbal de escalivada. Disfruto del cosquilleo en las mejillas del segundo gin-tonic del día. Veo los platos de los vecinos y pienso que quizá debería haber pedido canelones. Sigo la bandeja del camarero, llena de croquetas, y espero que venga hacia nosotros, pero desaparece en la sala de al lado. Me centro de nuevo en mi mesa, con cierta desgana, hasta que mis ojos se fijan en un punto cercano.

De pronto, el tiempo adquiere una nueva dimensión: los segundos se alargan como el cristal caliente, se me dilatan las pupilas y noto que soy capaz de desglosar un pequeño universo en este momento. Se me despegan los dedos de debajo de la barbilla y enfoco los ojos con una mirada que no conocía hasta ahora. Mi memoria acaba de encender una antorcha para grabarlo todo.

Observo con cuidado que la nariz de Gonçal se encaja con la de Sònia. Pienso que, si alargase el brazo, podría tocarlos. Ella cierra los ojos y abre la boca lenta y delicada, sus labios parecen experimentar un placer absoluto, conocido. No es la primera vez. El beso dura un millón de años. Despacio, con la danza de esas lenguas hipnóticas, siento que el mundo empieza a teñirse de negro y poco a poco aniquila cualquier esperanza de volver a sentir amor, de volver a sentir. Y noto, con una punzada terminal, que dos manos fantasmales me atraviesan la piel, me llegan al alma y se apoderan de mi corazón para estrujarlo con una fuerza inimaginable.

La bilis

«Rita…». Una voz enlatada me grita desde la distancia, al otro lado de un túnel negro: «Rita…». Poco a poco, las palabras cobran nitidez hasta que el volumen sube de golpe y veo la cara distorsionada de Astrid.

—¡Rita! —repite, preocupada—. El timbal de escalivada es tuyo, ¿no?

El camarero me sirve el plato mientras Sònia enrolla una loncha de carpacho de ternera, ajena a todo. Santi empieza a comerse su filete y Gonçal me ha mirado durante una milésima de segundo antes de volverse de nuevo para fijar los ojos en los labios de Sònia.

No puedo creer lo que acaba de pasar. ¿Quizá lo he soñado? Miro el gin-tonic en busca de una explicación y después busco a Astrid, que me observa de reojo entre la vergüenza y el shock. Me bebo el gin-tonic de un trago.

Me llega el olor a fricandó del regazo más fuerte que nunca. El sonido de una tostada que cruje tres mesas más allá. De repente, como si el timbal de escalivada hubiese saltado del plato y me hubiese metido una hostia en la cara con la mano abierta, me despierto del todo con un dolor que me deja sin aliento. No puedo respirar.

—¡Ahora vengo! —grito. Cojo el móvil y me voy.

Salgo fuera y me siento en las escaleras de película. Con el teléfono, empiezo a llamar a todo el mundo. Llamo a Pol, que es el que está más cerca. No contesta. Llamo a Koeman y no contesta. Llamo a Marta, a Gemma, a Barranqueras, a Clara. ¡Nadie contesta! ¿Dónde cojones está todo el mundo? Inspiro, espiro. Astrid no sale.

¿Acaba de pasar? De pronto, sin ningún tipo de explicación lógica, me sale una carcajada disparada desde el estómago. ¿Acaba de pasar? Me acerco las manos a la boca y me tiro de la cara hacia abajo con fuerza.

—Hostia puta —digo en voz alta—. Hostia puta, lo que acaba de pasar.

Miro alrededor y siento una ansiedad extraña, como si acabase de matar a alguien y siguiese en la escena del crimen. Ojeo dentro, pero Astrid no sale. En la puerta leo el rótulo de un premio: «Considerado uno de los diez restaurantes más románticos del planeta». Fantástico. Tengo que largarme de aquí.

Bajo las escaleras y empiezo a andar. Tengo el cerebro petrificado, no puedo pensar en nada. Siento que me pesan la ropa, los zapatos, las manos.

Doblo por estas callejuelas que ya no son bonitas, sino un maldito laberinto de piedras que no me dejan ver nada. Al doblar la esquina a la izquierda me parece ver agua; avanzo. Me pitan los oídos. Cruzo una calle en la que hay un grupo de adolescentes borrachos que me señalan los pantalones y me preguntan si me he cagado. Pienso que otro día sería ágil con la respuesta, pero ahora solo tengo fuerzas para caminar. Llego a un puente hecho con cruces de hierro rojas y avanzo hasta la mitad, exhausta, como si flotara, y me siento en el suelo con las piernas colgando. Cierro los ojos. La cabeza me da vueltas. Creo que estoy en shock.

Suena el teléfono. Es Pol.

—¡Nenaaa! —grita, alocado, con música alta de fondo.

—Eh, Pol, escucha… —Me sorprende la calma de mi voz—. ¿Podrías dejarme el coche?

—¿Ahora? Espera, que no te oigo… ¿El coche, ahora? Pero ¿no estás con Astrid? —Se aleja del ruido—. Tía, estoy en Palamós y son las once de la noche. ¿Dónde estás?

—Estoy en Girona. Por favor… —sigo con un silencio largo y un tono tan alejado de mí que le asusto.

—Rita, ¿estás bien? ¿Qué pasa?

—Sí, sí… Estoy bien, ahora no puedo hablar. Pero ven, por favor. Estoy en un puente del río de Girona, es rojo y tiene unas cruces…

—Ya sé dónde es. Voy.

No puedo moverme. Vuelvo a abrir los ojos y veo Girona reflejada en mis zapatos de charol.

Poco a poco se hace el silencio. La ropa tendida decora la hilera de fachadas colgantes que se reflejan en el río. Me fijo en una casa beis claro con manchas de humedad; una madre y su hijo en brazos se despiden de la ciudad detrás de la ventana. Las farolas dibujan aureolas de vapor sobre el agua. Las luces parpadean y la ciudad va quitándose el disfraz de acuarela. Pienso que las bombillas del puente reflejadas en el río me recuerdan a un collar de luces blancas, y que la brisa las alarga y las transforma en lágrimas. Lágrimas. Aún no he llorado. La catedral también asoma la cabeza; recuerdo la escalinata imponente, cuando me tomaba el primer gin-tonic y he pensado que era un día bonito, pero no tengo fuerzas para mirarla. Astrid llama una y otra vez. Santi también. Ni rastro de Gonçal. Apago el móvil. Deseo con todas mis fuerzas que no me encuentren.

Bajo la cabeza y vuelvo a observar mi reflejo en el río. Me miro el jersey y los pantalones que preparé anoche para venir aquí. «Anoche» me parece otro planeta que existió hace un millón de años. Creo que el hecho de que el fricandó no me haya llegado a las bragas es lo mejor que me ha pasado en todo el día.

Vuelvo a cerrar los ojos. Pero solo durante un instante, que es lo que tardo en vomitarme el día encima de los zapatos; y mientras me limpio la boca con la manga, una vieja refunfuña a mi espalda:

—Estos jóvenes de hoy… qué pena, chica.

He sido una estúpida. Desde que he subido a la furgoneta esta mañana, he sido una estúpida. Desde que me encaramé a la casita de madera. Desde que lo vi por primera vez, detrás de aquella barra de bar, y me lo creí todo.

Soy una estúpida por haber pensado que cuando llegase este momento podría controlarlo. Quiero que pasen mil años.

Pol ha llegado al cabo de una media hora un tanto asustado. Cuando me ha visto, se ha calmado y ha entendido que ahora no le contaría nada, y tampoco se ha atrevido a preguntarme qué era la mancha de los pantalones.

—Pol, si me hubiese cagado, no tendría la mancha delante, coño, la tendría detrás.

Me ha comprado una botella de agua, me ha dado veinte euros y me ha tapado los hombros con un polar que solo usa cuando va de pesca. Apesta a sardinas. Le he dado las gracias con la serenidad de quien da el pésame y le he pedido que llamase a Astrid para decirle que me iba y que no hacía falta que me llamase.

Las bragas al sol

La yaya sube el último escalón de la azotea y, como si fuese un guardia real que anuncia la llegada de un primo tonto, me tiende el teléfono.

—Es Atri.

—¿Astrid?

—Sí, coño, ¿y qué he dicho? Dice que te pongas. —Cubre el teléfono con la mano y añade, gritando—: Que ya no se cree que estés montando a caballo.

—¿Montando a caballo?

Por la mañana me he traído el desayuno a la azotea y le he dicho que si llamaba Astrid le dijese que había salido. «Salido», así, en general, pero se ve que ha decidido alimentar la excusa.

—No puedes estar cinco horas en la ducha, Rita —refunfuña—. Pero, que si tú no te quiere poné, pos no te pone.

No puedo estar más de acuerdo, pero tampoco puedo evitar a Astrid eternamente. Soy consciente de que quizá exagero, pero que me viese irme al borde del colapso y decidiese quedarse con Santi fue como caer de un quinto piso.

Astrid saluda con un «hola» tímido y arrastrado, y empieza a pedirme disculpas: dice que pensó que sería un simple beso en la mejilla, porque ella también estaba besándose con Santi («¡Bravo, Astrid!») y que pensaba que me iría a hablar por teléfono y volvería a entrar, que me envió mil mensajes... y otras excusas que seguro que son verdad, pero que no me importan.

—Ahora ya da igual —respondo.

Se hace un silencio largo, desconocido. Después continúa diciendo que en realidad todo el mundo sabe que Gonçal es un pendón —siento una punzada gélida en la espalda—, y sigue charlando, llenando mis silencios, hasta que encuentra la forma de hablar de Santi. De lo enamorada que está —estoy a punto de colgar— y de que ya no tiene ganas de irse de viaje porque no soporta la idea de estar lejos de él...

—Pues no te vayas. Menudo problema.

—No puedo, ya lo tengo todo pagado y cerrado. Si no voy, pierdo toda la pasta. Me marcho en una semana... —Continúa con lo que parece el preludio de un llanto romántico que contiene por compasión. Después de una pausa dramática, añade, como si me recomendase un restaurante—: ¿Y por qué no vas tú en mi lugar?

—¿Perdona?

—Te iría bien tomar distancia, airearte... Y sería perfecto, ¡allí seguro que aprenderías inglés de una vez por todas!

—¿Y quién coño te ha dicho que me interesa aprender inglés?

—Bueno, si no lo aprendes, no te sacarás la carrera.

—Como puedes imaginar, ahora me importa una mierda la carrera. Nunca he querido ser psicóloga.

—Pero siempre has dicho que era un primer paso, un comienzo, una oportunidad para encontrar lo que realmente te gustaría.

—Pues he cambiado de opinión... —Silencio, pienso en América—. Además, ya sabes que con los yanquis no sobreviviría ni un día... No sabría ni pedir un taxi...

—Bueno, precisamente «taxi» en inglés se dice igual... «taxi».

Ja, ja.

Entonces miento y le digo que tengo que colgar porque me reclaman en el restaurante. Ella hace como que me cree y quedamos en llamarnos más tarde. Colgamos, tristes, porque, aunque sabemos que un día no muy lejano volveremos a reírnos juntas, también sabemos que ese vínculo blindado que nos ha unido durante cuatro años se ha agrietado.

Miro el móvil con la esperanza de encontrar una llamada de Gonçal, un mensaje de disculpa, una señal. Fantaseo con la posibilidad de que en algún momento, sin darme cuenta, me hubiese comido la porción de pastel de marihuana de Mallorca que guardé en el congelador y que todo haya sido un mal viaje. Pero la tristeza y la rabia son demasiado reales. Miro la pantalla: hay un montón de llamadas de Astrid, un par de Santi y la respuesta, ahora ya inútil, de todas las personas a las que llamé anoche, en pleno naufragio.

Cierro los ojos y siento el calor del sol que se cuela entre las sábanas que se agitan secándose al aire. Las bragas de la yaya ondean a contraluz. Pienso que me quedaría aquí para siempre, dormiría al raso y pediría que me metieran la comida en una cesta que subiría con la polea una vez al día. Como los contrabandistas. Contemplaría el cielo nocturno de la Cerdaña y recorrería las figuras cósmicas con la mirada. Sería perfecto: tendría las mejores vistas del mundo y nunca más sabría nada de nadie. Bueno, o de casi nadie...

—Yaya, ya puedes salir, que te veo las zapatillas por debajo de la cortina.

En un acto reflejo se esconde, como si no acabase de decir justo lo que acabo de decir. A continuación refunfuña y, con un «la madre que la parió», sale a la terraza haciéndose la ofendida. Coge una silla de madera, le quita el polvo con un trapo como si le diese una paliza y después lo pone encima con cuidado, para no mancharse la bata.

—¿Qué te ha dicho... mmm... esa?

—Nada. Tonterías, excusas. Además, va y me suelta que está tan enamorada de su novio que no quiere irse de viaje.

—Joé, qué poco tacto, la jodía…

—Dice que me vaya yo de viaje a Estados Unidos.

—¿Eso dónde es?

—América.

—América…

—Sí, yaya, donde hacen las películas de vaqueros.

—Ah…

No tiene ni la más remota idea. Nos quedamos un rato en silencio y oímos los silbidos de Asunción, que abre la puerta para que entren las vacas: «Vaaaca». Mientras tanto, una familia de Barcelona comenta la escena con entusiasmo: «¡Niiiños! ¡Mirad las vacas, tienen los muslos llenos de caca!». «¡Caaaca! ¡Qué peeeeeste!».

La yaya cierra los ojos, respira hondo y expulsa el aire. Sonríe y dispara:

—¿Y por qué no te vas?

Yo la miro y pienso que se ha vuelto loca.

—Yaya, no sabes lo que estás diciendo… —Hacemos una pausa larga. La única imagen que me viene de Estados Unidos ahora mismo es el capítulo de *Sexo en Nueva York* en el que una rusa le depila el toto entero a Carrie porque no entiende el inglés. Yo sería esa rusa. Cada día depilando totos por error—. ¿Qué voy a hacer yo allá? Esto está al otro lado del mundo, allí hablan inglés y…

—¿Y qué? ¿Te crees tú que cuando me vine yo de Andalucía sabía argo de catalán?

—Seguro que no… Bueno, y ahora tampoco… —Me río, sin respuesta.

Está sentada con las manos encajadas bajo el pecho, la nariz apuntando al sol y la sonrisa intacta.

—¿Y qué vas a hacer, Rita…? ¿Te vas a quedá aquí sentá, esperando a que er Punsá ese te llame? —Sabe que no voy a contestar y continúa, agradeciendo que el sol le caliente los huesos—: Eso no es amor, niña. El amor de verdad, er que te ciega y te quema, es un torrente que se lo lleva to, como el mío, que me hizo dejar a mi familia, a mis amigos…, mi vida.

Nunca la había oído hablar así. Hablar de su pasado sin bromear. Guardamos un silencio tan largo, esa sonrisa misteriosa… Me callo, consciente de la oportunidad del momento. Hasta que de pronto el cuerpo de la yaya se detiene, rígido, como si acabase de toparse con una Natalia a la que hacía muchos años que no veía, que no le hablaba.

La Natalia a la que adora porque es la alegría de todas las fiestas, la voz y la estrella de los escenarios de Andalucía. La jovencita que iluminaba a los que iban a verla cantar y bailar a escondidas de su madre. Y el reencuentro es durísimo.

Se acaricia las manos con cuidado, pero por primera vez no se las mira con melancolía, como hace tantas veces sin que la vean, con lágrimas de rabia.

—A mí me querían casar con el Granaíno, pero yo no lo quería… Yo solo quería irme de Las Casillas, huir de mi madre. Y quería a tu abuelo, no tenía ojos pa nadie más… Y él…, pues te puedes imaginar lo loquito que se quedó cuando me vio en aquel escenario con mi vestido de lentejuelas cantando a mi Carlos Gardel.

»Ay, pobrecico mío… —Una lágrima le resbala por la comisura del ojo y le recorre la mejilla de terciopelo—. Yo era solo una niña. No tenía ni veinte años cuando me fui de casa a escondidas con la mula, muerta de miedo. Cogí las pocas perras que tenía, dejé las llaves en la puerta y me fui. Si mi madre me llega a pillá… —continúa, quieta, y veo que se le eriza la piel del brazo hasta la nuca—, me mata, mi madre me mata a palos.

»Pero, cuando aquella noche vi a tu abuelo acurrucaíto en la puerta de la María la Tuerta, esperándome, supe que era mi única oportunidad. Venirme a Cataluña con tu padrí fue la mejor decisión de mi vida. Dejar mis canciones fue lo más duro que he vivío nunca, ¡porque yo quería ser cantaora! ¡Yo ya *era* cantaora! Pero los fogones me parecieron un paraíso si así podía estar lejos de mi madre. Tú sabes que lo hemos pasao mu mal. Hemos pasao hambre y frío, y penas que nadie debería pasar. Pero he vivío mi vida como decidí yo, y te juro por san Benito que lo volvería a hacer todo igual. —Vuelve la cabeza—. Bueno…, casi to.

Abre los ojos y besa la medalla que lleva colgada al cuello, donde aún guarda la foto en blanco y negro de su boda. Se saca el pañuelo del interior del sujetador, se le caen cinco euros, un sobre de azúcar y un tíquet de la compra, y se seca las lágrimas con la misma fuerza que limpiaría el barro de los zapatos del huerto. Regresa y me mira.

—Tú y tu hermano sois mi alegría. Ya sabes que lo daría todo por vosotros, pero hay cosas que solo las puede hacer una misma. Eso tú todavía no lo sabes, porque hoy en día los jóvenes no sabéis lo que es sufrir. La vida es una maravilla, sí, ¡una maravilla! Pero no to es fiesta y chistorra, mi niña. La vida también es mu puta y duele. Pero lo que no puedes permitir es que otro coja las riendas de la tuya. Y menos un sinvergüenza como ese. —Se apoya en una pierna, aprieta el puño con fuerza y me clava los ojos—. A mí no me quedan muchos años, hija, pero cuando miro atrás estoy orgullosa de lo que he hecho. —Se le forma un nudo en la garganta, por un momento creo que no puede continuar—. ¡Aprovecha la suerte que te ha tocao! ¡Tienes que agarrar tu vida! ¡Devorarla! Y eso no lo vas a conseguí aquí sentá en la azotea, ¡mirando cómo se secan las bragas al sol! —Me coge las manos con fuerza—. Anda y vete. Ve a buscar tu vida, a encontrar lo que te haga feliz de verdad, que cuando quieras volver aquí te estaremos esperando.

El cielo, de un azul opaco, hace que corra una suave brisa que mece las margaritas y levanta las servilletas. La yaya se pone de pie y camina hasta la barandilla, apoya los brazos con un dolor leve y observa el horizonte.

Está sola. Lejos de mí, lejos de todo.

Poco a poco, su cuerpo, oxidado y tozudo, modula una danza de gestos que rescata de algún lugar lejano de su memoria motora. De cuando era artista. De cuando la vida le hervía en la sangre. Un aura antigua le ciñe el cuerpo y le eleva el alma. No la reconozco.

Extiende los dedos, que por un instante se olvidan del dolor, y se observa las manos como si se acabase de reencontrar con dos viejas amigas. De pronto regresa a los días de luz y éxito. Natalia vuelve al escenario.

Alza las manos en el aire y arquea las muñecas, como si las despertara. Levanta la cabeza con una sonrisa inmensa que ofrece al sol y, por primera vez en la vida, con una voz tan profunda e impresionante como una tormenta, la oigo cantar:

> *Yo adivino el parpadeo*
> *de las luces que a lo lejos*
> *van marcando mi retorno.*
> *Son las mismas que alumbraron*
> *con sus pálidos reflejos*
> *hondas horas de dolor.*
>
> *[...]*
>
> *Volver con la frente marchita,*
> *las nieves del tiempo platearon mi sien.*
> *Sentir que es un soplo la vida,*
> *que veinte años no es nada,*
> *que febril la mirada, errante en las sombras*
> *te busca y te nombra.*
> *Vivir con el alma aferrada*
> *a un dulce recuerdo*
> *que lloro otra vez.*

[...]

Pero el viajero que huye
tarde o temprano detiene su andar,
y aunque el olvido, que todo destruye,
haya matado mi vieja ilusión,
guardo escondida una esperanza humilde
que es toda la fortuna de mi corazón...

Un águila planea sobre un campo de amapolas. Se acerca el mediodía; la luz llega a las cornisas de las masías y a las copas de los árboles y a la ropa tendida de los vecinos. Es una escena preciosa... pero no la veo.

No veo el águila, ni las amapolas, ni las cornisas de las casas, ni la ropa tendida de los vecinos. Porque solo la veo a ella.

¿Quién es esta mujer?

¿Dónde ha estado todo este tiempo?

La observo, y juraría que la he visto levitar. Aún junto a la barandilla de la azotea, devuelve al sol los movimientos de juventud prestados y los agradece con una última sonrisa.

La yaya vuelve aquí, vestida con el delantal gris ajado y las alpargatas del huerto. Y el dolor. Y la entrega.

Se vuelve y me mira. Una paz impresionante ha trascendido la nostalgia y el rencor. Ha hecho las paces, quizá con el pasado, quizá consigo misma. Ignora que yo tenga la cara llena de lágrimas y el alma en las nubes. Ignora la conexión brutal entre nosotras, las palabras, el arte y su voz. Solo me mira y, enmarcada por el sol del verano, me dice:

—Tú no eres una viajera que huye, mi niña. Tú te vas de viaje porque te vas a buscar.

¿Adónde dices que vas, niña?

—A ver, Rita —la cabeza de rulos de la yaya sobresale entre una montaña de táperes—, te he preparao: embutíos, paparajotas, una botella de aceite der bueno, penní y bacallà en sanfaina. Y pa'l avión, croquetas.

Entonces alza la vista y se limpia las manos en el delantal. Y con la seguridad de alguien que no entiende exactamente qué significa ir en avión o qué significa Estados Unidos, pregunta:

—¿Tendrás bastante?

Pienso que dos meses en América pueden ser mucho tiempo o muy poco, pero ahora me parecen una eternidad.

—Yaya, es perfecto. —Le doy otro abrazo.

Ella se aparta de mí y remata:

—¡Y no te olvides de mirar bien to los bolsillos de la maleta!

Salgo al patio y vuelvo a observar las mesas del comedor; la luz se desliza por las ventanas y recorre los pliegues de las servilletas de tela y cinco letreros de «Reservado». Se acercan los pixapins.

¡Mierda! Me paro un momento en un ataque de pánico y abro la mochila. Sí, aquí está. El vibrador con forma de delfín y el cerdo llavero de pene extensible que me regalaron mis amigas como recuerdo de viaje están aquí. Ayer montamos una improvisada cena de despedida y acabamos muy tarde. He dormido cuarenta minutos.

—¿Adónde dices que vas, niña?

Una hilera de vecinos me espera en el portal del patio en la misma pose en la que esperan a que salgan de casa las novias del pueblo. Han venido a despedirse y la expresión general es de profunda incomprensión.

—Me voy a América. —Parece que no vaya conmigo.

—¿Ande, dices? —Asunción no entiende nada.

—A Estados Unidos, a Nueva York, donde ruedan las películas de Woody Alle... de vaqueros. —Asunción me da un par de longanizas.

—Sí, ya sabemos dónde está América, cojones, ¿crees que somos burros? —contesta ella, y se suena la nariz con un pañuelo de hilo planchado—. ¡Ay, ay, ay, Rita! Por esa mala cabeza has suspendido la carrera y ahora te vas adonde Cristo perdió la alpargata. Que Dios nos pille confesados.

A veces se me olvida la velocidad supersónica a la que corren las noticias en un pueblo. Resultó que a mis padres no se les había olvidado mi examen de Inglés. Por suerte, lo hablamos antes del servicio, con ciertas prisas, pero la mirada triste y decepcionada que cayó sobre la mesa de la cocina no fue menos desgarradora. «Pero, Rita, podrías haber pasado un verano maravilloso, libre de obligaciones, y por una simple asignatura, por el Inglés... Qué lástima, hija, qué lástima. Y ahora, ¿qué harás?».

—¿A qué ciudad dices que vas? —grita Lluís en la distancia. Por alguna razón, ha decidido quedarse en medio de la calle.

—Nueva York... —Las dos palabras suenan absurdas.

—Mira, justo ahora que el alcalde Bloomberg deja el partido republicano...

—Lluís se vuelve y se va.

—¡Mira esta! —dice Trini riendo—. Pere, ¿has oído adónde va? Aiuuuuuuh…

—¿Adónde vas, loca? —grita Pere, que está pelando una manzana en el balcón—. ¿Qué coño se te ha perdido a ti en América? ¿Y quién ayudará a tus padres en el comedor?

—Desde luego… ¡hay que estar loca! —Isidro me mira como cuando vio al negro de Banyoles por primera vez.

Me gustaría decirles que sí, que soy una tarada y que no se me ha perdido nada allí. Pero acepto el último fuet con una sonrisa.

—¡Va! ¡Callaos todos ya, cojones! —Trini me da un abrazo—. Que tengas un buen viaje, niña, ¡y ten cuidado! ¡Que no te engañen, que aquello es un zafarrancho y hay gente muy puta!

Ya en el coche, me resisto al sueño para despedirme de la Cerdaña. Salimos de Alp, enfilamos la carretera de Das y me reencuentro con el paisaje del otro día, de siempre. «Dos meses —pienso—, tampoco es para tanto…», pero la verdad es que nunca he estado tan lejos ni tanto tiempo fuera de casa. ¿Será suficiente para encontrar una vocación de verdad?

Son casi las ocho de la mañana y parece que el valle aún duerme. En la iglesia de Alp suenan las campanas, y su sonido resuena hasta desvanecerse con los campos y los tejados negros de las casas. Mi azotea. Y la yaya.

Al fondo de la escena, al final de la rectísima recta de Queixans, Puigcerdà empequeñece en lo alto del cerro.

Vuelvo la cabeza con melancolía, con la intención de cerrar los ojos para no abrirlos hasta llegar al aeropuerto, cuando de repente, como un fantasma vestido de negro que sobresale entre la neblina matinal, lo veo.

La furgoneta de Gonçal está parada al final de su camino. Un reflejo antiguo, demasiado reciente, hace que me incorpore de golpe. Es un reflejo tan potente que arrasa con mi decencia y me obliga a levantar la mano para saludarlo. Desde mi asiento, con la cara embalsamada de resaca y una mano congelada en el aire, el tiempo vuelve a entrar a cámara lenta: veo la cara de Gonçal, tan sorprendido como yo, que me sigue la mirada. Soy incapaz de apartarla. Durante un instante siento que aún puedo volver atrás, que podemos volver a ser quienes éramos hace apenas unos días, al otro lado de ese camino, en la casita del árbol...

Hasta que el sol ilumina el asiento del acompañante y la veo. Sònia y su cabellera afro perfecta de los cojones. El rastro del parabrisas dibuja un corazón en los cristales. Bonita mierda. Vuelvo a notar la sombra alargada que me atrapó hace cuatro días en Girona y me doy cuenta de que cualquier brizna de esperanza que pudiera albergar en mi interior acaba de morir. Me percato de que sigo con la mano levantada. Y de que, a pesar de la cantidad de posibilidades que ha ofrecido este momento infinito, no me devuelve el saludo. Gonçal continúa inmóvil, con el intermitente puesto, siguiéndome la mirada. Sònia, ajena al momento, se inclina para subir el volumen de la radio. Ella sonríe y lo mira. Pero él sigue observándome sin quitar las manos del volante. El momento acaba y Gonçal desaparece tras la curva de Urús. Él y toda mi vida hasta este instante.

Las fabulosas Tortugas Ninja

Me siento en la única fila vacía delante de la puerta B34 en la Terminal 2 del aeropuerto del Prat de Barcelona y desenvuelvo con cuidado el iPod que me acaba de regalar mi hermano. El diseño del paquete me contagia una pulcritud en los gestos que no reconozco en mí.

Desde que me he despedido de mis padres y de Albert tras el arco de seguridad, saludando a modo «Noche de fiesta», tengo un nudo en la garganta. He intentado distraerme pintarrajeándome en la sección de cosmética, pero no ha funcionado. Y ahora, cuando veo que Albert ha incluido en el iPod mi música favorita por sorpresa —es que incluso ha añadido «Turistas heridos», de Cyan—, el nudo ha pasado a tener la textura de un lichi.

Abro los ojos con intermitencia prudente para asegurarme de que aún no hemos empezado a embarcar. Al mismo tiempo, disfruto de los múltiples aromas cosméticos que deja mi pelo. Magnolia, té verde. Hasta que, de pronto, un objeto desconocido se filtra en mi campo visual: un tirabuzón.

Mi fila de asientos se llena de un pelotón de judíos ortodoxos. Una treintena de hombres clonados, vestidos de negro con sombrero de gaucho y maletín, se sientan aparatosamente en las sillas que me rodean. Proyecto la imagen desde arriba y me imagino la escena conmigo y mi jersey de color blanco como si fuese Copito de Nieve en una comida familiar.

No hablan. Se balancean al ritmo de un cántico ininteligible que entonan a partir de las páginas del libro que todos llevan en las manos. No es necesario tener buen olfato para darse cuenta de que no se han duchado durante su visita a Barcelona. Y no debe de haber sido corta. Mi vecino me mira y me dice algo que no entiendo. Habla en inglés. Señala el iPod y me pregunta si puede tocarlo. Se lo tiendo y me enseña cómo puedo cambiar de canción y subir y bajar el volumen deslizando el dedo en círculos sobre el redondel.

«Thank you», le digo, agradecida, aunque ya lo sabía. Parece que tendré el placer de perder mi virginidad transatlántica con este simpatiquísimo grupo de fashion victims ultrarreligiosos. Espero, como mínimo, no compartir fila con ellos.

No he tenido suerte. Para nada, en realidad. Los ortodoxos no eran treinta, sino cincuenta. Un grupo que ahora se concentra en un solo compartimento, el mismo que parece que presida una servidora, sentada en un centro geométricamente perfecto, para diversión de las azafatas, que contienen la risa y el olor —es una realidad, los de mi fila huelen fatal— con un dedo bajo la nariz.

Diría que la última vez que me puse unos auriculares estaban forrados de esponjilla negra y sonaba el CD de Dover. Casi me ha sabido mal escoger un tema después de dar mil vueltas al círculo. No quiero pensar: Queen.

Me levanto sin miramientos en pleno despegue y consigo un sitio al lado de la ventana a ritmo de «I Want to Break Free». Necesito despedirme de Barcelona desde el aire. La ciudad que hace cinco años se convirtió en parte de mí empequeñece a mis pies. Adiós, Apolo, adiós, adiós, Ovella Negra, adiós, adiós, Razz, adiós, adiós, cervezas de la plaza del Sol y shawarmas del Raval... Adiós, adiós, amigos.

La tarde empieza a caer y un manto púrpura tiñe el cielo. La luz malva entra por las ventanillas de este avión gigante como un rayo que busca la salida y salpica los respaldos y los tirabuzones de mis compañeros de viaje. Poco a poco, la ciudad se difumina bajo una capa de nubes vaporosas, hasta desaparecer del todo en un cielo inmaculado, en tierra de nadie. Se esfuma como esta mañana lo han hecho la azotea de casa y mis montañas y la yaya y el delantal. Como lo ha hecho Gonçal. Como lo he hecho yo. Siento que el vacío en el estómago es más tangible, así que cierro los ojos para controlar un mareo repentino. Me duermo.

No sé cuántas horas llevo durmiendo, pero por el grosor de mis tobillos deben ser unas cuantas. Parezco Montserrat Caballé.

Ilusionada, quito la tapa a la bandeja de comida que me he encontrado en la mesita desplegada. Es una panga recocida con patatas y, tras el primer bocado, pienso que la estética no hace justicia al gusto. Mi vecino devora un puñado de almendras mientras lee el Antiguo Testamento con un leve balanceo del torso. Con cada meneo deja escapar claros aromas a sudor y naftalina. A pesar del olor a rancio, me aventuro a masticar un trozo de brioche con mantequilla; me incorporo con el cojín para volver a cerrar los ojos, pero de repente se apagan todas las luces del interior del avión en un ambiente de show.

Comienza el descenso.

La voz radiofónica del capitán despierta a los pasajeros con un entusiasmo inesperado. El hombre emite un mensaje ininteligible y alegre, y acaba con medio grito que da paso a las primeras notas de una canción que siempre he oído en las discotecas a las seis de la mañana, y que ahora provoca un murmullo de emoción entre mis amigos pasajeros. Mi compañero de negro, que se ha dado por vencido intentando comunicarse conmigo mediante onomatopeyas —hace horas le he dicho que no sé inglés—, pasa por delante de mí y sube la persiana de la ventanilla.

Y aparece.

Bua. La vida se cuenta a base de instantes que te paralizan el cerebro. Sabes que estás vivo por estos momentos que te disparan de la realidad y te envían a años luz de los días ordinarios. Un punto y aparte. Una imagen como esta.

Una pantalla negra llena de luces. La ciudad se extiende al otro lado de la ventana como una balsa de noche con riachuelos de neblinas fluorescentes. Edificios y edificios. No veo el final. Me amorro al cristal. Parece imposible. La voz de Frank Sinatra cantando «New York, New York» se graba lenta y profundamente en mi memoria vital.

Diría que el avión entero acompaña a Frank Sinatra con un acento tan ondulado que me flipa y me aterra al mismo tiempo. Cientos de voces que llegan desde todos los extremos de a bordo cantan a pleno pulmón sin vergüenza.

Veo el Empire State. ¡El Empire State! Pienso en Meg Ryan y Tom Hanks, y en el portero del edificio, que le dice a Jonah: «¿Qué harás cuando llegues arriba, escupir?».

Me uno a los cánticos. Tarareo como puedo en un estado de éxtasis fulminante, hasta que, ante la estupefacción de mi compañero de vuelo ensortijado, canto con un grito que me llega desde el fondo del estómago: «Niu Yorc, NIU YOOORC!».

Estoy en América.

El aeropuerto es todo moqueta y escudos con iniciales y águilas del Air Force One. He hecho más de una hora de cola para llegar al mostrador y he tenido que disimular al ver con sorpresa tantas nacionalidades, tantos turbantes, tantos maquillajes, túnicas y peinados del mundo.

Y después de atravesar la barrera sin grandes incidentes, he vivido uno de esos momentos que siempre me habían hecho ilusión: que alguien sostenga tu nombre escrito en un papel a la salida del aeropuerto.

Mi nombre lo sujetaba un chico que no llegaba a la veintena y que, por cómo doblaba las puntas del cartel de manera compulsiva, parecía muy nervioso. Me he acercado y ha señalado el papel para asegurarse de que era yo.

—Welcome!

Al salir a la calle me han recibido una vaharada de ciudad y una fila de taxis amarillos; me ha hecho tanta ilusión verlos que he sacado la cámara para tomar una foto, pero el chico me ha reclamado enseguida con un grito. Llegamos tarde.

La furgoneta a la que me invita a subir el postadolescente no lleva ningún logotipo que anuncie una escuela de idiomas ni nada y, por la pinta que tiene, he proyectado un cargamento exótico: cerdos vietnamitas, gallinas, cocaína. Por este orden. En cualquier caso, nada bueno.

El chico ha encajado mi equipaje en el maletero entre una decena de bultos más y ha abierto la vieja puerta corredera con fuerza. Al impulsarme con el pie hacia dentro, he echado un vistazo rápido, y el reflejo de las luces de los soportales ha iluminado la mitad de la cara esquelética, pálida y encajada entre dos asientos de una chica del este que me ha pegado un susto de muerte.

—Renata —se ha presentado. Ha alargado la mano, aparatosa, entre los dos reposacabezas. Y ha repetido—: Renata.

—Rita —he contestado.

La puerta corredera se ha cerrado a mi espalda con un golpe seco.

—Llegamos muy tarde —ha anunciado el chico vocalizando mucho, ya con las manos en el volante; el tono me ha parecido lo bastante inofensivo como para hacerme un ovillo en el asiento y ver cómo se despliega Nueva York al otro lado de la ventanilla a las dos de la madrugada.

—Estoy en Nueva York —he repetido para creérmelo.

Al cabo de una media hora, llegamos al centro de la ciudad. Mis compañeras se despiertan con las luces del interior de la furgoneta y no tardo en darme cuenta de que ninguna de ellas se conoce. (¡Y solo hay chicas! Pero ¿a qué clase de escuela de idiomas se ha apuntado Astrid?). Bajo y piso tierra firme, contenta de que, por el momento, no parece que se trate de un secuestro ni de tráfico de blancas. Miro alrededor y el alma de la ciudad se apodera de mí al instante. La escena se llena de un rumor indefinido de maletas, abrigos y monosílabos de comunicación logística: «yes», «no», «ah».

El mundo subterráneo asciende en densísimas columnas de vapor que saturan las luces de los semáforos, los letreros de las tiendas, los faros de los coches. Solo puedo pensar en una cosa: *Las fabulosas Tortugas Ninja*. Veo a una mujer vestida de payaso, a un conductor de limusina que arranca y a un sintecho que transporta un comedor entero dentro de un carrito de la compra. Habitantes en un laberinto de humo y luces de neón. La neblina general se desliza hacia la parte superior de la fachada, acaricia los ladrillos marrones y llega hasta arriba del todo, donde los viejos depósitos de agua se alzan como vigilantes absolutos.

Detrás de mí descubro un edificio de cemento anaranjado con aire de los años cincuenta que escala hacia el cielo con torres desiguales. En lo más alto, con unas letras rojas que he visto en incontables ocasiones y rompiendo este cielo de color vainilla, anuncia…

—¡Chica! Pero ¿qué haces? —El postadolescente está indignado—. ¡Estamos todos en el hotel! ¡Solo faltas tú!

… anuncia The New Yorker.

Una mujer robusta nos espera en lo alto de unas escaleras, al otro lado de un vestíbulo de mármol blanco. Suena música de ascensor y huele a moqueta.

Solo estamos nosotros y la mujer robusta, que tiene la piel brillantísima y el pelo corto y rubio, como un capitán del ejército. Lleva unos vaqueros elásticos y una camiseta larga de propaganda que le tapa las protuberancias de grasa que le brotan de las ingles. Nos recibe en silencio y con los brazos abiertos. Su sonrisa se amplía a cámara lenta, al mismo ritmo que empuja la barbilla hacia dentro y la papada le sale hacia fuera. Cuando ya estamos todas, dispuestas en una fila improvisada sorprendentemente simétrica, la mujer robusta estalla en una frase de euforia, que aunque resulte evidente que la ha repetido cientos de veces, no ha perdido ni gota de entusiasmo. No entiendo nada, pero por la tonadilla y la gesticulación exagerada de los brazos —en vez de estudiantes, parecemos monos de laboratorio, pero reconozco que se agradece—, interpreto que nos pondrá por grupos.

Me ha tocado compartir habitación con Renata y Ana, una argentina. Ana solo ha necesitado diecisiete de los cuarenta pisos de subida en ascensor hasta la habitación para contarme con pelos y señales que se ha pasado los últimos tres años trabajando —desde chófer de pasajeros dudosos hasta esquiladora de llamas— para ahorrar dinero y venir a vivir este momento.

—¿Me enseñás un euro? ¡Nunca he visto uno!

Está tan contenta y fascinada que la envidio.

Ya instaladas, después de presentarnos en plan indio y de gesticular con los brazos de manera totalmente innecesaria:

Yooo (mano en el pecho).

Rita (doble golpe en el pecho).

Barcelona (dos manos que se abren en el aire).

—Boluda —ha dicho mi nueva mejor amiga—. No puede ser, ¿de verdad viniste acá con ese nivel de inglés?

Es verdad que he exagerado —tenía mucho sueño—, pero también que sí, que he venido con este nivel de inglés.

Ya están todas en la cama, dormidas; incluso Ana, que sigue hablando con los ojos cerrados y las luces apagadas. Aprovecho el silencio para correr las cortinas y reencontrarme con la ciudad detrás de un ventanal blindado. Me meto en la cama y, desde un ángulo preferente, me duermo con lo que me parece un espejismo: el Empire State ya no es un póster en mi habitación de la Vila Universitaria.

Un pequeño imprevisto sin importancia

—¡Mierrrda! —digo en voz alta, alargando la «r» a medida que veo todas las camas vacías de la habitación.

Cojo el ascensor y llego a la planta baja después de cuarenta pisos con los oídos tapados. El vestíbulo está vacío. La recepcionista, sola y sosteniendo el teléfono con el hombro mientras desenvuelve un caramelo, me ve y señala la puerta de mi derecha con el papel transparente del dulce. En la puerta hay un cartel pegado que anuncia AU-PAIR IN THE STATES. Vuelvo a mirarla y niego con la cabeza. Pero insiste.

Entro. Huele a plastilina.

Doscientas caras se giran al unísono y la onda expansiva me tensa el esfínter. Doscientas caras de chicas. Pero ¿qué coño es esto?

Preside el acto —porque esto, como mínimo, es un acto— la mujer robusta de protuberancias en las ingles. Repite la sonrisa papadal de anoche y con brazo teatral me invita a tomar asiento. A lo lejos, junto a dos indias, veo a Ana, que intenta decirme algo con las manos y me guiña el ojo y se ríe y vuelve a decir algo.

Las paredes están llenas de pósters de niños. Pósters con hijos de familias idílicas de todas las nacionalidades posibles, pirámides alimentarias y lemas cortos escritos con letras de colores. En el escenario hay pelotas, patinetes, muñecas y una montaña de juegos infantiles. Solo falta Chucky.

¿Será una escuela del Opus? Sabía que la abuela de Astrid era creyente, pero… ¿tanto? ¿Van a raparnos?

Una voluntaria sale al escenario. La mujer robusta, que cuando se pone seria invierte la postura mandibular —ahora labios fuera, papada succionada dentro—, le entrega un bebé de plástico que la voluntaria acepta con la misma solemnidad y lo coloca sobre una mesa metálica. La voluntaria empieza a palpar al bebé ante la masiva expectación de las chicas del público, que toman apuntes con la urgencia de quien necesita descifrar el código de la bomba en los últimos segundos. La voluntaria presiona el pecho de plástico con dos dedos y le practica el boca a boca insuflándole aire a media cara, acompañándose de unos movimientos sacádicos con el torso. Impresionante. Inquietante.

Cuando la voluntaria considera que ya ha acabado el ejercicio, aparta la boca de la cara del muñeco ajado —muchas bocas han chupado esa pintura de color carne— y se sienta en medio del aplauso efusivo de la sala. Como si realmente acabase de salvar al bebé. La mujer robusta espera a que concluya la ovación para coger al muñeco por el pie y sacudirlo de forma brusca. El esfuerzo le hace caer gotas de sudor por la frente y le humedece las ingles, con lo que se le oscurece el color de los vaqueros.

Por fin detiene en seco las sacudidas y dice: «NO». Y como si fuésemos monos dentro de una jaula comiéndonos nuestras respectivas pulgas, repite, alto y rotundo: «¡NO, NO!».

El público apunta en los cuadernos: «No».

Observo la escena mirando a un lado y a otro, buscando una sonrisa cómplice que no encuentro. Ana está concentradísima. Mientras la mujer robusta cambia los pañales al muñeco, paso de mi estado catatónico a aguantarme la risa como puedo. Además, siento curiosidad por una palabra que no para de repetir… ¿Qué coño significa «au-pair»?

Es la hora del break. Ana se acerca sonriendo, satisfecha, y se sirve un café en un vaso de poliestireno.

—¡Boluda! Pero ¡qué manera de dormir! ¡Intenté despertarte tres veces! —Y sin dejarme hablar, continúa—: Está buenísimo para ser el primer día, ¿no? Pero qué intensidad, ¡la hija de las mil putas! La parte que más me ha gustado es la de historia americana. ¡Te habría encantado! —Me informa, como si hubiésemos hablado más de cinco minutos en total desde que se han cruzado nuestras vidas.

—Ana, perdona… —Soy consciente de que cuando le haga la pregunta pareceré la tía más corta del mundo, así que decido tantear el terreno—. ¿Sabes cuándo empiezan las clases de inglés?

—¿Clases de inglés? No, estos tres días solo nos enseñan las normas básicas. Es decir, qué se espera de nosotras, la relación con los padres, qué debemos hacer cuando llueve para que no se aburran, a tomar la temperatura de…

—¿«Cuando llueve»? ¿Los padres de quién? —pregunto cargándome todos los filtros que aún me hacen parecer una chica coherente que ha cruzado el Atlántico con un objetivo conocido.

—¿Cómo que «los padres de quién»? Los padres de los niños. Mi familia es de San Francisco. Me tocaron dos niños: uno de tres años y uno de cinco. ¿Y a vos?

Entonces empiezan el sudor frío y ese ligero pitido de pánico en los oídos; el sabor metálico en la boca. Como cuando me dejé el gas de la cocina abierto toda la mañana en el piso de la Vila. O cuando vi el móvil dando vueltas en la lavadora. O cuando me dejé el radiador encendido… todas las vacaciones de Navidad. O… tantas, tantas cosas. Aunque delante de mi familia no lo reconozca, es cierto: soy muy despistada.

Corro hasta la sala que huele a plastilina para dirigirme a la mujer robusta, que me ve y me sonríe, y cuando empieza a abrir los brazos para recibirme me doy cuenta de que después del «Hello» no sé cómo seguir. No sé cómo se dice nada de lo que quiero decirle, de manera que le devuelvo la sonrisa y corro a buscar a Ana.

—Ana, dile que ha habido un error. Que he venido aquí a aprender inglés. En una escuela de idiomas. Dos meses en Nueva York. No a cuidar niños. Debería estar en otra sala del hotel, no en esta.

—¿¿¿Quééé??? —grita Ana—. Por la concha de...

—Luego te lo explico. Tú díselo, díselo. Que busque en la lista: Rita. Rita Racons.

Ana se resigna sin controlar la dilatación de las pupilas por el estrés y se explica en un inglés sacado del máster de Literatura Comparada de Princeton, New Jersey.

La mujer robusta la escucha con atención y yo exhibo una sonrisa congelada mientras las observo como si fuera un partido de tenis. A medida que avanza el discurso de Ana, la cara de la mujer robusta se transforma y pasa de la curiosidad a la incomprensión, hasta llegar a una expresión de terror que hace que le brillen los ojos y se lleve la mano a la boca. Han vuelto a humedecérsele las ingles. Tres dedos de sudor. El tema es grave.

La robusta sale corriendo. Pero ¿qué está pasando?

Tarda poco en reaparecer con una lista que deja encima de la mesa metálica. Localiza mi nombre, levanta el papel y me lo muestra a pocos centímetros de la cara. Espera una respuesta, una reacción, algo. Me encojo de hombros, perdida, y espero dar a entender que me da igual lo que me digan, que no he venido a América a hacer de canguro de nadie.

—Dice que te incorporaste a última hora —me informa Ana—, que sustituyes a una tal... una tal Astrid Casanova.

Cuando oigo el nombre de Astrid, me da un vuelco el corazón y palidezco, lo que evidencia, por el reflejo de mi cara en los ojos de Ana y de la mujer robusta, que, en efecto, estoy en la sala de plastilina que me corresponde. Pero la sentencia no ha concluido. Ana, después de un silencio sólido, prosigue:

—Tu familia es de… —Alza la mirada y niega con la cabeza gacha, como si me comunicase que mi marido ha muerto en la guerra—. Rita, tu familia es de Atlanta. —La mujer robusta sella los labios, controlando una reacción que no acierto a descifrar. Ana remata—: Tienes tres niños: uno de cinco años, una niña de ocho y un preadolescente de diez.

La temperatura corporal me baja dos grados de golpe.

—Tengo que hacer una llamada internacional.

—Astrid, ¿me oyes?

—¡¿Rita?! —responde con el entusiasmo del verano mediterráneo y de las cervezas de puesta de sol a orillas del mar, muy lejos del olor a ambientador de vainilla de este vestíbulo enmoquetado—. ¿Cómo estás? ¿Cómo es Nueva York?

—Pues no lo sé, porque desde que he llegado llevo todo el puto día encerrada en un hotel viendo cómo le hacen el boca a boca a un bebé de plástico.

—¿Qué?

—Tía, ¿qué quiere decir que tengo que ir a Atlanta a cuidar de tres niños?

—¿Qué quieres decir con «qué quiere decir»? —contesta en un tono seco mientras se aparta del bullicio—. No te entiendo.

—La que no lo entiende soy yo. He venido a Nueva York a estudiar inglés durante los dos meses de verano… ¿no?

—Ri… Rita… —Contiene una carcajada que sabe peligrosa—. Estoy flipando. Pero si en los papeles que te mandé se detalla todo, incluso está la foto de la familia… Te lo expliqué todo el último día, en la Vila. La empresa se llama Au-pair in the Stat…

—Pero ¡tú me dijiste que venías a aprender inglés!

75

—Sí, y...

—¿Y qué significa «au-pair»? ¡Nadie sabe qué significa «au-pair»!

—«Au-pair» quiere decir hacer de cang...

—Sí, sí, ahora ya lo sé, ¡que tengo que ir a hacer de canguro!

—Y, Rita... el contrato no es de dos meses.

—¿Cómo?

—El contrato... —Silencio—. El contrato es de un año.

—...

Dos grados menos de temperatura corporal.

—¿Rita?

—¡¿HAS DICHO UN AÑO?!

—Rita, pero...

—Astrid, el último día en la Vila me zampé una ensaimada de marihuana que me hizo tener unas paranoias que ni Lou Reed y David Bowie el último día del Sónar.

Entonces Astrid se pone a recordar todos los momentos en que me lo explicó y en que yo, por algún motivo que ahora no viene al caso, tenía la mente en otra parte. Suele pasarme. Me distraigo fijándome en cosas aleatorias, como la facilidad innata que tienen los quillos para conducir las motos. O el olor a suavizante de los que salen a correr por la calle. Pero ahora los quillos y los suavizantes dan igual. Porque resulta que he venido a América a hacer de canguro en Atlanta (¿dónde coño está Atlanta?) durante un puto año.

Suena una canción que se ha puesto de moda este verano, con notas altas y ritmo alegre. Hace un día increíble. La recepcionista me sonríe al otro lado del mostrador.

Miro a través de la puerta giratoria del vestíbulo y observo a una chica de mi edad, estupenda, que sale sola de un descapotable rojo con un café en la mano. Va leyendo una revista con un dibujo precioso en la portada. Se ríe. Se nota que sabe adónde va. Cómo me gustaría ser ella. Saber qué hacer. Saber adónde ir. Pienso que, si ella ha encontrado su camino aquí, quizá yo también lo consiga. Devuelvo la sonrisa a la recepcionista y desenvuelvo un caramelo.

—¿Rita…?

—Sí, sí, sigo aquí —respondo en un tono sereno y amable que sorprende al otro lado de la línea—. ¿Estás en Palamós?

Oigo a Santi riéndose a lo lejos y un monosílabo inseguro, casi imperceptible, que confirma que también está Gonçal… y Sònia.

—Sí… Hemos bajado a Palamós, que se celebraba el concurso de lanzar huesos de aceituna en s'Alguer, y estamos en casa de los Mendi…

La cala s'Alguer y sus casitas de colores. Hombres panzudos sirven ron quemado que se evapora con la bruma azulada del anochecer. Sardinas a la brasa, fuet y pan con tomate. El rumor incesante de las olas pequeñas contra las piedras. Las habaneras y la medianoche.

Las noches de verano en el Mediterráneo alargan la vida a cualquiera. Al mencionarlas, cada palabra pesa una tonelada de magia. Conozco esas noches como si fuesen mi casa. Las he vivido muchos años y las viviré el año que viene, y todos los años que quiera… Lo que no volverá es este momento, el salto al vacío, la incertidumbre que me provoca esa puerta giratoria… La oportunidad de descubrir lo que me dijo la yaya en la azotea.

El bombardeo de lo que me perderé durante un año me supera: la fiesta del lago, la Mercè, el Carnaval de Palamós, Navidad (¡Navidad!), primavera en las plazas de Gracia, la nieve en la azotea, mis amigos, trescientas sesenta y cinco noches rodeada de una vida que me encanta.

Debo decidir si pasar mis veintitrés años lejos de todo lo que me gusta y de todas las personas a las que quiero en el tiempo que dura una bofetada.

El descapotable rojo arranca y se aleja a cámara lenta. La chica decidida de planes clarísimos desaparece de la escena con un elegantísimo movimiento de cabeza.

—Joder, Astrid... El concurso de huesos de aceituna de Palamós... La última vez gané yo, ¿te acuerdas? —pregunto con alegría.

—Mujer, ¡cómo olvidarlo! —Astrid se ríe, desconcertada—. Pero, escucha... entonces ¿te vas a Atlanta o vuelves a casa?

—Tengo que colgar, Astrid. Me espera un bebé de plástico. Un beso.

Atlanta

Comparada con Nueva York, desde el aire, Atlanta es una mancha de cemento con una docena de edificios que reivindican la condición de capital americana. Más allá de ese centro, la ciudad es una explanada frondosa e infinita de naturaleza verde. Kilómetros y kilómetros de árboles salpicados por lo que desde aquí arriba parecen pequeñas cicatrices, centenares de ciempiés. Cada corte es una calle, y en el extremo de cada punto —o de cada pata del ciempiés— hay una casa a ambos lados. No me lo imaginaba así. Parece que la gente viva en mitad del bosque. Si fuese así, sería brutal.

Tal y como informa la ficha técnica que mi futura familia adoptiva ha incluido en una bonita cesta de bienvenida que me ha enviado al hotel, entre estos árboles viven cinco millones de habitantes que convierten Atlanta en la tercera ciudad más grande del país. También he aprendido que tiene el aeropuerto más transitado del mundo y que, además de ser la sede de Coca-Cola, la CNN y Delta Airlines, aquí triunfó el primer afroamericano millonario del país. Nunca había sabido tanto sobre una ciudad. Si esta experiencia acaba siendo un desastre absoluto, como mínimo me habré documentado en antropología y geografía yanquis.

Pero todo hay que decirlo: si me encuentro a algún crío tirado por las calles de Atlanta a las puertas de la muerte, que nadie se preocupe, porque puedo resucitarlo de veinticuatro maneras distintas.

Empieza el aterrizaje. Intento relajarme y mentalizarme para la llegada. Que voy a hacer de au-pair, joder. ¡De au-pair! ¡En Atlanta!

El aeropuerto es moderno, modernísimo. Después de esperar al equipaje, he tenido que coger un tren (¡que no conducía nadie!) que ha atravesado todo el aeropuerto. Inaudito. El futuro.

En el último control de seguridad, una mujer voluminosa y graciosa me ha dedicado una frase corta y divertida de la que no he entendido más que una palabra: «Elena».

Segundos más tarde, un hombre igual de voluminoso e igual de gracioso también me ha hablado de la tal Elena. ¿Quién será esta Elena? ¿La patrona de Atlanta?

Cruzo la puerta de salida. No hay mucha gente, pero lo identifico rápido.

El padre, solo, espera vestido con camisa hawaiana y una camiseta interior en la que pone: NO SOLO SOY PERFECTO, TAMBIÉN SOY AMERICANO.

Qué maravilla.

Me ha dado la mano y me ha dicho:

—Todos tenemos muchas ganas de conocerte. Tenemos berberechos.

O eso creo que ha dicho.

A pesar de que los dos sabemos que ya hace tres días que llegué al país y ya he superado el cambio horario, la excusa del jet lag me ha ofrecido algo de tiempo y me ha perdonado las catalanadas que llevo soltando desde el aeropuerto. Entre otras, para decir «puerta» he dicho «port». Para una que me sé y la digo mal.

Cuando se ha presentado, para referirse a él ha dicho «beca Fulbright» y «grados Fahrenheit» en la misma frase, y ahora no sé si se llama como la beca o como los grados.

Debe de medir un metro noventa y tendrá unos cuarenta o cincuenta años. Las canas se abren paso en un pelo decente de color castaño oscuro, y juraría que le he visto los ojos azules. No tiene pinta de hacer mucho deporte. Ni de haberlo practicado nunca. Tiene algo que me hace gracia, que me hace reír. Y no es la camiseta.

Subimos a un BMW todoterreno impecable con tapicería beis que aún huele a nuevo. En la emisora sintonizada en el primer botón suena música clásica. El coche marca que estamos a noventa y cuatro grados Fahrenheit —no sé cuántos centígrados son, pero hace mucho calor—, y el aire acondicionado me aparta el pelo de la cara. El hombre está un pelín nervioso, pero sabe cómo llevar la conversación inicial; no solo porque es americano, sino porque no debo ser la primera au-pair a la que va a buscar al aeropuerto.

Me informa de que se ha puesto esa camiseta para recibirme y que lo ha hecho con cada au-pair a la que ha ido a buscar al aeropuerto. ¿Ves? Me hace gracia porque el tono sereno e intelectual con el que habla no puede alejarse más de la ropa que lleva. No sé si me ha dicho que es fisioterapeuta o psicólogo. Que sea fisio, por favor, que sea fisio.

Ahora mismo le entiendo un poco más que al resto de los americanos que he conocido hasta este momento, por lo que pienso que tiene un ligero acento británico. Pese a todo, le he preguntado si sabía quién era la tal Elena, pero no ha sabido responderme. Lleva un perfume clásico y un pelín anticuado: Aqua di Giò. A pesar del acento, me cuenta muchas cosas que no entiendo, y yo no puedo parecer más simpática.

Hará unos veinte minutos que hemos salido del aeropuerto. Es de noche y avanzamos por una autopista con poco tráfico hasta que nos desviamos por donde la señal de color verde fluorescente anuncia el área de nuestro barrio: Decatur.

Poco después de abandonar la autopista, llegamos a nuestro vecindario. Me llama la atención la franja de hierba infinita que recorre cada casa sin vallas de separación. La mayoría de las viviendas son enormes, he visto una que parecía un castillo, madre de Dios, pero el resto son bonitas y de colores.

—Nuestra casa está al final de la calle —informa con un punto de orgullo—, en el cul-de-sac.

—¿Cul-de-sac? ¡«Cul-de-sac» es una palabra catalana! —grito.

—Sí, y francesa, occitana, sarda y romana.

Debe de ser la beca. El hombre recrea la sonrisa cordial que ha exhibido después de «port». Y entonces la veo. La casa al final de la cul-de-sac, azul e iluminada.

—Bienvenida al hogar de la familia Bookland, Rita. Welcome home.

«Home», pienso, y se me hace un nudo en la garganta. Le respondo con una sonrisa.

Aparca el coche en la rampa y bajo para descubrir un silencio bucólico que llenan el susurro de árboles gigantescos y el murmullo de un arroyo cercano. Intento preguntarle de dónde viene el ruido del agua, pero no sé ni por dónde empezar. Solo me sale:

—Be water, my friend.

El olor a hierba se intensifica por la humedad del ambiente, que me baña los brazos. El lugar desprende un aire de misterio cálido que invita a sentarse en la acera y guardar silencio. Me alejo un poco para ver la fachada y él me hace señas para que lo siga al fondo del jardín.

—Nosotros diseñamos la casa. Bini es el único de los tres niños que ha nacido aquí. —¿Bini? ¿Quién le pone Bini a su hijo y espera que pueda hacer algo de provecho en la vida?—. Le llamamos Bini, pero se llama Xavier.

—¿Xavier? —¿Qué pasa? ¿Por qué todo me suena a catalán?

La casa está coronada por tres triángulos y en el centro sobresale el más grande. A la derecha, como un rectángulo anexo, están las puertas del garaje, cuadradas, también azules y con dos vigas blancas que trazan una cruz.

Pero lo mejor está al otro lado de la casa: unos escalones de piedra centrados en la fachada y custodiados por dos arbustos simétricos dan la bienvenida al porche. Un porche lo bastante ancho como para que quepa una mesa para quince personas. Del techo cuelgan unos ficus y al fondo hay un banco que se balancea colgado de dos cuerdas.

Comparadas con las paredes de piedra de medio metro de grosor de mi casa, estas parece que vaya a llevárselas el viento a la primera de cambio.

—¿Entramos? —me pregunta mientras abre las puertas del garaje.

—Entramos —contesto con voz temblorosa.

—Welcome, welcome, welcome! —Unos gritos agudísimos se mezclan con el clonc-clonc de unos tacones anchos—. Welcooome!

La madre de la familia se detiene en el rellano de las escaleras que va del garaje al salón. Es una mujer de media melena rubia —parece natural— corpulenta, guapa y risueña que me saca dos palmos.

—Y ella es Hanne —dice Fullbright, con una sonrisa sincera.

Las paredes están llenas de dibujos infantiles y la casa huele a suavizante y a limón. La madre me abraza. Parece maja. No lleva colonia, pero huele a champú y a limpio.

Al final de las escaleras se abre el salón. La altura de la estancia y las paredes blancas hacen que el espacio resulte un pelín frío, pero el sofá y la alfombra marrones lo salvan. ¡Al fondo hay un piano de cola! El señor y la señora Bookland se sientan y me preguntan si me apetece una copa de vino.

Empezamos bien.

Como ella no para de llamarle «honey», aún no sé si es Fahrenheit o Fulbright. Así que, aunque suene pomposo, la única manera que encuentro de dirigirme a él es «Sir». Y espero que «Sir» no signifique «caballero británico» o algo así.

El Sir rodea a su mujer con el brazo y la pareja se sienta en una posición cotidiana, ni amorosa ni impuesta. Sobrevivo como puedo a las primeras preguntas cordiales: «of course» por aquí, «great» por allá y «amazing» por todas partes.

—Los niños ya duermen —me adelantan—. Es muy importante que a las ocho estén en la cama.

Hanne sigue explicándome algo del jardín —creo— cuando de repente se da cuenta de que, mientras ellos ni siquiera se han mojado los labios, a mí me queda medio dedo de vino en la copa. Ella modera el ritmo de la explicación —quizá fuera una prueba de alcoholismo, y la he suspendido, seguro— y su marido me pregunta si quiero más. «Di que no, claro, ¡nooo!».

—Sí, gracias… Sir.

—Por ciertou —prosigue con lo que anticipo que será el clásico spanglish: amigou/fiesta/servesa—, mi maridou y yo hablamos español, lo que nos queda del colegio, que fue hace tres siglos, vaya… —Se ríen. Ella sigue con la explicación con un acento tipo Aznar, pero con una gramática impecable—. Así que, al principiou, si tienes problemas, puedes hablarnos en español.

—¡No, no! No os preocupéis —que vean que estoy muy motivada—, he venido a aprender inglés. Y a cuidar de los niños, claro. Me adapto rápido. Hoy porque estoy cansada, pero entiendo el ochenta por ciento —así, bien, bien, introduce datos, porcentajes— de todo lo que me decís en inglés.

Entonces empiezan a hablar en inglés. Por sus caras, es evidente que me están explicando conceptos relevantes para mi trabajo, cuestiones importantes, joder. Asiento muy despacio, con la cabeza ligeramente inclinada, y enfoco la mirada, concentrándome. Llego a llevarme un dedo a los labios para dramatizar. Pero solo entiendo dos palabras: «Hakuna matata, hakuna matata», en bucle.

—Perdonad… ¿Podríais repetírmelo en español, por favor? Solo hoy. Quiero asegurarme de asentar correctamente los pilares básicos. —Muy bien esas palabras: «correctamente», «pilares básicos».

—Sí, claro —contesta Hanne, que se ríe, pero deja entrever un instante de indignación—, te comentábamos que una de las razones principales por las que os cogimos, primero a Astrid y luego a ti —otro instante de indignación— es porque siempre, siempre que estés tú en escena, los niños deben hablar en español. Aunque intenten convencerte de lo contrario. Que lo intentarán.

—No hay problema —respondo de manera rotunda.

Su marido vuelve a llenar las tres copas sin preguntar.

—¿Qué tal los primeros días en Nueva York? —pregunta Hanne en inglés, pero muy despacio.

Antes de contar nada, aprovecho la oportunidad para averiguar algo sobre el nombre.

—Pues mucho calor… —los miro fijamente, hago pausa dramática—, muchos… muchos grados Fahrenheit…

Me miran estupefactos. Ninguna reacción a los grados. Sí, debe ser la beca.

—Decíamos —aclara Hanne— que qué tal los primeros días en Nueva York…

—Sí, sí… Pues han sido amazings —aquí ya me suelto, que esta me la había preparado—. Además de la ciudad, que es amazing, lo mejor ha sido conocer a las otras au-pairs.

—Perdona, no te entiendo. ¿Cómo dices? —pregunta él.

Se lo repito, pero más despacio. Joder, ¡si se entiende perfectamente!

—Ajá, ajá… —Bebe, no me entiende.

—¿Ellas están contentas con las familias que les han tocado? —pregunta Hanne.

—Sí, sí, lo que pasa es que hasta que han encontrado una buena, algunas han hablado con familias rarísimas. —Finjo que no me doy cuenta de que he vuelto al español—. Había algunas que solo ofrecían comida cien por cien vegana, otras que exigían que las au-pairs fuesen a misa día sí y día también, e incluso otras que no tenían televisión... ¡o que la tele no podía verse nunca! ¡Nunca! Y es como para decir... pero, chavales, ¡que esto es América!

Intercepto una sonrisa tensa. Se ríen sin enseñar los dientes. Se miran. A continuación, señalan la pared del otro lado de la mesita de la sala. Donde debería estar la tele, hay una pecera.

—Nosotros no vemos la tele —dice ella.

—Vaya.

Fantástico. Diez minutos de conversación y ya me ven como a una alcohólica, analfabeta y adicta a la tele.

—Tenemos una, ¿eh? Abajo, en la sala de juegos, pero solo están sintonizados el Canal Historia y el National Geographic, los únicos que valen la pena. —Bebo, no queda vino—. Es que no tenemos tiempo de verla, ¿sabes? Siempre encontramos cosas mejores que hacer, que es lo que también esperamos de ti, claro. —Bebe.

—Lo que sí hacemos es escuchar mucha música. De eso sí que tenemos, ¿eh, honey? —El Sir mira a Hanne con orgullo honesto y ella le responde con una dulzura contenida—. Chopin, Beethoven... Melodía, emoción y memoria en la forma más evolucionada del arte. La música, el origen tribal, el latido del corazón de la madre, ¡la música es éxtasis! —Estoy a punto de echarme a reír porque pensaba que era broma, pero no lo es. Este hombre no tiene pinta de fisioterapeuta—. Scriabin consideraba que la música era la disciplina artística más completa, y el éxtasis, la emoción humana más evolucionada. —Cojo la copa—. Las armonías disonantes llegan a dañar el oído por la tensión que crean, pero culminan... —él coge la copa, la alza en el aire y la balancea como si dirigiese una orquesta. He estado a punto de imitarle, aunque lo he salvado a tiempo—, pero ¡culminan en el éxtasis! Y no solo con el sonido, sino sobre todo con el silencio... —Me mira como si tuviese que recitar lo que viene a continuación con él, voy perdidísima—. Scriabin dice: «Soy un momento que ilumina la eternidad, soy una afirmación... soy el éxtasis».

—¡Salud! —grito. Ellos hacen lo mismo.

Seguidamente, como si no acabase de decir lo que acaba de decir, como si no acabase de tener un orgasmo sinfónico, el marido coge de la mesita lo que parece un álbum.

Identifico una medalla que le cuelga del cuello con una letra. Mierda, claro, es una efe. Es evidente que con los grados no ha habido respuesta, pero ¿quién se llama Fulbright hoy en día?

—Fulbright —digo finalmente.

Los dos levantan la cabeza, expectantes. Él asiente.

¿Por qué no he podido esperar? ¡Solo era cuestión de tiempo! ¿Y ahora qué digo?

—Qué nombre más... académico.

Sonrisa doblemente agarrotada.

—Gracias —responde confundido. Y continúa por fin—: De todas las au-pairs que hemos tenido, este es seguramente el mejor álbum de presentación que hemos recibido. Felicidades, Rita.

(¿Álbum?).

—Sí, tienes razón —añade ella—, pero el de Daniela también estaba muy bien, ¿recuerdas?

—Ay, sí... —El amor por la tal Daniela es obvio.

—Además, entre las páginas —sigue Hanne— había hojas secas de cedro amargo que recogió para los niños en el Parque Natural de Guatopo —coinciden los dos sonriendo.

—Quizá lo que más nos gustó de ti —dice Fulbright— fue ese amor incondicional por los niños, y que, gracias a tu experiencia como psicóloga evolutiva, puedes llegar a gestionar sus objetivos y emociones a través de los valores del deporte. —Está claro que Astrid se ha asegurado de que me acepta-sen—. Después de todo, el deporte es un vehículo extraordinario para explorar el mundo. Pero, claro, todo parte de la seguridad forjada durante la infancia, ¿no? La teoría del apego de Bowlby y Ainsworth. Sin embargo, todo empieza mucho antes: Hobbes y Rousseau. ¿Qué crees que somos, el lobo o el buen salvaje? Y no cojamos como ejemplo la Samoa de Margaret Mead, porque se nota que ese estudio está lleno de lagunas…

Joder, ¿por qué no podía ser fisioterapeuta?

¿Es una pregunta retórica?

Me quedo unos segundos sin habla. Me miran. No es una pregunta retórica. Debo responder. ¡Cuatro! Cuatro años estudiando y no sé contestar la primera puta pregunta que me hacen sobre la materia.

Intento mantener la sonrisa como si no hubiese entendido que era una pregunta directa. Y la ha hecho en español. Fulbright, el hombre con nombre de beca, me acerca el álbum a modo de salvamento, para que les cuente algo. Veo una veintena de fotos con mis alumnos de las últimas tres temporadas de esquí —y de otros niños que no sé quiénes son—; los recuerdos hacen que se me cierre la garganta y quizá mi cara muestre que es la primera vez que veo este álbum. Las fotos van acompañadas de una larga explicación llena de tecnicismos psicológicos resaltados en negro que, salvo por algún condicionamiento clásico, no recuerdo haber estudiado nunca.

¡Astrid ha incluido mi foto de la orla y todo! Pero ¡si no la tengo ni yo! Lo más importante es que salgo guapa.

—Entonces ¿Hobbes o Rousseau?

—¿Rousseau?

—¡Oh! ¿Seguro?

—Hummm —finjo que dudo—. Yesss —alargo la ese con decisión.

—Bueno, bueno… ya nos lo explicarás bien mañana, que ahora debes de estar muy cansada —dice Hanne. Pero ¿qué pasa con Rousseau?—. Ahora ven, que te enseñaremos la sorpresa que te han preparado los niños en tu habitación.

Bajando las escaleras, al lado de la puerta por donde hemos entrado desde el garaje, me muestran la sala de juegos. Es enorme. En el suelo, ocupando toda la moqueta de color beis, se dispone una batalla de soldados en formación.

—¿La ves? ¡Está allí! —dice Fulbright, apuntando a una tele de tubo—, y aquí es donde los niños pasan la mayor parte del tiempo… imaginando y creando. Si no proporcionas un ambiente en el que creadores e inventores puedan poner cosas en marcha, nunca tendrás ideas nuevas, ¿no crees? Es así de simple. Ya verás como tú también pasas muchas horas aquí. ¡Y sin encender la tele!

—Y esta es tu habitación. —Hanne me mira con una sonrisa juguetona, a punto de abrir la puerta que está al lado de la sala de juegos—. ¿Preparada?

Lo primero que veo es un sencillo sistema de cuerdas que activa una radio y hace que suene una canción.

El himno de «Els segadors» suena a todo trapo en esta cul-de-sac del estado de Georgia. Hanne y Fulbright mueven los brazos contentos, como directores de orquesta, orgullosos de la oferta musical.

—Dudamos entre «Els Segadors», «La Santa Espina» o «Muntanyes del Canigó».

(¿Muntanyes del Canigó?).

—¿Qué te parece la habitación? —pregunta él orgulloso—. Los niños se han pasado toda la tarde preparándola.

Abro mucho los ojos y me quedo plantada en el vano de la puerta.

En un rincón reconozco una foto de la farmacia de Llívia en la que pone IMPRESIONANTE COLECCIÓN DE 87 BOTES AZULES, TAMBIÉN LLAMADOS «ALBARELOS».

(¿Albar…?).

En otra pared hay una serie de viñetas que explican la leyenda de la Moreneta. Comienza hacia el año 880.

En torno al cabecero de la cama se despliegan las recetas catalanas más tradicionales. De la escalivada a la carn d'olla. Y al lado, la brandada de bacallà. No puede ser, no es posible: la cubierta del diccionario Xuriguera y un esquema vertical con los acentos diacríticos.

Pero ¿quién es esta gente?

—Las galletas con la señera son de tomate y plátano. Las ha preparado Eva. No quedaban fresas —se ríe Hanne.

—¡Te costará quitarlo todo! —dice él—, pero déjalo hasta mañana, que querían explicarte el sistema de cuerdas y tenían dudas sobre el uso de los pronombres débiles. —¡Y quién no!—. ¿Te gusta?

—No tengo palabras.

—Te dejamos descansar... —dice ella—. Ah, por cierto... vamos a misa los miércoles. Y nos gustaría mucho que nos acompañases.

Putas de río y una nariz siciliana

A excepción de un último dibujo pegado en el techo de la Sagrada Familia con gambas en una de las torres, no me he llevado más sorpresas de orden nacional. Bueno… ya estamos. Aquí, junto a este armario con espejo, me despertaré los próximos trescientos sesenta y cinco días.

Son las nueve en punto de la mañana. Pruebo una galleta, la escupo y tiro el resto por el váter.

Es la habitación propia más grande que he tenido nunca. De día se ve muy distinta a como la vi ayer; de noche, la luz entra por las lenguas de la persiana y es muy agradable. El silencio continúa, solo roto por el trino de los pájaros americanos.

No sé si esto de vivir en el piso más bajo de la casa, a la altura del garaje, es jerarquía de la «nanny», y si también por eso tengo la única ventana de la casa con un arbusto pegado al cristal… Pero, eh, no pienso quejarme. Hay cama de matrimonio, un diván en el que Fulbright debe haber iluminado a unos cuantos cientos de pacientes y atención: en el baño tengo la misma cortina de ducha que Joey y Chandler (la transparente con el mapamundi de colores). ¡Esto es América!

Subo sin cambiarme. Llevo unos pantalones de jugar al baloncesto, una camiseta de licra color carne y hacia la mitad de las escaleras me he dado cuenta de que no me he puesto sujetador, pero tengo tanta hambre que me ha dado pereza volver atrás. Llego a la cocina con el claro objetivo de investigar la nevera (¿habrá crema de cacahuete?, ¿leche en garrafas?), cuando oigo dos voces sudamericanas que hablan y ríen con fondo de bachata.

Dos mujeres mueven brazos y culo. Una come zanahorias y la otra lo que me parece un helado maxi de KitKat.

—¡Míralaaa! Eres Rita, ¿verdad? —exclama la joven, la de las zanahorias, sin dejar de bailar, y me da un beso en la mejilla—. Mi amor, yo soy Daniela, la au-pair.

—¿La au-pair? —¿La au-pair no era yo?

—Bueno, la au-pair que se va...

La au-pair que se va es una morenaza que, si no está operada de arriba abajo, los cirujanos plásticos de toda Sudamérica han marcado el canon de belleza a partir de sus curvas. Fantástico. Seré la sustituta de Miss Universo.

—Mucho gusto —responde la mujer de la limpieza, que me estrecha la mano con el KitKat en la boca; menos cordial, menos contenta de verme y de intercambiarme por la miss—. Me llamo Conchi. Con-chi, no Concha —matiza con cierto escarmiento—, viene de Conchita. Y esto... —levanta la barrita de KitKat que se está zampando a las nueve de la mañana— esto es la malparida menopausia.

—Mucho gusto para mí también —respondo, amable y manteniendo el cuerpo muy rígido para que no se les ocurra sacarme a bailar.

—¿Qué quieres desayunar? —me pregunta Conchi.

—La verdad es que me da igual... tengo mucha hambre.

—Te prepararé unos pancakes. Hoy te los hago porque es el primer día, pero no te acostumbres, ¿vale?, que ya tengo mucho trabajo.

—En realidad es un amor, ya lo verás, pero le da duro que me vaya... Nos hicimos muy amigas —aclara Daniela, y me coge de la mano—. Ven, linda, que tenemos mucho que hacer antes de que lleguen los niños del colegio.

Durante un buen rato, Daniela, que además de espectacular también es la mar de simpática, me enseña la casa y me suelta algún cotilleo.

En general, la decoración se parece a la que tendría Indiana Jones en su despacho de la universidad si Indiana Jones tuviese hijos. He visto platos de colores de México, sombreros de Marruecos, un Taj Majal en miniatura, un kiwi plateado de Nueva Zelanda… Recuerdos diversos y multicolores de todo el mundo. Tienen hasta una foto de Fulbright y Hanne sentados en la fuente de la plaza de Sant Felip Neri, en la Ciutat Comtal. Sin embargo, la mayoría de las paredes exhiben una cantidad desproporcionada —e innecesaria— de fotos de sus hijos; de dibujos que han hecho los niños e incluso de óleos pintados por los pequeños artistas. En el único lugar donde no los he visto es en la enorme librería que ocupa la pared de detrás del piano de cola.

La sala que más me ha gustado es el estudio de los padres. Dos de las paredes son de cristal, con lo que simulan una caja transparente con aire de invernadero, ¡y donde los protagonistas son dos escritorios de madera antiguos con dos iMac! ¡Dos! Solo había visto un iMac, en la uni, pero nunca tan de cerca.

Y atención: cuando estaba mirando esa maravilla de pantalla, en una foto del escritorio, ¡de pronto ha aparecido Hanne abrazando a Bush! ¡¡¡El puto George Bush!!!

—Sí —se ha reído Daniela, orgullosa de la anécdota, como si la hubiese vivido ella—, eso fue durante el huracán Katrina. Hanne es médica y fue a Nueva Orleáns como voluntaria, pero no, no está en el Gobierno…

—Y entonces ¿cómo es que aparece con Bill Clinton —¡Clinton!— en esa foto de ahí arriba, detrás del ficus?

—¡Ah! Claro… Es que el padre de Hanne trabaja en el Congreso. Es congresista del Partido Demócrata. —Y añade bajando la voz, confidente—: Es un pez gordo gordo…

Tan gordo como para permitirse tener a Bill Clinton detrás de un ficus.

En el estudio, lejos de la sombra de cualquier ficus y colgados en la pared con un marco de un palmo de grosor, hay dos diplomas de Harvard. Uno lleva el nombre de ella y el título CUM LAUDE escrito en dorado, y al lado hay otro idéntico —también *cum laude*— con el nombre de él.

He notado que me sudaban las axilas. Resulta que Fulbright no es psicólogo ni fisioterapeuta, sino catedrático en Historia —cum laude— y director del Departamento de Historia de la Universidad de Emory. Y ella, además de médico, dirige el equipo estadounidense que investiga no sé qué vacuna para llevar a África. Vamos, que esto no son *Los Simpson*.

—Todo lo que consiguieron es mérito de los dos —me aclara Daniela cuando veo otra foto de Hanne cenando al lado de Bush—, te vas a dar cuenta...

»Son una familia muy buena. Una familia de oro, en realidad —reafirma la au-pair con los codos apoyados en la encimera de la cocina, y da un traguito la mar de elegante al té détox (¿détox de qué?)—. Con los niños solo tienes que hacer actividades culturales que les mantengan ocupado el cerebro y ya está. Pero no todo les sirve. Les encanta ir al museo Fernbank, el de historia natural, sobre todo cuando hay exposiciones planetarias, de minerales o de dinosaurios. Todo eso ya lo he anotado en la lista de cosas importantes que estoy terminando. Por otro lado, quizá ya te lo comentaron ellos: no les gusta que los niños vean televisión.

—Pero ¿¿¿por qué??? —me excedo.

—Pues porque consideran que hay muchas cosas más interesantes que hacer. Y estoy de acuerdo con ellos —continúa, trastornada por este año de desconexión y miseria—. Pero no es una prohibición total, ¿no? De vez en cuando pueden ver algún documental... Aunque, ahora que lo pienso, creo que este año no han visto ninguno. No... ninguno.

Doy un último mordisco a la quinta tortita, rebaño la mantequilla y le añado un último chorrito de sirope de arce. Pienso en mi infancia delante de la televisión. Las horas de Disney, Spielberg y clásicos de los ochenta en vena. Puede que fuera menos soñadora e idealista... y seguro que no habría considerado ni por un segundo que Gonçal quizá podría ser mi príncipe azul. Seguramente sabría más inglés y disfrutaría de más retención mental. Y habría podido responder a si la teoría de Bowlby está o no obsoleta. Y yo qué sé. Está claro que tampoco sabría cómo hacer que nazcan dinosaurios a partir de un mosquito pegado a una bola de resina ni responder a la frecuente pregunta de qué es una bola universal.

—Dale, vámonos —dice Daniela al tiempo que recoge el plato que me habría gustado rebañar—, que te muestro el barrio y, si puedo, un poco de Elena.

—¿Elena? Pero, a ver, ¿quién es esa Elena?

—¿Elena?

—Acabas de decir que si puedes me enseñarás un poco de Elena.

—¡No! —Se ríe—. ¡Atlanta! Es que aquí se pronuncia así. Supongo que el acento del sur se me ha pegado más de lo que pensaba.

Increíble. Según el acento de aquí, para decir «Atlanta» no utilizan ni la a ni la te. Este año será muy duro.

No tengo tiempo de cambiarme de camiseta antes de irnos. Además, sin sujetador, creo que un pelo del pezón ha traspasado la licra.

El garaje está impecable. Hay bicis, estanterías con carpetas y (más) libros, pero... ¿y los balones? ¿Los monopatines? Solo veo una enorme bandera americana colgada de una de las paredes.

—¡Te presento tu carro! —anuncia Daniela, abriendo los brazos al estilo que ha aprendido en las finales de Miss Universo.

—¿¿¿Qué??? ¿¿¿En serio??? —contesto con la misma elegancia con la que Asunción mete a las vacas.

—Sí, linda, en serio. —Y después refunfuña, cagándose en todo—: Juepucha, qué mamera volver a Colombia, con lo que amo mi carro…

Pues sí. El BMW todoterreno que vino a buscarme al aeropuerto, el que me abrió «la port», el del olor a nuevo y tapicería beis, señoras y señores, es mi nuevo coche. Pero aún no puedo conducirlo. ¿Cuándo ha dicho esta que se iba?

En nuestra calle solo hay siete casas. Todas elegantes, todas bonitas y una de cada color, ninguno estridente. La fila de árboles, altos y redondeados, no nos abandona nunca; se extiende tras cada casa y por todo el camino; medirán unos diez metros, y no consigo adivinar de qué especie son.

—Antes que nada, tienes que conocer el club social, que es donde está siempre todo el mundo y donde estarás todo el tiempo. —Gira en la primera curva que encontramos. Si el coche no fuera automático, se le habría calado quince veces.

El club social es una casa vacía por dentro donde, al parecer, celebran todo tipo de acontecimientos. Desde cumpleaños hasta Halloween y domingos por la tarde. Al salir de la casa, bajando en desnivel, se extienden cuatro canchas de tenis, una piscina al aire libre y una pista de baloncesto. Todo exterior.

Son las once de la mañana de un miércoles laboral y cuatro hombres juegan un partido de tenis dobles. Dos han perdido el punto para saludarnos y corroborar que, a pesar de todas las plegarias, no parece que la nueva au-pair de los Bookland vuelva a ser Miss Universo.

Al final del punto siguiente, Daniela aprovecha para gritar «¡¡¡Les presento a Rita!!!», señalándome. Yo he levantado el brazo —poco, porque no recordaba si me habían crecido los pelos del sobaco— y me han saludado todos; bueno, todos menos uno.

—Mira, querida —dice Daniela en tono confidencial—, ese de ahí, el de verde, es Ble, el otro es Blo y aquel es Prrr. Oh my God, ¡son taaan simpáticos! ¡Sobre todo Prrr! —Siempre he tenido un terrible problema con los nombres de las personas. Es como si detrás de la palabra «nombre» o de «se llama» mi cerebro emitiese un «piiiiiip» que me hiciese imposible retenerlo. Siempre me pasa lo mismo. Bueno, casi siempre—: Y el de ahí —continúa—, el que es un poco más reservado... ese es John.

Hemos bordeado la cancha y hemos caminado hasta la piscina. No he tardado nada en darme cuenta de que aquí la mayoría de las mujeres me doblan la edad, pero también los abdominales, y que el biquini tradicional debe ser blasfemia, porque casi todas van con una especie de biquini con cortinilla que les tapa la tripa y el culo.

—Sí, querida... —me informa Daniela—. Olvídate del topless y las tangas. El sur es tierra conservadora; de hecho, tuve que moderar el vestuario... —dice colocándose el pecho en un sujetador tan ajustado que le impide ver bien.

De camino al coche, mientras la melena negra le brilla espléndida bajo un sol de justicia, Daniela se detiene para despedirse de una señora mayor vestida con banderas americanas hasta las orejas; literalmente.

—Te presento a Mrs. Gee. —Mrs. Gee me da la mano y me la estrecha con una fuerza inesperada—. Es la fundadora y entrenadora del club de tenis y una leyenda en el barrio de Leafmore.

Mrs. Gee parece la cuarta chica de oro. Tiene el rostro terso y saludablemente rosa, lleno de pecas y manchas, que contrasta con el resto de su cuerpo, que revela la edad real: un millón de años.

Pero Mrs. Gee es una de esas personas alegres y despreocupadas que se conservan bien a base de buenas horas de sueño, buena digestión y una clara tendencia innata a no preocuparse demasiado por las hostias irremediables de la vida.

Le estrecho la mano con fuerza moderada y les cedo un momento a solas. Finjo que he visto algo interesantísimo y me alejo, camino hacia los árboles y les doy espacio para que se fundan en un dramático abrazo de despedida. La humedad es brutal y me doy cuenta de que tengo dos manchas de sudor con forma de media luna bajo las tetas.

—Son putas de río. —Una voz con un dejo ondulado me sobresalta.

—¿Perdona?

—Los árboles. Son putas de río.

—Ajá… —respondo. ¿Qué ha dicho? Es John. El reservado. Lleva una toalla colgada al cuello y señala los árboles con la raqueta.

No creo que los árboles se llamen «putas de río». Mi grave desconocimiento de la lengua inglesa acaba de abrir una realidad paralela.

—Bill Gates los planta porque crecen rápido. En primavera llevo faldas, de blanco, como una nariz siciliana.

Vale. Esto sí que no puede ser. Necesito aprender inglés urgentemente.

John rondará los treinta y cinco años, y tiene un aire de gentleman clásico, de los magnéticos, de esos que hacen que te sientas especial con solo estrecharte la mano, y que te escuchan como si cada una de tus frases fuese un verso de Shakespeare.

Tiene la piel tostada por el sol pero sorprendentemente fina, del mismo tono que su pelo; los ojos son de un verde grisáceo desconcertante, romántico e implacable.

Huele a madera y a tierra. Es amable y encantador, y por el efecto de su aura hipnótica juraría que posee todas las respuestas del universo. No necesito más que este momento para distinguir una promesa escondida en sus palabras, como si este encuentro estuviese escrito en alguna parte, como si él y yo tuviésemos que encontrarnos para descubrir un mundo de posibilidades fantásticas.

—Hola, Rita. Me llamo John, John Lapton... Bienvenida a Elena.

Y a mí, en lugar de responderle con una frase inteligente y profunda, en vez de recuperar una buena frase de alguna canción de los Strokes, me sale un «Nais tu mit yu» con acento de Sant Vicenç dels Horts.

Los headquarters de la NASA

Cuando he visto que los niños llegaban dentro del autobús amarillo, me he quedado de piedra. No es que me hubiese imaginado un transporte en particular, pero, joder, es que el bus amarillo es tan cliché que no pensaba que se utilizase de verdad.

Ahora están jugando los tres abajo, en la sala de juegos. Yo estoy en la cocina con Daniela, que preparar la lista de «cosas importantes» mientras moja zanahorias en una especie de mousse de garbanzos. «Humus», se llama.

Mientras tanto, salgo a husmear el jardincito que da a la cocina. Es pequeño y está arreglado; hay una mesa de cristal con un dedo de polen encima en el que no puedo evitar escribir «hello».

Vuelvo para recibir la montaña de carnets, y cuando paso por el club de matemáticos infantiles, Bini, el pequeño —medirá un metro—, entra en la cocina. Abre la nevera y coge una garrafa de leche desnatada y una caja de cereales.

A diferencia de sus hermanos, Bini tiene el pelo castaño y la piel morena, pero lo primero que destaca del niño son los ojos grandes y las pestañas largas y rizadas, que acentúan esa curiosidad extrema que parece tener por todo.

Bini se sienta a la mesita, con los mismos colores que un tablero de parchís, y se llena el cuenco de leche y cereales, esparciendo la misma cantidad por la mesa.

—Es que quiere servirse él —dice Daniela con una sonrisa, muerta de amor.

El niño, de cinco años, coge papel de cocina y lo reparte encima de la que ha liado. Con la pose de un ejecutivo que analiza la bolsa del día y desprendiendo una ternura irresistible, Bini lee el dorso de la caja, en la que hay varios papeles pegados.

—¿Qué son esos papeles? —le pregunta Daniela.

—Un juego —responde él con un acento que divaga entre el argentino y el colombiano.

—¿La caja no venía ya con un juego? —pregunta ella.

—Sí, pero es absurdo. —Se toma su tiempo, sorbe la cuchara de Júpiter y continúa—: Le pedí a Eva que se inventase juegos nuevos, más divertidos. Más difíciles.

Aksel entra en la cocina descalzo y vergonzoso. La preadolescencia inminente hace que se sienta intimidado por tanta mujer. Echa un vistazo rápido a la nevera y la cierra de golpe, fingiendo desgana para gestionar la vergüenza. De camino a la mesa, se despeina los matojos de pelo grueso y seco que se le acumulan en la cabeza en forma de rizos mal definidos. Se sienta al lado de Bini, en una silla amarilla que en apenas unos meses se le quedará pequeña, y observa la caja desde la distancia. Daniela añade un par de apuntes más a la lista de cosas importantes y yo abro un cajón, fingiendo que busco algo.

—En español, ¿eh? —les advierte Daniela.

Los niños no contestan, pero obedecen.

—¿Este es el juego que te ha hecho Eva? —pregunta Aksel, sirviéndose los cereales de colores en un cuenco del MIT.

—Sí… —responde Bini—. Venga, devuélveme la caja, que me falta muy poco para acabar.

—Oh my God! —grita Aksel, que ha visto el juego original de la caja.

—Lo sé, es muy fuerte —contesta Bini.

—Pero ¡esto no tiene sentido! ¿Cómo pueden hacer luchar a un T-Rex y un puñado de eoraptores con un estegosaurio? Si unos son del cretácico superior y el otro es del jurásico. ¡Eso lo sabe todo el mundo! Y no solo eso, ¡mira los árboles! —Enseña el dibujo a Bini, que observa con atención a su hermano mayor y se mancha la camiseta de leche.

—¿Qué les pasa a los árboles?

—¡Pues que esto es una variación del pino del Paraná!

—Vaya... —Bini no entiende nada.

—El pino del Paraná solo crece en Argentina, y nunca se han encontrado fósiles del T-Rex en Argentina. My Gosh... Ya verás cuando lo vea papá. —Los dos se ríen y Aksel añade—: Después dicen que los niños no prestamos atención en el colegio... ¡Si empezamos el día lleno de incongruencias!

No sé si he abierto más los ojos con la palabra «cretácico» o con «estegosaurio». Busco la indignación cómplice de Daniela, pero no la encuentro. ¡No la encuentro porque ha convertido la lista de las cosas importantes en un organigrama animado! ¡Joder! Pero ¿esto qué es? ¿La NASA?

Doy un trago al café.

Bini anota la respuesta al juego de Eva en el dorso de la caja mientras Aksel revisa la información nutricional de los cereales. Yo me paro de golpe cuando veo una ardilla que trepa por la reja de los ventanales de la cocina que da al jardín...

—¡Una ardilla, una ardillaaa! —Salgo de detrás de la barra y me acerco para verla mejor—. ¡Mirad, mirad! ¡Una ardilla!

Los niños se miran entre la incomprensión y la vergüenza ajena.

—Rita —Daniela carraspea—, Atlanta está llena de ardillas. Las verás por todo el país; de hecho, son como las palomas en Europa.

Los niños se ríen entre dientes y yo me acerco a la mesa gestionando los restos de exaltación que aún me emite el cuerpo; disimulo, como si no me hubiese parecido que la mismísima Beyoncé escalaba el tronco del árbol.

—¿Puedo? —Señalo la caja de cereales y aprovecho la única arma intimidante de que dispongo en este momento, que es, quién iba a decirlo, mi metro sesenta de estatura.

—Sí, claro... —responde Aksel, bajando la cabeza y mirando a su hermano.

Me sirvo los cereales con parsimonia y un punto de chulería que no estoy segura de que acaben de percibir. La leche es terrible, es agua blanqueada, la peor que he probado. Y los cereales, que parecen cagarrutas de unicornio, son un chute de azúcar que estoy segura de que roza la ilegalidad.

—¿Quieres venir abajo? —me pregunta Bini—. Te enseñaré lo que estamos construyendo.

Intento reprimir la felicidad que me provoca el hecho de que, aunque solo haya sido por un momento, me hayan antepuesto a Daniela.

—Daniela, tú también, ¿eh? —aclara Bini.

Ella salta del taburete con un «¡Pues daaale!» acompañado de una frase en inglés que no entiendo y que les hace reír muchísimo. Los niños se levantan y corren a abrazarla entre lágrimas por la risa. Me aparto un poco de la escena, dejando que los tres se cojan de las manos y bajen las escaleras por delante de mí hasta la sala de juegos. Y carraspeo.

Eva lleva el pelo rubio recogido en una coleta de hace más de diez horas que le da un aire bohemio de genio. Sentada en un taburete al fondo de la sala, la niña mantiene la espalda huesuda recta, con la mirada clavada en la punta del pincel. Esparce la pintura con una calma adulta que contrasta con la medida de sus manos, pequeñas y tiernas. En la cara, las pequitas se le extienden por encima de la nariz.

El taburete en el que se sienta está colocado en el centro de una balsa de hojas de periódico que han salvado la moqueta beis. Eva da los últimos retoques a los reflejos de una luna iluminada de amarillos: la luna de *La noche estrellada* de Van Gogh.

—¡Ay, Eva! ¡Te quedó increíble! —exclama Daniela impresionada mientras le acaricia el pelo.

—¿Sí? Gracias… Pero la verdad es que no tiene mucho mérito… Solo he tenido que seguir los pasos que indicaba el libro. El autorretrato de Gauguin fue más difícil, porque lo pinté mirando la foto, sin referencias, pero como a ti te gusta tanto Van Gogh… tenía que asegurarme de que quedase perfecto.

—¿Qué? ¿Es para mí? —pregunta a Daniela con la emoción de alguien que recibiría un Van Gogh original.

—¡Sí! —Eva abre los brazos, y al verme sonríe con un punto de vergüenza por fundirse entre los pechos perfectos (¿operados?) de la au-pair.

Daniela, que llora como una magdalena, levanta a la niña en un abrazo triunfal.

Les dejo a su aire en este momento de emotividad máxima en el que no pinto una mierda y me acerco adonde los dos niños se concentran en la carga de un cañón.

—¿A qué jugáis? ¿A los soldados?

Aksel me mira extrañado, como si «soldados» no definiese ni de lejos la estrategia histórico-militar que tienen delante. Se arrodilla y se dispone a describir la escena.

—Es el primer día de la batalla de Gettysburg.

—El 1 de julio de 1863 —apunta Bini.

—Se lo he dicho yo antes —aclara Aksel, el muy repelente—. Pues eso, el primer día. Estos de aquí son los del ejército del Potomac, con el general George Meade, que por cierto nació en España, y estos son los confederados, con el general Robert E. Lee. Bueno, es evidente por las banderas que llevan.

—Bini refuerza el discurso señalando con el dedo lo que dice su hermano mayor, con la boca entreabierta—. Fue la batalla más sangrienta de la Guerra Civil americana, y como no podemos recrear a los cincuenta y un mil muertos, hemos hecho un cálculo proporcionado con el espacio de la sala y nos han salido doscientos ochenta y siete. —Me enseña un montón de churros de papel de plata pintados de azul y rojo que ocupan unos dos metros.

Bini acaba de escucharlo con la boca abierta y una sutil acumulación de saliva en el labio inferior. Y añade:

—Y ahora que por fin ya ha acabado el Van Gogh, Eva podrá construirnos el valle de Shenandoah para hacer más real la huida del tres de julio. Mientras tanto, trabajaré en un pequeño montículo en el que Lincoln dará su famoso discurso, ¿sabes? —me mira—, «Hace ochenta y siete años nuestros padres crearon en este continente una nueva nación…».

Dejo al niño con dientes de leche que recita discursos históricos y me fijo en Eva y en Daniela. El Van Gogh reposa para secarse, y ahora ojean un libro de desconocidas mujeres artistas surrealistas de la década de los cuarenta.

Observo la escena con la misma distancia y curiosidad con las que miraría una clase nocturna de punto de cruz, es decir, con desinterés y una pizca de tristeza. Pero desde el vano de la puerta localizo un resquicio de alegría. Una amiga.

Entre un atlas botánico y una edición antigua de *El arte de sobrevivir*, de Schopenhauer, asoma una pelota medio desinflada. La cojo ante la indiferencia de todo el mundo, salgo a la calle y la chuto contra la puerta del garaje hasta que anochece.

«Endoooooo ioooooo we'll always love you...»

Me he despertado a las seis de la mañana con el clonc-clonc de los zapatones de Hanne, que ha abierto un abanico de sonidos que relataban la escena de la planta superior: la despedida de Daniela.

He oído a los niños gimotear y fundirse una vez más entre los brazos de la colombiana. Reconozco que me ha dado envidia; estos niños nunca llegarán a quererme tanto como a ella.

Solo me faltó oírla cantar anoche después de la cena.

Se había pasado toda la tarde cocinando los platos típicos de Colombia —negándose terminantemente a que Fulbright y Hanne pagasen los ingredientes— y nos sirvió una cena de despedida deliciosa.

Primero preparó ajiaco santafereño. Pensé que se había inventado el nombre. No solo escogió ese plato porque es un emblema colombiano, sino porque, cito textualmente, «los ingredientes representan la transición de la cultura colombiana a la española a nivel organoléptico».

Aquí te cae lección de historia por comer sopa.

La verdad es que estaba buenísimo. Remató la cena sirviendo un tres leches, una especie de bizcocho (me pareció oportuno matizar que en catalán lo llamamos «pa de pessic», «pan de pellizco», aclaré) empapado en leche condensada y nata y, por si la amenaza flatulenta de lactosa quedaba en duda, añadió un último chorrito de leche entera.

Y entonces, mientras engullía aquel «pan de pellizco» como si el mundo fuese a acabarse en los cafés, Daniela decidió cantar. Mostró esa dentadura fluorescente y se puso de pie.

Pensé que, para rematar la escena y la despedida, elegiría alguna pieza de *Sonrisas y lágrimas*, o aún mejor, una de *Mary Poppins* para después salir volando con un paraguas y unos leggins push up.

Pero no.

Cantó «I Will Always Love You», de Whitney Houston. Y fue increíble.

No exagero si digo que nunca había oído una voz tan bonita tan de cerca. Cantó la canción mejor que Whitney Houston; sí, es imposible… pero en aquel momento juraría que lo hizo. Mientras entonaba el «endoooooo ioooooo», me entró un escalofrío. A mí y al resto de los comensales. Bueno, a todos menos a Bini, que acumulaba líquidos en el labio inferior, abriendo la boca como si se le hubiesen roto todos los tendones de la mandíbula. Estaba alucinado, tan entregado al momento, que si hubiese corrido un poco más de aire se habría caído de la silla.

Daniela remató la canción con los ojos cerrados. Y con aquellos agudos fascinantes grabó su voz por siempre jamás en las paredes del salón y en nuestra piel. Como si fuera necesario. Con el último «I will always love you…», estuve a punto de levantarme porque pensaba que teníamos que reanimar a Conchi, que afirmaba que Daniela era la hija que nunca había tenido.

Pues sí, la au-pair a la que he sustituido también es cantante profesional y futura coach —lo anunció durante la cena— de *Operación Triunfo* Colombia.

Y yo llego el primer día, me trinco media botella de vino y me quejo de que no tienen tele.

Así que, cuando he oído que los niños gimoteaban y la abrazaban he sentido envidia, pero los he entendido. De hecho, he estado tentada de levantarme y subir las escaleras para arrodillarme delante de ella y suplicarle que no se fuera. Que yo no sé hacer nada de todo eso. ¡Que yo he venido a América a aprender inglés y a encontrar mi vocación en dos meses, que serán un año!

Se ha oído un portazo. Y el ruido de un motor que se alejaba.

Y silencio.

Toda la familia la ha acompañado al aeropuerto. Así que he subido a la cocina con la alegría de una casa vacía y de una nevera a reventar. He abierto mi nuevo MacBook Pro blanco, de hace quince días, que he heredado de Daniela y que no sé cómo funciona. En el ordenador solo me ha dejado el organigrama animado de las cosas importantes y una foto de ella con los niños en la piscina, exultantes de felicidad. He cambiado la imagen por unas montañas nevadas.

En la lista he visto que todos los días menos los miércoles tienen extraescolares: piano, violín, chino y álgebra. Para pegarse un tiro, vamos. Bueno, y tenis con la vieja de los pendientes y las banderas americanas. La cuestión es que ningún sitio está cerca del colegio y no pueden ir andando; tendré que llevarles de un lugar a otro. Empezando por hoy, que tienen piano en una iglesia ortodoxa griega.

El ordenador no se conecta a internet y tampoco sé dónde está el rúter, así que hace dos días que no miro el correo. Y tengo que decirle algo a mi familia, sin falta. He empezado a escribir e-mails a mis amigos y familiares para contarles lo que hago aquí. También he incluido a la hermana María, a mi entrenador de esquí, a Antònia y a otras personas importantes. El móvil que me han dado es de tapa, y según me ha comentado Hanne la compañía telefónica no permite hacer llamadas internacionales, así que, aunque quisiese pagar mil euros por llamar a casa, no podría. Simplemente no existe la posibilidad. Así que ahora mismo estoy sola en esta casa gigante e ilustre, pero sin conexión.

Me llevo el café y doy la vuelta de cotilleo obligatorio que me reconcome desde hace días.

La primera parada está clarísima: entro en el estudio de Hanne y Fulbright. Voy un poco cagada. Echo un vistazo con disimulo a los rincones del techo para confirmar que no haya cámaras y me siento en la butaca de él. En el escritorio, que está bastante desordenado, hay dos talonarios: uno más formal, enmarcado en gris plata, en el que aparece la dirección de la casa y su nombre completo, Fulbright H. Bookland —hay gente que ha nacido para ganar un Nobel de Literatura—, y otro también a su nombre, pero decorado con dinosaurios, donde está estampado mi nombre y un valor de 198,05 dólares.

¿Cobraré eso al mes?

¿Soy au-pair en prácticas y no me he enterado?

¿Y por qué ha escogido el talonario de dinosaurios, y no el plateado?

Mientras husmeo entre los nombres de las carpetas que hay en uno de los cajones, sin querer muevo el ratón del ordenador y la foto de los cinco Bookland ilumina la pantalla. Todos llevan la misma camisa hawaiana. Palmeras, pies descalzos y sonrisas que me dan acceso al ordenador sin ningún tipo de contraseña.

Miro por la ventana para comprobar que, efectivamente, aquí la gente no vive en la calle. No hay nadie. Otra ardilla en el jardín. Entro en internet.

Reviso el historial: un partido de los Falcons, la batalla de no sé qué, palabras que no entiendo, más palabras que no entiendo, poesía griega, poesía en esperanto, más palabras que no entiendo, y de repente una que comprendo a la perfección: YouPorn.

Bueno, que un hombre de su edad vea porno me parece normal, incluso recomendable. No sé si la gente de Atlanta pensará lo mismo. Ahora bien, si las tripas y los culos tapados con cortinillas son un detalle exponencial, es probable que Fulbright tenga el Premium.

Lo que me llama la atención es que cuando entro en You-Porn —sí, he entrado en el YouPorn del padre de la familia para la que trabajo desde hace un día—, veo que hay más de una veintena de búsquedas de un tal Federico Chitawas.

Federico Chitawas es un latino bajito y musculoso que dispone de una tranca que le disputaría el podio a Nacho Vidal. Luce un tatuaje de un perrito monísimo en el que, incongruente o no, se lee AMOR DE MADRE. El último vídeo visto es un anuncio en el que Chitawas aparece en tanga por casa y va a abrir la puerta porque llaman al timbre; sorpresa, la vecina se lleva el dedo a la boca y le pregunta si tiene sal. «¿Tienes sal, vecino?», y Chitawas, elocuente entre los elocuentes, responde: «No tengo sal, vecina, pero tengo una polla como una olla». ¡Bravo! ¡Este sí que se merece el Nobel de Literatura!

El sonido de un motor que se acerca me arranca de las proyecciones de Fulbright con Federico Chitawas. Cierro el historial, corro a la cocina y cojo un libro de recetas de comida cajún de Nueva Orleáns para disimular.

¡Mierda, la taza! ¡Me he dejado la taza encima del escritorio!

El motor suena en la puerta del garaje y alguien ha salido del coche. Corro a buscar la taza y veo que la pantalla sigue iluminada. La cara de Fulbright sonriente con la camisa de palmeras es gay, muy gay.

Salgo corriendo del estudio con el corazón palpitándome en los oídos. Me pillan seguro. Vuelvo a coger el libro, y aunque estoy sola en casa finjo que no me cuadra una de las recetas.

Están a punto de entrar. La pantalla sigue iluminada. Mierda, que me da un síncope.

Pero el motor se aleja. Espero unos minutos y me acerco a las ventanas que flanquean la puerta principal. Veo el camión de reciclaje, que se detiene en la casa de al lado y coge el contenedor azul que han dejado junto a la acera. Como veo que también hemos hecho nosotros y el resto de las casas.

Buf… Fulbright llegará en cualquier momento.

Totó, creo que ya no estamos en Georgia...

Después de mi primer día de trabajo, en el que descubrí que el padre de la familia es gay o que le mola el porno gay —como primer día de trabajo, no está mal—, decidí ir a buscar wifi a algún bar. Pero me perdí.

Me perdí como si hubiese salido de Barcelona, hubiese pasado por Tarragona y fuese camino de Valencia. O quizá incluso llegase a Valencia.

Pero es que, aparte, Atlanta y sus suburbios de lujo son un déjà-vu constante de microvecindarios, vegetación masiva y centros comerciales con los mismos restaurantes y tiendas. McDonald's, Starbucks, Dunkin', Target, Kroger. Repeat.

A las dos de la tarde ya había preguntado a cuatro coches parados en el semáforo cómo ir a Decatur, pero no lo conseguí. No entendía lo que me decían y los niños ya llevaban cinco minutos (atención: ¡cinco minutos!) esperando.

Pero al cabo de una hora salía de la tercera gasolinera gestionando la impotencia como podía: «¡Decatur!», preguntaba de forma clarísima al hombre de la gasolinera. «De-ca-tur». Al final —no sé por qué tardé tanto—, lo escribí en un tíquet y tanto él como los dos trabajadores de la caja registradora respondieron con el clásico «Aaaaaah», y pronunciaron la palabra a años luz de como lo hacía yo: «Diqueirah», dijeron. «Diqueirah» de «Elena».

Me entraron ganas de llorar, pero me aguanté. Cuando me explicaron por tercera vez cómo ir, amables pero con la mano en la frente y resoplando, desistí y dije que sí. Este acento es imposible de entender. Y en el coche no hay mapas. Salí de la gasolinera comiéndome unos M&M's y llorando de rabia, y llamé a Fulbright por enésima vez.

«Rira?», respondió, por fin, asustado, y después de comprobar que estaba viva, comentó que le había llamado la profesora de álgebra, muy extrañada, porque no habían ido a buscar a los niños. «Y eso con los Bookland no les había pasado nunca».

«Y isi quin lis Biklin ni lis hibii pisidi ninqui ñi ñi ñi».

Cuando le dije dónde estaba (a punto de cruzar la frontera de Alabama, al parecer), el hombre tuvo que cancelar con urgencia la tutoría semanal para ir a por los niños. Conchi estaba en taekwondo y no respondió. «Para eso estás tú, querida», añadió Hanne en la llamada siguiente.

Aunque me pasé un buen rato llorando de rabia, debo decir que cuando oí que estaba tan cerca de Alabama me hizo ilusión. Siempre me ha gustado Alabama. *Forrest Gump*, *Big Fish*…

Al final, Fulbright tuvo que venir a buscarme de noche, a no sé qué autopista, y me dio órdenes explícitas de no moverme. «Rita, no te muevas más».

Decidí pasar el disgusto en un restaurante chino con paredes de poliestireno. Me puse a escribir postales guarras a mis amigas —la sección de postales de los supermercados americanos es una mina— y repetí varias veces la de un hombre gordo con el culo peludo que llevaba tanga y estaba delante de la Torre Eiffel. Les contaba una historia sobre que me había perdido y había acabado en París con un cambio de sexo. Mis amigas estarán contentas, ahora no solo les envío e-mails sobre mi vida, también les mando postales peludas.

Fulbright vino a buscarme sin entender nada. No me preguntó ni cómo había llegado hasta allí porque sabía que la explicación no salvaba el hecho de que estuviese en la frontera con Alabama. O quizá, precisamente, porque temía la respuesta.

Cuando llegué a casa, los niños ya se habían duchado y estaban repasando la lección de piano.

—¿Qué te ha pasado? ¿Por qué no has venido a buscarnos? —me preguntó Eva, en nombre de los tres, que me miraban con la emoción de un cambio repentino en su rutina.

—Niños, ya os lo he dicho: se ha perdido —aclaró Hanne mientras aliñaba la lechuga con limón—. Es normal, Atlanta puede ser muy confusa. —Se le escapaba un poco la risa.

—Daniela no se perdió nunca —dijo Bini, con la verdad implacable de un crío de cinco años. Fue como si me hubiese clavado un dardo en la frente.

Supongo que, al fin y al cabo, debían de cagarse en mí, pero después de ver la cara de croqueta de bacalao con la que llegué Hanne no pudo evitar partirse de risa. Vino y me abrazó.

Y mientras apoyaba la cara en su hombro, notando sus palmaditas en la espalda y el vacío entre nuestros cuerpos, pensé: «Tú ríete, Hanne, ríete… pero tu marido se hace pajas con Federico Chitawas».

«My name is Rita»

Esta semana parece que se haya empeñado en teñir el cielo de gris plomo, como si fuese una capa metálica que no deja pasar la brisa, y el aire de los terrestres nos resulta casi irrespirable. Hoy Atlanta es peor que Vietnam.

Después de seguir a una ardilla que me ha llevado al impoluto jardín de una propiedad privada —quería hacerle una foto y no lo he conseguido—, vuelvo a resguardarme del bochorno con el aire acondicionado que dispara mi coche de pija de cincuenta años.

Hoy no he tenido que ir a buscar a los niños al colegio. Se ve que, una vez al mes, iremos a cenar a una iglesia, y son los profesores los que llevan a los niños hasta allí. Una cena a las cinco de la tarde en una iglesia metodista (es la quinta religión que oigo). Es decir: una merienda.

Soy el único coche del aparcamiento esperando a toda la familia. He llegado media hora antes para asegurarme de que no volvía a cagarla y de que esa vez me quedaba en el estado de Georgia. Llevo media hora leyendo una revista llamada *The New Yorker*. Se ve que es bastante famosa. Las portadas siempre son dibujos preciosos y la forma de escribir —que sigo sin comprender demasiado— es creativa, no periodística, y eso, para mí, la hace mucho más interesante. Lo mejor es que entre los textos intercalan dibujos en blanco y negro con frases cortas muy ocurrentes que no son difíciles de entender. Desde que Hanne me dio el primer *The New Yorker*, llevo un diccionario en el bolso.

La mejor ilustración de hoy es la de una chica que presenta a su novio en el comedor de sus padres; el «novio» es un pingüino que da la mano amorosamente a la hija. Y la frase que dice la chica a sus padres es: «La verdad es que prefiero que le llaméis "ártico-americano"».

En la sala grande de la iglesia no hay bancos, parece más un polideportivo con vidrieras de colores y suelo de parqué que una iglesia. En los laterales hay mesas con comida, y por lo que me explica Hanne todo lo cocinan las mismas ancianitas que lo sirven. Pagas tres dólares y puedes comer lo que quieras.

En el primer puesto ofrecen una especie de sémola hervida que, aunque parezca mentira, tiene bastante buena pinta.

—Eso es grits —me informa Eva—. A mí no me gusta, pero papá y mamá a veces lo comen para desayunar. Es el plato oficial de Georgia, creo que deberías probarlo.

A ver si ahora resulta que los americanos también tienen recetas propias; me sirvo.

El segundo puesto es el de verduras. Y el protagonista es una especie de vegetal parecido a un pimiento verde alargado que suelta una mucosa fascinante.

—Es ocra —sigue Eva mientras se sirve algo torpe una cucharada.

—¡Ah, como la presentadora de televisión!

—¡Nooo! —Ríe—. ¡Esa es Oprah!

—Ah, vale... Usted perdone...

—La ocra es uno de los platos más típicos del sur del país, aunque la planta viene de Etiopía. —Coge un trozo con los dedos y me lo enseña—: Si la cortas por la mitad, es una estrella perfecta, ¿ves?

Eva continúa la disertación sobre las propiedades nutricionales de la ocra, pero yo me he quedado embelesada con la viejecita que sirve las raciones.

Salvo por el anillo de diamantes cortados en baguete, sus manos se parecen mucho a las de la yaya: sus dedos son largos y huesudos, y los recubre una piel con manchas, fina y transparente que deja ver las venas que trepan por los músculos como si fueran las ramas desnudas del otoño.

Se me hace un nudo en la garganta tan seco y duro que no me deja hablar. Miro a mi alrededor, lleno de gente, y no encuentro compañía. Se me han enturbiado los ojos y la anciana de la ocra ya hace rato que me ha visto. Me lanza una mirada sabia y tranquila, como si leyese todo lo que pienso, como si supiese que todo irá bien, y me sirve un plato generoso. Asiento como puedo, mordiéndome los labios, y le agradezco el plato con la sonrisa menos temblorosa que encuentro.

—¿Vamos a buscar macarrones con queso? —pregunta Eva.

Me meto un buen trozo de ocra en la boca. Está crujiente y melosa, me recuerda al sabor de un espárrago endulzado. Noto que se desliza por mi garganta y me alivia el escozor.

Ya en la mesa, sobre unos manteles con la bandera americana —¡sorpresa!—, se despliega un regimiento de calorías servido en platos y servilletas azules y rojos. Aparte de la ocra, en el resto de los platos no hay ni rastro de verde. La mayoría llevan queso o salsa barbacoa o brillan con una buena capa de caramelo, como las costillas.

Por la parte adulta de los Bookland, Hanne y Fulbright no paran de levantar el brazo y emitir monosílabos al aire para saludar a otros padres de lejos: «¡Ey!, ¡Eh!, ¡Ja!, ¡Ja, ja, ja!». De vez en cuando viene algún vecino a cotillear, quizá para ver con sus propios ojos que, efectivamente, Miss Universo ya no está. Me levanto sonriendo y les doy la mano con el clásico: «Nais tu mit yu».

Un hombre alto que lleva una americana que vale una pasta se acerca a la mesa (¿aquí también se llamará «americana»?). Por los gestos que provoca por dondequiera que pasa, y en particular en Hanne y Fulbright, parece que estamos ante una figura social importante.

El hombre estrecha la mano a los niños. Les pregunta algo y presta mucha mucha atención a la respuesta. Luego sigue el mismo procedimiento con los padres y después se acerca mí. Hanne hace las presentaciones pertinentes (ve pertinente destacar que gané los campeonatos de España en la modalidad de eslalon a los diecisiete años).

—Hola, Rita, bienvenida a Atlanta y a nuestra iglesia. —La mano es cálida y suave, pero no en exceso—. Me llamo Paul y como higos, higos de *Mary Poppins*. ¿Y tú? ¿Delfines de Versalles?

—Sí.

—¿Y palomas con patillas?

—Sí.

—Fantástico, siempre he preferido que los garbanzos canten jazz.

(¡Hombre, tú dirás!).

—Nais tu mit yu, Paul.

El tal Paul se marcha y las ancianitas y los ancianitos empiezan a recoger los puestos. La sala parece una boda con comensales informales y bien avenidos que comen alimentos poco ecológicos en mesas redondas con manteles patrióticos.

En el último mordisco de la tercera costilla, se produce un revuelo de sillas, niños y cubiertos que resuena por las paredes blancas de la iglesia.

Todo el mundo se levanta. Se hace el silencio.

Paul se sitúa en medio del espacio enmoquetado para darnos la bienvenida. Coño, vale, Paul es el cura.

Exploro la sala, pasando olímpicamente de lo que dice Paul, y veo a Prrr y a Ble, que me saludan con la cabeza. Analizo el mercado viril, que en general no es muy esperanzador, hasta que se oye el sonido de una puerta lubricada que se abre al otro lado de la sala.

Aparece un hombre elegante y sexy a partes iguales. El equilibrio es perfecto, una armonía fascinante. Se quita el sombrero y pide disculpas por el ruido con la cabeza gacha y la mano sutilmente levantada. Elegancia motora. Después la baja y se la lleva al pelo para atusarse el tupé entre los dedos. Cuando camina, parece levitar. Es John. Dandi entre dandis. Lo sigo con la mirada, pero lo pierdo entre el centenar de cabezas.

Me acerco a la mesa para limpiarme las manos con una servilleta que se hace jirones con los restos de caramelo de la costilla. Me miro los dedos, cubiertos de barras y estrellas, cuando de pronto noto el peso de toda la sala sobre mí.

Alzo la vista. Mi familia adoptiva me mira con una sonrisa urgente y me dice que me mueva, que camine.

—¡Ve, venga, ve! —exclama Hanne—. ¡Eres la única persona nueva de la sala, y las personas nuevas deben presentarse a la comunidad!

¿Eing? ¿Qué ha pasado? ¿Ir adónde?

—¡Venga, ve! —insiste Hanne, señalando a Paul—. Ya te he comentado antes que tendrías que salir. Y di que vives con nosotros y que esquías y que gracias y bla, bla, bla, y la ocra y bla, bla, bla… —La voz de Hanne se apaga cuando avanzo hacia el centro de la sala y me engulle un aplauso masivo.

Vuelvo a localizar la cara de John, que ahora me mira y asiente complacido. Me quedo sola delante de Paul, que me espera con los brazos abiertos en medio del parqué y me dice algo entrañable. Escondo los dedos empapelados, encogiéndolos en un puño.

El cura espera que diga algo. Veo que John abre los ojos y dice que sí con la cabeza, que diga algo. Los niños sufren, Aksel se tapa la cara con las manos, muerto de vergüenza. A Fulbright y a Hanne se les agarrota la sonrisa.

Finalmente hablo. Hablo con la vocalización y la intensidad de una maestra de infantil recién graduada que se presenta su primer día de trabajo en la clase de las tortugas, delante de sus alumnos de tres años:

—MY NAME IS RITA. —Alto y claro.

La audiencia asiente tranquila después de comprobar que no soy un orangután. Que sé hablar. Pero quieren un discurso. Me vuelvo y me dirijo a ellos carraspeando. Intento recopilar todos mis conocimientos de inglés, desde *Big Muzzy* hasta bachillerato y Suuusan y el fish and chips. Pero no recuerdo nada. ¡Nada! Me quedo atascada en un bloqueo absoluto. Solo consigo acordarme de una frase, una frase... Y, por fin, ante la mirada atenta del público, anuncio:

—La verdad es que prefiero que me llaméis «ártica-americana».

Y lo remato:

—GRACIAS.

El público no ha entendido que eso es todo. Que no diré nada más porque no me sale nada más.

Inicio un tímido retorno hacia mi mesa y cruzo un desierto de parqué y silencio con la bandera americana rasgada entre los dedos. Por fin, al cabo de un millón de años, alguien se atreve con un palmoteo vacilante en la lejanía: «Plas..., plas..., plas».

Llego a la mesa en medio de un aplauso desordenado y compasivo, y me encuentro con los niños, que se ríen tapándose la boca. Una gota de sudor, grande y densa, me resbala patilla abajo. En las manos, el sudor hace macarrones con la bandera. Así que aprovecho para sentarme y llenarme la boca de ocra.

De vuelta al aparcamiento, un millón de años más tarde, Paul me saluda con una sonrisa sincera desde la distancia y levanta el pulgar en mi dirección. Le devuelvo el gesto. Quiero irme de aquí.

—Rita —dice Fulbright mientras aprieta el mando del coche en el aire, intentando localizarlo entre la multitud—, puedes ir a dar una vuelta o lo que quieras, ¡mañana es tu día libre! —Técnicamente, aún no he trabajado ningún día, pienso—. Ya nos encargamos nosotros de los niñous hoy, que por ducharlos de vez en cuando no nos pasará nada.

Me guiña el ojo y siento que vuelve a escocerme la garganta. No puedo tragar saliva. Empieza a temblarme la barbilla a una velocidad supersónica. No había sentido tanta añoranza en mi vida.

Ovarios

Me parece surrealista que sean las seis de la tarde y ya haya cenado. A la hora de cenar de verdad, estaré muerta de hambre.

Me detengo en la primera cafetería y compruebo que, como en el resto de islas restaurante que he visto, este Starbucks también es un edificio de obra vista de mentira. Sujeto la puerta para que salga una viejecita sentada en una silla de ruedas motorizada, y veo que de la pared de al lado salen unos brazos que sirven cafés para llevar y que la gente los coge sin salir del coche. Por si las moscas.

Entro y veo a un afroamericano. Me habían dicho que Atlanta era una de las ciudades con más población afroamericana del sur del país, pero no había visto a ninguno desde el aeropuerto. En la iglesia de los cojones no había ni uno. Todos blancos. Ni asiáticos ni afroamericanos ni latinos. Qué aburrimiento de barrio.

Es una cafetería pequeña, con seis mesas y dos butacas. Hay una ventana grande con vistas al aparcamiento y al Dunkin' que hay al otro lado de la carretera. Igualito que en la Cerdaña, vamos.

—¡Buenos días! ¿Cómo estás? —Un chico la mar de simpático me saluda desde detrás de la barra. Parece que le despierto algún tipo de curiosidad—. Me llamo Ovario Izquierdo y tengo un hámster y una rata. ¿Qué te apetece hoy? —El tío y su barriga redonda esperan una respuesta con un vaso de papel en la mano y un rotulador.

—Un café con leche.

—¿Grande?

—Sí. —No sé cómo se dice descafeinado, hoy no duermo.

—OK. Hoy, como algo especial, una escuela de conejos sobrevolará el Mississippi. —Acompaña la explicación señalando el menú, y después hace un gesto con la mano encima del vaso—. Le teñiremos los tobillos a un camello y vendrá un escarabajo con flequillo. Matusalén también, ¿de acuerdo?

—De acuerdo.

El chico marca con una cruz cuatro de las cinco casillas del vaso de papel.

—¿Cómo te llamas?

—Rita.

Detiene el rotulador.

—¿Perdona?

—Rira —repito con todo el acento yanqui que consigo acumular, y agradezco que no me conozca nadie en seis mil kilómetros a la redonda.

—¡Oh! ¡Qué nombre más bonito! ¿De dónde eres?

—De Barcelona...

—¡Oh! ¡Barça, Barça! ¡Ronaldinho! Siempre he cocinado grifos desde trampolines olímpicos... ¡Ja, ja, ja! ¿Te pintas las uñas?

—¿Perdona? —pregunto, mientras el resto de los camareros se ríen en voz alta y me ponen caras para que no le haga caso.

—Nada, nada... —Se ríe, amable—. Son cinco dólares con treinta y cinco céntimos.

—Cojones... —me quejo en voz baja, mientras le enseño la tarjeta y le pregunto con la mirada si puedo utilizarla.

—¡Sí! Métela aquí... ¡Muchísimas gracias! —remata contento, y señala el otro lado de la barra para que me espere allí.

Busco una mesa y enchufo el ordenador. Introduzco la clave wifi y en menos de un minuto oigo mi nombre: «¡Rira!».

Mi café con leche espera al final de la barra. Cojo el vaso, en el que pone «Rira», y observo que el café con leche que he pedido —o eso pensaba— se ha convertido en un vaso de palmo y medio lleno de caramelo, sirope de calabaza y virutas de chocolate rosa por encima de tres dedos de nata.

—¿Te gusta? —me pregunta Ovario Izquierdo con toda la ilusión y los dos pulgares levantados.

—¡Sí! Gracias… —Tenso los pómulos, bizqueo.

Me siento y abro el correo, donde descubro una veintena de e-mails suculentos de amigos como respuesta al último que envié contando mi visita fugaz a la frontera de Alabama. Pero los leeré luego. Abro Skype con la esperanza de que en casa tengan el ordenador encendido y mi hermano oiga la llamada desde la cocina.

Llamo y… ¡BINGO!

—¿Rita?

—¿Albert?

—¡¡¡Ritaaaaaa!!!

Se me anegan los ojos. Solo hace dos semanas que no los veo, pero la ilusión es la misma que si hiciese cuatro años que hubiera naufragado, viviese en una isla desierta comiendo hojas y gusanos, y se me hubieran unido las cejas por sobrecrecimiento de pelo. El local está bastante lleno y hay mucho ruido, así que me camuflo para disfrutar de la llamada.

—¡Papá, mamá! ¡Venid, es Rita! ¡Yayaaaaaa! Yaya, ¡veeen!

Oigo los pasos acelerados de mis padres, que bajan las escaleras, y una silla que se cae en la cocina: «¡Coññño! ¡Que no cuergue! ¡Que ponga otro euro!».

Mis padres se apiñan delante de la cámara y mi hermano se queja porque le empujan la cabeza contra la pantalla. Solo habíamos hablado un par de veces, y muy rápido. Me hacen las preguntas previsibles, encantados de verme, y yo contesto con muchas ganas, agradeciendo la mala conexión que oculta el temblor de mis primeras frases. Hace apenas unos minutos que estoy hablando con ellos y el nudo en la garganta ya se me ha deshecho del todo.

La yaya está al fondo mirando la pantalla con la misma cara de sorpresa e incomprensión que cuando veía cantar a Manolo Escobar dentro de una caja, detrás de un cristal, en blanco y negro. No sé si alucina más por verme a mí o por verme hablando en directo en una pantalla.

Oigo que le pregunta a mi hermano:

—¿Esta es Rita hablando?

—¡Sí, claro, yaya, dile hola! Está en un bar, en América.

—Pero ¿ella nos ve? ¿Cuánta gente nos está viendo? —pregunta con una mano en el escote, horrorizada.

—Pues claro que te ve, ¡dile hola!

—¡Ayayay! ¡No, no, no! ¡Pero si voy con la bata del güerto! —Se levanta y se va, escandalizada, tapándose la cabeza llena de rulos con las manos.

»¡Rita! —grita, con lo que interrumpe la conversación con mis padres—. Estoy aquí, ¿eh? ¡Estoy aquí aunque tú no me veas!

Mis padres se van un momento a atender a unos clientes que los reclaman en el restaurante y me quedo sola con ella y con Albert.

—¿Me ven ahora? —pregunta la yaya a Albert, mientras su cabeza ocupa media pantalla y le veo hasta los dientes manchados del pintalabios que acaba de ponerse.

—No, yaya, no se ve nada.

—Escúchame, niña… —Baja el tono, en clave confidencial, arrimándose hasta quedar a dos centímetros de la pantalla—, ahí donde estás… ¿hay negros?

—¡Yaya! ¡Qué preguntas haces!

—Pero ¿hay o no hay? Tengo curiosidad, niña.

—Sí, yaya... —aclaro en voz baja—, claro que hay.

—¡Ay, madre del amor hermoso! —exclama mirando al cielo, santiguándose—. ¿Y cómo son? —pregunta, entre el miedo y la curiosidad extrema, sin dejarme responder—. El otro día vi a uno en er mercao de Puigcerdà, pero de lejos.

—Yaya, por favor, para de decir barbaridades. Ni se te ocurra decir nada de esto en público, ¿eh? ¿Me oyes?

Piensa que no la oigo, pero, de fondo, la escucho refunfuñar.

Entre tanto, mi hermano intenta no mandarme a la mierda cuando, tras informarme de que hubo «gente» que le dio recuerdos para mí el sábado por la noche, le pido detalles concretísimos de quiénes fueron, en qué momento se los dieron, en qué tono y con qué palabras exactas. Y él se queja, como siempre, porque soy muy pesada con el tema.

Y yo pienso que comprobar que en casa todo sigue igual es justo lo que necesitaba.

Albert elude el tema y me explica que se enrolló con una tía en el lavabo de El Refugi. Mientras tanto, la yaya, que hasta ahora nos ha escuchado reclinada en la silla con las manos encajadas en el pecho, empieza a ladear la cabeza, como si tratase de entender algo raro de la pantalla, y se acerca lenta y progresivamente a la luz que desprende mi imagen.

De pronto veo que se le abren la boca y los ojos de golpe y grita:

—¡Ritaaa! Rita, ¡un negro! ¡Veo un negro!

El camarero, que para mí sigue llamándose Ovario Izquierdo, se acerca a la mesa y, muy amablemente, me ofrece una muestra de un chai latte. Me vuelvo para coger el té y veo que la yaya gesticula, nerviosa.

Acepto el vaso con una sonrisa y con la esperanza de que el camarero no esté entendiendo nada.

—¿Te gustan las chinchetas?

—Perdona, no te entiendo…

—¿Familia? —me pregunta, dulce y educado, señalando la pantalla.

—Familia, familia…

Cuando he colgado ha sido como si acabara de ducharme con agua fría después de cruzar el Sáhara vestida de neopreno. Un reset.

Y ahora, más tranquila, me parece raro estar aquí sentada, sola, sin esperar a nadie.

Miro a mi alrededor mientras gestiono un trago de nata con caramelo y me doy cuenta de que aquí nadie me conoce. Nadie del aparcamiento, ni del Dunkin' ni de Estados Unidos en general.

Nadie sabe cómo me llamo, ni quiénes son mis padres, ni que me escapé del colegio a los doce años con un piti en la boca y tres aspirinas en el bolsillo, y que los bomberos me encontraron con Clari en el bosque a las once de la noche. Aquí no me hará falta cambiar de calle si me encuentro con un profesor al que me da pereza saludar, ni debo vestirme con un mínimo de decencia para salir de casa. Ni tengo que fingir que Gonçal me es indiferente mientras me derrito por dentro.

Aquí nadie me preguntará si ya he acabado la carrera o qué pienso hacer con mi vida, porque «niña, ya toca, ¿eh?», y yo no tendré que recitar un discurso ensayado lleno de excusas para no explicar que, en realidad, a los veintitrés años no es tan extraño no tener ni idea de qué vas a hacer en la vida. Que los raros son los que no dudan nunca y quieren ser médicos a los quince.

Aquí a nadie le importa quién soy o qué hago. No les importa que esté perdida, que haya llegado a Atlanta por error, que esté aquí para encontrarme, para intentar descifrar qué me hará feliz. Y que no tengo ni la más remota idea de qué será. Todo eso les importa una mierda.

Y me parece maravilloso. Es la libertad absoluta.

Me subo al coche y cojo la primera carretera que veo.

Tras veinte minutos conduciendo por vecindarios menos acartonados que el mío en dirección al centro, llego al barrio de Little Five Points. En la entrada hay un bar cuya puerta principal es una enorme calavera con la boca abierta.

Aparco debajo de un sauce llorón, y mientras me alejo pienso que la caída del árbol dramatiza aún más el hecho de que mi BMW de pija visite ese barrio de raperos.

El cielo de plomo empieza a abrirse con lilas suaves que dan treguas cada vez más largas entre una humedad brutal. De camino al bar de la calavera, hojeo el diccionario inglés-español, donde espero encontrar la traducción de «gin-tonic».

Un malabarista con rastas grises me observa mientras cruzo la calle. Detrás de él hay una tienda de ropa de segunda mano con un estilazo increíble. Me desvío y entro.

Huele a cuero y a limpiacristales; el espacio está lleno de sillas de ruedas antiguas y pósters de Jesucristo con distintas ocurrencias.

—Hola, ¿qué tal estás? —La dependienta lleva un gorrito de azafata de avión azul cielo—. ¿Hoy se le han quemado las tostadas a Buda?

Espera una respuesta. La miro y no sé qué decir. Sonrío, cojo la primera prenda que encuentro y entro en los probadores.

Al cabo de nada, la sombra de la dependienta se perfila tras la cortina.

Me quedo inmóvil rezando por no haber accedido a nada demasiado obsceno. Pero la tía no se va, así que me veo en la obligación de probarme el bañador verde tornasolado que he cogido sin mirar. Parezco la becaria de «Las Grandes Galas de Televisión Española» presentando un programa de piscina. El bañador es todo escote, y las tiras no me tapan más que los pezones. La azafata no calla y yo le digo yes a todo... y abre la cortina de golpe.

—¡Guau! —Parece sorprenderla el atrevimiento de mi conjunto un miércoles por la tarde.

No me lo pide, pero me vuelvo, y cuando ve la cortinilla de pelos que me sale de las ingles y se difumina muslo abajo, me mira con respeto renovado, como si acabase de convertirme en su nueva heroína.

—Me lo quedo —digo muy despacio en español, como si por el hecho de vocalizar me entendiera mejor.

Miro a la azafata con una sonrisa y le doy los cuatro dólares que vale el bañador, pero me dice que no, que me lo regala; lo mete en una bolsa y la cierra con una pegatina. Al lado de la caja hay unas biblias «firmadas por el autor». Me quedo una.

Salgo de la tienda y me reencuentro con un aire más ágil. Y veo que, mientras me convertía en presentadora de programas de piscina kitsch, se ha formado cola delante de lo que diría que es un cine antiguo.

Me encamino hacia allí, dando las gracias por la primera brisa que me ha refrescado los brazos desde que llegué a Atlanta. Huele a polvo y a marihuana. El cine solo tiene una sala y, efectivamente, es de los años setenta. El cartel en el que anuncian las películas es un panel de esos antiguos, con el fondo iluminado y las letras de la película puestas a mano, entre las que siempre hay una que queda torcida.

El cine se llama 7 Stages Theatre. El aire sucio y andrajoso de la escena se extiende por toda la calle: está en las camisetas de tirantes, en las grandes joyas de plata gastada y en los extravagantes peinados de la gente; joder, cómo mola. La dejadez general es en gran parte calculada, y se transforma en carisma y personalidad, y hace que el gigante panel de Jim Morrison que cuelga de una fachada cercana brille aún con más coherencia.

Al otro lado de la calle, un grupo de raperos muy fumados beben zumo de manzana y rapean delante de un radiocasete sacado del Bronx de los ochenta. A solo veinte minutos de mi barrio de blancos. Atlanta es una ciudad de contrastes muy heavy.

Me pongo en la cola. El cine es mejor opción que cualquier otro plan. Me doy cuenta de que hace semanas que no veía a gente de mi edad. Comparado con el mundo de niños, esnobs y curas que he dejado atrás, esta calle es lo más cercano a mí que me he encontrado. No sabría decir si la ropa que llevan las tías es de cuando sus abuelas iban a manifestaciones contra la guerra de Vietnam o si se han gastado trescientos euros en unos vaqueros cortos.

Hablando de vaqueros, los míos están a punto de reventar. Estoy engordando por momentos. Decido desabrochármelos. Total, ¿quién va a decirme nada?

Delante de mí tengo a un grupo de chicas bastante escandalosas que no paran de reírse. Pero no escandalosas del tipo americana histérica, sino de las que están pasándoselo bien, pero bien de verdad. Qué envidia. Comentan algo gracioso que me encantaría entender para entrar en la conversación y aportar algún comentario interesante e inteligente que me permitiese hacer amigos —sobre todo porque en algún momento me ha parecido que mencionaban «*Show Girls*» y «extintor»—; pero me resigno y finjo que repaso el diccionario.

Pienso en el espectáculo de la iglesia y me muero de vergüenza. Decido que no volveré a pisarla jamás. Que me limitaré a llevar a los niños de acá para allá y a no hablar ni mirar nunca más a nadie del barrio. Seré un robot. Madre mía, qué desastre.

En medio de otra explosión de carcajadas, una de las chicas sale de la cola para pedir una cerveza. Lleva los labios pintados de un rojo mate precioso y sostiene un cigarrillo con la facilidad de los que se han fumado un millón de pitis, pero con un extra de don innato. Los gestos automáticos, la naturalidad de los rituales cotidianos, sean cuales sean, me vuelven loca. Esta chica tiene unas tetas descomunales.

La miro sin disimulo, pero parece que no le molesta. Y cuando el surtidor escupe la última gota de espuma de la IPA artesana, la chica mira de reojo a una de las amigas que ha dejado atrás y, refunfuñando con una sonrisa viciosa, escucho lo que me parece la frase más bonita que he oído en mi vida:

—Joder, Monica, te cogería ahora mismo y te follaría en mitad de la calle…

Las palabras nunca me habían sonado tan dulces.

—¡Perdona, perdona! —digo. Ella se vuelve, casi tan extrañada como yo, y como si con su respuesta tuviese que tocarme la lotería, le pregunto—: ¿Eres catalana?

—Hòstia! ¿Has oído lo que acabo de decir?

—Sí, una maravilla.

—He quedado como una depravada, ¿no? —pregunta con un levísimo dejo de vergüenza—. Me llamo Six. —Me tiende la mano.

—¿Has dicho «sex»?

—No, idiota. —¿Me ha llamado «idiota»? ¿Ya?—. Me llamo Six, como el número, como… como la amiga de Blossom.

—Yo, Rita. —Le doy dos besos.

—Ostras, sí, perdona. Llevaba casi un año sin dar dos besos. ¿Qué haces aquí? ¿Vives en Atlanta?

—Sí, llegué hace dos semanas.

—¡Ah, qué bien! ¿Estás haciendo un máster? ¿O en la uni? ¿O trabajas?

—No hago un máster ni estudio en la universidad, trabajo como au-pair.

—¿Como au-pair? ¿De canguro?

—Sí…

—Ah, genial. Y venías al cine, ¿no?

—Sí, bueno, la verdad es que estaba dando una vuelta y me he puesto en la cola por hacer algo. No sé ni qué echan.

—Si te interesa invertir tres horas de tu preciada vida viendo a una polaca que habla de su regla y acaba suicidándose, adelante. Si no, te invito a una birra.

En la terraza del bar de al lado de la carretera, en una mesa de tablas, se nos pegan los codos y huele a bayeta húmeda. Nunca nada me había parecido tan lujoso. Tendremos a un centenar de personas alrededor, la mayoría jóvenes entre la veintena y la treintena, y no parece que mañana tengan que levantarse a las ocho de la mañana para ir a trabajar. A través de la barandilla de la terraza, veo que los coches se detienen bajo un semáforo cuyas luces cuelgan del mismo cable que tres pares de zapatos. Los nombres de las calles se indican en letreros de color verde clínico. Las paredes de los edificios están pintadas con grafitis espectaculares: árboles de colores, Martin Luther King, Lincoln con gafas de sol… Six lo llama «street art».

Cualquiera que nos vea diría que somos amigas de toda la vida. Six se esconde bajo una capa fina de fanfarronería bien puesta, pero está tan contenta de haberme conocido como yo a ella.

La gente de la terraza ríe y bebe y canta. Las palabras torpes en inglés resuenan en cada esquina, como una radio mal sintonizada, pero aquí, delante de mí, la voz de Six se perfila nítida y clara, como un arroyo de agua cristalina.

—Tranquila, no te estreses. Encontrar el camino en la vida no es fácil. Soy licenciada en Periodismo y estoy vendiendo grifos de lujo. Pero todos tenemos que empezar por algo, ¿no? Y como mínimo ya has salido de casa y de tu país, así que formas parte de la amplia minoría. ¡Felicidades!

—Sí, supongo. Gracias.

—¿Tienes algún plan para averiguar qué te gustaría hacer? —pregunta.

—¿Un plan? ¿Yo? De momento, sobrevivir. Aprender inglés.

—Bueno, tienes un año. Mantén los ojos abiertos y un día lo sabrás.

Six es más o menos de mi altura, tiene unas manos preciosas y la dentadura desordenada. Es de Hospitalet, lleva un piercing debajo del labio y cuando come tacos los acompaña con los dedos hasta la campanilla.

Después de dos Budweiser aguadas, decidimos cambiar a unas artesanas locales y pedir otra ronda de nachos con una densísima capa de cheddar.

—Hombre, tía, para liarse con ella delante de ti hay que ser hijo de puta. Pero parece que estaba bastante claro que se chingaba a otras, ¿no? Al final, te darás cuenta de que te ha hecho un favor... —Da un trago a la cerveza, y yo carraspeo—. Eh, oye, ¿qué es eso? Ni una puta lágrima, eh, que ese tío...

—No, no... Si no lloro por él... Lloro porque hacía semanas que no entendía una frase tan larga.

Llamo a Fulbright para avisarles de que llegaré tarde. Le digo que llevo llaves y que no se preocupen. Él agradece la llamada y aprovecha para decirme que Eva no encuentra la partitura de piano —la dejé en el maletero del coche— y que Bini tenía mal los deberes del otro día porque no se los había corregido. «Que como acabas de empezar no importa, pero que no vuelva a pasar», y me recuerda, con media risilla, que mañana a las dos y media tengo que estar en el colegio para recoger a Bini.

—Tía, que son críos. Aunque el mayor tenga diez años, han de hacer lo que les digas y punto. Putos esnobs, van a Harvard y se vuelven imbéciles. ¿Y no ven la tele? A ver, qué menos que Chucky, ¡que te hace conocer el miedo de verdad! —Six se queda embobada con las tetas de la camarera, que no lleva sujetador—. Y por cierto, ¿esa tal Daniela volverá de visita?

Los chicos de la mesa de al lado nos lanzan su número de teléfono escrito en una servilleta de papel hecha una bola y el camarero nos informa de que nos han pagado la primera ronda.

—Mira, Rita, lo mejor que puedes hacer es venirte a una orgía.

Me atraganto. Me interesa. ¿Cómo?

—En serio, es la mejor opción para socializar. De hecho…

—Six mira la hora y calcula, levantando la cabeza hacia el cielo.

—¿¿¿«De hecho» qué??? —Me tiro media cerveza por encima—. ¡De hecho nada! ¡Ahora no voy a ir a ninguna orgía! ¡Tía, que es miércoles y me aprietan los pantalones!

—Sí, será mejor que vengas un día con unos pantalones de tu talla… —Se ríe mientras mira mi sobresaliente barriga. Se enciende un mentolado.

—Estás flipando… —digo yo, doy una calada al mentolado y añado, con más curiosidad que intención—: Pero… habría hombres también, ¿no?

—Sí… Habrá hooombres… —contesta con indignación automática—, pero ¿para qué quieres a los hombres? ¡Ya basta de hombres! ¡Ya basta de sexo clásico, previsible y patriarcal! ¡Basta! ¡Basta de pollas! ¡Si en este país hay hasta hombres que se llaman «Polla»!

—¿Qué? ¿¿Qué dices?!

—¡«Dick» significa «polla», Rita! ¡Y aquí hay hombres que se llaman Dick! ¡Madres que ponen «Polla» a sus hijos! Oh, qué niño más guapo… ¿Cómo se llama? ¡Se llama Polla!

—No puede ser…

—¡Taxistas que se llaman Polla! «Buenos días, ¡a la estación, señor Polla!». ¡Y verduleros! «Oh, ¿a cuánto el kilo de plátanos, señor Polla?».

—Bua, que tu pareja se llame Polla. «Te quiero, Polla». O peor, ¡tu padre! Freud debió de escribir algo sobre el tema. ¿Freud tuvo hijos? ¡Quizá fuera el primero que llamó Polla a su hijo!

—El patriarcado nos trata a golpe de polla en la cara y le damos las gracias con una sonrisa para que nos lleve a la estación.

—Durísimo.

—A ver, volvamos a la orgía… Hombres. ¿Eres consciente de por lo que tiene que pasar una mujer para hacerle una mamada a un hombre? —Miro a mi alrededor y agradezco la escasa extensión del catalán por el mundo—. ¡Es incomodísimo! Has de tener cuidado con los dientes, se te cansa la mandíbula, te dan arcadas mientras vas arriba y abajo intentando respirar por la nariz…

—Quizá te falte práctica.

—¡Uy, seguro! —se ríe—, pero no tengo ninguna intención de conseguirla.

Six se repone del discurso fálico con un punto teatral, pero no menos sentido, y pregunta:

—Escucha, y de ese John… ¿qué sabemos exactamente?

¿Crees que a veces los policías ponen la sirena porque tienen hambre y en realidad van a comprarse un taco al Rock'n Taco?

He conseguido sintonizar más canales en la tele de tubo, además del National Geographic y el Canal Historia. Me ha parecido que hasta ella (la tele) lo agradecía.

Bueno, en realidad, los canales los ha sintonizado David, el cartero.

La cuestión es me estaba zampando el segundo cuenco de cereales de la mañana y he visto que Hanne no había cogido el periódico del jardín. He salido descalza, aún en pijama y con la taza en la mano, y he recogido el *Atlanta Journal Constitution* enrollado dentro de una bolsa de plástico. (Pensaba que lo de tirar el periódico al jardín solo pasaba en las películas).

Y entonces el cochecito cuadrado azul de correos se ha parado en nuestra acera. David ha introducido las cartas en el buzón del vecino y, como haría cualquier americano, ha decidido saludarme.

—¡Buenos días! —ha gritado desde el arcén.

—¡Buenos días! —he respondido, levantando el periódico.

—¿Eres la au-pair desnuda de día? —Joder, ahora no sé si lo he entendido bien o no. ¿Lo dice por la camiseta de color carne del otro día? En cualquier caso...

—¡Sí! ¡Buenos días!

Entonces David se ha puesto a hablar en un español robótico pero inteligible y me ha contado que había vivido en México a los diez años y que ahora ya tenía cincuenta. Después ha comentado que hace poco había salido en el programa de Oprah para contar que tenía diecisiete hermanos, y su hermano mayor, que ya ha fallecido, había sido el primer afroamericano del barrio que había ido a la Universidad de Georgia. Le he dicho que no había visto ningún programa de Oprah y le he comentado lo del National Geographic y el Canal Historia.

Y entonces se ha mostrado muy escandalizado. Ha gritado un «¿CÓMO?» alto y ondulado, y se ha acercado a darme la mano. Y tras una camaradería instantánea, le he dejado pasar —tenía el coche fuera con la puerta abierta y el motor en marcha, por lo que no me ha parecido una tentativa peligrosa— y en un pispás David, el cartero, me ha sintonizado los canales que, según él, eran «imprescindibles».

En uno de esos canales imprescindibles ponían reposiciones de un programa que se titula como su presentador: Jerry Springer.

Al principio me ha parecido que sería una especie de *Diario de Patricia* algo más serio (el presentador lleva americana), pero tras ver un par de casos, si la comparo con este programa, Patricia sería una científica prodigiosa.

El formato del show es sencillo: llega un «concursante» al programa para reivindicar o reprochar algo a alguien. Y con «concursante» me refiero a lo peor de cada casa. Por ejemplo, una chica ha pisado el plató para contar que quería llamar la atención de su novio, y que para conseguirlo se ha tirado al mejor amigo de su novio y al primo de su novio, y ahora ha decidido ir al programa para confesar que también se ha tirado al gemelo de su novio.

Entonces llega el novio, que monta el espectáculo esperado —con la participación de Springer, que va echando leña al fuego... (es el peor de todos)— hasta que aparece el tercer participante, en este caso el gemelo. Este momento es fascinante: dos guardaespaldas se sitúan entre los hermanos, esperando, por ensayo y error tras más de tres mil programas, que haya hostias. Siempre las hay. Todo esto mientras el público llama «puta» y «guarra» a la tía, y anima al novio a que le dé una paliza a su gemelo. La raza humana, qué maravilla. Le he dicho a David que me pusiese el último programa.

Me he tirado dos horas viendo a Springer.

Casi me olvido de ir a buscar a Bini.

El colegio al que va Bini se llama Oak Grove y responde a los habituales estándares arquitectónicos de toda escuela americana: edificio bajo, horizontal, anaranjado. En la entrada hay un letrero similar al del cine de Little Five Points que reza LEER OS HARÁ LIBRES Y QUE DIOS OS BENDIGA.

He pensado que habría estado bien que, además de repetirme la segunda parte del mensaje durante los dieciséis años de colegio de monjas —«Que Dios te bendiga, Rita»—, me hubieran ofrecido algún libro mínimamente fumable (aparte de *Tirante el Blanco*) para convencerme de que leer también podría educarme (y hacerme libre).

Hace años que no leo un libro. De hecho, no sé si alguna vez me he acabado uno. Dicho en voz alta suena más grave de lo que pensaba. Pero es cierto, diría que nunca me he acabado uno.

El pasillo del colegio huele a mandarina y a bata de niño sucio.

La clase de Bini es la de los pingüinos, y al recordar mi escena de anteayer en la iglesia —«podéis llamarme árticaamericana»—, me ha parecido una broma de mal gusto. Hago cola detrás de dos madres que vienen a buscar a sus hijos con la misma alegría que si saliesen del paritorio y los viesen por primera vez.

—Buenos días, vengo a buscar a Bini —vocalizo.

—¿Perdona? —La profesora, con los ovarios armados de una paciencia infinita y una alta capacidad para descodificar palabras de críos, no me entiende.

—Bini, Bini Bookland.

—¡Ah! ¡Bini! —Y lo pronuncia exactamente igual que yo—. Entonces ¿eres Rita?

—Sí.

—Encantada de conocerte. —Me estrecha la mano y me clava los ojos azul cielo asegurándose de que emite el mensaje tan claro como si yo fuese un pingüino más—: Es una familia fantástica… y con los niños, con los niños ten paciencia. Son muy listos, los más listos de la clase, y también los más calvos de Oklahoma. Los he tenido a los tres.

Bini se acerca arrastrando los pies, con la cabeza gacha, resignado, como si cada vez que lo miran más de dos ojos al mismo tiempo pasase el peor calvario de su existencia.

—Adiós, ¿eh, Bini?

Bini la mira con respeto y se despide de forma dulce y ensayada.

—Adiós, miss Moore. Que tenga un buen día.

—Adiós, Rita. —Me coge la mano, trascendental—. Y recuerda que Jesucristo era vegetariano y Bini tiene pasta de cristal para cenar.

—Gracias —respondo.

Avanzamos por el pasillo sin saber muy bien qué decirnos y subimos al coche. Bini se abrocha el cinturón de la sillita.

—Bini, ¿podrías repetirme lo que me ha dicho miss Moore, por favor? No sé si lo he entendido bien…

—Hummmmmm… —Oculta una sonrisa, a ver cómo me miente—. Ha dicho que ha escrito una nota en la agenda para papá y mamá. —Roe una chuchería que se ha encontrado entre los asientos, dice la verdad—. Pero ya sé qué pone en la nota: dice que quieren adelantarme un curso. Ya lo hicieron con Eva y con Aksel. A mí me da igual... En el fondo, dentro de mi corazón, sé que seguiré siendo un niño.

Asimilo la respuesta, sopesando si es genialidad o depresión, y reduzco la velocidad para dejar que nos adelante un coche de policía. Bini me pregunta:

—¿Crees que a veces los policías ponen la sirena porque tienen hambre y en realidad van a comprarse un taco al Rock'n Taco?

Un genio.

—No te quepa duda, Bini, van a comprarse el taco.

—Y, ya que van, de camino podrían dejar subir a más gente que quiera ir al Rock'n Taco, ¿no? Así aprovecharían el viaje y contaminarían menos, ¿verdad?

Pienso que cuando llegue a casa haré un apartado en mi libreta para escribir las genialidades de Bini.

—¿Y qué más ha dicho miss Moore?

Bini se ríe y no contesta.

Un mito llega a casa

Bini merienda y se entretiene con el juego de la caja de cereales. Como cada día, a las tres de la tarde en punto llega el autobús de Eva.

El código oficial dice que debo esperarla en la puerta de casa y articular un visible «hola» con la mano bien alzada, «en señal de autorización adulta», para que la conductora abra la puerta y deje salir a la criatura sagrada sana y salva.

Me acuerdo de mi hermano y de mí cuando teníamos su edad y esperábamos dos y tres horas en un cajero automático, de noche, viendo cómo nevaba, hasta que nuestros padres o los abuelos conseguían escaparse del trabajo y venían a buscarnos. Con todo aquel tiempo perdido, podría haberme leído la literatura universal o ser abogada a los catorce años, si alguien me lo hubiese sugerido.

El peor momento era cuando cerraban las tiendas, porque quería decir que eran más de las ocho, y mis amigas me decían adiós desde el coche, de camino a su casa.

Nunca nos quejamos. No como estos tres, que llegas cinco minutos tarde y se indignan. Malcriados.

Media hora más tarde repito el ritual con Aksel. Salgo a la puerta. ¡Por el amor de Dios, que tiene diez años!

Levanto mi mano de adulta y Aksel corre hacia casa. Recuerdo aquel programa sobre sexo de la cadena Betevé que vi hace poco con Astrid, tumbadas en el colchón a las tres de la madrugada. Salía una sexóloga (una tal «Ka») que visitaba las clases de los niños de diez años de algunos barrios de Barcelona (también iba a Sarrià) para hablarles del sexo anal. Lo acompañaba con imágenes intercaladas de He-Man poniendo cara de placer y arcoíris. Y los niños lo veían normal... Supongo que en Barcelona, la penetración tradicional, ya para niños de diez años, se ha vuelto mainstream.

El Atlántico es más que un océano.

—¿Me ayudas con las divisiones, Eva? —Después de intentar resolverlas durante un buen rato, Bini desiste.

La atención repentina hacia Eva hace que esta cierre la agenda de golpe. Se ha puesto roja y la frente le transpira microgotas saladas. Oculta algo.

—Si quieres te ayudo yo —me adelanto, haciendo un esfuerzo de inclusión familiar, sin pararme a pensar que hace mil años que no hago una división.

—¡Vale! —Eva coge la agenda y corre a su habitación.

3987 entre 16.

Ni idea.

¿Cuándo se ponían las comas?

Lo intento durante cinco minutos y Bini, que me sugiere los pasos que debo seguir, me mira sorprendido por el hecho de que una adulta no sea capaz de resolver el ejercicio de un niño de cinco años. Supongo que tiene razón.

—Oye, ¿a los cinco años no tendrías que sumar en lugar de dividir? O pintar unos tomates... —sugiero.

—Me ponen divisiones para ver si puedo entrar en el curso superior —responde él, transparente, sin acabar de entender la pregunta.

Me excuso para ir al lavabo y corro a la habitación. Google.

Pero no me aclaro. Vuelvo a subir con la esperanza de que Aksel haya acudido al rescate con chulería e indignación. Y no falla.

—Ah, claaaro... —exagero, mirando el papel, como si acabase de ver la luz—. Es que nosotros «allí» lo hacemos de otra forma...

—Ah, ¿sí? —pregunta Aksel—. ¿Y cuál es la forma de «allí», Hairy?

—¿«Hairy»? —pregunto.

Bini y Aksel se miran con una sonrisa tensa.

—«Hairy» significa... —empieza Aksel.

—«Peluda». Ya sé qué significa, Aksel. —Me hago la indignada, pero en realidad me congratulo por no hablar más de divisiones.

—A Daniela la llamábamos «Shiny» —añade Bini a modo de tregua.

—«Shiny» quiere decir... —continúa Aksel.

—«Brillante». Ya sé qué quiere decir, Aksel. Pero me gusta más Hairy que Shiny, es más divertido. —Vuelven a mirarse, no esperaban tan buena aceptación—. Al fin y al cabo, soy más peluda que brillante, ¿no? El pelo no deja que rebote la luz. ¿Y por qué parte del cuerpo me llamáis «Hairy»... si puede saberse?

Las caras de Aksel y Bini entran en proceso de ebullición a partes iguales. Hasta que Bini se atreve:

—El otro día entré en el baño mientras te duchabas y...

Ahora soy yo la que intenta gestionar el sonrojo. Después de todas estas semanas sin depilarme, es un milagro que no me hayan apodado Chewbacca. Hairy es casi como de la realeza.

Madre mía, teniendo en cuenta que el único vello corporal que ha visto Bini en su vida es el de su madre rubia, vikinga y sin bigote, después de verme a mí, no sé cómo no se desmayó.

Entro en la habitación de Eva y me la encuentro escuchando a Hannah Montana (¡es humana!) mientras remata el circuito eléctrico de un mapamundi que ha construido con materiales reciclados.

Lleva unos pantalones que debieron de ser de su hermano y una camiseta de la iglesia local, también de Aksel. En esta casa, la moda y el modelo de infancia clásica conviven en las antípodas del resto de la humanidad.

—¿Qué tal, Eva?

—Good… —Y continúa con una frase larga y rápida en inglés.

—Eva, ya sabes que tienes que hablarme en español…

No dice nada. Prueba el interruptor después de aplicar al cable una última capa de cinta aislante. El mapa no se enciende.

—Eva… —sonrío, simpática—, ¿me dejas ver tu agenda?

El cuello rígido. Intenta disimular el susto, pero por suerte aún tiene ocho años y no controla las fisuras del arte de la mentira.

—¿Por qué?

—Quiero ver si te ha escrito algo la profesora, ya sabes, lo de siempre, ¿no?

Eva hace una pausa, midiendo sus palabras:

—¿Quieres leerlo? Si de todos modos no entenderás ni la primera palabra… —Se ríe.

Respiro hondo.

Me está haciendo bullying una cría de ocho años.

—¿Me dejas verla, por favor?

—No.

—Pues tendré que decírselo a tus padres. —A ver quién es más cabrona de las dos.

Entonces la niña me fulmina con la mirada y esboza una sonrisa desafiante, como si acabase de darse cuenta de que en realidad tengo cojones para jugar en su liga. A continuación, las expresiones de su cara se convierten en un espejo de sus pensamientos:

1. «Debo actuar rápido, que esta tía se ha dado cuenta de que oculto algo».
2. «¡Daniela, vuelve!».
3. «Mierda, tengo la agenda encima de la mesa, no puedo esconderla. Y acaba de ver que la he mirado. Mierda».
4. «Hum… Me gusta mucho esta canción de Hannah… Hay una incongruencia sintáctica, pero a Hanna se la dejo pasar».
5. «¿Puedo negociar con esta postadolescente? No sé si es de fiar… Parece bastante corta, pobre… no capta nada. Seguro que aún piensa que Edison inventó la bombilla o que la Tierra es plana. Además, no sabe decir "wifi". Dice "güifi". Creo que podré torearla».
6. «¡Daniela, vuelveee!».
7. «Mierda. Creo que tengo que rendirme. No hay estrategia viable».
8. «Mi única alternativa es esta neandertal que se ha criado entre cabras en unas montañas que no conoce nadie».

—He suspendido Educación Física.

—¿Qué? —Una inmensa felicidad invade todos los recovecos de mi persona.

—Si no aprendo a jugar al fútbol o a ejecutar los ejercicios básicos con precisión, suspenderé la asignatura… —La rabia y la catástrofe que supone que la palabra «suspender» emane de una Bookland hace que levante la cabeza y añada—: ¿Me oyes? ¡Suspendida!

Me muerdo los labios e intento ocultar mi alegría. Y agrego, consciente de mi respuesta incendiaria:

—¿Y qué pasa?

—¿Perdona? ¿Qué? ¿Que no pasa nada? —Deja el destor-
nillador—. ¿A cuántos estudiantes de Harvard conoces que
tengan un «suspenso» en el expediente?

Recuerdo aquella tarde de primavera, en Puigcerdà; Alba y
yo decidimos comprar unos espráis. Y así, porque sí, pintamos
algunas paredes del pueblo y después nos pintamos la cabeza de
color verde. Teníamos la edad de Eva. Ella continúa, indignada:

—El año pasado recaudé seis mil dólares para mi regimiento de Girl Scouts, y este año tengo el récord de la clase en
horas dedicadas a causas solidarias. ¡Tengo un currículum impecable, no puedo permitirme suspender!

La niña está convencida de que es una desgracia.

—Eva, suspender te enseñará más que aprobarlo todo siempre. —Me mira sin entenderme—. Por ejemplo, Van Gogh
también falló.

—¿Qué? Pero ¿Van Gogh fue al cole? ¿Y tú cómo sabes
que suspendió?

—Pues porque cualquier persona mínimamente interesante la ha cagado en la vida. Ha fallado, ha caído. ¡Qué aburrimiento, si no!

—Eso lo dices para convencerte a ti. —Guau.

—Quizá. —Quizá—. Quizá la he cagado porque estoy en
la otra punta del mundo de donde debería estar ahora mismo,
donde debería estar trabajando de lo que he estudiado. Quizá
sea una cagada. No lo sé, lo único que sé es que he venido aquí
para descubrirlo. Así que, como mínimo, he dado el primer paso. Aún no sé qué quiero hacer en la vida. No tengo ni idea,
pero no me quejo.

—¿Tienes carrera? —Su cara de sorpresa es indignante.

—Sí, Eva. Tengo carrera. Y ya te informo, desde el futuro,
de que no es la respuesta a nada.

Eva vuelve en sí y baja la cabeza y el tono.

—Necesito que no se lo cuentes a mis padres. —¡Bingo!—.
Tengo una estrategia para solucionarlo.

—Ah, ¿sí?

Resopla y muestra síntomas de agotamiento prematuro por tener que rebajarse a mi nivel intelectual.

—He analizado la estrategia de los mejores equipos de fútbol del mundo. —Levanto una ceja—. Sí, el Barça también, claro. Tres-cuatro-tres y falso nueve... Y he seleccionado las mejores jugadas para aplicarlas a nuestro equipo. Me presentaré como entrenadora.

Finjo que su exposición no me ha impresionado.

—De acuerdo. —Dramatizo el momento, como si estuviese perdonándole la vida—. Pero mantenme informada.

Llaman al timbre. Esto es un no parar.

—¡Oh! ¡Es Mike! —grita Bini, y se golpea la cabeza con la esquina de la mesa—. ¡Mike!

De camino a la puerta paso por delante de la habitación de Aksel, y si no fuese absolutamente imposible juraría que le he oído cantar. Rapear, en realidad.

Bini se me agarra al muslo y abrimos la puerta juntos. Nos encontramos a un niño con gafas de pasta redondas al que le faltan los dientes de delante y que me tiende la mano.

—¡Holau, Riza! Me llamo Mike y soy amigo de Bini de toda la vida, desde la clase de Mrs. Sweet. Tenía ganas de conocerte.

—¡Ah! ¡Hola! Encantada, Mike.

A continuación levanto la cabeza y me encuentro a su madre; con la presentación incisiva del niño no la había visto.

En un instante siento la extraña nostalgia de haberla conocido en otra ocasión, muchos años antes.

La veía algunos fines de semana cuando iba a casa de Lauri. La peinábamos y la vestíamos —me ponía nerviosísima porque no entendía muy bien qué tenía que hacer— y acabábamos sentándola al lado de su marido perfecto, que, como ella, siempre parecía estar de humor para todo. Una vez vestidos y peinados, los metíamos en una caravana de surfistas de color rosa, llena de pegatinas que brillaban en la oscuridad, y les hacíamos volar y llegar a planetas en los que Lauri lo tenía todo controlado.

Es ella, sí, no me cabe duda: esta mujer es Barbie.

Me tiende una mano hidratada y estilizada, de manicura impecable, que —como todas las mujeres a las que he visto— luce un diamante del tamaño de los dos dientes que le faltan a su hijo. La chaqueta es de Chanel, y el bolso nos habría pagado la carrera a mí y a mi hermano en una universidad privada. Por fin una americana con estilo.

La melena rubia, que parece que obedezca al viento a cámara lenta, se perfila con unas ondas medias que le caen sobre unos pechos redondos y firmes, como dos melones franceses. Los ojos, algo alargados, son de un azul cielo intenso, roto por lágrimas de azul marino. Lleva unos vaqueros elásticos que le dibujan las piernas, largas y firmes, hasta los tobillos, y que le marcan un culo que hace que el mío parezca el de un percebe. Con el movimiento del brazo, cuando ha alargado la mano hacia mí, he captado un perfume a rosas y nubes que haría cerrar los ojos a Vladimir Putin. La rodea una aureola celestial, como de anuncio de compresas y champús que provocan orgasmos en la ducha.

—Hello? —arranca.

Pero me mira con una ingenuidad extraña, como si no se diese cuenta del impacto que causa, como si cada día se levantase así, siendo Barbie, y fuese lo más normal del mundo. Como si todas las mujeres con las que se cruza fuéramos como ella: altas, delgadas, calvas de brazos, imposibles. Da la impresión de que esta mujer ha intercambiado el alma con su hijo desdentado y, ahora que me fijo, un pelín bizco.

—Rira?

—Yes! —Noto que le estrecho la mano con demasiada fuerza. De hecho, ella solo me la había tendido, muerta, como si en lugar de estrechársela tuviese que habérsela besado. Realeza.

—Encantada de conocerte. Me llamo Samantha. —¡Samantha!—. Bienvenida. Seguro que harás la fotosíntesis en polvo tan bien como Daniela. —Madre mía… ¿Cuántos años tendrá? ¿Quince? ¿Cincuenta y ocho? ¡Qué simetría! Ni una mancha, ni una arruga, ¡parece que brille! ¡Brilla en la oscuridad!

Sonrío y asiento mientras me ofrece datos importantes sobre su hijo. No puedo oír nada de lo que dice. Se toca el ojo con precisión mientras pronuncia «queso», «ornitorrinco», «cristal», «Teresa de Calcuta».

—Muy bien, perfecto, todo controlado… —contesto.

—Muchas, muchísimas gracias, Rira, eres muy amable. Ahora me voy a freír espárragos con un ambientador —informa Barbie al tiempo que se inclina con facilidad de flexión de rodillas encima de un zapato de tacón de aguja y que corrobora, una vez más, su toque divino.

Se agacha a la altura de su hijo desdentado, lo coge por los hombros y le da un sonoro beso en la mejilla. Mike se deja besar, pero enseguida echa a correr hacia la sala de juegos de la mano de Bini. Barbie sigue a su hijo con la mirada y, con exagerada cara de pena, se dirige al porche y, de camino a la salida, se despide:

—Es que la berenjena rebozada siempre me ha hecho cojear. Otro día la calentaremos.

Me dice adiós con la mano del brillante y me guiña el ojo, un poco pícara.

Juraría que he oído un «clic» cuando me ha guiñado el ojo. Es Claudia Schiffer, Jessica Rabbit, la Virgen María.

Mike ha decidido cortarse el pene

Vuelvo al salón y veo una luz roja que parpadea en la tapa de mi móvil.

1 MENSAJE RECIBIDO

Rita, te he dejado dos mensajes en el contestador. Escúchalos! Ya te has comprado unos pantalones nuevos? Lo digo porque esta noche doy una fiesta en mi piso (cuando digo «noche», quiero decir a las 8, que esto es América). Sí, también habrá hombres. Y perros. Y botella gigante de Jäger, que hoy he vendido un puto grifo de oro! Ah! Y tengo longaniza!

De todo el mensaje, de todas las palabras de Six, una lo ha cambiado todo. No es «fiesta» ni «hombres». Ha dicho la palabra mágica: «longaniza». Pagaría el sueldo de un mes entero por comerme un trocito de longaniza.

Por cierto, los 198,05 dólares que vi en el talonario de dinosaurios antes de descubrir que Fulbright es gay son mi sueldo semanal. Así que gano unos mil dólares al mes (unos ochocientos euros). Es decir, más de lo que cobraría en cualquier departamento de recursos humanos como psicóloga en prácticas (o sin prácticas). Mañana por la mañana volveré a husmear en el ordenador de Fulbright, a ver si ha hecho alguna visitilla a Chitawas.

Pero vayamos a temas importantes: la longaniza. Al pensarlo, se me hace la boca agua. Cometí el gravísimo error de ofrecer a Fulbright y a Hanne, como regalo de bienvenida, una de las dos preciadas unidades que me traje de casa. Y un pan de hígado, un morcón de huevo y trescientos gramos de jamón del bueno.

«Oh... —exclamaba Hanne—. Está delicioso... —decía mientras engullía el jamón—, ¡me gusta más que el prosciutto!». Y me entraron ganas de gritar: «¡Ignorantes! ¡Es jamón! ¡Jamón de bellota!». Prosciutto... Si no fuese porque tienen un italiano impresionante, pensaría que dicen «prosciutto» para que parezca que saben hablar italiano. «Es que nosotros comemos salami».

Salami.

¡Analfabetos! Llamáis «salami» a un balón de baloncesto compactado en forma de churro, ¿no? Porque no es salami italiano de carnicería, no, que lo he visto en la nevera. Es salami del súper, del rosa, del plastificado.

¡Qué lástima de paladares!

Por suerte para mí y para ellos, durante estas semanas he podido ir deleitándome con los embutidos que no supieron apreciar. A falta de pan y de un aceite de oliva decente, he ido comiéndome el pan de hígado y el morcón solos, loncha a loncha, tajada a tajada, degustándolos al máximo ante la horrorizada mirada de los niños. Me observaban en silencio desde su mesita de parchís, pálidos, como si en lugar de morder un trozo de pan de hígado estuviese arrancándole los ojos a una cabra. Casi disfrutaba tanto del terror que provocaba a cada mordisco como del toque de ajo del embutido.

Pero se me ha acabado. Adiós existencias. Adiós, querido cerdo de calidad, salvaje y bien alimentado. A saber cuánto tarda en llegar el paquete con refuerzos que le he pedido a mi madre. Así que no descarto que esta noche acabe participando en una orgía con tal de comerme un buen trozo de longaniza.

Qué analogía más inesperada y oportuna.

—¡¡¡EEEEEEH!!! —Un grito me arranca de mi sueño porcino. Es Hanne.

Miro a mi alrededor y me doy cuenta de que hace rato que no oigo rumores infantiles. Y eso que ahora hay cuatro niños en casa.

Bajo las escaleras corriendo, imaginándome lenguas electrocutadas, dedos cortados, sangre.

Pero cuando cruzo la puerta de la sala de juegos me doy cuenta de que es mucho peor. De hecho, lo peor que podía pasar.

Los cuatro niños están sentados en el sofá, absolutamente extasiados por el espectáculo más dantesco que han visto en su —hasta ahora— puras e inmaculadas vidas.

En la pantalla del televisor, Jerry Springer se ríe mientras sus gorilas contienen a un padre histérico.

El caso es que acaba de comunicar a ese padre que su hijo ha decidido casarse con su propia madre (además, la madre le ha dicho que sí y ha ido al programa vestida de novia). En pleno ataque de ira, el padre le ha arrancado la pierna postiza a su mujer, a la que no para de llamar «marrana» y «puta», y dice que no se la devolverá hasta que entren en razón. La madre y el hijo empiezan a enrollarse y el padre les da de hostias en la cabeza con la pierna postiza. Entre tanto, en la parte superior de la pantalla, se anuncia el siguiente invitado: «Mike ha decidido cortarse el pene. Viene al programa a contarnos por qué».

—¡Oh, se llama Mike, como yo! —exclama el niño sin dientes mirando a Hanne en busca de algún tipo de respuesta—. ¿Y por qué Mike quiere cortarse el pene?

—¡Akseeeeeel! —Hanne está fuera de sí—. ¿¿¿Dónde está el mando???

Aksel está a punto de perder la consciencia. Lucha entre el ataque de risa y la imposibilidad de asimilar lo que ven sus ojos. Eva mira, atenta, analizando la escena entre risas y preguntas en voz alta:

—Pero ¿ese hombre por qué quiere casarse con su madre? ¿Y por qué el padre ha ido al programa, si no quiere que se casen?

En la otra punta del sofá, con el labio inferior brillante de saliva y abducido por lo que su cerebro privilegiado codifica como un Poltergeist, Bini ha abandonado la realidad para consagrar todas sus capacidades cognitivas a asimilar lo que está viendo.

Y yo observo cómo los personajes iluminados de la pantalla se tatúan en el hipotálamo del niño como uno de sus primeros recuerdos vitales. El recuerdo de un padre que da una paliza a su hijo con la pierna ortopédica de su mujer; ¿o será el caso de Mike, el hombre que se cortó el pene?

Hanne me mira hecha una furia, roja y sudorosa, y siento que me encojo veinte centímetros por segundo. No para de gritar.

—¡Aksel! ¡Dame el mando ahora mismo! —Está desesperada.

En mitad de la paliza televisiva, el golpe seco de uno de los gorilas ha hecho que a la novia se le salga una teta del vestido. El hijo intenta tapársela y el padre se pone a chillar como un energúmeno. Se arranca la camisa.

Aksel ha perdido el oremus. Se retuerce por el suelo en pleno ataque de risa.

Hanne no encuentra el mando, así que cuando por fin reacciono corro hacia el televisor y lo apago. La imagen de la teta de la novia progenitora desaparece con un ruido de los años ochenta, como un pedo electrónico.

Hanne castiga a todos los niños en su habitación. Mike se levanta del sofá como si acabase de ver *Barrio Sésamo* y tiende la mano a Hanne, como ha hecho antes conmigo, esperando que se la estreche con más amabilidad de la que recibe.

Hanne, en el clímax de la ira, me señala y me dice:

—Ahora nos vamos, que tenemos cena, pero hablaremos de esto. Cuando volvamos, hablaremos. Que quede claro: esto no se repetirá jamás.

Y desaparece escaleras arriba, maldiciendo entre bufidos.

¿Qué ha querido decir con que «esto» no se repetirá jamás? Que no me deporten, ¿eh? ¡Que ayer soñé que me encontraba con Gonçal en la plaza del Campanar, me convertía en polvo y me barrían!

¿Y qué significa que tienen una cena?

¡Que yo tengo una orgía!

Machupichote

Poco después del desastre televisivo, Fulbright ha llegado y ha tocado el claxon del coche para avisar a Hanne de que era tarde. Ella ha salido de la habitación con el pelo goteando encima de un vestido negro con bolas que le marcaba la ropa interior. Antes de abrir la puerta, me ha lanzado una sonrisa intencionadamente forzada y me ha repetido el «Ya hablaremos». No ha sonado nada bien. Ha sido como si me hubiesen echado de clase. Después se ha dado la vuelta y ha dejado tras de sí un hilo oloroso de crema hidratante y perfume Trésor. Su sonrisa forzada ha funcionado. Y me he puesto triste.

El portazo ha liberado a los cuatro niños de sus respectivas habitaciones y se han reunido alrededor de la mesa de parchís para comentar la jugada en voz baja. Evitan mirarme y remarcan el círculo cerrando los brazos para que quede claro que no quieren que participe.

Por las caras de todos, este programa es lo mejor que les ha pasado en la vida. Comenzando por Aksel, que se aturulla por acumulación de incongruencias generacionales, y acabando por Mike, al que parece que nadie sabe responder por qué alguien con su nombre ha decidido cortarse el pene.

Sirvo la cena y salgo al porche para llamar a Six.

Piiiiiip.

Me siento en lo alto de las escaleras y respiro hondo: olor a lavanda.

Piiiiiip.

Son las siete de la tarde y no hay rastro humano en la cul-de-sac. Vivo en un decorado.

Piiiiiip.

Me tumbo en el suelo del porche. Salta el contestador automático de Six y oigo su acento americano con admiración y esperanza. «Aquí los contestadores automáticos realmente se usan —me dijo—, así que si no te contesto habla después del "pip"».

«Oye, nena… No sé si podré ir… Los padres han salido a cenar y a saber cuándo vuelven. Y yo la he cagado dejando que los niños viesen el programa de Springer. ¿Sabes quién es Springer? En fin, llámame cuando puedas e infórmame de cómo está el patio».

Dejo caer la tapa del móvil con un ruido seco y esponjoso. Desde el suelo del porche veo que las puntas de los árboles hacen movimientos pequeños y rápidos, pero en la escena general son olas gentiles y armoniosas. El calor de la madera en la espalda me transporta al borde caliente de la piscina de Alp, donde me tumbaba de pequeña y tenía frío. Abro los brazos en cruz y cierro los ojos en busca de un poco de paz. El olor de la madera caliente, la humedad en la piel, la noche que empieza a caer. El rumor de estos árboles altísimos y las voces de los niños que se ríen mientras rebañan los platos y se llenan los vasos de leche.

Después de la montaña rusa de hoy, tardarán mucho en dormirse. Espero que la fiesta de Six se alargue y pueda llegar a tiempo. Jamás he necesitado tanto un trozo de longaniza.

—Hola, Rita.

Cierro las piernas de golpe.

Oigo voz de hombre a apenas dos palmos de mis pies. Por la calma con la que habla, hace rato que está aquí y no se ha molestado en hacer ruido para anunciarse.

—¡Ey! —Me incorporo apoyándome en los codos en un instante provocador, enfoco la mirada bajo la sombra de la palma de la mano y me levanto con toda la feminidad que puedo, que no es mucha—: Hola, John.

Por la tierra batida que lleva pegada a los tobillos, debe de haber jugado al tenis unas tres horas, y a pesar de un ligero olor a sudor, mantiene la impecabilidad de los gentlemen de antiguo linaje. La voz es grave, joven y sexy.

—¿Siesta? —pregunta, riendo, mientras deja caer el peso de la espalda en una columna del porche. ¿Los americanos no saben decir nada más? Siesta, servesa, amigou. Me río y niego con la cabeza gacha, porque tampoco sé decir mucho más. John continúa—: ¿Fulbright y Hanne están en casa?

—No. Han salido. Cena.

—Ok, sin problema. ¿Podrías decirles que he venido en persona para invitarlos al unicornio en escabeche fluorescente que celebraremos en el club?

—Perdona, ¿qué?

—El cactus de aceituna... —La expresión de mi cara le detiene—. Tranquila, no te preocupes, les enviaré un correo. Pero, por favor, diles que he pasado. Es importante. —Acaricia las puntas de las flores de lavanda, las huele y añade—: Tú también estás invitada.

(¿A una fiesta de unicornio en escabeche? ¡Cuánto honor!).

—Ah, muchas gracias —contesto. John desliza los dedos entre el pelo del tupé y noto que salivo—. Iré.

La conversación podría darse por terminada, pero John no se va. Hace rato que no oigo a los niños. Supongo que cuando tienes de cinco a diez años el tema del incesto maternofilial y de la amputación de pene da para lo que da. Echo una ojeada rápida y veo que tanto Eva como Aksel están leyendo un tomo de la enciclopedia tumbados en el sofá. Fuera sigue el silencio y los grillos empiezan a cantar.

—Rita, ¿y tú cómo estás?

La pregunta me pilla desprevenida.

—Bien… —contesto, automática—. Bien.

Pero insiste, como si fuésemos buenos amigos.

—¿Seguro?

¿Tan mala pinta tengo?

Hoy es viernes. Mis padres ya deben de haber preparado el menú del fin de semana mientras la yaya pasea por el huerto. Tomates, nectarinas, melocotones y melones se extienden sobre la encimera de la cocina. Mi hermano ya ha bajado las escaleras en pijama, con el pelo mojado después de un partido de baloncesto (o de fútbol o de tenis) y habrán cenado y habrán servido las mesas del espléndido verano con ilusión. La yaya se habrá quedado dormida con las manos encajadas bajo el pecho, y cuando la hayan despertado para irse a la cama habrá dicho «Que yo no estaba durmiendo».

Empieza el fin de semana.

Unas horas más tarde —es decir, ahora mismo—, todos mis amigos se sentarán en la terraza de la plaza del Campanar con unas birras, luciendo un moreno veraniego. Algunos habrán cenado en casa, otros picarán algo: unas aceitunas y una tabla de embutidos, y unas bravas y pan con tomate y aceite de arbequina. La conversación no es demasiado trascendente, pero sí en mi idioma, y pueden expresar lo que piensan, lo que quieren y lo que han hecho; y pueden hacer bromas que todo el mundo entienda.

Hablan del último tío que han conocido en Messenger o del nuevo compañero de piso en Barcelona; de las primeras experiencias como flamantes y prometedores becarios. Otros anuncian que ya los han contratado como respetables trabajadores (casi) mileuristas; el que quizá sea el primer día de muchas décadas en la misma empresa. O quizá el primer día de un trampolín hacia una vida de zigzags profesionales. Se toman el primer gin-tonic. Cuando se lo acaben, caminarán hacia los mismos bares de siempre y se verán con la gente de siempre con una ilusión que no caduca. Tomarán chupitos con amores no resueltos y descubrirán otros nuevos, tal vez de Barcelona, pero solo por esta noche.

En uno de estos bares, camuflado entre una nube de cien cigarrillos y la claridad vaporosa de una lámpara rinconera, Gonçal bebe en silencio. Solo. Parece tímido, pero no lo es; es una combinación de misterio y de lobo solitario que lo convierte, literalmente, en alguien irresistible. Entre tragos de gin-tonic y saludos a lo lejos, el lobo solitario repasa a las chicas del bar, lanza las primeras miradas en una estrategia de caza que se servirá extremadamente lenta. Quizá culmine este invierno, quizá el verano que viene. Todo llegará. Eso seguro. De momento, una morena con el pelo afro y chaqueta de piel entra por la puerta y le saluda con un beso de envidia popular.

Mis amigas le saludarán desde el otro lado de la barra y se tomarán un chupito a mi salud. Inconscientes de la suerte que tienen de tenerse y de poder hablar con normalidad, el vodka acabará de teñirles la sangre y las palabras, bailarán el repertorio habitual y se dirán verdades dulces y babosas que al día siguiente no recordarán o quizá finjan no recordar. Cerrarán la discoteca Trànsit. Algunos harán una bomba de humo mientras la gente sale y charla bajo el porche, pero la mayoría irán a pie hasta la panadería Palau. Allí harán chantaje al panadero, que ya está hasta los cojones de todos nosotros, y comerán cruasanes de chocolate a precio de oro mientras el sol empieza a iluminar la Cerdaña.

La luz malva descubrirá las espaldas húmedas de la pareja del bar, Gonçal y Sònia hacen el amor por segunda vez sobre la mesa de la cocina.

Ya no habrá mossos d'esquadra en las carreteras. Mis amigas llegarán a casa con el rímel por los suelos y olerán la hierba del jardín sin ser conscientes de lo maravilloso que es vivir otro fin de semana cualquiera.

Entre tanto, a siete mil kilómetros de distancia, yo cuido de tres mocosos que me hablan como si fuese un oso hormiguero y cada noche rezan a los anillos de Saturno y al cretácico superior para que vuelva Daniela. Recogeré la mesa y limpiaré la leche y los espaguetis que se les han caído al suelo, y cuando vuelvan sus padres tendré que tragarme la bronca por haber desvirgado los cerebros pre-Harvard de sus hijos.

Y teniendo en cuenta la última mirada de Hanne, quizá tenga que suplicarles que no me deporten. (Lo que debería decirles es que la culpa la tiene David, por haber sintonizado canales de perturbados mentales; pero más me vale no decirles que dejé que el cartero entrara en casa). Todo eso mientras me imagino al hombre al que quiero abrazado al cuerpo de otra mujer sobre la misma mesa en la que hicimos el amor por primera vez... cuando me dijo que era como me había soñado y me resquebrajó para siempre.

—Sí, estoy bien —contesto por fin.

—Pues no lo parece. —No sé muy bien por qué, pero a John le resulto curiosa.

—Estaré mejor cuando pueda comunicarme en inglés.

—¿Y ya te has apuntado a clases?

—No.

—¿Juegas al tenis?

No sé cómo decirle que hace muchos años que no juego, pero que todos los deportes se me dan bien. Mierda de idioma.

—Sí... —Hago el movimiento retroactivo con las manos—. Bueno, no, bueno, sí...

—¿Sí o no? —se ríe.

—Sí.

—Pues le diré a Mrs. Gee que te haga la prueba de las momias calientes de Albacete.

—¿Las mom... cómo? ¿Albacete?

—Las pruebas para entrar en el club. Albacete.

—De acuerdo... Por cierto —me aventuro, esperanzada—, ¿cómo me dijiste que se llamaban los árboles? ¿Aquellos de allí?

—Son los mismos que en el club. Se llaman «putas de río». (Seguimos igual).

—Ajá, ajá... Putas de río. Gracias.

John se despide y se sube a una bici de los años setenta. Lo observo. Pienso que cada vez que protagoniza una escena, el mundo pasa a formar parte de una novela. Un mundo de tupés engominados, de copas de cristal tallado a mano, de las primeras brisas de primavera en una galería de ventanales altos. De París. De todos los sueños.

Sus gemelos fibrados y empolvados de color cobre desaparecen en la curva de la cul-de-sac. Me levanto, y con un último suspiro entro, cierro la puerta a mi espalda y me pongo a recoger los espaguetis.

Aksel y Eva por fin se han recluido en sus habitaciones, así que bajo las escaleras para mandar a la cama a los dos que quedan.

Oigo que vuelven a tener la tele encendida.

Miro por la rendija de la puerta y veo que son solo anuncios, pero que los observan como si fuera la llegada del hombre a la Luna. Retrocedo algunos escalones para volver a bajarlos con fuerza y darles tiempo para reaccionar.

—¿Qué hacíais? —Entro, lenta y estridente.

—¡Nada! —contestan los dos al unísono.

Los dos corren a la habitación y se encierran en el baño para lavarse los dientes.

Tardan mucho. Dejo que pase un tiempo prudencial —recuerdo que la lista de normas de las au-pairs especificaba que no podías estar a solas en el baño con un niño que no fuese el tuyo; lo único que me faltaría hoy es convertirme en pederasta—, pero cuando al cabo de unos minutos aún no han salido, llamo a la puerta.

—¿Bini?

No hay respuesta.

—¿Bini? ¿Bini? ¿Va todo bien?

Por fin contesta. Es un «sí» inexpresivo, estándar, bajito. Un sí de: efectivamente, algo está pasando.

—¿Puedo entrar?

Pasan unos segundos y responde con el mismo «sí» inerte de antes.

Cuando entro veo a Bini sentado en la taza del váter con una acumulación de saliva en el labio inferior que indica que ha estado mirando a su amigo todo el rato que han pasado encerrados. Mike observa su reflejo con suma atención a un dedo del espejo. Parece que tiene algo en el ojo. No para de hablar, así que llena el espejo de vaho.

—¡Venga, Mike! —grita Bini, que acaba de despertarse de dondequiera que estuviera.

—¡Es que no puedo! —responde Mike, cansado. Entonces se vuelve y me dice—: Rita, ¿me ayudas?

Mike me mira con esa alegría de la vida. Pero... pero me mira con un solo ojo... porque el otro... ¡el otro ojo lo tiene en la mano!

No reacciono. Mike continúa mirándome con la mano tendida. Ahora entiendo los gestos preocupados de Barbie y el tono confidente de todas las palabras que no he entendido y a las que he respondido con un «¡No hay problema!», extasiada por su belleza imposible.

—¡Un momento! —respondo a Mike, con calma—. Bini, dile a Mike que voy a hacer una consulta en el ordenador. —Y corro hacia el escritorio de Fulbright.

Google: «Recolocar ojo de cristal a un niño».

Pero no puedo resistirme: veintitrés búsquedas de Federico Chitawas. Hago un estudio rápido y veo que no solo está en YouPorn, sino también en Punish y en Gemidos. Cada búsqueda es mejor que la anterior: de «el taco más picante» al

«Machupichote». Este Federico es un puto crac. Y en ese preciso instante, en el rincón superior derecho, el iMac me informa de que acaba de llegar un e-mail. Remitente: Federico Chitawas.

—¿Rita?

Pego tal bote que me golpeo la rodilla contra el escritorio y se me desplaza la rótula. Bini me reclama desde el vano de la puerta.

—Ya voy, ya voy, ya voy… —Cierro el historial y abro Google, que llena la pantalla de un centenar de ojos brillantes. Selecciono un vídeo que habría que reproducir en ayunas y pongo toda la voluntad en comprender el sistema. ¿Por qué doña Robusta no nos explicó esto en las clases militares?

—¡Ya está! —Mike y su sonrisa crónica aparecen detrás de Bini. Lleva el ojo mirando a Ohio, pero como mínimo tiene los dos puestos. Bini le corrige el iris hacia el centro y salen corriendo para desaparecer en su habitación.

Apago el vídeo. Vuelvo a repasar el historial. Y entre el bullicio de los niños y el golpe que aún me hace ver chiribitas, no me doy cuenta de que Fulbright y Hanne me observan desde la puerta del estudio.

—Rita, ¿qué haces aquí? —pregunta él, preocupado.

Intento buscar una respuesta decente, pero solo puedo imaginarme a Chitawas diciendo «Machupichote».

—Es que Mike no podía ponerse el ojo. —Soy consciente de lo que acabo de decir, pero mantengo el tipo.

A Hanne se le escapa la risa y desaparece, disimulando. Está borracha. ¿Qué he dicho? ¿Acaso saben lo del ojo de Mike? Pero él no se ríe. Y yo tampoco. Fulbright sigue a su mujer con la mirada y, cuando comprueba que ya no le oye, añade:

—De acuerdo, Rita. Pero la próxima vez usa tu ordenador, aquí tengo documentos muy importantes con los que no puedo jugar.

Me levanto con una disculpa y cedo el sitio a Fulbright. Él se sienta ansioso y parece que hoy da igual que sean las nueve y media de la noche y los niños aún ronden por la casa.

Avanzo por el pasillo y descubro a Hanne boca abajo encima de la cama, durmiendo con la chaqueta y el bolso puestos. Aprovecho para mandar a todo el mundo a dormir y anunciar que me voy a una fiesta. Que, en este caso, sería un eufemismo para una orgía y un buen trozo de longaniza.

Cruzar la acera

Six vive en un antiguo instituto reformado que se impone en
lo alto de un montículo de hierba en medio del barrio de Little
Five Points. Me lo enseñó cuando nos conocimos. Ese día
acabamos hablando al borde —y dentro— de la piscina toda
la noche, hasta que amaneció.

Llego al aparcamiento y salgo del coche ante la sorprendida mirada de una vecina que empuja el carrito de la ropa sucia.
Como si fuese tan evidente que ese coche no es mío. Porque,
una de dos: o soy au-pair o soy prostituta de lujo.

Cruzo la acera. La humedad es tan fuerte que la luz de
las farolas parece envuelta en una fina tela de color rosa
pastel.

El rastro de un óxido antiguo se abre paso entre las recien-
tes pinceladas de la cerradura de la puerta principal. Alzo la
cabeza para admirar los ventanales de la fachada, y dentro
adivino cocinas y camas y escaleras, y dos manos que se cuelan por un ventanal entreabierto, sosteniendo cigarrillos que
se agitan con cada carcajada. La hierba húmeda me moja los
dedos de los pies y acaricio los barrotes de hierro de la valla
hasta la entrada del jardín.

¿Es normal que piense más en la longaniza que en la orgía?
¿En serio que voy a participar en una orgía dentro de nada?

La mera existencia de esta hipótesis hace que sienta que el viaje ha valido la pena.

Los pasillos del edificio son altos y elegantes, pero también se mantiene el aire antiguo, que pervive en las taquillas metálicas que los alumnos del instituto utilizaron para guardar tintas y hojas arrugadas en los años veinte. La herencia clasista, racista y segregada de aquella época sobrevive con cierta prepotencia en un par de vitrinas con recuerdos escolares: un recorte de periódico enmarcado, una máscara de lacrosse, fotos de niños blancos vestidos con uniformes de tenis (blancos). Y también sobrevive fuera de estas paredes. En el barrio. Y en los sueldos y las miradas y las películas y los Starbucks.

Desde el jardín hay una puerta de acceso directa a la lavandería, donde hace años se guardaba el equipamiento deportivo. Al fondo de la sala, llena de lavadoras, hay cintas de gimnasia rítmica colgadas en las paredes y un potro de piel marrón desgastada que los habitantes jóvenes, adinerados y modernos de los apartamentos utilizan para doblar la ropa. Los pasillos tienen un olor esponjoso a limpio que contrasta con el punto metálico del barniz.

Cada piso es un viaje al pasado. Una clase antigua, viejos almacenes, despachos de profesores. En los comedores de los apartamentos aún cuelgan pizarras verdes, y en el suelo, las líneas gastadas de una cancha de baloncesto recorren los baños y las habitaciones, traspasando de un piso a otro. Al parecer, también hay una sala de teatro con sillas de madera, pero cuando Six quería enseñármela, oímos ruidos «como de pasos extraños» y, después de intercambiar una fugaz mirada de pánico y sin fundamento alguno, echamos a correr hasta la puerta principal. Como idiotas. Fue el exceso de birras, pero también un primer espacio común. La amistad incipiente. Aquel esprint hasta los jardines nos aireó la mente: «Tía, pero ¿qué pienso os dan en las montañas? ¡Cómo corres!», me dijo, a punto de vomitar.

Six vive en la planta baja, en un loft alto, ideal para una o dos personas, con unos ventanales que ocupan toda la pared principal. Las vistas a la piscina comunitaria recuerdan a un episodio de *Melrose Place*. Ahí la encuentro, en la piscina, fumando como una prostituta detenida.

Su figura compacta, de curvas redondas, se apoya en una pared escondida. Paso por detrás de los arbustos esquivando la fiesta y observo que el humo del cigarrillo asciende hasta la farola de la fachada. La cara de Six brilla mucho.

—¿Se puede saber por qué te brilla tanto la cara?

Six tira el cigarrillo. Puedo ver las farolas de la fachada reflejadas en sus mejillas.

—Me he puesto crema de pies. —Ríe, nerviosa, aparentando menos seguridad de la que tiene—. Me ha parecido que tenía la piel muy seca. —Six lleva un vestido muy ajustado, más que de costumbre. Juraría que va sin bragas.

—Oye, marrana, ¿es posible que no lleves…?

—No, no llevo bragas, porque si las llevo se me ven. —Se da una palmada en la nalga—.Tía, tía, tía… ¡Estoy muy nerviosa porque hoy ha venido Monica! ¡Tía, Monica! —Vuelve a encajarse las tetas en el escaso margen que le concede el sujetador y da una vuelta al piercing que lleva bajo el labio—. ¿Cómo estoy?

—Bien.

—¿Bien?

—Muy bien, muy bien. Espectacular.

—Gracias, tú… tú también. —No me lo dice, pero ha visto que el botón de la falda me puede salir disparado en cualquier momento.

—Oye, ¿dónde está la longaniza?

—¿Qué? ¿La longaniza? ¿En serio?

—En serio.

—Hablando de longanizas, supongo que sabes que Atlanta es la capital gay del sur del país, ¿no?

—Pues ni idea... ¿Y a qué viene eso?

—Quiero hacer tiempo, que Monica sufra un poco. ¿Has ido a alguna discoteca gay alguna vez en tu vida?

—Hummm... Diría que no. Al menos no que yo recuerde.

—Bueno, no me extraña, es probable que mientras yo follaba con la primera tía en el Arena tú estuvieses en Eurodisney.

—Pero ¿qué dices? Si nos llevamos dos años, exagerada. Además... tú a mí no me has visto salir de fiesta. —Doy un trago a su cerveza—. No me subestimes, darling. Porque fliparás.

—Perfecto. Me gustará verte. Por cierto, mi cliente, que es imbécil pero generoso, me ha dado entradas para la discoteca Candermor-Jarenau, y tenemos que aprovecharlas. Quizá mañana. Es probable que nos pasemos la noche entera rodeadas de machos cortos y aburridos de músculos hiperdesarrollados. Pero, eh: barra libre.

—¿Tus padres te llevaron a Eurodisney? —le pregunto.

—¿Qué? —De pronto Six se pone muy nerviosa. Me quita la birra de golpe y da un trago largo. Y otro y otro.

—Digo que si... si tus padres te llevaron a Eurodisney...

—Ah... no, no, no... —Silencio, más nervios, no entiendo nada.

—¿Todo bien? ¿Te metió mano el Pato Donald o qué?

—¡Qué dices, subnormal! —Si algo he aprendido de ella es que cuando está muy nerviosa insulta más de lo habitual—. ¡Venga, imbécil! ¡Vamos dentro!

Entramos en la fiesta. Es una fiesta en un piso. Como las de las pelis. Con vasos rojos, gente del mundo y americanos que llevan gorra, vestidos como si viniesen de jugar un partido de algo. Suena Cyndi Lauper —qué clase— y de las cincuenta personas que llenan el salón me fijo en los tres tíos de la barra. Uno seguro que es francés: rubito, ojos pequeños, brutote. El otro es gay. Y al lado del gay está mi tipo perfecto:

moreno, tímido, con barba, sin cartucheras, mediterráneo. Paso por delante de él; intento hacerme la interesante, pero no lo consigo.

—¡Jägermeisteeeeeer! —Six llena una larguísima fila de vasos y paladea a su público, que espera ansioso tras la barra de la cocina—. ¡Rita! ¡Ven! ¡Jäger-fucking-meister!

Qué manía con el Jägermeister y el exterminio de la memoria. No me hago a la idea de que aquí los gin-tonics sean para las yayas que juegan al bridge. Busco la longaniza, pero no la encuentro. Dos chupitos. El hormigueo del anisado alcohol me sube por detrás de las orejas y me apresuro a ir al baño para hacerme la raya del ojo antes de que sea demasiado tarde.

Entro en el lavabo con el objetivo claro de una chapa y pintura básica y efectiva. Y con el leve balanceo de un albornoz al cerrar la puerta, me percato de que aún no había tenido la oportunidad de husmear como se debe en casa de Six.

Un aroma sutil a bayeta húmeda me informa de que se ha preocupado de limpiar el piso antes de la fiesta, pero hay reglas elementales que no domina. Bayeta de microfibra pequeña para arrastrar bien el polvo, frotar con agua caliente, limpiar la bayeta. (Gracias, mamá).

Corro la cortina de la ducha y sigo con el análisis: Six tiene los champús, los geles y los acondicionadores —dos de cada— ordenados por tamaños y colores en la bañera. El orden general del baño es impresionante. El cepillo de dientes, el jabón de manos, la simetría de la toalla.

Abro los primeros cajoncitos en busca del maquillaje, pero encuentro espacios monotemáticos dispuestos con precisión clínica: toallitas, compresas, aceites sexuales, cepillos… lo que vendría a ser un trastorno obsesivo compulsivo incipiente, o quizá en toda regla.

La puerta se abre de golpe. La importuna es una chica rusa que entra en el lavabo con un chupito de color azul eléctrico en cada mano y viene directa hacia mí, como si supiese que estaba haciendo justo lo que estaba haciendo; brindamos, bebemos y se pone a mear después de asegurarse de que le he visto los labios vaginales depilados. Me acerco al espejo, que desprende el mismo olor a humedad que el lavabo, y me hago la raya de los ojos.

Salimos. Un gin-tonic. Dos gin-tonics.

Vuelvo a la barra con la intención de mejorar mis pasos y transformarlos en alguna danza más comestible, incluso atractiva. Me coloco al lado del macho mediterráneo poniendo en práctica la ignorancia proactiva, pero mientras sin darme cuenta meto el codo en un bol de líquido anaranjado, mi hombre ideal mete la lengua en la boca del francés brutote. Mano al paquete.

¿Por qué nunca pillo quién es gay? Hoy no ligo.

Six dice que lleva toda la noche buscándome —no lo entiendo, el piso tiene cuarenta metros cuadrados—; me presenta a Monica con una ilusión exagerada que contrasta con el escaso interés con el que me presenta a su otra amiga. Vuelvo a preguntarle dónde está la longaniza, pero me mira con absoluta indignación.

—¿En serio? —insiste.

—No creo que sea para tanto, ¿no? ¡Dime dónde está y listo!

Hablo con la amiga de Monica y le pregunto si se llama Rachel, para hacer la broma de *Friends* —madre mía, qué nivel— y no sé si lo pilla, pero se ríe. Después de cuatro frases, parece que todo lo que le digo la divierte; quizá la he impresionado con el acento de Alp.

El salón está petado. La música, a reventar. La gente es muy simpática. Una mujerona grita encaramada a una ventana y la multitud le responde con otro grito. Saltamos todos al mismo tiempo. Me abrazo con gente desconocida. Gente desconocida me abraza. Veo las caras de la multitud que sonríen a cámara lenta, las bebidas que salen de los vasos rojos en bonitas formas líquidas. Aquí la gente canta en inglés, se saben las letras y las entienden, y no tienen que inventarse palabras que se parezcan a la canción. Creo que todo el mundo es increíblemente guay. Me siento increíblemente guay por estar aquí ahora.

Pienso en mis amigos, pero en este instante no los echo tanto de menos como de costumbre. Me alegro de estar aquí. Tres gin-tonics. Suenan los Strokes y me vuelvo loca.

Rachel me sirve un chupito de licor desconocido —verde y gelatinoso, qué asco—, se lía un porro y me cuenta que hace tres años que estudia Ingeniería Química en Georgia Tech, pero que nunca había estado en Five Little Points. Habla mucho y dice que le flipa este barrio y que qué fiesta y que qué suerte que viva en Europa, ¡que sea de Barcelona! Y que si puedo enseñarle el resto del instituto.

Bordeamos la piscina, cruzamos el jardín y caminamos hasta la puerta principal del edificio. Pero… me detengo. Por un momento me parece ver a la última persona a la que me imaginaría aquí, y si no fuese porque desconozco los efectos del licor que acabo de beber, juraría que sí, que la luz vaporosa de las farolas ilumina a Samantha cogida de la mano de un tío que podría ser su hijo. Reconozco su toque divino, sí, es ella. Pero no puedo procesar estar información ahora mismo. Mañana.

Bajo la manilla de la entrada principal como he hecho hace un rato y recorro con el dedo el óxido del orificio de la puerta. Doy una bienvenida solemne a Rachel —brazos levantados, rodilla en el suelo— y avanzamos a trompicones adolescentes mientras le cuento la historia del lugar, las luces, las taquillas. La fluidez de mi inglés es impresionante.

Le muestro las vitrinas con las fotografías en blanco y negro de alumnos vestidos con uniformes de tenis, nos reímos de las máscaras de lacrosse. Intento seguir el rastro de la antigua cancha de baloncesto dibujado en el parqué, pero es imposible. Ensayamos un discurso que recitar a los vecinos y llamamos a un par de puertas que no abre nadie, así que decidimos avanzar y, sin saber cómo, llegamos a la lavandería. Esta chica es muy divertida.

Olor a suavizante. Hay camisetas dobladas encima de los potros de piel, una chaqueta vaquera con imperdibles colgada de un hula-hop y una secadora en marcha. Cojo una de las cintas de las gimnastas colgadas en la pared y hago el tonto, Cirque du Soleil. Rachel aplaude, y en uno de mis trucos de elasticidad lumbar veo un viejo trampolín roto aparcado en un rincón.

Y detrás del trampolín, una puerta. Encajo el pie entre los muelles que hace cien años dispararon a niños blancos y con mallas de tirantes, y giro el pomo.

La antigua sala de teatro a nuestros pies, vacía y a contraluz.

Me aparto el pelo que se me había quedado pegado a la comisura de los labios con la emoción del truco de elasticidad. El ritmo frenético del alcohol multicolor se transforma en una ovación que avanza a pasos lentos hasta el centro del escenario. El espíritu de la sala, en eterna espera, se ha apoderado de nosotras.

Rachel se sienta en medio del escenario, enciende dos cigarrillos a la vez y me da uno. Las piernas nos cuelgan del borde de la plataforma de madera y examinamos la sala en silencio, calada a calada. La noche se cuela por las ventanas en forma de cilindros de luz y polvo que trazan el perfil de una de las filas de este público invisible. Rachel lleva los labios pintados de lila y un moño en la cabeza, mucho más elegante que el mío.

Se enciende otro cigarrillo.

Decido recular, buscar algún sitio donde apoyar la espalda, y avanzo como un pato, con el peso del cuerpo alcoholizado en las muñecas, hasta que me dejo caer encima de la tela sobrante de las cortinas de terciopelo, largas y pesadas. Me fijo en su cabello: es castaño y fino; las luces de emergencia le recorren la espina de vello que le sube por la espalda hasta la nuca en un contraste verde botella.

Rachel se ha fumado la mitad del cigarrillo, pero en un gesto tan delicado como pretencioso, consciente de que la miro, decide apagarlo en la madera sobre la que está sentada. Como un punto y aparte irreverente. Se acerca, me cuenta una anécdota de su infancia, de un perro o de su vecino, no lo sé; gesticula con los brazos y apunta a la última fila; parece que no le importa que no entienda mucho de lo que dice.

Llega hasta la cortina y se sienta a mi lado; diría que está nerviosa, pero, aun así, me coge el dedo y se lo pasa, débil y tembloroso, por encima del tatuaje que lleva en el tobillo derecho. Pone COFFEE AND CIGARRETTES. Le pregunto si es por la película, y me responde que quiere ir a vivir a Europa, a París. Le digo que Barcelona es mejor.

Habla de los surrealistas, incluso menciona a Buñuel, pero se despista y pierde el hilo. Le cuento que he ido tres veces a París, que estuve unas semanas en el piso de una prima lejana, en el barrio de Le Marais; que durante el Interrail con Alba vi salir el sol en las escaleras del Sacré Cœur tras una noche de fiesta, y que mi lugar preferido de la ciudad es la butaca del primer piso de la librería Shakespeare & Co.

Mis palabras le parecen extraordinarias. De repente me mira como si fuese Madonna o el dalái lama.

La música de la fiesta bombardea los finos cristales de esta sala antigua, y observo el centenar de sillas de madera que tenemos delante. Fuera alguien se ríe y grita y se tira a la piscina. Rachel no para de mirarme, pero finjo que no me doy cuenta. Se saca la camiseta del interior de la falda vaquera y se hace un nudo por encima del ombligo. Parece un gesto inofensivo. La camiseta es de Pink Floyd.

Cuento las sillas de la sexta fila, pero con el rabillo del ojo veo que se enciende otro cigarrillo, se lo despega de los labios en un movimiento dulcísimo y acerca la boquilla teñida de lila a mi boca. Me vuelvo haciéndome la sorprendida, doy una calada tan larga que me mareo y cierro los ojos.

Las manos frías de Rachel me cogen la cara.

Me da un beso. Un beso corto y tierno.

Me aparto y expulso el humo que me queda con una risa nerviosa, pero ella no se aparta.

Me palpo el botón desabrochado de la falda y me arrepiento de todas las tortitas que he llegado a zamparme. Pienso que me he duchado y que voy depilada (depilada con Gillette, así que ha empezado la cuenta atrás). No recuerdo qué bragas llevo, pero espero que sean decentes. Madre mía. ¡Si solo me ha dado un beso!

La lejanía nunca había sido tan tangible, la aventura, el pánico.

Pienso en el último beso que di. Gonçal, en la casita del árbol, sus ojos, Antònia Font. Eso es otro mundo, soy otra Rita. ¡Rachel es una tía!

La miro, el vello de la nuca, lleva la falda muy corta. Pienso que la lengua le sabrá a Jägermeister y a Marlboro mentolado. Que no me arrepentiré, que de repente no existe nada más que lo que estoy a punto de hacer encima de este escenario.

Segundo acto

Los labios de una chica son más tiernos. La nariz es más fácil de encajar, la piel es más fina… Rachel huele a sandía. Nuestras lenguas se mueven en una danza sorprendentemente fácil; no puedo creerme lo que estoy haciendo.

Le paso los dedos por el pelo y el moño se le deshace como una tira de seda, tiene la melena más larga de lo que esperaba. Me recorre los labios con un aliento nervioso, y vuelve a sorprenderme su boca pequeña, la barbilla suave y, durante un instante, tengo la sensación de estar enrollándome conmigo misma. Como si estuviese ante el espejo. Nos acariciamos los brazos con la punta de los dedos, la piel de gallina, nuestros cuerpos se siguen en un baile hipnótico, el movimiento de las caderas, las manos, los vientres; sus piernas encajan con las mías y nos tumbamos sobre la cortina, noto el tacto poroso y áspero del terciopelo en la espalda.

La miro a los ojos y me doy cuenta de que son de un color azul irreal; nunca lo había visto, tan oscuro como el cielo de esta noche.

Los dedos de esta chica desconocida se abren paso por debajo de mi camiseta, el contacto me provoca un escalofrío que se dispara hasta mi frente, y en un exceso de lucidez, como si de pronto fuesen las tres de la tarde de un martes, me aparto.

Ella sonríe, como si esperase mi reacción, y vuelve a besarme.

Seguimos. Seguimos aún más que antes. Estoy cachondísima. Soy una delincuente.

Me quita la camiseta y sus manos recorren las tiras de mi sujetador con una seguridad que ningún hombre alcanzará nunca. Me acaricia las tetas, las aprieta con dulzura, y yo me mareo. Me baja la cremallera de la falda; oigo el crec metálico de cada diente. Se me dispara el corazón, es inminente.

La mano de Rachel se abre paso por debajo de mis bragas en una caricia lenta, larga y mojada que me hace estremecer. Se queda ahí, y yo tiemblo. Tiemblo, tiemblo.

La sensación es rarísima, pero familiar a la vez. Sé exactamente dónde encontrar todos los rincones del placer, el ángulo, la presión.

Dudo un momento, pero lo hago: subo las manos hasta sus pechos, los acaricio y palpo la fragilidad del pezón, la urgencia. La química es fuerte, no me avergüenzo, no percibo el tiempo, quiero hacerlo todo. Le paso la mano por el vientre, por debajo de la falda, por el borde de las bragas. Acaricio con los ojos cerrados los labios, el clítoris, el calor húmedo… Estoy al otro lado.

Su voz repite mi nombre con un acento lejano, me llama «baby». He entrado en una peli. Rachel está a punto de gritar, se aturulla, respira de forma arrítmica y los pómulos se le fruncen como si estuviese a punto de llorar. Pero aguanta el orgasmo. De pronto para, me arranca la falda, me abre las piernas y desaparece allí dentro.

La precisión es imbatible; el tacto, el ritmo, el lametón es insoportable. Tengo miedo de desmayarme. Me da vueltas la cabeza. Sus dedos largos y finos dentro de mí. Su lengua. No puedo más. Se me escapa un grito que resuena en las paredes de madera del escenario y se queda atrapado entre las ondas de terciopelo.

Durante lo que me parecen horas, levitamos delante del auditorio invisible en un espectáculo de gemidos y virginidad lésbica hasta que la escena final llega después de un camino de maravillosa agonía. El orgasmo estalla en un espasmo que se vierte por todo el cuerpo, me arquea la espalda y me acalambra la cara en tics que me agarrotan la nariz y las mejillas.

Veo un caballo de hielo alzado en el aire que estalla en una nube de polvo fucsia.

El cuerpo de Rachel —¿en serio se llama Rachel?—, desnudo y blanco, cae desmadejado encima del mío, en mitad del escenario. Nos miramos y nos reímos. Siento que me hierve la vida. Me tatuaría «carpe diem» en el tobillo.

Pasa mucho rato. Miro al público invisible e imagino la última función que se estrenó en este escenario; quizá unos *Pastorets* protestantes o una entrega de premios de lacrosse.

¿Quién iba a decir que en un instituto del sur profundo y conservador del país un día el espectáculo sería este?

Supongo que ahora soy lesbiana, ¿no?

Una nanny impostora y ahora —sorpresa— también lesbiana.

Miro los focos del techo mientras Rachel y su perfume de sandía apoyan la cabeza en mi hombro. Perfecto, no solo soy lesbiana, también soy el hombre de la pareja.

Pienso que acabo de vivir uno de los momentos más bestias de mi vida, de esos que aparecen como flashes antes de morir. Y lo he vivido con solo veintitrés años. No sé qué me deparará la vida, si se supone que a partir de ahora todo debe ser de subida o de bajada. Por la vida adulta que lleva la mayoría de la gente, parece que es fácil que sea aburrida y redundante, parece que la gente deje de sentir a partir de los treinta y entre en una especie de bucle en el que vive el mismo año una y otra vez. Pero mi vida no será así, lo sé, noches como esta hacen subir el listón de lo que exiges a la vida. Quiero que los años se llenen de escenarios como este.

Rachel se enciende otro cigarrillo mentolado. Y pienso que lo más irónico es que yo había ido a la fiesta para comer un trozo de longaniza.

El primer libro

Me suena el móvil. Six me ha llamado cuarenta veces, me ha dejado no sé cuántos mensajes en el contestador y también me ha escrito uno:

> ¡Bienvenida al club! Por favor, confirma que no ha sido cosa de una noche y que has sentido la llamada real al chochismo. Serás una grandísima incorporación a la comunidad lésbica

Me lavo los dientes mientras me miro los ojos, un poco más salidos de lo habitual. La resaca. Y Rachel, Rachel, Rachel. Madre mía.

Necesito café.

Subo las escaleras rememorando la magnífica barbarie sexual de anoche, y no puedo evitar experimentar una gran sensación de orgullo. Por haberlo probado. Por haberme dejado llevar de esa forma. Por haber vivido tanto.

Proyecto la imagen de nosotras dos desde el punto de vista del espectador sentado en las sillas de madera. Me da vergüenza y me siento rebelde a partes iguales.

Ahora le mando un mensaje. Es extraño, porque no siento que sea la misma dinámica que tendría con un tío. ¿Quién escribe primero? ¿Quizá sea machista lo que digo y no me doy cuenta? Seguramente. Al fin y al cabo, me he criado con el Disney de los noventa. Sí, le mandaré un mensaje.

Llego arriba con una sonrisa gloriosa y veo que el culo de Conchi asoma por la puerta de la habitación al ritmo de Shakira.

—¡Uh! Mija, pero qué cara de mierda, ¿no dormiste o qué? Oh, ¡y qué chancha estás! —Me mira espeluznada, como si me hubiese convertido en un cerdo.

—Muchas gracias, Conchita, eres muy amable... ¿Se nota?

—Sí, además, mírate esos granos en el mentón —añade.

Pero ¿en Colombia no les enseñan a tener ningún tipo de filtro social o qué?

Es cierto, tengo una pequeña línea de cuatro granazos de pus en la barbilla, que, como el ligero sobrepeso, no había visto jamás. Pero teniendo en cuenta que voy a todas partes en coche, que desayuno tortitas con sirope de arce a diario y que solo camino por los pasillos del supermercado —aunque el otro día probé uno de los cochecitos motorizados y acabé haciendo toda la compra sobre ruedas—, quizá cuatro o cinco kilos son pocos. Ya lo veía yo, hace una semana que solo llevo vestidos.

Abro la nevera. Veo las tortitas. Cojo la piña.

—Eso me pasa porque en esta ciudad es imposible caminar.

—Eso te pasa porque estás aburrida. Aparte de anoche...

—Touché. Conchi me lanza el dardo de la verdad desde el cuarto de la lavadora—. Yo a tu edad no tenía tiempo de aburrirme. De hecho, no tuve tiempo de aburrirme desde los trece. Primero para sobrevivir y después con mi hijo...

—¿Cómo? —Noto que se incorpora y se queda en silencio. Se le ha escapado—. ¿Cómo?

—Sí, chancha —va bajando la voz—, tengo un hijo...

—Y... pero...

—Y es complicado. No todos tuvimos la suerte de crecer en Europa y decidir el futuro que queremos. De estar con nuestra familia. —Se enjuga una lágrima—. Pero es lo que hay,

¿no? —Sale disparada, y se imponen la energía y la sonrisa—. ¡Bueno! ¡No me distraigas, que tengo mucho trabajo!

Oigo la puerta del garaje y a los niños, que suben las escaleras resoplando. Eva lanza un «hola» al aire y se sienta al lado de Aksel, que lee el volumen «C-D» de la enciclopedia tumbado en el sofá con los pies negros. Ella coge la biografía de Kennedy que tiene marcada por la mitad y se deja caer en la chaise longue. Bini los sigue con una versión ilustrada de la teoría de los agujeros negros de Stephen Hawking (es el tema de la cena del sábado que viene, y lo presenta él). Fulbright y Hanne me saludan, contentos: «¿Cómo fue anoche? ¿Bien?». «Bien, bien...».

Se van a su habitación y vuelven con un libro.

En pocos minutos se hace el silencio. La familia Bookland al completo lee desde cada rincón del salón mientras el sábado se consume fuera, bajo un sol pasmoso.

Pienso en la mejor opción para escapar. Quiero irme a mi habitación a pensar en Rachel. Primero me quedo inmóvil; no hago nada, ni siquiera ruido, apenas respiro. Decido moverme tipo ninja para encerrarme en la habitación en cuanto pueda. Que no me digan nada. Avanzo con pasos esponjosos, completamente insonoros.

—¿Rita? —Mierda.

La voz de Hanne me reclama sin alzar la vista del libro.

—¿Hum? —Piso el tercer escalón sin darme la vuelta. Busco una excusa, pero solo puedo pensar en el capítulo de *Los Simpson* en el que Homer está tan gordo que se hace ropa con las cortinas del salón.

—Venga, ven, que te irá bien, coge cualquier cosa escrita en inglés.

Cuando vuelvo a la sala de estar, veo que Bini se ha levantado de la butaca por mí y ahora analiza un colapso gravitatorio con la cabeza en el regazo de su padre. Parece que me ha dejado el sitio por iniciativa propia. Emoción. Me instalo allí.

El paso de las primeras páginas de mi ejemplar me deja en las manos un rastro de Mon Paris, de Yves Sant Laurent. En las fotografías, me fijo en los brazos de las modelos, en el cuello, en los tobillos. ¿Soy lesbiana?

No puedo dejar de pensar en Rachel. Esta mañana he abierto los ojos de golpe, he mirado por la ventana y no he podido dormir más. Rachel en bucle. Las cortinas de terciopelo del escenario, los labios lilas.

A ver, vamos a relajarnos. Comprendo la emoción del momento. Que me dejase llevar por la situación. Asumo el placer sexual, el sexo increíble. Me acaricio los labios con los dedos, me revuelvo en la butaca. (¿Lo que hicimos se considera follar?).

En realidad no es para tanto… De hecho, físicamente, anatómicamente, es lo mismo el beso de un hombre que el de una mujer. Si estuviésemos en una habitación a oscuras y el olor fuese neutral, y no hubiese barbas y no pudiese tocarse el cuerpo del otro, el beso sería el mismo, es imposible de distinguir. La lengua, la saliva, el aliento, todo es asexual. Y las feromonas también… ¿no? ¿Se activan siempre o solo con el sexo que te gusta? Eso lo estudié. ¿Ves? La universidad no sirve para nada. En cualquier caso, qué bien me lo pasé.

—¿Qué significa «Vogue», mamá? —Los ojos de Bini me observan por encima de su pequeña papada.

Parece que la pregunta no ha perturbado la concentración general.

—¿«Vogue»? —contesta Hanne, sin dejar de leer—. ¿En qué contexto aparece, cariño?

—«Vogue» es la moda con énfasis en la temporalidad —añade Eva de memoria.

—Es lo que está leyendo Rita —apunta Bini.

Ahora sí. El pelotón de Harvard vuelve a la realidad tangible y observa mi ejemplar del *Vogue* de agosto. Fulbright reprime la sonrisa.

—¡Oh! —exclama Hanne, gestionando la sorpresa del intruso—. ¿Has visto algún artículo interesante, Rita?

—Hum… Sí… —Pues sí, bonita, no solo hay anuncios en el *Vogue*. Paso las primeras páginas de anuncios—. Un momento… un mo-meeento… —Diez, quince, veinticinco, treinta y dos páginas de anuncios—. Iba por aquí… —Paso de largo la entrevista especial de cuatro páginas sobre Choupette, la gata siamesa de Karl Lagerfeld, en la que detallan sus cacas y pipís diarios. Paso el especial parejas: ¡Penélope y Bardem son pareja! La atención va *in crescendo*. Tengo que responder enseguida o inventarme algo que indique algún tipo de sabiduría popular—. ¡Aquí, ya lo tengo! —Toda la familia me mira, hasta Conchi ha asomado la cabeza por detrás de la pecera para ver de qué se trata—. Sí… hum… va sobre la hermana de la reina de Inglaterra.

—¿Qué periodo? —pregunta Aksel.

—No lo sé, en general.

Conchi se va. Silencio.

Eva y Aksel deciden retomar la lectura.

—Interesante. —Hanne vuelve a la novela.

—¿Qué tipo de libros te gustan? —me pregunta Fulbright. Allá vamos.

—Hummm…

—¿Cuál es el último que has leído? —pregunta Ful.

Era inevitable. En algún momento tenía que llegar.

Siento que tengo en las manos el poder de provocar un infarto familiar. Si les digo la verdad, si les digo que con veintitrés años podría decir que no me he acabado un libro en la vida, los fulmino a todos en el acto y me quedo sin familia.

—Uno de la carrera.

—Sí, claro, eso ya me lo imagino. Pero ¿y novela? ¿Ficción? ¿Qué genero?

—Uno de un autor catalán, no lo conoces, es indi.

—Quizá sí, prueba.

—Se llama *El paso del tiempo*, de Francesc Mauri.

—¿Y de qué va?

—Pues de la vida cotidiana, del crecimiento personal, de los paisajes… del tiempo. —Aquí sí que no miento: el hombre lleva media vida con las previsiones del tiempo.

Creo que sabe que me lo estoy inventando, pero finge que me cree.

Fulbright se levanta y se queda plantado delante de la biblioteca de madera vieja que hay detrás del piano de cola. Cuatro pisos con cientos, quizá un millar de libros encajados en una pared de madera de roble robusto. Pasea la mirada durante un buen rato, y cuando no me ve aprovecho para echar una ojeada al apartado de pamelas. Creo que me quedaría el turbante con pluma vertical.

Me vuelvo de nuevo y me lo encuentro acariciando los lomos de los ejemplares más antiguos con delicadeza y emoción. Gay. Sube hasta el tercer peldaño de la escalera e inspecciona una larguísima colección con los mismos lomos. Estira el brazo izquierdo de su cuerpo alargado, y el esfuerzo le hace levantar el pie derecho; es el movimiento más terrenal que le he visto hasta ahora. Escoge.

—Ya sé que lo leerías a los catorce o quince años, pero para aprender inglés te irá bien reencontrarte con escenas que conoces. —Baja y hace crujir la madera a cada peldaño—. Además, los libros, como nosotros, crecen con el tiempo. Hemingway decía que el escritor debía mostrar el universo a los lectores, no explicárselo, así podíamos conocernos más a nosotros que al propio personaje. Estoy seguro de que el universo que te mostró el señor Caulfield hace tantos años —¿Caulfield?, preparo la sonrisa— no tendrá nada que ver con lo que descubras ahora. Serán lecciones nuevas. Además, como dice el profesor Antolini: «Un día de estos averiguarás lo que quieres hacer en la vida. Y entonces tendrás que hacerlo inmediatamente». —Me da el libro—. Y seguro que hacerlo con un inglés mejor... hará que el camino sea más interesante.

The Catcher in the Rye.

—Gracias. —Al menos es finito.

Fulbright vuelve a su libro, y me quedo sola con una historia inesperada en las manos.

Un gesto tan sencillo como este. Un momento que parece intrascendente. Es la primera vez en la vida que me recomiendan un libro.

En casa siempre ha habido demasiado trabajo para leer. Tenemos libros, claro, pero no he visto ninguno abierto. Supongo que también podríamos leer, pero el poco tiempo que mis padres tienen libre lo aprovechan para dar una cabezada o ver pelis. Aunque con las caras de felicidad de los Bookland, sospecho que habría sabido disfrutar de una tarde de sábado como esta.

Me aseguro de marcar bien la entrevista de la gata Choupette y el apartado de pamelas, y dejo el *Vogue* en el suelo.

Leo la primera página. Quizá no lo estoy entendiendo del todo, pero me entretiene. Paso una página. Otra y otra. Después de lo que me parecen muchas palabras, levanto la cabeza y vuelvo a observar a mi nueva familia. Un silencio alegre hilado por cinco cuerpos inmóviles y un universo por descubrir entre las manos... Y por primera vez desde que llegué a esta casa me siento acompañada.

SEGUNDA PARTE

La sombra

A pesar de los giros inesperados de la vida que me han hecho cruzar el mundo para cuidar de tres críos impertinentes, me considero una persona bastante estable. Feliz, positiva. Pero en contadas, muy contadas, ocasiones he experimentado una emoción que odio, extraña, que me destroza. Como de pena, de asco, de miseria.

Aparece cuando navego entre el aburrimiento y la desidia, pero es una sensación más de vómito que de llorar. Como cuando el profesor de la autoescuela me puso la mano en el muslo y no supe reaccionar. No le dije nada y seguí yendo a sus clases a soportar la peste de sus puros y a oírle hablar de las putas con las que se había ido aquella semana. La misma sensación de cuando ya no quería seguir con Pol, el novio de aquel verano, y aun así no corté. Es el peor sabor de boca del mundo.

Durante todos los momentos que he pasado sola en Atlanta, en casa, sudando por las axilas con el pijama puesto, a menudo he tenido miedo de volver al pozo, pero aquí el aburrimiento y el peso de la soledad han virado hacia versiones más didácticas.

He pasado horas enteras delante del espejo del baño, donde me he descubierto partes del cuerpo en las que nunca me había parado a pensar: venas demasiado azules y con demasiado relieve, un ángulo desigual en las cejas o unas arrugas incipientes en el escote por dormir de lado. Creo que la silicona que me he comprado para ponerme entre los pechos me llega el martes que viene (y una faja reductora de regalo).

El otro día me rayé un buen rato pensando en si era normal respirar solo por la nariz o solo por la boca, y presté tanta atención que de repente ya no sabía respirar con normalidad y me puse a toser. Estuve muy cerca de acabar en urgencias. La soledad y la hipocondría siempre van de la mano. También me he dado cuenta de que tengo el eje central de los dientes mucho más desviado de lo que pensaba. He llegado a llamar a un servicio de urgencias para latinos para contrastar los síntomas de «la lengua fisurada», pero por las fotos que les envié por correo me dijeron que tenía una lengua «completamente estándar». Me he empachado de crackers saladas y de cereales de colores y de bagels con Nutella. He perdido la noción de cuándo es normal estar llena o de cuándo es normal tener sueño.

En mi labor de búsqueda de vocación, me he sumado a la variedad de clases extraescolares de los niños con el anhelo de encontrar alguna brizna de ilusión o, como mínimo, de esperanza. He ido a clases de piano, de canto, de álgebra y de ballet. He leído ensayos sobre física nuclear, cuántica y astrofísica. Sobre ópera y el Paleolítico. He escuchado atentamente a todos los amigos de Harvard que vienen a cenar a casa y hablan de filosofía, de inteligencia artificial, de Voltaire y de las políticas antirracistas de Lincoln y de Kennedy. Me he interesado por mil temas distintos, pero hasta ahora no he encontrado ni rastro de proyección vital, más allá de un interés mundano. También he corroborado una vez más mi extraña fijación por observar cosas que van más allá de lo que dicen: la prominencia del lóbulo de la oreja de la profesora Morales o el ángulo vertical en el que el doctor Forte cogía el cuchillo para cortar la carne. Ambas inquietantes.

Y todo eso teniendo en cuenta que soy adulta. Yo, que pensaba que con la edad adulta te llegaba una especie de pastilla que ingerías y pasabas a controlarlo todo. El saber estar, la ópera, los fundamentos de la política y cuándo empieza el Paleolítico. Pero parece que la pastilla es más bien una buena hostia con la mano abierta.

Quizá es que aún no tengo ganas de cruzar las gloriosas puertas doradas de la edad adulta. Que estoy demasiado bien en este dulce estadio intermedio, en el preludio del gran show. En la comodidad de la condición de «chica». Lo bastante mayor para cuidar niños, pero todavía demasiado joven para dominar las cosas importantes de la vida. Cada vez que alguien me dice «aún eres demasiado joven para esto o aquello», el día es un poco más luminoso. La esperanza. La excusa. Pues bien, sigo en el asiento trasero del coche, con mis padres al volante, pero sin que nadie se dé cuenta de que no me he puesto el cinturón.

Me he reído cuando mis amigas me han llamado borrachas, pero no les he devuelto la llamada cuando se ha cortado. A veces quería estar allí. A veces, no. Me he entretenido por las mañanas deambulando por los pasillos de los supermercados, los del pan de molde y los de las postales —mis preferidos—, y me he encerrado en el Starbucks del barrio a escribirlas. Habré enviado doscientas. Escribo mucho.

Una de mis mayores alegrías cotidianas es escribir e-mails con las últimas aventuras «atlantinas». Pueden ser anécdotas grandes —Machupichote—, pueden ser pequeñas —ardillas—. Disfruto. Desconecto. Me río. Es terapéutico. El teclado, sin tildes ni apóstrofos, me invita a escribir a chorro. Me hace feliz enviar el texto antes de irme a dormir y levantarme con respuestas de mis amigos. Estos correos son mi diario y mi cápsula de aislamiento favorita.

Sin embargo, el otro día me levanté y no encontré ningún e-mail de respuesta. Subí a la cocina y me puse a leer un artículo que analizaba la personalidad según el ángulo de inclinación de los dedos del pie. Ahí sonó la alarma. Ahí pensé que había tocado fondo. Se acercaba la terrible sombra del pozo. La arcada de la miseria.

Mi cuerpo ya no soportaba más evitarme. Evitar hacer algo de provecho, además de ser la chófer de tres niños con mil veces más propósitos vitales que yo.

Por un momento quise no pensar. Prolongar la no-acción. Quise ser una de esas mujeres sin opciones de las postales de los años cincuenta. Quería una cintura estrechísima y tener que complacer a un marido que me mantuviera, que él fuese mi labor diaria y vital. Lo quería con todas mis fuerzas. Un objetivo claro. Todo sería más fácil si mi vida fuese él, si fuese ponerme rulos y limpiar la cocina y la casa. Todo sería perfecto si alguien me dijese exactamente qué coño se supone que tengo que hacer. Pero no. Me ha tocado vivir aquí, en 2007, donde la mujer es (más) libre y el mundo tiene una oferta de posibilidades infinitas y agorafóbicas. Y debo escoger yo solita. Así que no me queda más remedio que actuar: tengo que apuntarme a clases de inglés.

Volver a la universidad

¡Ocho! Ocho carriles a cada lado en la carretera que va de casa al centro. Según me comentó Daniela, se ve que Atlanta tiene uno de los peores tráficos del país, pero son las nueve de la mañana y avanzo ligera en dirección al campus de la universidad, Georgia Institute of Technology, Georgia Tech para los amigos.

Sí, lo he hecho, me he apuntado a clases de inglés.

Asomé la patita en un par de iglesias en las que ofrecían clases gratis, pero el olor a oblea del «aula» se alejaba mucho de mi idea de universidad americana. Así que he cogido mis ahorros y les he pedido a mis padres que me adelanten el regalo de cumpleaños, el del santo y el de Navidad, y que, por mi salud mental y social, me paguen un curso decente.

Para empezar, hoy hago las pruebas de nivel. Solo pensarlo, ya me da pereza. La carta formal, el fill in the gaps, la lista de verbos irregulares… La misma pesadilla que me persigue desde los diez años.

Entro en el Starbucks del campus para coger un café con leche rápido —no tardaré más de diez minutos— y me doy cuenta de que el bar está dentro de una tienda gigantesca en la que venden todo tipo de artículos customizados con una abeja con gafas de sol, que es el logo de la universidad. Voy a la barra y procedo con el acostumbrado ritual de transmitir mi deseo de café con leche: «Coffee with milk». ¡Cofi güiz milc! Joder, cofi-güiz-milc, que no es tan difícil.

Tras repetirlo solo dos veces, la primera pregunta de una camarera hiperactiva —me ha preguntado, muy rápido, si quería «toalla o intermitente»— me ha cogido desprevenida y le he dicho que sí, pero al resto ya le he dicho a todo que no. Contundente y clara. Y cuando me ha preguntado mi nombre hoy he dicho: «Ruira».

Mientras espero el veredicto de mi bebida, veo que con los kilos de más el vestido me queda más corto que antes y enseño la parte alta del muslo, que llevo sin depilar.

—¿Druida? ¿Bruira?

Avanzo hasta el final de la barra con la esperanza de encontrarme un simple café con leche, pero me encuentro medio litro de leche con aroma a vainilla y una pizca de canela que anuncia mi nombre: «Burrita».

Salgo del bar y tiro el vaso a la primera papelera que me encuentro. No le doy ni un trago. Bah.

La escuela de idiomas está en el edificio O'Keefe: según la explicación de Fulbright —insistió en dármela en inglés—, O'Keefe es una florista americana muy reconocida. Y la verdad es que me extraña que le pongan el nombre de una florista a un edificio.

—¿Vienes por las pruebas de nivel? —La secretaria es una mujer oronda y agradable con el pelo gris que, por cómo gesticula, parece que lleve mil años trabajando aquí.

—¿Inglish? —Voy al grano.

—Sí, cariño, esto es la escuela de idiomas, enseñamos inglés… Rellena esto con tus datos y ve a la puerta del final, está a punto de llegar Donald Trump.

—¿Cómo? ¿Viene Donald Trump?

—¿Que viene Donald Trump? —Abre los ojos como platos—. ¿Dónde lo has leído? ¿En el programa de inauguración de invierno? —Empuja la silla hacia atrás con urgencia—. ¡¡¡Jennifer!!!

—No, no, que...

—¡Jennifer! ¡Jennyyyyyy! ¿Tú sabes algo de Donald Trump para la inauguración de los mocos de invierno? —Vuelve conmigo—. Es que la tenemos en prácticas y no sabe pelar papayas. ¡En verano igual! ¿Lo ves? ¡No puedo delegar! ¡Jenny!

—No, no, que yo... —¿Cómo se dice «ha sido culpa mía»? Llega Jennifer sudando.

—Estoy revisando los mocos de invierno —transpira más— y no me consta Trump, pero no tengo las papayas actualizadas.

—Pues corre a actualizarlas, ¡no podemos permitirnos otro trampolín!

—Que yo... yo... lo he dicho mal... —Alzo la voz. Las dos levantan la cabeza—. *¡Mea culpa! ¡Mea culpa!* —Ahora resulta que también hablo latín.

—¿Seguro? ¿Seguro que no lo has leído en los mocos? ¿Papayas? —insiste la secretaria.

—Seguro, seguro.

Madre mía, espero que esta escuela de idiomas sea buena.

Por fin llego a clase. La profesora habla en voz baja con otro profesor. Delante de mí hay una venezolana de poco pelo pero bien puesto, con un pedrusco en el dedo, que me pega un repaso importante. Miro al chino que tengo al lado para decirle «hola», pero le pillo mirándome los muslos y aparta la vista de golpe. No me extraña, es probable que no haya visto tal densidad de pelo en su vida, no porque tenga mucho —solo ha pasado una semana y, ejem, está al nivel barba de dos días—, sino porque la cantidad visible en una de mis rodillas debe equivaler a todo el vello corporal de tres generaciones de su familia. Finalmente levanta la mirada de mi muslo. Yo le sonrío con un segundo «hola» y se pone muy muy rojo. Rojo semáforo, enfermizo, de falta de esa enzima de cuando los chinos beben alcohol.

—Hello, me llamo Tek Soo, soy de Seúl. —Sigue hirviéndole la cara, pero me tiende la mano con cierto entusiasmo y un dejo de disculpa.

—Hello, mi nombre es Rita, soy de Barcelona.

—¿Roma? —¿Roma? ¿En serio?

—Bar-ce-lo-na.

Hago tres exámenes en dos horas y me parecen más fáciles que los últimos que me puso Suuusan. Y no he tenido que usar la estructura de la carta formal. Teníamos que escribir una redacción de tema libre, y como tenía fresca la última que escribí sobre cómo nació el restaurante de casa, lo he contado tal cual. A ver qué pasa. Escribir en inglés es mil veces más fácil que hablarlo. Y que hablarlo en Atlanta, claro.

Mientras tanto, el programa dice que uno de los alumnos del último curso nos llevará a pasear por el campus, así que salimos todos fuera y nos sentamos en las escaleras a ver cómo se presenta. Seremos unas cien personas, y parece que todo el mundo le entiende… Pero ¿aquí la gente no viene a aprender inglés?

El estudiante es un afroamericano que, más que hablar, rapea desde el césped ante la audiencia sin un atisbo de vergüenza, una clara muestra de la capacidad de hablar en público americana, que se cultiva desde el parvulario y que alcanza la excelencia cuando se mezcla con la gracia innata y arrasadora de los afroamericanos. No me cansaría nunca de escucharlos: los gestos armónicos, la tonada elástica.

El guía se llama William Hernandes, y su discurso viene cargado de información útil y anecdótica sobre la vida universitaria.

La primera parada la hacemos delante de la Alpha Epsilon Phi, una hermandad de chicas. «Sorority». Dos animadoras aparcan delante de la casa, vestidas de blanco y dorado, y entran. William habla durante un buen rato, pero parece que solo entiendo las frases con insultos.

—No penséis que las fraternidades son un club de pijos, imbéciles. Pensad que la primera mujer americana astronauta vivió en una fraternidad, y todos los astronautas del Apolo 11... ¡Fraternidades!

Seguimos avanzando por la avenida. Bordeamos fraternidades que me recuerdan a una avenida del Tibidabo en formato papel maché, hasta que nos detenemos al pie de una escalinata de ladrillo marrón y hiedras desbocadas que un jardinero ha empezado a domar.

La escalera asciende hacia un edificio antiguo con una torre antigua en la que, arriba del todo, con mayúsculas blancas, se anuncia Tech. El guía se detiene, mira la torre como si fuese la primera vez que la ve y hace un gesto solemne.

—Y este edificio, ladies and gentlemen, es el que más queremos, uno de los grandes honores de la universidad. Mejor que el *The Harvard Crimson*, mejor que el *Yale Daily News*, ¡solo comparable al *The New York Times*! El periódico que proyecta las mentes más inquietas, bailarinas con jamón, la voz del sur, los líderes del futuro... el periódico que va «más allá del entre líneas» —hace un redoble de tambores—: ¡*The Georgian*!

Entonces la venezolana de poco pelo pero bien puesto y pedrusco en el dedo hace un apunte para su grupo de venezolanos:

—Según me he informado —se retoca dos de los cuatro pelos—, Jimmy Carter, el antiguo presidente de Estados Unidos, escribió varias veces en él.

—*The Georgian* tiene un hermano pequeño —continúa el guía—, bueno, más bien sería el primo fumeta que las suspende de todas, mil veces más irreverente pero también divertido... Se llama *The North Avenue Review*. Es más fino y lo impulsan los estudiantes con aspiraciones literarias... y se entra por aquí.

Primo fumeta me interesa. Cogeré un ejemplar.

Al lado de la puerta giratoria de entrada al *The Georgian* hay un hombre muy mayor, encorvado y entrañable, que lleva una gorra de la universidad. Su función principal se reduce a recibir y a despedirse de los visitantes. Desde que hemos llegado habrá dicho «hola» y «adiós» a una treintena de personas, y cada vez —cada vez— saluda con entusiasmo y sinceridad, como si fuese su primer día. No es la primera vez que veo a un jubilado haciendo eso. Me entran ganas de abrazarlo.

La puerta sigue girando. Ahora sale el clásico grupo de chicas deportistas con camisetas gigantes, pantalones diminutos y la carpeta bajo el brazo. Y detrás de ellas entra en escena un hombre elegante vestido con traje beis y sombrero de ala ancha, que por el contraste estético con las universitarias parece un modelo de una revista de moda de los años veinte. El hombre alza el rostro.

Desde aquí no se aprecia, pero sé que tiene los ojos verdes y que debe el moreno de su piel a las horas de tenis sobre la tierra batida. Alcanzo a oler el perfume Tom Ford desde aquí... John camina hasta el portero entrañable, del que se despide con un abrazo americano, más de verdad que la media.

Pero ¿qué hace John aquí? ¿Lo saludo?

Hombre, debería, es evidente que todos le hemos visto salir. Es imposible no verlo. Me miro los pelos de los muslos y pienso que recta, si no me muevo mucho, quizá no los vea...

—¿Rita? —Joder, ¿cómo ha podido venir tan rápido? Estoy medio de espaldas, disimulando, me vuelvo—. ¡Rita!

—¡Oh! ¡John! ¡Qué sorpresa! ¿Qué haces aquí? —Por inercia, le doy dos besos que no solo le incomodan a él, sino a todo el grupo, que se ha quedado en silencio, expectante.

—Una bandera y un león —dice—. ¿Tendrás listo el atún esta noche?

Me río.

La venezolana muestra un interés repentino en mí y da un paso al frente como un pavo real.

—Dice que si esta noche irás a la fiesta solidaria que ha organizado en el club social. El del barrio, el club social del barrio.

—Ah, sí, sí, claro.

—Muy bien, Rita. —John se despide en voz baja—: Nos vemos esta noche. Atún. Albacete.

Yo le digo «adiós» y lo observo caminar escaleras abajo mientras imagino cómo se le deslizan los gemelos y el culo fibrado por debajo de los pantalones de lino. Quizá no sea lesbiana del todo. ¿Seré bisexual? No importa, ¿no?

Me vuelvo anticipando la imagen: las venezolanas me miran confundidas, formulan todo tipo de cálculos mentales para entender cómo yo, que sé menos inglés que el periquito del vecino y tengo medio muslo lleno de pelusa, puedo tener un amigo como John.

La cafetería del edificio O'Keefe es una sala gris forrada con moqueta que huele a curri y a panga, y que tiene tres microondas que no dejan de funcionar en todo el día. Aún queda un rato antes de ir a recoger a Bini, así que me siento en una de las mesas, contra la pared, con la esperanza de encontrar a algún amigo en potencia. Para hacer tiempo, saco las postales de cumpleaños que tengo que enviar a Marta y a Clara, pero enseguida llega Tek Soo, que me saluda aterrorizado y se sienta tres mesas más allá. Necesito amigos aparte de Tek Soo, claro. Poco después llegan cinco chinos que se sientan con él; son muy histriónicos, cada grito, cada gesto es un tsunami.

Los chinos se sientan juntos en una mesa larga y yo empiezo a escribir a Marta aquella anécdota de cuando robamos a aquellos chulos en las fiestas de Tarragona, en Santa Tecla, y nos planteamos presentarnos como enxanetes y coronar la torre humana de los famosos Xiquets de Valls.

—Hello? —La figura ruborizada de Tek Soo señala la mesa de los chinos y me invita a sentarme con ellos.

Los chinos se levantan para calentarse la comida, y tras activar el ON del microondas, dan un salto y esperan a cuatro metros de la máquina.

—Es por la radiación —dice Tek Soo, que ha levantado la cabeza un segundo para volver a concentrarse en su apasionante servilleta de papel.

—¿De dónde son? —le pregunto, medio riendo.

—De China —contesta él, con lo que me parece una sonrisa cómplice.

Los chinos vuelven a la mesa entre chillidos y monosílabos con alimentos de países lejanos.

El más gordo empieza a comer y me señala con el dedo.

—España, ¿no? —El dedo a dos palmos de mi cara—. ¿Madrid o Barça? —La bestia espera una respuesta, pero no puedo articular palabra debido a lo que veo. El chino come como un auténtico cerdo. Mastica y habla y se ríe, todo al mismo tiempo, en modo explosión, y abre la boca como si tuviese que rematar la vida de lo que quiera que tiene entre los dientes—. ¡Eh! ¿Madrid o Barça? —Y escupe sobre la mesa trozos de pimiento y fideos que luego recoge con los dedos y vuelve a metérselos en la boca. Noto el primer escozor de una calentura en el labio.

—¡Barça! ¡Barça! —Vuelvo en mí con estupor.

—¡Oh! ¡Barça! ¡Ronaldinho! ¡Messi! ¡Baaarça! —Los cinco chinos estallan de alegría, como si llevasen toda la vida esperando esa respuesta—: Toooooot el camp! Ééééééés un clam! —No me lo puedo creer. He despertado a un monstruo—. Som laaa la la laaaaaa. —Golpean la mesa con los puños como troles sin cerebro. Las sopas se derraman. Nos mira toda la cafetería—. Blaaaugraaana veeeeee! —No puedo apartar la vista de esas bocas mientras el himno del Barça se abre paso entre fideos orientales—. Teeenim un plo plo plo ploooooo! —Mierda, se lo saben entero. No dejan de mirarme, como si fuese la presidenta del Barça y buscasen aprobación fonética. Asiento. Parece imposible, pero entre las palabras indescifrables consiguen meterse una cucharada más en la boca. Y se preparan para el final. Ante nosotros, la danza de barbillas grasientas remata—: Barça! Barça! BAAARÇA!

No recuerdo la última vez que me había reído tanto...

Me despido de los que parece que se han convertido en mis nuevos amigos y me voy para el barrio, que tengo que recoger a Bini. De camino llamo a Hanne para preguntarle si esta noche puedo ir a la fiesta de John, pero no contesta.

Los *Homo sapiens* y los deportes

—¡Rita! —Bini grita indignado desde algún lugar de la planta de arriba—. ¡Ritaaa! ¡Haz el favor de venir!

Acaba de decir «haz el favor de venir» y tiene cinco años.

Son las dos y media de la tarde, Aksel y Eva están a punto de llegar y yo subo las escaleras sin prisa; en el descansillo, en el paréntesis entre las dos plantas, el sol se cuela por las cristaleras de colores que flanquean la puerta de la entrada. Al otro lado me encuentro con el desierto vecindario habitual.

—¡Ritaaa!

Cuando llego al baño, me lo encuentro hablando con un azulejo de la pared, con las piernas colgando del váter. Me ve, resopla y mete la cabeza entre las rodillas. Quiere que le limpie el culo.

Cuatro años de carrera por el váter. El libro de ochocientas páginas de fisiología de la conducta, Erikson, Vygotsky, el condicionamiento clásico, todo por el váter.

—Rita. —Bini analiza un esquema invisible que ha dibujado en el azulejo.

—Dime.

—¿Te imaginas... te imaginas tener una tele pequeña que cuando salga un programa de cocina despida los olores de los platos como si fuera un ambientador?

—No hables de olores ahora... —Le hace gracia—. Pero la verdad es que es muy buena idea.

—Y que la tele también sea una cámara y un teléfono.

—Ajá...

—Y, y, y, y una calculadora también. Y un piano.

—¿Una tele y un piano? Pero...

—¡Y que te quepa todo en la mochila del cole o en el bolsillo!

Oigo el runrún del autobús de Eva, tengo que salir a levantar el brazo.

—¡Venga, abajo! —Está a punto de salir disparado hacia el pasillo—. Bini, espera un momento. La próxima vez que necesites ayuda, no me digas «haz el favor», ¿de acuerdo? Dime «por favor».

Bini agacha la cabeza como un cachorrito y se va con la próxima idea de negocio en la punta de la lengua.

—¡Y lávate las manos! ¡Marrano!

—Aksel, ¿me has cogido el CD de Hanna Montana? —Eva sale de la habitación con la pregunta más terrenal que le he oído hasta ahora.

—¿El CD de Hanna Mont... yo? —Aksel se sonroja por el mero hecho de que alguien pueda pensar que ha mirado la foto de la carátula.

—Sí, no sería la primera vez, no disimules.

—Mira, Eva —no puede estar más rojo—, ¿quieres saber lo que me importa a mí tu CD de Hinni Mintini?

Uy, con la incorporación de la i en el nuevo registro dialéctico, me siento en el sofá y disfruto de la anomalía que supone que dos hermanos Bookland se peleen como dos críos normales y corrientes.

—El universo tiene más de trece mil millones de años, ¿sabes, Eva?

Ya estamos.

—Serían trece mil ochocientos millones, para ser exactos. Aunque también hay valores que indican que podría tener mil menos, pero de momento el dato oficial son trece mil ochocientos años.

Si es que no pueden evitarlo.

—Pues si utilizásemos un calendario cósmico para ilustrar la evolución del cosmos y de la humanidad, es decir, imaginando los trescientos sesenta y cinco días del año para comprender toda la evolución, la gravedad no aparecería hasta el 10 de enero.

—Pero ¿a qué escala?

—En una escala en la que cada mes representa un billón de años y cada año representa casi cuarenta millones de años.

—¿Y qué tiene que ver la evolución del cosmos con el CD de Hanna que me has cogido?

—Que yo no te lo he… Espera y lo entenderás.

—Entonces ¿el 1 de enero sería cuando empieza el universo? —Bini entra en escena. Si es que esta familia lo lleva en la sangre. Son insoportables.

—Efectivamente, Bini, veo que lo has cogido antes que Eva, el 1 de enero es el big bang.

Eva no cae en la provocación de su hermano.

—Del 1 de enero al 13 de enero —continúa Aksel—, después del big bang, estamos a oscuras unos doscientos millones de años.

—¿A oscuras? —Bini se preocupa.

—Sí, a oscuras cósmicas, Bini, en la nada.

—Por tanto, el sol nacería el 30 de agosto. —Eva ha hecho sus cálculos.

—El 31 de agosto, para ser exactos —la corrige Aksel, impresionado.

—Venga, acelera.

—Ahora quiero que mires esto. —Aksel le enseña el meñique.

—¿Qué te pasa en el dedo, Aksel? —Bini se ha puesto muy serio.

—Quiero que recordéis esta medida.

—Aksel, dime dónde está el CD de Hanna Montana y ya está, no pasa nada.

—Está a punto de llegar, Eva, no te preocupes.

»La vida en la Tierra no empezaría hasta el 21 de septiembre. Aún no se ha concluido dónde comenzó exactamente, se sospecha que viene de algún lugar remoto de la Vía Láctea…

—Aksel.

—Tranquila, ya he llegado a diciembre. El 17 de diciembre, el tiktaalik fue uno de los primeros animales que se arriesgó a salir del agua para pisar la tierra… La misma semana en la que evolucionan los bosques, los dinosaurios, las aves y los insectos.

»Vale, ¿recordáis esta medida? —Aksel vuelve a enseñarles el meñique—. Es la medida aproximada, unos dos centímetros, que provocó que dos asteroides chocasen y uno viniese a parar a la Tierra y…

—¡Los dinosaurios! —grita Bini.

Muy didáctico, debería haber tomado apuntes desde el principio.

—Muy bien, Bini, bye bye, dinosaurios.

—El estegosaurio, el albertosaurio… —Bini enumera en voz alta.

—O acabas o me voy y esta noche les digo a papá y mamá que…

—¡Estoy a punto!

»El universo tiene trece mil ochocientos millones de años y aún no hay ni rastro de los humanos… Porque la humanidad, señoras y señores, ¡no aparece hasta última hora del último día de este año cósmico! De hecho…

—De hecho ocupa solo catorce segundos —apunta Eva, con los brazos cruzados.

—Catorce… —Aksel intenta disimular lo mucho que le impacta la precisión del cálculo de su hermana—. Exacto… catorce segundos.

—¿Y? —pregunta Eva.

—¿Sabes…? —empieza Aksel con dejo irónico—. ¿Sabes, Eva… dentro de esos catorce segundos cósmicos, CUÁNDO APARECE TU CD DE HANNA MONTANA?

—Eres idiota.

—¿Ves la intrascendencia absoluta, la insignificancia que supone…?

—Cuando decidas devolvérmelo, déjamelo encima del escritorio.

Llaman al timbre y los tres me miran.

—¿Qué pasa?

—Llaman al timbre. —Eva me mira.

—¿Y qué?

—Que no tenemos ninguna playdate ni hay ninguna visita apuntada en la pizarra.

—Dios mío…

Nos acercamos a la puerta y vemos que David el cartero ha retrocedido y espera con su sonrisa gloriosa habitual al borde del jardín. Es lo más cerca que me he sentido de Alp desde que estoy en este país.

—¡Buenos días, Rita!

—¡Hola, David! Venid, niños, que os presento al cartero… —Los niños se han quedado parados en el umbral—. ¿Qué hacéis? ¡Venid!

El tridente Bookland avanza detrás de mí con la cabeza gacha en una silenciosa fila india.

—Pero ¿qué hacéis? ¿Podéis hacer el favor de saludar a David? Ya os comenté que tiene doce hermanos y que solo el mayor pudo ir a la universidad y…

David empieza a hablar sin parar. Argot y palabras onduladas, todo junto; no puede ser más simpático. Pero los niños siguen paralizados.

—Aksel, David te ha hecho una pregunta…

Veo en directo cómo la soberbia cósmica de hace apenas

un momento se convierte en polvo de estrellas y va a parar a la alcantarilla. Pero ¿a qué viene esa vergüenza? ¿Dónde están los trece mil ochocientos millones de años de la Tierra? ¿El animal tiki-taka ese que salía del agua? Por fin habla Bini.

—Yo... yo... hace muchos años tuve un cochecito de juguete como el tuyo.

David agradece el comentario y arranca a hablar otra vez. Es increíble, este hombre podría hablar durante días sin parar. Finalmente, tras unos largos minutos de conversación unidireccional y despidiéndose igual de simpático y entrañable que cuando ha llegado, David el cartero se marcha diciendo adiós con la mano y recibiendo la misma oleada de ignorancia que cuando ha llegado. Los niños me miran como tres perritos.

—Pero ¿qué os ha pasado?

—Es que no lo conocemos de nada —contesta Eva.

—¿Y qué? Es una persona. No es una gallina ni una cortina. Es una persona simpatiquísima que tenía ganas de conoceros y que os ha hecho unas preguntas. ¿Dónde están vuestros mínimos de educación cotidiana? ¿Es que no saludáis a la carnicera cuando...?

—No conocemos a ninguna carnicera —apunta Eva.

—O a la pescadera...

—No conocemos a ninguna pesca...

—O al panadero o a la florista... Joder, no existe ninguna de estas personas.

—¡Conocemos al pastor Paul! —exclama Bini.

—Sí —corrige Eva—, pero lo conocemos desde que nacimos. No es un desconocido. No cuenta.

—De todos modos —dice Aksel mientras entramos—, toda la información que pueda proporcionarme una carnicera o una pescadera ya la tengo. Los productos los compramos en el súper, aunque cada vez menos, que la carne es muy poco sostenible... Así que, Hairy, ¿por qué tengo que conocer a una carnicera? ¿O a un cartero?

—Pues… pues… —Mierda, ¿por qué?

—Porque el ruido del cochecito de verdad es diferente del que hacía mi cochecito de juguete.

—¡Exacto! —exclamo—. La verdad siempre es mejor que la ficción.

—Bueno… —A Aksel no le convence.

—Bueno, quizá no siempre, pero ¿con cuánta gente has hablado esta semana que tuviese doce hermanos, eh?

—Llegamos tarde a chino —responde Aksel.

Salimos de casa y me pongo el cinturón después de que Aksel me lo pida tres veces.

Estamos a punto de entrar en el club social cuando veo a Samantha, que corre por el vecindario con unas amigas. Me viene el flash de la otra noche en la fiesta de Six; ella con un chico que podría ser su hijo, yo cruzando el jardín con Rachel antes de la gran función. Aminoro con intención de preguntarle si era ella, pero me hace señas para que no pare, que me llamará más tarde.

Entro en el club para dejar a Bini en tenis.

—¿Crees que la reina María de Austria de verdad tuvo un hijo negro? —pregunta Eva desde el asiento de atrás—. ¿O todo era un complot para humillar a Luis XIV mientras intentaba construir Versalles?

—Bueno —contesta Aksel al tiempo que da puñetazos al respaldo—, los registros históricos de la época son muy detallados. Como era habitual, la reina española tenía un enano negro como criado, y si tenemos en cuenta las amantes registradas del rey…

Bini avanza hacia la pista de tenis arrastrando la raqueta, con la misma ilusión con la que vas a la enfermería a que te pongan una inyección.

Mrs. Gee dice «adiós» a los niños de la clase anterior con una bolsa de golosinas lo bastante grande como para ocupar las tardes de toda una semana. Así que, antes de salir de la cancha, los niños ya han recuperado las calorías que han quemado durante la clase. Multiplicadas por cien.

Mrs. Gee tiene la espalda un pelín encorvada y parece que le duelen las rodillas. Pero cuando coge la raqueta se olvida de todo. Se transforma. Lleva la bandera americana en la gorra, en el vestido y en el medallón de oro que le cuelga del cuello.

—Hoy haré raqueta al horno con un chorrito de monjas de clausura. ¿Ves el agujero del rosal? —Mrs. Gee me coge del brazo con dulzura. Habla como si tuviese la lengua enroscada y cada palabra fuese un círculo blando. Como si fuese de un pueblo recóndito de Mallorca.

—Dice —traduce Bini, avergonzado e indignado— que si te acuerdas de que tienes que venir un poco antes de que se acabe la clase… para… para jugar conmigo.

—Yes, yes, yes… —Me despido.

Vuelvo al coche y pongo la radio. Suena «Unwritten», la canción que ponen a todas horas. Antes de cruzar la puerta de salida, veo que John se sube el calcetín antes de entrar en la pista.

—¡Hasta esta noche! —grita.

Levanto el brazo y asiento. Pienso que me pondré el vestido azul marino, el más corto, y mis nuevas sandalias de esparto. Y que esta vez me depilaré hasta las ingles.

Empiezo a cantar, miro por el retrovisor y observo a los niños. Eva lleva el pelo recogido en la habitual coleta mal hecha que le cae por la espalda y le tapa la mitad de las letras de la camiseta del campus de ciencias. La pelusilla rizada de la frente se le ilumina a contraluz con la claridad de la ventanilla; me la imagino en unos años, una surfista californiana recién graduada en Harvard. Preciosa. Brillante. Imparable. Está concentradísima. Sobre las rodillas huesudas lleva la carpeta de velocirráptores en la que calca las estrategias de ataque del Barça de 2006 e intenta decidir qué niño de su clase puede hacer de Xavi. Se esfuerza, se esfuerza muchísimo, un esfuerzo solo comparable con las pocas ganas que tiene de chutar un balón. Pero en el fondo sabe, con la misma claridad con la que me dijo que sería la entrenadora de la clase, que tarde o temprano tendrá que chutar.

Mientras tanto, en la otra punta del asiento y ante la indiferencia absoluta de su hermana, Aksel rapea. Tiene una mano pegada a la boca, cerrada en un puño, y emite sonidos secos y babosos mientras agita la otra con movimientos poco gráciles. Supongo que no puede tener una capacidad motora tan brillante como su mente; el único aire artístico que le veo es la alborotada mata de rizos preadolescentes que tiene encima de la cabeza. Pero todo eso parece que le da igual, escribe rimas a escondidas en un papel arrugado que siempre lleva en el bolsillo. Porque cada vez que deja la mente en blanco, Aksel se pone a rapear.

No sé si sabe que le estoy mirando, pero me gusta pensar que se permite la licencia de rapear en mi coche y no lo hace en el de sus padres. Pero me pilla mirando, y a pesar de mi sonrisa alentadora, se detiene.

—Pero... —Eva muerde la punta del lápiz y analiza el cruce—. Hairy, creo que por aquí no es...

—¡Eh! ¡Eh! ¡No! —Aksel salta del asiento como si hubiésemos entrado en el Bronx de los ochenta—. ¡Hairy! ¡Te equivocas, por aquí no es! ¡Las clases de Chinese son por allí!

—Lo sé. Callaos.

Avanzamos por North Highland Avenue en dirección a Virgina Highlands. Aquí las casas son más antiguas, los pozos son de piedra y parece que las hiedras hace más de cincuenta años que trepan por el borde de los postigos.

—¡Mira, musgo español! —Eva señala una planta vaporosa que cae en cascada de las ramas de los árboles.

Alzo la vista, la luz la atraviesa y la ilumina como si fuese de algodón.

—Sí —dice Aksel, a quien parece que la aventura de una nueva ruta le distrae—, crece en hábitats donde incide el sol de manera parcial y...

—Pero ¿adónde vamos, Rita? —La incertidumbre devora a Eva.

Subo el volumen de la radio y avanzo en silencio hasta que aparco delante de Piedmont Park.

—¡Niños, preparaos!

—Pero ¿para qué?

—¡Vamos a jugar al fútbol y a rapear!

—¡¿QUÉ?!

El skyline de Atlanta se perfila impoluto por encima del perfecto césped de Piedmont Park. Media docena de edificios se presentan como una ciudad de colores en miniatura encima de una explanada de cinco campos de fútbol.

Los árboles del parque se inclinan hacia el lago como animales gigantes y peludos. Como si estuviesen bebiendo. El verde continúa, pero pierde fuerza. La leve frescura del aire y un puñado de hojas pálidas en el agua anuncian el cambio, se acerca el otoño.

—Pero, pero, pero... —Eva tiene demasiadas preguntas.

—Tranquilos, antes de que os dé un ataque al corazón, que sepáis que Lei Wei...

—Se llama Lan Wan —me corrige Aksel, indignado.

—La profesora de chino está enferma y hoy no puede dar clase...

—¿Y cómo lo sabes?

—Ha llamado a casa y me lo ha dicho.

—¿Y seguro que lo has entendido bien?

—Pues claro que lo he entendido bien. —En realidad, no he entendido nada de lo que me ha dicho Chin Pum. He tenido que pedirle a Conchi que hablase con ella—. Así que he pensado que podríamos venir aquí, al parque, que hace un día espectacular. ¿No lo veis?

—A papá y a mamá no les gustará nada —dice Aksel mientras se desabrocha el cinturón de seguridad.

—Pero ¿jugar a qué? —pregunta Eva.

—Pues a jugar, a correr, ¿no ves el pedazo de campo que tienes delante? —Sin respuesta—. He traído un balón. Si queréis, podemos chutarlo... —Aksel me mira como si estuviese calculando una raíz cuadrada muy difícil. Se dicen algo rápido y se ríen—. ¡Venga! —Cabrones—. ¡Todos fuera!

El tacto del balón bajo la planta del pie me transporta a casa, al patio, a Albert. Pienso en cuando teníamos la edad de estos niños, cuando la pelota era la extensión de nuestras piernas y el campo del fútbol ascendía por los prados hasta lo alto de las montañas de Alp, y la oscuridad de la noche era el único árbitro que nos hacía parar. Y ahora miro a Eva, ¡a punto de chutar por primera vez en su vida a los ocho años! Y también pienso en todas las cosas que ella sabe y yo no. Como lo de los hijos negros de María Teresa de Austria. Y en que no sé cuál de las dos versiones es mejor o peor. En cualquier caso...

—¡Chuta!

En el primer intento, ni la toca.

—No pasa nada. ¡Venga, vuelve a intentarlo!

Eva mira la pelota con atención y vuelve a chutar. Esta vez la toca, y la toca bien. Control e intención. No porque lo haya hecho antes, sino porque le sale así, natural, como a mi hermano. ¡Esta niña lo tiene todo!

—¡Guau! ¡Eva! ¡Muy bien!

—Oye, pero yo no quiero ser cheerleader, ¿eh?

—¿Eh?

—Que yo no quiero ser cheerleader como Tracy, que yo quiero ir a Harvard.

—Pero ¿y eso a qué viene ahora?

—Pues a que, en lugar de estar aquí, podría estar repasando la estrategia o avanzando la letra ce de la enciclopedia.

—Mira, niña, que sepas chutar un balón decentemente no te impedirá entrar en Harvard. Es más, puede abrirte más puertas de las que crees. Para empezar, te ayudará a aprobar la asignatura que te falta.

—¿Qué te crees? ¿Que no he ponderado la importancia de los deportes para entrar en una universidad de la Ivy League?

Ha dicho «ponderar».

—¿Y entonces?

—Entonces me interesa suplirlo con otros campos, como el voluntariado y...

—Maravilloso. ¡Chuta! Apoya el peso en la pierna derecha y...

—Hairy...

¿Y ahora qué?

Eva apoya el pie con contundencia encima de la pelota y pone cara de lección.

—Hace cincuenta mil años —otra vez no, por favor—, las mujeres éramos recolectoras, nos quedábamos en el campamento base para cuidar de los niños y los ancianos, por eso somos las inventoras del lenguaje, por las largas horas que nos pasábamos relacionándonos e identificando plantas buenas y malas.

—¡Eva!

—¡Y! Y... —Levanta el dedo en el aire— y desde entonces tenemos una complejidad cerebral más alta. Por no hablar de nuestra increíble capacidad para distinguir tonalidades de color. En cambio los hombres eran cavernícolas y punto, solo tienes que fijarte en mis dos hermanos. Se dedicaban a cazar, tenían que correr y vigilar a la tribu. Ellos son más simples, pero, aceptémoslo, su capacidad motora es mejor. Son mejores deportistas.

—¿Eso lo has contrastado? —No sé por qué pregunto.

—No me hace falta. Lo sabe todo el mundo. Pero luego, en casa, entraré en *Nature* para contrastarlo. Somos suscriptores Premium.

¡Nunca lo habría dicho!

—Esa teoría me parece poco científica y muy machista.

—¡Es que no quiero chutar!

—¡Eva, pero si has chutado perfectamente!

—Ya lo sé, me da igual. Yo quiero hacer estrategia.

—Me parece fantástico, pero la asignatura también te obliga a chutar.

—No voy a hacerme famosa detrás de una pelota.

—¡Eso díselo a Serena y a Venus Williams! ¡Ahora cállate y chuta de una vez!

Hemos hecho una ronda de chutes mucho más larga de lo que me esperaba. Y Eva no ha querido admitirlo, pero cuando hemos acabado se le ha escapado una sonrisa de orgullo.

Durante el rato que hemos pasado en el césped repasando nuestros orígenes como *Homo sapiens* y analizando la curva perfecta de la velocidad y el espacio de un chute de córner, Aksel ha estado escribiendo versos a la sombra de un sauce llorón.

—¿Me enseñas lo que has escrito? —le he preguntado.

Lejos de sus hermanos pequeños se muestra vergonzoso, no necesita ser el modelo intelectual de siempre. Y ahora, delante de una mujer adulta, Aksel agacha la cabeza porque las rimas le salen del alma y lo vuelven vulnerable. Quizá incluso encontraría algún verso de Hanna Montana. Levanta la mirada con una leve sonrisa y me mira:

—No… No lo entenderás.

Bini está sentado en el banco y parece que el momento de meter mano a las golosinas ha llegado antes de tiempo.

—¡Huevos fritos con zumo, ma'am! —Mrs. Gee me da una raqueta.

En cuanto me ha visto llegar, Bini ha bajado de su nube de lluvia de ideas y ha vuelto a coger la raqueta con resignación. Odia jugar al tenis con todas sus fuerzas. Mrs. Gee me mira y empieza a explicarme el juego.

—¿Por qué no aprendes a hablar inglés de una vez? —Bini me exige disciplina a la altura de mi cintura. Pienso que debería haber considerado su vergüenza patológica antes de convertirlo en mi traductor oficial. Pero no le digo nada y traduce—: El juego consiste en hacer diez toques, tú a un lado de la red y yo al otro.

Se veía venir desde los lagos recónditos de Alaska que el juego sería un auténtico desastre. Bini solo ha tocado una y la ha mandado al centro de la piscina.

Mrs. Gee pide que nos aplaudan desde el palco. Media docena de críos de dentadura intermitente nos ovacionan con un entusiasmo generoso, americano. Mrs. Gee le pide a Bini que se siente.

—Tú no. —Me señala, y en medio de una frase ovalada entiendo la palabra «play».

—Es tradición que ella decida si entras en el club o no —me informa Bini.

Al principio se la tiro corta, floja, porque, bueno, la mujer tiene trescientos años. Pero el brazo de la vieja se mueve como una entidad independiente, como si el brazo fuese Serena Williams, y antes de que me dé cuenta me mete dos puntos seguidos que arrancan el aplauso devoto del alumnado.

De acuerdo, señora mayor, de acuerdo. Recupero movimientos que hacía años que no practicaba: la muñeca, la espalda, el ritmo rápido de los pies. Aprovecho la tierra batida para llegar cómoda a la pelota. Tengo un revés mucho mejor que el drive, no me acordaba. Oh, cómo me gusta jugar al tenis.

Después de un buen rato de devoluciones contenidas, se apodera de mí el inevitable espíritu competitivo. Me da igual que esto sea una apología de los valores honestos del deporte y que algún miembro del público vaya en pañales. Tengo que ganar a la vieja.

Encajo un punto, dos. Y el tercero es claro y fuerte, directo al eje izquierdo de la cancha, al otro lado de donde está la dulce Mrs. Gee. Gano.

Observo al público, que pese a la sobredosis de azúcar y el año y pico de conciencia vital sabe que me he pasado; me dicen cosas en inglés, no son buenas. Se levantan para coger a Mrs. Gee de la mano y la ayudan a sentarse en la grada. Una cría le da un plátano de azúcar.

Miro a un lado y a otro, agradezco la soledad y el canto de los pájaros, y me acerco disimulando la vergüenza. Le pido disculpas por el último punto y ella dice que no pasa nada, que he jugado muy bien y que me presente la semana que viene a la próxima clase.

—Dice que acabas de entrar en el club de tenis —Bini no esconde un punto de orgullo— y que tu compañero de dobles será John, John Lapton.

La historia de un frappuccino

Entro en el Starbucks con convicción absoluta. Hoy es el día. Hoy lo conseguiré. Me pongo en la cola y repaso la pronunciación una vez más. La precisión me parece admirable —ou, blou, sou—. Joder, ¡si es que podría haber nacido en Atlanta! ¡O en Oklahoma!

Andrew —el otro día me enteré de que Ovario Izquierdo en realidad se llama Andrew— me saluda con una frase larga y rápida desde detrás del mostrador. No entiendo qué me dice, pero lo remata con esa sonrisa que lo cura todo. Analizo la carta y las ofertas del día. Mierda, hoy hay muchas: canela de Etiopía, toppings de calabaza con forma de corazón, una leche ecológica de Wisconsin y tres opciones que no entiendo.

—¡Buenos días, Rita! ¿Qué tal los hámsteres?

—¿Los háms…? Bien… bien. ¡Buenos días, Andrew!

—¿Qué va a ser?

—Un frappuccino. Mocca. Light. Descafeinado. Sin lactosa. —A tope.

—¿Tamaño?

—Grande.

—¿Leche?

—Leche sin lactosa. —¡Joder, Andrew, ya lo he dicho! ¡Lo he dicho con acento de Atlanta! ¡Que me desconcentro!

—¿Quieres guirnaldas de Wyoming?

—¿No eran de Wisconsin?

—¿Cómo?

—Da igual… No, no quiero guirnal… No.

—Si quieres te añado una lluvia de caramelo de… y un hámst…

—No, gracias. Un frappuccino normal. —Venga, que ya lo tengo.

—Supongo que te quedas aquí, ¿no?

—¿Qué quieres decir?

—¿Te lo tomarás aquí o te lo preparo para llevar? —Andrew no acaba de entender tanta concentración. Parece que esté calculando algo de la NASA.

—Aquí, me quedo aquí, gracias.

—De acuerdo, pues ya lo tenemos.

Pago.

Me sitúo al final de la barra y aguardo el veredicto. Recuerdo la primera vez que entré y pedí un café solo, y después de contestar a todo que sí apareció la Torre Agbar al final de la barra. Pero ya no soy aquella chica que aceptaba una Torre Agbar como café solo.

La taza llega más rápido de lo que esperaba.

—Aquí lo tienes, Rita: frappuccino-mocca-light-descafeinado-sin lactosa-con una lluvia de caramelo de… —¡Nooo!

—Pero…

—La lluvia de caramelo la he añadido porque me caes bien.

Eureka. Victoria rotunda.

Qué absurdo, ¿no? Que note en la garganta un nudo de emoción por una taza de café mutante. Sentirme en la gloria porque me sirvan lo que he pedido. Que un momento cotidiano como este se haya convertido en una gran victoria. Eso es vivir fuera: sobrevivir a los momentos cotidianos.

Parece que hoy, por fin, el inglés y yo hemos hecho las paces.

La herencia de John

—El otro día me pareció oír que decías «Toulouse» por teléfono, cuando hablabas con tus padres.

La frase de Hanne se desliza por la puerta del estudio mientras me tumbo en el sofá y busco la traducción de la palabra «illiterate».

—No es que intentase escucharte, pero hablas tan alto que es imposible no oírlo todo.

—Ah, tranquila —contesto sin apartar los ojos del diccionario—. Sí, dije «Toulouse» porque a una amiga mía acaban de ficharla en el Departamento de Recursos Humanos de Airbus. —Y a Edu en la Universidad de Birmingham y a Núria en un banco de Andorra y a Maria en una empresa de estudios de mercado del paseo de Gracia, pero todo eso no se lo digo—. ¿Por qué? ¿Conoces a alguien en Toulouse?

—Ah… Muy bien, ¿no? Airbus es una buena empresa, muy interesante… —Hace una pausa densa, un paréntesis, y prosigue—: Y a ti, ¿te gustaría trabajar para alguna empresa en particular?

Paso una página, dos, tres. Me rasco un pie.

—Hummm… Sí, supongo… La cuestión es saber cuál.

—¿Qué rama de la Psicología te gusta más?

Entiendo que Hanne da por sentado que si he aguantado

cuatro años de clases universitarias no ha sido por inercia, sino porque tenía sentido, porque seguía algún tipo de plan.

—¿Rita?

—La infantil.

Hanne asoma la cabeza por la puerta del estudio, me mira y frunce la nariz.

—La verdad es que no lo sé. —Cierro el diccionario, ella sale del estudio para escuchar la frase siguiente y se apoya en el marco de la puerta arqueando el cuerpo como si tuviese una copa de Chardonnay en la mano—. Y no tengo ninguna frase más para continuar, Hanne. Estoy perdida, ya lo sabes. Lo intento, estoy atenta, pero no consigo identificar lo que pueda asemejarse a una vocación. No es fácil.

—La distancia te irá bien. —Se va a la cocina, ya no la veo—. Además, cuando se trata de buscar tu vocación, no puedes tomar muchas decisiones... porque viene sola, aparece.

Es como si todo el mundo tuviera un punto de vista respecto a cómo se encuentra la vocación. Lo que sé es que no es ni el piano ni la física cuántica ni el ballet. Ni la Psicología. Especialmente la infantil.

—¡Venga! Pon la *Serenata n.º 13*, que es implacable para levantar los ánimos.

Eva pasa junto al sofá llevando el esbozo de su próximo Van Gogh, identifica el vinilo de Mozart de memoria, coge la aguja del gramófono con toda la delicadeza que los dedos de ocho años pintados de azul le permiten e inunda el salón con el sonido antiguo y roto del primer silencio.

—Oye, ¿de qué va la cena de John de esta noche? —Vuelvo a abrir el diccionario. Aún no he encontrado la palabra.

—Es el «Atún fresco voluntario», una de sus solidarias recaudaciones de fondos masivas. Son las fiestas más esperadas del barrio... sobre todo para las solteras.

—Ah, no me extraña, John está buenísimo...

Hanne me mira. Mierda, ¿me he pasado? Recordemos que

aquí las mujeres se tapan el culo y la tripa por una cortinilla para ir a la piscina. Pero se ríe. Es verdad, que nació en Boston.

—¿Sabes quién es John? —Hanne aparece, ahora sí, con un Chardonnay en la mano y un aura de infalibilidad.

—Dispara.

—¿Te suenan los nombres de Asa Candler o Robert Woodruff?

—No.

—¿Y el de John Pemberton? —Hanne, misteriosa, disfruta del preludio del titular.

—¿Fue alcalde de Atlanta?

—John Pemberton inventó la Coca-Cola. —Paaam.

—¿Me estás diciendo que John es heredero de la Coca-Cola? —¡¿Hanne me está diciendo que mi compañero de dobles es el puto heredero de la Coca-Cola?!

—No. Espera. —Le da mucha rabia que le chafe el relato—. Después de que John Pemberton inventase la Coca-Cola, apareció Asa Candler, que le compró la fórmula y fundó la empresa. La popularizó en todo el país más allá de Atlanta, empezó a hacer publicidad y contrató a dos espabilados para que la embotellasen. El famoso contrato de un dólar que cambió la historia y...

—¿Y John?

—Rita, un momento.

—Pero es que no hace falta que me cuentes toda la historia de la Coca-Cola...

—Quería contarte lo de los Woodruff, pero da igual: ¿quién de todos los que te he comentado dirías que es familia de John?

—Como te puedes imaginar, cualquiera me hará gracia.

—Lapton.

—¿Lapton? Ese no lo has dicho.

—Porque me has interrumpido. Los Lapton fueron los espabilados que compraron los derechos para embotellar la

Coca-Cola. Los que cerraron un contrato por la histórica cifra de un dólar.

—Guau. —¡Guau, guau!

—De modo que de alguna manera sí, John tiene parte de la herencia de la Coca-Cola. Y la verdad es que John es un ejemplo muy interesante de cómo invertir debidamente una herencia... Pero, bueno, no todo es coser y cantar.

—Supongo que en esas familias nunca lo es. Pero ya te digo que eso no lo sabré nunca.

—John no se habla con el resto de su familia. Y nadie sabe por qué... —Se lleva el dedo a la boca, le encantaría tirarse a John—. No lo sé... Hay mil versiones y algunos disparates que incluyen asesinatos y secuestros, pero nadie ha sabido nunca la verdad.

—¿Asesinatos? ¿Secuestros? ¿CÓMO?

—Estoy segura de que exageran. Pero eso lo hace aún más misterioso de lo que ya es.

—Hairyyyyyy! —La voz de Bini sale disparada del baño y reclama mi arte con el papel del váter—. Por favor...

—¡Ya voy! —Me levanto y me dirijo a Hanne—. Intentaré averiguarlo esta noche.

—¿Cómo?

—Antes he jugado un poco al tenis y he sudado, pero me ducho rápido, en cinco minutos de reloj estoy a punto.

—Pero... —se ríe, sorprendida—, tú no puedes venir, Rita... ¿Quién va a vigilar a los niños si tú no estás? Eres la nanny, ¿recuerdas?

Me quedo muda. No puede ser. ¡Pero si Aksel tiene diez años! ¡Y tengo amigas que perdieron la virginidad a los trece!

—Claro, claro... —respondo.

Me encargo de Bini y le digo que me enseñe la agenda para no volver a la cocina.

Hanne se despide de los niños y dice no sé qué de una Fête Galante y otras gabachadas, y ellos se ríen y la abrazan. Se ha puesto el mismo vestido negro de fondo de armario del otro día. Los mismos zapatos ortopédicos, los mismos pendientes de la primera comunión.

Fulbright entra en el estudio y apaga la luz y el ordenador para asegurarse de que nadie salvo él le vea el Machu Picchu a Federico Chitawas. Sale con una brusquedad eufórica y se planta en mitad del salón, donde acabo de sentarme, y ya ve que no estoy para hostias. Se desabrocha el botón de la americana, abre los brazos y con un golpe de cintura, grita:

—*Panem et circenses!*

Venga, otro flipado. Lo miro desde el sofá mientras hojeo el *Vogue* y lo levanto en el aire.

—*Aegroto dum anima est, spes est!*

Paso la página, harta de tanto latín y tanta tontería, pero él vuelve a reclamar mi atención y, señalando la revista, traduce:

—Mientras haya vida, habrá esperanza.

No me río. Ellos frivolizan con mi lectura del *Vogue*, pero en la moda también hay mucha cultura y mucha política. Aunque, ¿qué van a saber ellos?

La puerta del garaje se cierra y el coche arranca para unirse a la comitiva vecinal que se dirige a la fiesta de John. Oigo que los niños se pelean y bajo tranquilamente a mi habitación, lleno la bañera y empiezo el último capítulo de *The Catcher in the Rye*.

Roberta

Cuando acabé *The Catcher in the Rye*, me pasé un buen rato leyendo sobre la vida de Salinger y me apunté algunas frases: «No sé por qué tenemos que dejar de querer a una persona solo porque haya muerto. Sobre todo si era cien veces mejor que las que siguen vivas».

Después puse el punto final a un e-mail en el que contaba lo que nos comentó William Hernandes en el tour de las fraternidades; incluso hablé detalladamente de los estudiantes de fraternidades que habían llegado a tripular el Apolo 11 y, por supuesto, no me dejé a las compañeras de clase venezolanas que llevaban anillos como garbanzos. Por supuesto —imposible dejármelo—, también conté, un poco por encima, la historia de John. No revelé su apellido ni muchos detalles de su persona, cosa que, como era de esperar, creó una gran expectación. Y a los primeros que respondieron no se la podía sudar más el hecho de que no sé qué coño de estudiante pijo hubiera tripulado el Apolo 11. La cuestión era solo una: ¿quién es John?

Hanne y Fulbright volvieron pocos minutos después de las doce. Yo estaba sentada en el borde de la cama y oí que se reían y hacían «chisss» sin parar.

Iban los dos medio borrachos, cosa que hizo que me cayesen mejor, pero no quería hablar de ello ni que me oyesen, no quería que viesen que me caían mejor porque, además de ser unos insoportables esnobs intelectuales, parecía que también sabían pasárselo bien.

Me quedé quieta hasta que oí el agua del grifo de su baño. Y al cabo de unos minutos prudenciales, salí a la calle.

Fuera, el verano se acababa, pero la humedad de Atlanta todavía te pintaba la piel.

Vi la sombra de una pareja que bailaba a contraluz detrás de una cortina. Una chica de quince años con acné se despedía de los vecinos de la casa amarilla, que le daban una propina más generosa de lo que esperaba.

Dejé la cul-de-sac y avancé por River Oak Drive. Eran las doce y media y, por el movimiento de coches que había, en lugar de un lunes por la noche, parecía el mediodía de un sábado de verano después del campeonato de natación del condado. Teniendo en cuenta que la media de edad de los adultos de este barrio es de cuarenta y cinco años para arriba, con niños de menos de diez, fue una anomalía social bestial.

La fiesta de John tenía que haber sido antológica. Y me la había perdido porque estaba haciendo de nanny. Porque, mierda, acéptalo, soy una puta nanny.

—Rira Rueiquens?

—¡Aquí! —¿Pueden decir «Milwaukee» y no saben decir «Racons»? Levanto la mano ante la expectación de mis compañeros. Todos queremos saber con quién nos ha tocado ir a clase. Si me toca con Tek Soo, me conformo.

Una profesora con gafas doradas y el pelo blanco y rizado anuncia el veredicto:

—Rueiquens: para la asignatura de Gramática, nivel tres. —Tres de cinco, increíble, éxito rotundo. No se lo cuento a los Bookland por si acaso—. Para la asignatura de Comunicación

Oral: nivel dos. Y para Escritura Creativa —hace una pausa, me mira por encima de las gafas—: nivel cuatro. —¿Cómo?

Me suena el móvil y leo el mensaje:

> ¡Tenemos que comprar entradas para el concierto de Radiohead en Las Vegas! ¿Te la compro? ¡Te la compro! ¡Las Vegas, baby!

(El trabajo de Six le ofrece todo el tiempo del mundo. Aparte de gasolina gratis).

> ¡Será la puta bomba! I'm a creeeeeep! ¡Las Vegas, Rita, Thom Yorke, Rita!

Después de anunciar todos los niveles, la profesora explica algo sobre la polinización de las botifarras y guarda silencio. Acto seguido, más seria, coge tres libros de la mesa. Lo hace con una solemnidad que lleva a pensar que se trata de un ritual cotidiano pero importante. Recorre los títulos con los dedos, acaricia las cubiertas y camina entre los pupitres iluminados por los primeros ocres del otoño.

Tek Soo me tira un papelito doblado. Noto el tacto suave de la arruga, el perímetro mal recortado, estoy en quinto de EGB.

«Y ahora es cuando la profesora escoge a tres alumnos a los que darles un libro. Y hará lo mismo todas las semanas. Como pelícanos con gorra o palmeras pelirrojas».

El primero de los tres libros se lo da a una de las venezolanas, no a la del pelo escaso pero bien puesto del primer día, sino a una que parece más simpática. Le explica algo, pero desde aquí no la oigo bien.

La profesora entrega el segundo libro a un tío colombiano al que no vi el otro día y que es clavado a Gabriel García Bernal. Está muy bueno. Se ha alegrado tanto de que le diese el libro que se ha levantado y le ha estrechado la mano. Típico flipado colombiano.

—Miss Rita.

La profesora tendrá unos sesenta años y tiene buena planta, no por haber practicado deporte, que también, sino por naturaleza: de haber sido siempre alta y rellenita, y al mismo tiempo extrañamente fibrada. Tiene la piel de color marrón oscuro y la nariz llena de pequitas que la hacen aún más entrañable. Me mira y siento su calma. La seguridad de estar en el lugar que ha elegido, haciendo exactamente lo que ha nacido para hacer. Enseñar, ser profesora de esta universidad. Estar aquí ahora. Se sube las gafas con el índice en un gesto conocido pero no automático y me sonríe, como si nos conociésemos de antes.

—Sí —contesto.

Alarga el tercer libro ante la atención absoluta del resto de la clase.

—Me llamo Roberta, encantada de conocerte, Rita. —Sonríe a algo o quizá soy yo, que le hago gracia—. El tercer libro es para ti: *The Martian Chronicles*, de Ray C. Bradbury.

¿Para mí? Pero ¿por qué? ¿Qué significa que te dé un libro? Y aún más importante: ¿«Crónicas marcianas» es un libro? ¿No es un programa de Telecinco en el que Boris Izaguirre enseña la minga?

Cojo el libro con las dos manos.

—¿Conoces a Ray Bradbury? —Niego con la cabeza. ¿Se puede saber por qué no digo nada? Ella habla despacio—. Te gustará. Presta atención a cómo combina la poética y la información práctica. Eso ya te llegará, pero debes empezar a acostumbrarte, aprende del ritmo, del chocolate de las palabras. —Pero ¿qué dice esta mujer?—. Debes mejorar la gramática. Tienes base, pero aún es muy mala. Pero para eso estás aquí, para empezar a escribir desde cero. Lo más importante es que con tu texto has demostrado que no tienes miedo. —Se ríe, como si recordase alguna frase—. Me has hecho sentir algo, me has embalsamado con zanahorias, y eso es lo más importante. —Vuelve a coger el libro, busca una página en concreto, sin prisa, y se vuelve para leerla alto y claro. La clase entera la escucha, el sol matinal que entra por la ventana hace danzar motas de polvo en el aire—: «¿A qué olía el tiempo? A la nieve que cae calladamente en una habitación oscura, a una película muda en un cine muy viejo, a cien millones de rostros que descienden como los globos de Nochevieja (…). Eso era el tiempo, su sonido, su olor. Y esta noche casi podía tocarse».

Roberta vuelve a ofrecerme el libro con ambas manos. Y sonríe, llena de alegría.

—Tienes que hacerme sentir eso, Rita.

Y yo siento una extraña calidez porque, por primera vez, una profesora me ha prestado atención.

Después de ir a una última clase de la que calculo que he entendido una victoriosa tercera parte, salgo con el libro de Roberta bajo el brazo y una sonrisa de cría que en algún momento me ha hecho fruncir el labio superior. ¿De qué va *Crónicas marcianas*?

Tek Soo se acerca e invierte seiscientas calorías de transpiración en informarme de que tengo que pasar a buscar la redacción por el despacho de Roberta. Resulta que tengo un personal assistant coreano.

—¡Hola, Roberta!

—¡Ah! Ruira, ¡pasa, pasa! Adelante. —Roberta busca mis páginas entre una montaña de carpetas.

—Gracias.

—Ruira… Ruira Re…

—Rita Racons. —Con acento de Alp.

Como era de esperar, su despacho es un rincón de película: libros por todas partes, tomos antiguos de piel desgastada, montañas de papeles encima de la mesa. La claridad perfila las reliquias de la última estantería y veo una gramola, un molinillo de café y los culos de dos aztecas que hacen de bombos. Pero sobre todo hay fotos. Decenas, quizá un centenar de fotografías de Roberta por todo el mundo.

—¡Rueiquens! ¡Rira Rueiquens! —Milwaukee—. Aquí la tenemos...

En resumen, es una imagen bucólica, como sus blancos rizos rebotando, a contraluz, sobre la piel oscura.

Los papeles están llenos de anotaciones. Ningún profesor que he tenido en la vida, en el colegio, en el instituto ni en la universidad me había dicho nada parecido. Ninguno de mis profesores había prestado tanta atención a un trabajo mío.

—¿Qué tal estás? —pregunta, alegre.

—Bien, contenta, gracias por... por el libro.

—Como ya te he dicho, Ruira, he visto algo entre las líneas de este texto que me ha embalsamado con zanahorias. Tu voz tiene persianas, por eso te he dado el libro, pero también te digo que el esfuerzo será vital, que con textos así no ganarás el concurso.

—¿Concurso? ¿Qué concurso?

—¿Cómo que qué concurso? —Roberta se ajusta las gafas—. ¡El texto que la revista *The Georgian* selecciona cada año para publicar en el ejemplar de final de curso! Pero ¡si acabo de explicarlo en clase! —La polinización de las botifarras.

—Ah, sí, sí, el concurso... *The Georgi...* —Roberta ha dicho «ganar». Mi inglés es peor que el de una morsa, pero «ganar».

—Para ganarlo, tienes que escribir un texto que te salga de las entrañas. Que inspire, que sea memorable.

—De acuerdo.

—¿Ahora qué haces?

—¿Ahora? Voy a recoger a los niños que cuido.

—¡Ah, fantástico! ¡Fantástico! —Se incorpora—. Pues fíjate bien, presta mucha atención. Ensaya en las escenas cotidianas y escribe algo bueno. Lo que estás viviendo ahora, hoy, no se repetirá. Aprovéchalo. Aprovecha la realidad de estos niños, inspírate en ellos. Quiero saberlo todo. Quiero sentirlo todo.

Hoy hemos preparado pa amb tomàquet para merendar. Y antes de añadirle aceite de oliva del bueno, les he dado a probar el aceite solo para que apreciasen el gusto frutal. Pero primero lo hemos olido. Contenía manzana y un poco de plátano. Y después juraría que no me engañaban cuando me han dicho que habían notado el dulzor. En cualquier caso, ninguno ha dicho «puaj», así que la tarde ha empezado bien. Los platos tienen pocas migas y se reparten por la larga mesa del porche de casa.

—Cuando el ácido glutámico se ioniza, darling, es glutamato. —Aksel corrige a su hermana.

—Pero no estaba poniendo el ejemplo mientras estaba ionizado, darling. —Eva saca punta al lápiz.

Una brisa suave peina las lavandas. No hay nadie en la cul-de-sac, aparte de nosotros cuatro, nuestros deberes y las ardillas.

—¿Alguien quiere otra rebanada de pan? Así, con aceite del bueno… —pregunto, sin respuesta.

—No, gracias. ¿Qué es «glutamato»? —Dios bendiga a Bini Bookland.

—El ácido glutámico —Aksel habla al aire— existe en tres formas ópticamente isométricas y se encuentra como L-dextrorrotatoria, que…

—Aksel —le interrumpe Eva—, creo que no es necesario que especifiques la hidrólisis del gluten y todo eso. El glutamato, Bini, es uno de los veinte aminoácidos que forman parte de las proteínas.

—OK —contesta Bini.

—¡¿Cómo que «OK»?! —grito, pasmada en la butaca de la punta de la mesa, mientras me zampo otra rebanada de pa amb tomàquet.

Los tres niños me miran de golpe.

—¿Ves? —se indigna Aksel—. ¿Cómo quieres hablar del ácido glutámico y no mencionar la hidrólisis del gluten?

Roberta no sabe lo que me ha pedido. Abro el ordenador y empiezo a escribir.

Y que te quiero, niña

—¿Yayaaa? —Oigo un «vooooooy» que resuena por todos los rincones de la casa—. ¡Veeenga, ven, que Rita ya está aquí! —Albert vuelve a mirar a la cámara—. Papá y mamá vendrán cuando puedan, que se está alargando el servicio. La yaya viene ahora, que está acabando de arreglarse…

—¿De arreglarse?

El taconeo retumba entre las paredes del pasillo. Desde aquí percibo el olor a Nivea y a laca. La yaya llega al despacho y Albert le cede la silla con una reverencia exagerada.

—Cucha, oye, será idiota er tío. Sajerao.

Lleva el vestido de tornasolados de la fiesta mayor, los pendientes buenos y —adivino— la manicura impecable. Ha ido a la peluquería a teñirse y hacerse la permanente, y lleva el bolsito de pedrería de las comuniones.

—Por el amor de Dios, yaya, pero ¡qué espectáculo! ¡Estás guapísima!

Le da un poco de vergüenza y se hace la ofendida durante medio segundo.

—¿No tienes amigos por ahí, Rita? Que los quiero conocer; hoy preséntame a quien quieras, que vengo prepará. ¡Va! Pon música, ¡er Perale o er Manolo Escobá! No, no, ¡mejor ponme a la Pantoja!

Albert sale un momento a ayudar en la cocina y ella se sienta con la espalda recta, como si estuviese a punto de declarar sobre un caso que sabe que ganará.

—Pues la verdad es que estoy sola en casa, yaya. Estoy esperando a que los niños acaben los deberes.

Se relaja un poco y deja el bolso encima de la mesa.

—¿Qué comes, niña? Te veo contenta. —Durante una nanomilésima de segundo, aparto la mirada del ordenador y mi labio superior sufre un leve espasmo de sonrisa al recordar la noche con Rachel, pero es fugaz, absolutamente imperceptible para el ojo humano—. ¡Uy! A ti te ha pasao argo. —¡Imposible, es imposible!—. Argo bueno, argo que te irá bien.

—Yaya, pero ¿qué dices? Si no he hecho nada, ¡estoy quieta! ¡Por el amor de Dios, que tienes seis dioptrías en cada ojo!

—La dioptría… —Se ríe con aire de superioridad y se lleva la mano al sostén—. Rita, por favor… Bueno, cuando quieras ya me lo contarás. —Y se saca un espejito para limpiarse el pintalabios rosa que se le había quedado en los dientes—. ¿Y ese libro?

—Me lo ha dado la profesora de la universidad. Yaya, solo nos lo ha dado a mí y a dos compañeros más de clase.

Cierra el espejito de golpe, sorprendida.

—¡Andá, mirá! Eso es bueno, ¿no?

—Sí, sí… Supongo.

—Bueno, si te lo ha dao a ti será por argo… Ya sabía yo… —Detiene la frase para recostarse en la silla y pegar un grito con una e sostenida de «¿quéééééé?» tan bestia que hace vibrar la conexión—. Tu padre, niña, que ya le he dicho que no tenemos er pa de fecha y sigue buscándolo.

—Ay…, qué envidia, yaya, lo que daría yo por un trozo de pa de fetge. ¿Ya me habéis mandado los embutidos?

—Que sí, Rita, ¡qué pesá eres con los embutíos! Ya te dijo tu madre el otro día que te los había enviao. Bueno, cuenta, cuenta, ¿y los niños qué?

—Ay… se pasan todo el día leyendo y hablando de ciencia y filosofía e historia. Son muy pesados. Hoy hablaban del ácido glutámi…. Da igual. El otro día pregunté a sus padres si podía llevarlos al cine y me dijeron que mejor fuéramos al museo. Hemos visto tres veces la exposición de los fósiles y los velocirráp… los dinosaurios de los cojones. Son un poco aburridos, y además les da asco el fuet.

—Solo un poco aburríos, dice…

—Pero el otro día me los llevé a jugar al parque y me lo pasé bien.

—Tiempo ar tiempo… Cuando te conozcan de verdad ya no se van a desenganchá de ti. Y tú, ¿no lees?

—Pues sí leo, yaya. Me he leído como quince libros desde que estoy aquí.

—¿Quince libros? ¡Mirá! —Oigo un ruido procedente de la cocina—. Tu hermano se está riendo, dice que eso no se lo cree nadie, que es imposible.

—Es idiota.

—¡Calla ya! —le grita, y se ríe—. Dice que se está secando las lágrimas de la risa.

—Ya ves tú, ni que hubiera diseccionado un protón.

—¿Un qué?

—Nada. —¿He dicho «un protón»? ¿En quién me he convertido?

—Bueno, y esa profesora tuya, ¿qué? ¿Qué? ¿Qué?

—Me cae bien. Me ha dado este libro porque dice que tengo que empezar a escribir de cero.

—Pos ya tienes trabajo. ¿Y qué? ¿Alguna pista de algún trabajo que te guste? ¿Vas a ser peluquera o astronauta? Yo te veo en Júpitor.

—No, yaya, aún no. A lo mejor no lo descubro, yaya. A lo mejor estoy hecha para vivir así, sin más, sin vocación.

—Yo creo que no. —Vuelve a buscar algo dentro del sujetador.

—¡Yaya! ¿Puedes parar con el sostén?

—Ay, niña... —Se ríe, siempre le hace gracia que hablemos de su sujetador—. Tú ríete, pero no hay sitio más seguro en la Tierra que er sostén de una mujer. Mira si es seguro que mis pechos nunca han visto er sol. —Se saca un pañuelo, se enjuga los ojos y continúa—: Aquí te echamos mucho en farta, niña. Tus padres están que se arrastran por los suelos...

—¡Hala! ¡Ja, ja, ja! Pero qué exagerada eres...

—Bueno, el otro día vi que tu padre abría la puerta de tu habitación y estuvo mirando dentro un buen rato. Es que los años pasan mu rápido, mírame a mí, que ya tengo o-chen-ta-y-cua-tro años, pero este, contigo tan lejos, va a pasá mu lento.

—Ay, yaya, que me vas a hacer llorar...

—¡Anda, calla! Tú mantente cerca de esos niños cuando cojan los libros, que eso siempre es bueno. —La conexión es cada vez más mala, intento decirle que se corta, pero ella continúa hablando—. ¡Que ya sabes que santa Rita es la patrona de los imposibles! Después añades los garbanzos con espinacas y le echas un chorrico de aceite der bueno... —Y sigue, y sigue, y la escucho como si estuviese sentada en la cocina de casa—. Estoy segura de que la Trini se ha echao novio, yo no sé cómo la gente no se da cuenta, si no puede estar más claro... Y al final le dice er gato a la gata: ¡es que en este piso no vive nadieee! Porque lo habían capao, ¡habían capao ar gato! ¡Ja, ja, ja! Y hazle caso a esa profesora, niña, que está claro que te conviene... Y haz lo que quieras, peluquera o astronauta, pero ¡que te haga feliz! ¡Y que te quiero, te quiero mucho, niña!

La conexión se corta. Vuelvo a llamar, pero no hay manera.

Aksel se rasca los pellejos en carne viva de una costra que le ocupa medio codo mientras estudia un DIN-A3 que sujeta entre las piernas, abiertas en triángulo. Ahora dice que quiere construir un ordenador desde cero. Lo que haría cualquier niño de diez años un martes por la tarde, vamos.

El otro día me enteré de que la familia materna de Hanne es de Noruega; de ahí lo de escribir Aksel con ca y ese, y no con equis, y de ahí la inmunidad insólita que tienen estos niños contra el mal físico que aniquila el estereotipo clásico del empollón finolis y esmirriado. Les he visto pegarse cabezazos contra barras de mármol y hostias con esquinas de mesitas que harían desmayarse a cualquier leñador vasco, pero que a ellos solo les han desviado la parábola del trayecto entre el punto A y el B.

Aksel nunca vacila en los momentos cruciales, ya sea para pensar en una respuesta o para darla de forma inmediata. Y siempre acierta. Es agotador. Cuando tiene un libro entre las manos, desconecta de la realidad y se convierte durante horas en una cara difuminada bajo una marea de rizos rubios ceniza. Hay que reconocer que lleva la prepubertad con una decencia estética más que admirable. El vello del bigote, el enemigo más feroz de cualquier preadolescente —en serio, sé de qué hablo—, es de un rubio brillante muy sutil que en lugar de sombrearle la cara le da un toque de luz que le remarca el azul cielo de los ojos. Nunca sabrá la suerte que tiene, el cabrón. Incluso ahora, a las puertas de la etapa en la que lo más importante será la ropa que lleve, la exigencia de la moda sigue resbalándole de mala manera, fiel a la filosofía familiar. Lleva camisetas de propaganda de los Boy Scouts o del último campamento de matemáticas; son viejas y poco originales —o no las entiendo—, justo al otro lado de la escala de los adjetivos de su mente, tan rara y privilegiada.

Él no lo sabe, pero será irresistible. Tiene madera de líder y es buen orador, pero si no domina el tema —lo que no ocurre casi nunca—, se siente perdido, en evidencia, y se enfada. Y hace lo que sea para que no vuelva a pasarle.

Pese a que siempre se esfuerza por demostrar lo contrario, Aksel es el más tierno de los tres. No lo digo porque haya leído los versos románticos que oculta entre los ejemplares de la revista *Nature* escondidos en el falso suelo del armario, ni porque lo haya visto abrazarse a sus padres emitiendo ruiditos de bebé... Lo digo por su mirada. La dulzura que refleja es muy evidente.

Ya hace rato que disimula fingiendo que resuelve cálculos complicados. Quiere decirme algo y no sabe cómo hacerlo.

—Aksel, ¿qué haces?

—Nada... —Cierra los ojos sin levantar la cabeza, le da mucha vergüenza.

—¿Sabes? Me han puesto en el nivel dos en comunicación oral. ¡En el nivel dos, y hay cinco! —Me río.

El impacto es más fuerte de lo que esperaba. Lo arranco en seco de su sufrimiento.

—¿Cómo? Pero, Hairy, ¡si es imposible!

—De imposible, nada, chaval. —Me señalo la cara con una sonrisa—. Tienes la prueba aquí mismo.

—Yo que tú no se lo contaba a mis padres, o... o... —Se ríe, se anima—. Sí, sí, venga, cuéntaselo. —Vuelve a mirar a un punto fijo, reír le ha relajado. Por fin dispara—: Hairy...

—¿Sí? —Aún no me puedo creer que responda al mote de «Peluda».

—Necesito que me ayudes... —Traga saliva, está sudando—. Que me ayudes...

—Sí, Aksel, dime.

—Que me ayudes a ensayar un rap para la fiesta de clausura de final de curso. —Me quedo quieta, que no se acabe nunca este momento—. Mis padres nunca me dejarían hacerlo, por supuesto.

—Pero ¿por qué?

—Hazme caso, he estudiado las posibilidades.

—De acuerdo...

—Y en el colegio tampoco, claro... He estado pensado mucho en ello y quiero hacerlo de todas formas, *necesito* hacerlo… La fiesta de clausura de final de curso será la única oportunidad que tendré para demostrar a todo el mundo que el rap es un arte digno, que los versos y la ciencia son compatibles, y que juntos son imbatibles. Pero necesito que me ayudes… —Finalmente, levanta la cabeza y me mira—: Necesito que me ayudes a encontrar el flow.

Almas salvajes… y la nueva vida de Samantha

Pensaba que cuando llegase el momento de jugar con John tan de cerca me distraería, pero al parecer mi competitividad patológica es lo bastante marcada para llegar a olvidarme de admirar sus cuádriceps cuando echa a correr, e incluso del maravilloso hecho de que sea tan competitivo como yo. ¿O quizá la noche con Rachel aún me anestesie la libido? No, no… el instinto de mirarle las piernas a John es real. Parece que sigo en la barrera de la bisexualidad con una calma admirable.

Hemos perdido, pero ha sido un buen primer partido. Además he podido comprobar que su olor a sudado está lejos de los terribles aromas a cebolla o ingle húmeda; al contrario, cada vez que nos cruzábamos o nos dábamos la mano para celebrar un punto, me llegaba una ráfaga breve y fina de Men Extreme de Tom Ford mezclada con Gatorade.

He jugado bien. A la mitad del partido han aparecido Hanne y Fulbright para animarme. Americanos. Obviamente, también venían a ver a John, pero en cuanto han llegado he metido el mejor punto del partido. La ovación de la media docena de integrantes del público ha sido tan espectacular, tan americana, que por extensión domiciliaria también les han aplaudido a ellos. La mirada complacida de los Bookland, so-

bre todo ante el aplauso de John, ha sido evidente. Los Bookland ya no tenían a Miss Universo como au-pair, pero resulta que a la cabra pirenaica se le dan bien los deportes. Y eso
mola. Para un americano estándar, cualquier aptitud extraordinaria de un ser humano no solo es admirable, también imprescindible.

Durante el partido se ha hecho de noche y no me he dado
cuenta. Los focos azulados iluminan los troncos finos y altos
que bordean las vallas de las pistas; el silencio es tan nítido que
alcanzamos a oír las uñitas de dos ardillas que rascan la corte-
za del árbol al trepar tronco arriba.

John se sienta a mi lado y chocamos la mano en el aire
mientras escucha los mensajes que le han dejado en el contestador automático durante la última hora. ¿Quizá es el presidente de Coca-Cola, que le pasa las ventas del día? «Cien mil
millones de latas. Gracias». ¿Quizá es George Bush? ¡O el
nuevo candidato demócrata! ¿Cómo se llamaba... Mojama?
¡Que sea Mojama! Parece que tiene varios mensajes.

Doy un trago de agua fresquísima y alabo mentalmente a
Bini por haberme convencido de que me llevara una de las
cantimploras con medio depósito de agua congelado del congelador. «Es que nunca bebo agua cuando hago deporte, Bini,
no lo hacía ni cuando entrenaba esquí por la mañana y jugaba
dos partidos de baloncesto por la tarde, porque me entra fla-
to», «Hairy, por favor», ha insistido, cerrando los ojos.

Observo como los contrincantes disfrutan de una maravillosa calma y serotonina tras dos horas de deporte; «Lo has
hecho muy bien, Rita», dice Prrr; querría comentarle algunas
jugadas y ese dejo brutal que me ha endiñado justo antes de
caer al suelo, y ese revés, y le diría que mejore el servicio, pero
sonrío con frustración contenida y se lo agradezco. Tengo que
repasar el vocabulario tenístico. Beben de sus cantimploras
—también medio congeladas— y dejan que el agua les tiña la
camiseta de color piel.

John da por concluida la audiencia de mensajes cerrando la tapa del teléfono con un golpe seco. Se despide de todos —juraría que acaba de invitarlos a su casa—, y antes de subirse al coche me mira y me dice:

—Sígueme.

No había ni acabado la frase cuando yo ya estaba arrancando el motor. Ahora soy yo la que escucha los mensajes del teléfono. Tengo quince. Six dice que anoche —o cuando sea que fuese «anoche»— iba tan caliente que acabó follando en casa de un tío —dice que a veces se folla a tíos, que «es lo más fácil del mundo»— y que cuando se ha levantado por la mañana en su casa se lo ha encontrado desnudo, en el salón, rezando con los brazos abiertos delante de un altar gigante lleno de flores y velas. Y solo eran las nueve de la mañana. Además, dice que pensaba que era afroamericano y al final ha resultado ser blanco. Y que estaba el doble de gordo de lo que le parecía recordar. O quizá acabó follándose a un tío que no era. Y que mañana tomaremos el brunch en el Murphy's. Y que no olvide que el fin de semana que viene nos vamos a Las Vegas, que soy capaz. Y que me dé de alta en el puñetero Facebook, porque así podremos chatear gratis y subir fotos. Pero ¿y quién verá esas fotos? No lo entiendo.

Cierro el móvil al séptimo mensaje —justo cuando Six me estaba explicando las innumerables ventajas de mezclar el MDMA con Jäger— y pongo el nuevo CD de Radiohead. *In Rainbows*. Es increíble, lo compré antes de ayer en una plataforma que se llama Netflix y esta mañana ya tenía el CD en el buzón en un sobrecito de papel rojo. Estados Unidos es una maravilla. Claro que aquí nunca podré encontrar un casete con la cara de Manolo Escobar en cualquier gasolinera.

Salimos del club social en una procesión de todoterrenos de lujo —parece que los regalen—, pero no tarda en dispersarse y no quedan más que el descapotable *vintage* de John y mi coche de pija. ¿Me he perdido algo? Enfilamos una carretera por la que diría que no he conducido nunca (seguramente he pasado treinta veces), y mientras suena «Nude», nos paramos en un semáforo, delante de la Casa Blanca de Atlanta, una réplica de la Casa Blanca original un poco más pequeña y con los arbustos de bienvenida del jardín podados con la frase GOD LOVES YOU. Llamo a Fulbright para decirle que voy a cenar fuera y que no sé cuándo llegaré. No le cuento que vamos a casa de John porque, considerando la felicidad con la que llegaron de la última fiesta, son capaces de hacerme volver a casa para ir en mi lugar.

Decatur a las ocho de la tarde es como una madrugada de agosto en el upper Diagonal de Barcelona. No hay ni un jabalí.

Avanzamos por Clairmont Road, pasamos por un par de centros comerciales idénticos y nos detenemos en un semáforo en rojo. A la izquierda aparece un enorme edificio industrial con unas letras gigantes. Es imposible: YMCA.

—¿Qué? —grito—. ¿Quééé? —grito.

¡YMCA es real!

Coño, ¡YMCA es un gimnasio!

El semáforo se pone en verde y John tuerce a la derecha para desaparecer en una salida casi imposible de ver. Canto «YMCA» con las ventanas bajadas y avanzo por un camino estrecho en el que apenas caben dos coches. Solo veo árboles multicolores: amarillos, naranjas y marrones.

Finalmente, el BMW verde botella —vintage, cristal, candemor— de John reduce la marcha y se detiene ante unas puertas de hierro forjado que se abren con lentitud cinematográfica.

Dejo de cantar. La entrada da la bienvenida a un caminito beis que serpentea amplio y redondo montaña arriba, y que desaparece tras el perfil de una colina. John se detiene en lo alto, como si saboreara el preludio, como si dejase claro que, una vez se cruza la línea, todo cambia. En el punto exacto para dibujar el contorno negro del coche contra la tenue luz del anochecer.

La casa aparece justo debajo, no a gran profundidad, sino al principio de una extensión enorme. Delante hay un estanque gigantesco, tan grande que... que, bueno, que es un lago.

Colina abajo, del lado del anochecer, conduzco despacio, absorbiendo lo que veo, el momento, la casa y todo este halo de misterio que rodea a John. El reflejo de mi coche borroso en el agua, en este agujero en medio de la nada, se me aparece como una especie de delirio.

Aparco. Antes de salir del coche, me huelo. Todo bien. Tengo un ADN privilegiado. Camino hacia él mientras nos llega una brisa húmeda desde el bosque que bordea el jardín.

El punto de intriga me recuerda a las antiguas villas del barrio del Golf de la Cerdaña, las que construyeron las primeras familias burguesas a finales del siglo XIX. Cuando paso por allí me levanto todo lo que puedo sobre la bici, en verano, y las observo. Me gusta cómo la oscuridad de la noche, muy despacio, convierte las fachadas cubiertas de hiedras en paredes llenas de historias y rincones prohibidos. Esta casa, a diferencia de las del barrio, es de piedra de verdad.

John abre el maletero y coge las raquetas. El sonido atenuado de sus zapatillas sobre la tierra se convierte en un paso de plástico metálico cuando llegamos al porche.

—¿Y los demás? —pregunto.

—¿Quiénes?

—Los del tenis. ¿No venían?

—¡Ja! Con un par de noches al año ya les hago bota de bacalao.

—Ya... —Sonríe, pensará que estoy nerviosa, pero solo lo estoy un poco, lo justo y normal; además, no parece que le interese—. Una pregunta... —Pese a los escasos nervios, si no dice algo pronto, pronostico que empezaré a sacar temas de manera compulsiva—. Los YMCA... ¿sabes? —Hago los movimientos con los brazos—. Los YMCA, ¿fue antes el gimnasio o la canción?

—¿Cómo?

—Da igual.

Entramos. Tras un pequeño rellano, un grueso arco de piedra desnuda enmarca el hall. Al otro lado veo dos chésteres largos, uno frente al otro, forrados con una piel marrón desgastada que cambia de color.

Mientras delibero sobre si procede o no que me quite las zapatillas, aparece un hombre en escena. Camina estirado, tendrá unos cincuenta años y viste de forma impecable. Le brilla la piel hasta las entradas del pelo y es de esos que siempre parecen recién salidos de la ducha. No sé si es británico o gay. Lleva una bandeja con una jarra de agua, hielo y limón que ha cubierto con cuidado y simetría con un trapito de hilo blanco; al lado hay dos vasos de cristal tallado como los de mi bisabuela, con plumas finas. También llevan agua y hielo y un limón encajado en el borde del vaso.

—Philipp —tenía que llamarse Philipp—, te presento a Rita.

—Oh —me sale un «oh» británico, es el entorno—, encantada de conocerte, Philipp. —¿Es un mayordomo? ¿Los mayordomos pueden ir en vaqueros? ¿John es gay? ¡No, por favor! ¿Quizá por eso estaba Fulbright tan contento de ir a su fiesta el otro día? ¿Quién tiene un mayordomo en pleno 2007?

—Venga, ven, vamos a la terraza. —John coge un vaso y me ofrece el otro.

Doy un trago largo. No es agua. Es un gin-tonic. Me acabo de enamorar.

Cruzamos el vestíbulo y el comedor, o quizá solo sea el vestíbulo, joder, es todo muy confuso. Sigo a Philipp con la mirada y veo que deshace el mismo recorrido que ha hecho al llegar, los mismos pasos, el mismo ángulo de entrada en la puerta.

—Philipp es un amigo de la familia. De toda la vida. Es como si... como si yo fuese Batman y él fuese Alfred. Sabes quiénes son, ¿no?

—Claro, ¿me tomas por —un orangután, un ornitorrinco, un jabalí— tonta o qué? —Se ríe—. ¿Y... y tienes un Robin?

Se ríe aún más, como si no esperase una respuesta.

Nos plantamos delante de unos ventanales enormes que dan al jardín. Pero antes de salir me llama la atención una foto. No puede ser. Sí, sí, son ellos. ¿O quizá sea Eurodisney?

—Eso es Eurodisney, ¿no? —Me asusta la respuesta.

—No... es aquí —señala la zona de los chésteres—, vinieron a casa el verano pasado.

—¿Me estás diciendo que... —estoy sudando más que durante todo el partido de tenis— me estás diciendo que conoces a Luke y a Leia?

—Sí. —Da un trago largo.

—Leia y Luke han estado aquí. Aquí. En este salón. Allí. Aquí. Y ahora me dirás que también son amigos de la familia...

—Más o menos.

—Y...

Un murmullo de gente joven y con aire festivo empieza a ocupar los tres metros de altura del vestíbulo salón. No veo a nadie del equipo de tenis. Soy la única que va descalza. John no se inmuta con la llegada de los invitados. Mira por la ventana, sonríe al ver una hilera de coches y dice:

—Hoy parece que las pinzas de tender la ropa comerán gazpacho.

—De acuerdo —digo.

—¿De acuerdo? —pregunta él.

—¿No?

—¡Hoy habrá fiesta! Pinzas de tender.

Philipp aparece detrás de nosotros con otros dos gin-tonics. Ha calculado la velocidad a la que John se los toma, en especial si una tía mediterránea con los brazos peludos le incomoda con preguntas de filtro demasiado dilatado para el sur del país. Esta vez Philipp ha cambiado la ginebra; por la dulzura y la fresa diría que es Citadelle. Quiero un Philipp en mi vida.

—¿Citadelle?

Philipp estira el cuello en señal de sorpresa, precediendo una pequeña reverencia hacia mi persona que vendría a sustituir un sencillo y mundano «sí». De la reverencia emana la brisa sumamente ligera y elegante de un perfume de madera, pino y naranja.

—Ven. —Suena jazz. John me coge de la mano y tira de mí.

Continuamos por el pasillo en el que cuelgan Luke y Leia. Flipo con los protagonistas de las fotos. Tiene pinta de que todos son ricos y trascendentes, pero a la mayoría no los conozco. Veo a Bill Clinton (parece que tener una foto con Clinton es un requisito para entrar a formar parte del barrio). Veo a Bruce Willis y me atraganto. Hasta que veo una foto de Michael Jordan haciendo un tapón a un John adolescente. Michael Jordan. ¡Michael Jordan! ¡El único póster que he colgado en mi habitación en la vida es el de Michael Jordan!

—Venga, Rita, no exageres —dice él, que los tiene enmarcados—. ¡Ven! —Su voz se pierde escaleras abajo.

—Pero… pero… es que es Michael Jor…

John me espera con una sonrisa que hace que me flaqueen las rodillas. Bajo el último escalón, cojo con los dedos la fresa del vaso y me la como a mordisquitos; pienso que esta escena pseudosexual quizá compense el hecho de que llevo una camiseta de la iglesia y de que el tupé engominado hacia atrás en realidad se aguanta con sudor.

—¿Conoces a este hombre? —John no ha visto ni el tupé ni los mordisquitos pseudosexuales. Coge con cuidado la fotografía que descansa en el escritorio y me la tiende con las dos manos y la mirada llena de esperanza—. ¿Dime, Rita, lo conoces?

En la foto, un John muy joven, con la camisa abierta y una sonrisa cansada y llena de lágrimas, abraza a Juanito el de la Boqueria. Podríamos decir que, después de Asunción, es la última persona del mundo a la que esperaba ver.

—Es Juanito, del Pinotxo de la Boqueria…

John da un paso adelante. Me coge por los brazos.

—¿Está vivo? —Tiene los ojos llorosos, se le rompe la voz.

—¡Sí, claro que está vivo! ¡Juanito es inmortal!

Cierra los ojos y vuelve a abrirlos para absorber cada milímetro de mi respuesta.

—¿Lo conoces bien?

A Juanito lo conocí volviendo de fiesta. Cuando salíamos del Apolo o de La Paloma y teníamos hambre de verdad, nos acercábamos a la Boqueria. Barcelona aún no se había despertado. A esas horas el mercado aún era un fantasma azul marino, y el único atisbo de vida eran la luz naranja del bar Pinotxo y la fuga de vapor de la cafetera. Juanito es el encargado de servir el desayuno a los primeros trabajadores del día: a los carniceros que transportan esqueletos de músculos, a los pescaderos que llegan con cajas de hielo a rebosar, a todo el mundo; pero también a los que se van a dormir: la gente de la radio, los basureros y las bailarinas de El Molino. Esa línea tan fina entre la noche y el día me volvía loca: el principio y el fin, el sueño y la vigilia. Era pura magia, y él era el guardián, el soldado oficial de aquella frontera tan efímera.

Y llegamos a ser amigos. Durante un mes hice unas rutas gastronómicas para unos argentinos que venían a Barcelona para asistir a un congreso de no sé qué. Así que por las mañanas hacía tours y por las tardes iba a la universidad. Y la ruta empezaba en la Boqueria con la historia de Juanito. Me sabía toda su vida. Lo había leído y preguntado todo sobre él. Era mi relato preferido.

Les contaba que él recibió la antorcha olímpica de 1992 en la playa de la Barceloneta y la llevó, Rambla arriba, mientras trazaba lo que según él sería el día más feliz de su vida. Muchas veces, cuando acababa el tour, volvía a la Boqueria y me sentaba en la barra del Pinotxo para ver como Juanito sonreía a los clientes y a cualquier fan, aunque solo se acercase para saludarlo y hacerse fotos.

Aquel bar, aquella clientela, aquella esquina con el hilo de vapor y las finas servilletas de papel colgando del techo es su vida. Pero también la vida de muchos otros. Aquel octubre también fue la mía.

—Rita, por el amor de Dios, ¿¿¿de qué lo conoces???

—De unos tours. Lo conozco de unos tours.

—Oh my God! —Se le ve afectado—. Esto es increíble… —Se enciende un cigarrillo y coge una botella de Macallan.

Habla con euforia y abre una nevera que no parece una nevera, de donde saca un cubo de hielo de palmo por palmo. Lo pica con un punzón para servir trocitos afilados dentro de cada vaso.

—¿Tienes agua, por favor?

—Este hombre me cambió la vida… Una mosca en libertad, las botellas, palomas en una olla, ¡las botellas de mierda! —Me da el vaso con el whisky y los icebergs alargados.

—¿Cuándo te vas?

—¿Yo? Mañana me voy a Las Vegas, pero por la tarde…

—¡No, perdona, que cuándo vuelves a Barcelona! —Joder. Volver. Barcelona.

—Pues… pues en primavera…

—¡Ah! ¡Aún falta! Cuando te vayas, te daré algo para Juanito.

—Pero ¿qué? ¿Qué pasó? ¡Estás pálido y tienes la piel de gallina!

—Rita —me agarra por los brazos—, qué bien que estés aquí.

Vuelve a cogerme la mano, parece que saber que Juanito está vivo le ha producido una paz extraña. Cuando cerramos la puerta detrás de nosotros, John me da un beso en los labios. Corto, europeo. Y dice:

—Y ahora, Rita, vamos arriba, que las pinzas de tender la ropa seguro que están follando.

Dos hombres jóvenes vestidos con camiseta imperio encajan las piernas en uno de los chésteres y se disputan una pastilla con la punta de la lengua. Guau. Llevan el pelo engominado hacia atrás y son morenos. Más o menos como yo. Las dos cosas. Por la comodidad con la que se mueven y se miran todos, no dan la impresión de estar en casa de otro. ¿Quizá viven todos aquí?

El jazz va *in crescendo* en ritmo y volumen. Hay gente por todo el vestíbulo, el salón y las escaleras. Algunos arquean la espalda y aguantan la copa o el cigarrillo así, con la mano muerta. Artistas bohemios y políticos fuera de servicio a los que no les importa lo que hagan los demás. Drag-queens con pelucas, plataformas y maquillaje en proporciones épicas. Los invitados saludan a John alzando la copa y le miran con agradecimiento habitual, pero no por ello menos sincero.

Desde el día que llegué a sustituir a Miss Universo, me di cuenta de que supuse una clara decepción para la comunidad masculina del barrio. Sin embargo, cada vez que he entrado en el club social, cada vez que he ido a buscar a un niño a una casa o he pasado por el colegio a recoger a Bini, siempre ha habido alguien que, con disimulo o sin él, me ha pegado un repaso importante. Después de todo, soy joven y europea y, bueno, soy de Barcelona, y por eso les parezco exótica. Pero aquí, pese a que voy descalza y vestida de tenis, llevo unos pantalones cortísimos, las piernas sucias de tierra batida y un tupé de sudor de medio palmo, y que, joder, ¡estoy buena…!, aquí nadie me ha mirado ni un miserable segundo.

En la sala de al lado empieza a sonar una trompeta. Y un clarinete. Y un saxo y una guitarra. Cuatro hombres improvisan sobre una mesa de madera baja con la silueta de Atlanta iluminada a lo lejos. Pero ¿cuánto rato hemos estado abajo? ¿Y qué significa que haya tanta gente? Pero ¿qué día es hoy?

—Es la primera vez que vienes, ¿no? —Una mano transparente y delicada, perfumada con aromas de rosa y algodón, aparece por debajo de una manga de tweed de Chanel y me ofrece un gin-tonic con frambuesas—. Me alegro de verte, Rita.

—¡Samantha! ¡Qué sorpresa! —Le doy dos besos automáticos, incómodos—. ¿Dónde están los demás?

—Oh, Rita... —Se ríe—. Los del tenis solo vienen para las recaudaciones de atún de unicornio... —Brinda al aire y señala a los de la camiseta imperio, que ya no la llevan puesta—. ¡Esto es el puto sur del país! —Ha dicho «puto». Ni rastro de la Samantha cohibida e indefensa del otro día en la puerta de casa. Se acaba el gin-tonic con poca práctica—. Por cierto... quería pedirte disculpas. El otro día... en el jacuzzi...

—¿En el jacuzzi? —pregunto.

—¿En el jacuzzi? ¡No! No... ¿Quién ha dicho «jacuzzi»?

—Perdona, no te he entendido. ¿El otro día dónde?

—En la fiesta en aquel instituto de Little Five Points...

—Ah, sí, sí, claro...

—Es que era la primera noche que salía sola y me topé contigo... No pensaba encontrarme con nadie del barrio... —Hace una pausa larga—. Y la verdad es que no supe reaccionar. Perdona...

—No pasa nada... —No entiendo sus disculpas. Esta gente pide disculpas de manera patológica. «Sorry» antes y después de cada frase.

—Es que... —Apura las últimas gotas del gin-tonic con toda la elegancia posible que permite un gesto vulgar. El hielo contra los dientes de delante. Está tensa, pero acaba de decidir que se dejará llevar—. Acabo... acabo de divorciarme, ¿sabes? Solo hace un mes. La noche del instituto fue la primera como divorciada. —Le tiembla la barbilla, hace una pausa—. Y a veces parece que en lugar de haberme divorciado haya cometido un crimen. Aquí hay mucha gente que aguanta casada por las apariencias o porque hace veinte años que las mujeres no trabajan y no sabrían ni por dónde empezar. Pero he dado el paso, ¿sabes? Me casé a los veinte años. He entregado toda mi juventud a los niños y a la carrera profesional de mi marido. Ex... exmarido. No es tan raro, ¿no? ¿Tanto cuesta entenderlo? ¿Que quiera vivir? ¿Verdad que no, Rita?

—No, no, pues claro que no...

—He sido una madre ejemplar y no me he follado más que a un hombre en toda mi vida. Bueno, ahora ya son dos. Que ya no estamos en los cincuenta, joder. ¡Bombillas! ¡Cactus! ¡Que quiera follar con otro hombre es lo más normal del mundo! ¡La naturaleza! Debería haber nacido en Europa. Mierda. —Rebaña el vaso vacío—. De todas formas, te agradecería que no contases nada... Te debo una... Sorry.

—Tranquila. No me debes nada, faltaría más. ¡Estoy muy de acuerdo con todo lo que dices! ¡Cactus!

—¿Cómo dices? ¡Cactus!

—Que no te preocupes. No voy a contar nada.

Samantha se aleja en dirección a la barra debatiéndose entre la indignación y el desequilibrio, y se sirve otra copa. Observo su aura, cómo desluce a todo el mundo de forma imperativa.

Me palpo el tupé y busco un espejo, pero la imagen de John sentado en un sofá con una camisa blanca de hilo desabrochada me detiene en seco. Empieza a tocar la trompeta.

Una chica que se fuma dos cigarrillos a la vez y lleva un collar de perlas que le cuelga por la espalda desnuda toca el piano. La gente enloquece, los de la camiseta imperio abandonan el chéster para ir a ver a John, los de la espalda arqueada y la mano muerta echan a andar. El resto de los músicos hace un buen rato que tocan y les brilla la cara por el sudor. Los trompetistas se suben al sofá en un momento bonito, y John coge un micrófono.

El movimiento de los hombros, el ángulo del cuello, la flexión de las rodillas, tienen el mismo estilo elegante, rebelde e implacable que cuando juega al tenis, que cuando camina, que cuando existe. En el estribillo de «Tu vuò fa' l'americano», el público baila como si fuese ska y salta, liberado, mientras se frota con caderas al azar. Me dejo llevar por la euforia ambiental. Bailo como si conociese a todo el mundo o como si no conociese a nadie, con las frambuesas saltando del vaso y el gin-tonic resbalándome por las piernas, trazando caminos transparentes entre la tierra batida.

Me miro el cuerpo mientras levanto el vaso en el aire. Pienso que nunca me había movido como ahora mismo. Los brazos, la cabeza así. Me gusta. Soy más fuerte, más sexy. Me dejo llevar por la energía de la sala, por las perlas que rebotan en la espalda desnuda, por la música que hunde los zapatos de los trompetistas en el sofá, Samantha liberada, la silueta de Atlanta brillante sobre un fondo de noche gris. Guiño el ojo a uno, no me ve, me da igual. Vuelvo a guiñárselo, tampoco me ve, me da igual.

Me gusta quien soy ahora, aquí. Mi tupé, que se aguanta por el sudor. Pienso que tengo que aprovechar Atlanta. Bebo. Tengo que aprovechar las noches intelectuales de los Bookland. A Six y a Roberta. Los pendientes patrióticos de Mrs. Gee y los cafés psicodélicos de Andrew. Los trayectos sola en mi BMW de pija y las directas de Conchi. Que haya aterrizado en esta familia no puede haber sido casualidad. Después de todo, el universo y yo siempre nos hemos llevado bien. Esto tiene que ser forzosamente bueno. Ahora que he llegado hasta aquí, tengo que sacar algo de provecho. Bebo. Mastico una frambuesa. Todo lo que siento ahora mismo es nuevo y es fuerte. Este salón, la princesa Leia, un mayordomo llamado Philipp. John. John. Dejo caer la cabeza hacia atrás y observo mis brazos en el aire. ¿Llevo los sobacos depilados? Pues claro que no. Hace dos semanas. Me planteo por qué he cautivado a John, si ha sido que conozca a Juanito el de la Boqueria o quizá mi condición de europea barcelonesa, y eso me ha abierto las puertas de Sodoma y Gomorra. O quizá no se trate de eso. Quizá he sido yo, sin más. Me siento orgullosa. Me siento en posesión de la escena. Pienso que, en realidad, la única persona que me ha traído aquí he sido yo.

John y el resto de los músicos cantan las últimas frases rápidas de la canción. «Tu vuò fa' l'americano, tu vuò faaaaaa…» con las bocas abiertas, los dientes blancos, el pelo del pecho. Con un último grito, John abraza a sus compañeros de sofá, uno lo besa en la boca. El público grita mucho, Atlanta brilla detrás de la ventana. Y yo pienso que esta casa, este momento, tiene que ser el centro del universo.

Gambas de Palamós o una pistola

Una vez salí de fiesta vestida con un mono de esquí. Pero de esquí de competición, de los ajustados. Fue después de una de aquellas cenas antológicas en El Refugi del Niu de l'Àliga, el pico más alto de Masella y La Molina. La noche que entre una cosa y otra acabé en la Trànsit con un mono de esquí con estampado de telarañas de Spyder cantando Raphael. La vida.

Esta noche me he estrenado vestida de tenis. La fiesta ha sido extraordinaria en el sentido más literal de la palabra. Jamás había vivido una como esta. En realidad, no había nada preparado y ha acabado siendo una noche de esas de «voy a tomarme una cerveza» y que acaban en los Sanfermines en chanclas, con el pelo teñido de naranja, corriendo por tu vida cogida de la mano de un iraní. Ha sido la música, la casa, la extraña mezcla, pero sobre todo la gracia de John para congregar a almas perdidas y salvajes, que vengan aquí a ser quienes son y que les dé igual que sea día laborable. Que la vida es una, y pasa de noche.

Son las seis de la mañana y esto aún sigue. La chica de la espalda descubierta ya no lleva el collar de perlas y ahora está sentada en un rincón y versiona «Black to Black», de Amy Winehouse, con una trompeta melancólica. Philipp duerme en uno de los sofás entre dos hombres de torso desnudo. El político se prepara otro cóctel y dos drag-queens juegan al ajedrez con el maquillaje intacto.

John y yo estamos sentados en las dos butacas del final del salón, delante de los ventanales que dan al jardín, y el jardín que da al bosque. He bailado tanto que he sudado toda la ginebra de la noche. Estamos cansados pero despiertos. Sucios y sin miramientos.

—¿Cómo estás? —John mira el jardín, complacido.

—Creo que he pillado el truco. —Me estoy comiendo un plato de espaguetis al pesto rojo que he encontrado en la nevera. Con una Coca-Cola en botella de cristal.

John da un trago de whisky con la misma decencia con la que se bebe la primera copa de la noche.

—Nunca habría dicho que supieses cantar. —Ni que tuvieses tanto pelo en el pecho. Qué maravilla—. Ni que dominases tanto el italiano.

—El italiano es fácil, si sabes español…

—¿Sabes español? ¿Y ahora me lo dices?

—Rita, por favor. Puedo mantener una conversación en esperanto, ¿y te sorprende que sepa español?

—¿Sabes esperanto?

—Sé esperanto, da igual.

Me acabo la Coca-Cola a sorbos cortos. Un sol tenue empieza a teñir de ocre las puntas de los árboles y una bandada de pájaros atraviesa el cielo con decisión, como si llegasen tarde a alguna parte.

—Supongo que no hace falta que te diga todo esto, esta noche, esta gente… no tiene nada que ver con el dinero o con quién es mi familia.

—Supongo que nunca lo sabremos.

—Esperaba que hubieses notado que aquí la gente se siente libre de verdad.

—Es evidente. Pero ¿por qué me lo dices? No hace falta;

si me lo dices, tiene menos gracia. Ahora va a resultar que eres inseguro.

—Para mí es importante que entiendas que no solo soy mi apellido.

Entonces me coge el tenedor y enrosca un buen montón de espaguetis. Dejo que mastique. Dejo que trague. Hace ademán de encenderse un cigarrillo, pero decide no hacerlo. Encaja la espalda en la butaca. Desliza el culo hasta el borde del asiento, como si quisiese esconderse. De repente ya no está tan a gusto y se envuelve con una manta transparente, más triste y más trascendental:

—Rita, la noche que conocí a Juanito, había decidido suicidarme.

De pronto la trompeta es aún más melancólica y estridente. Noto que tengo demasiado pesto en la boca y mucha sed. Ya no veo el jardín ni el bosque. Ahora solo están John y toda mi atención, no por curiosidad, sino porque de repente nos hemos hecho amigos de verdad.

—¿Cómo?

—Estaba de paso en Barcelona, por negocios, con mi familia. Entonces todavía viajaba con ellos. Aquella mañana nos llamaron para decirnos que alguien había enviado unas fotos en las que yo salía… en una situación comprometida… Lo bastante comprometida como para arruinar la imagen de mi familia.

—De acuerdo…

—Fue un amigo. Yo tenía dieciocho años y lo único que quería era descubrir el mundo: en Atlanta, en Nueva York, en la India, donde fuese, pero solo, lejos. Y como no podía, como no podía desvincularme de mi familia e ir adonde quisiese cuando quisiese, el sexo era lo único que me saciaba… que me hacía sentir. Descubrir emociones a través de la carne de mujeres… y de hombres. Atlanta es una ciudad grande, pero no tanto cuando te apellidas Lapton. No sé si puedes llegar a entender qué quiere decir crecer en una familia conservadora del sur de Estados Unidos.

—Pues no.

—Imagino que a ningún padre le gustaría recibir una fotografía de su hijo en medio de una... —se hunde un poco más en la butaca. Han pasado veinte años y el pánico sigue ahí— una orgía... Pero si la foto va acompañada de un soborno millonario y el riesgo de perjudicar la reputación centenaria de la familia... La fama corrió rápido, y las fotos, también.

—Joder, pero si eran los setenta, ¿no?

—¿Setenta? Pero ¡¿cuántos años crees que tengo?! Eran los ochenta, casi los noventa... En plena crisis de... de sida.

—Joder. —Joder.

—Mi familia no podía permitirse aquel escándalo y pagó. Mi familia —se enjuga una lágrima sin esconderse—, mi madre, mi padre, mis hermanos, nunca volvió a ser igual.

Me escuece la garganta.

—¿Y Juanito? ¿Qué tiene que ver con eso?

—Aquella noche en Barcelona la pasé solo, de bar en bar. Bebí mucho, pero tenía la mente lúcida. Y... y llevaba la pistola de mi padre en el bolsillo.

—Oír la palabra «pistola» me estremece—. Esperé toda la noche.

»Quería irme a las rocas, cerca del mar, y disparar cuando saliese el sol. Quería que mis padres me encontrasen muerto al lado de los sintecho, de los yonquis, de los desamparados... que era como me veían a mí. —Hace una pausa muy larga. Le resbala una lágrima—. No sé si lo habría hecho... pero... justo cuando vi la figura de Colón en lo alto de la columna de hierro, cuando el amanecer pintaba el mar de Barcelona de color rosa y ya sentía la muerte en el bolsillo, un olor a gambas me detuvo en seco.

—¿Qué? ¿Has dicho «gambas»?

—Sí, gambas. Lo sé, suena estúpido…

—Es lo más sensato que has dicho en toda la noche.

—Pues seguí el olor de las gambas. Eran las seis y cuarto de la mañana. Lo recuerdo perfectamente porque miré el reloj, levanté la cabeza y vi el arco de hierro forjado que anunciaba MERCAT DE LA BOQUERIA. Y debajo había un hombre bajito y forzudo que tenía toda la energía que me faltaba a mí.

—Juanito.

—Juanito. En la barra del bar Pinotxo había dos mujeres que ya se iban, y cuando llegué me quedé solo con él. Las gambas eran para él, y cuando me vio, como si me hubiese leído el pensamiento, decidió compartirlas conmigo. Resulta que mi mirada de aquella noche Juanito la había visto muchos años antes, cuando un amigo suyo fue a desayunar como cada día, pero una mañana decidió beberse un vaso de cianuro y murió allí mismo, en sus brazos. Juanito me lo explicaba como si no fuese conmigo. Me contó todas las cosas, grandes y pequeñas, que su amigo siempre había amado, y que había decidido perder para siempre. El amor, los amigos, el mar y sus hijos. La belleza sencilla de la vida. Como la belleza de aquel momento. Vi en Juanito la tristeza de un amigo de verdad. Y pensé que quizá yo no tuviera la familia que quería, pero había podido escoger a mis amigos, amigos de verdad. —Una lágrima y una sonrisa—. Barcelona se levantaba en una penumbra húmeda, y Juanito y sus gambas me estaban salvando la vida. No creo que él fuese consciente de lo que acababa de pasar, de que acababa de salvarme. Antes de irme, me dio una servilleta de papel que me hizo firmar con un bolígrafo azul y unas cuantas lágrimas. Escribió una frase en catalán: «Vuelvas cuando vuelvas, te esperaré detrás de esta barra».

—Pues iremos a la Boqueria juntos. —Tengo un nudo insoportable en la garganta.

—Quizá, pero no sé si tengo suficientes fuerzas para ir, aún no. De momento, cuando vuelvas, llévale la servilleta.

Atlanta se levanta a lo lejos, y dos zorros cruzan el jardín con parsimonia. John y yo permanecemos un buen rato en silencio, y le cojo la mano.

—¿Eran rojas? —pregunto por fin.

—¿Rojas? ¿El qué?

—Las gambas, ¿eran muy rojas? Era un momento de una intensidad emocional enorme. Tienes que acordarte de las gambas.

—Pues sí, eran muy rojas.

—Lo sabía. Gambas de Palamós. No las probarás mejores.

—Hostia puta, Rita.

Me despierto en la butaca, pero John ya no está.

—¡Oh! ¡Mi rock star favorita! —Philipp abre cartas en un escritorio del vestíbulo con una frescura imposible. El cutis, el peinado hacia atrás, la camisa impoluta. Alrededor, un pelotón de hombres y mujeres de la limpieza borran los rastros de la epopeya nocturna.

—Buenos días, Philipp…

—Tienes muy mala cara —dice él—, pero cómo bailabas anoche, ¿eh? ¡Me encanta cuando veo a alguien bailar tan desenfrenado!

—¿Qué? No es para tanto…

—Te he preparado el baño. El de la segunda planta.

—Tranquilo… ya me ducharé en casa, que…

—Ni hablar. Ve y te preparo el desayuno. En esta casa somos curadores de resaca profesionales.

Jamás volveré a criticar a los pijos con mayordomo. Es una puta maravilla. Claro que lo que me acaba de decir Philipp es exactamente lo que me dice la yaya cuando vuelvo de fiesta. Se caerían muy bien.

La toalla era muy gruesa, la presión del agua exacta, el champú de magnolia. Frutos rojos. Zumos verdes. Una tortilla de claras de huevo. Tortitas.

—Hoy me voy a Las Vegas —digo—, voy a ver un concierto de Radiohe…

—¿A Las Vegas? Qué poco glamour, darling… Pero, ya que vas, ve a comer a la Osteria del Circo y pregunta por Rocco. Dile que vas de mi parte.

Llaman por teléfono. Ya llevo media tortilla. No puedo evitar observar con cierta culpa a los trabajadores que barren y limpian los ventanales. No estoy acostumbrada a estar en este lado de la barra. De pronto, de detrás de la cortina sale una cabeza erizada con gestos de indignación extrema.

—¡Chancha! —Conchi parece que haya visto a un fantasma—. Pero… pero… pero ¿qué putas haces aquí?

—¡Conchi! ¿Qué haces tú aquí?

—Pues trabajar, ¿no ves? Vengo siempre que puedo. Nadie paga como el señor Lapton. Dios lo bendiga. —Se santigua—. No les digas a los Bookland que me has visto aquí, yo veré. Bueno, a Fulbright se lo puedes decir, él lo sabe todo sobre mí, pero ¡a Hanne, no!

—Pero ¿por qué…?

—Tú callate y no repliques. ¿Te quedaste a dormir aquí? ¿No? —Mira de reojo y comprueba que Philipp sigue al teléfono, y añade, tan cerca que puedo olerle esas hierbas en el aliento—: ¿Te… te acostaste con el señor Lapton? —Vuelve a santiguarse.

—¡Conchi, por favor! —Me río—. Nos liamos todo un grupo hasta tarde, y John… y Philipp, sí, John y Philipp, me ofrecieron quedarme a dormir. Ya avisé a Fulbright… —Doy un trago al líquido verde—. ¿Has visto a John?

—Rita, respeta, que este hombre te está ofreciendo su casa. Señor Lapton. Oye, ¿hoy no tienes que ir a buscar a Bini? ¡Llegas retarde! En serio, no entiendo cómo no te han echado.

Chitawas y un regalo prodigioso
que invoca a Dios

La excusa ha funcionado. Creo. Le he dicho a la maestra, Miss Moore, que me ha parado la policía para hacerme un test de alcoholemia. Pero entonces ella, que en realidad no me había pedido ninguna explicación y se disponía a poner pegatinas verdes en las acuarelas de la clase de los pingüinos, se ha quedado de piedra y me ha preguntado por qué iba a pararme la policía. Le he dicho que no lo sabía, pero que, evidentemente, había dado negativo, 0,0. No se ha reído como siempre lo hace cuando se despide de nosotros.

—Perdona, Bini, ¿te he hecho esperar mucho?

—Un poco... —No está muy contento, mira al horizonte desde la sillita del coche.

—Cuando lleguemos a casa te haré unas tortitas, ¿de acuerdo?

—De acuerdo...

Sorpresa. Mierda, he quemado un cartucho.

—¿Estás bien?

Silencio. Labios de enfadado. Por fin arranca.

—Hoy he visto a un perro exactamente igual que Goldie.

—Goldie es la perra de los Blough; Bini lleva una gorra amarilla que le queda grande y le tapa la mitad del campo de visión—. Era igual que Goldie pero no era Goldie. Pero era igual. Idéntica.

—Ajá... ¿y qué quieres decir?

—Pues que he ido a saludarla.

—¿Y?

—¿Cómo es que nadie me había dicho que hay diez, cincuenta perros iguales? Es muy extraño. ¿Verdad que sería extraño que hubiese mil Evas o mil Aksels? ¿O mil Miss Moore? —Está claro que ha pasado vergüenza cuando ha ido a saludar al perro—. ¿Por qué no sale en las noticias?

De todos modos, le he preparado tortitas. Estaba tan indignado con el tema de Goldie y la clonación masiva de perros que me ha dado pena. Tengo una hora para prepararme la maleta.

Eva está jugando en la habitación de abajo, tiene una playdate con Mary, la hija de Paul, el pastor. En este país los curas tienen hijos y los padres ponen nombre al hecho de que un amigo venga a jugar a tu casa: una playdate.

—Rita, ¿puedes venir un momento? —La cara rojísima de Aksel me espera en su habitación. Quiere hablar de rap.

—Dime.

—Me gustaría que me llevases a estos bares. —Me da una lista con la dirección de cada lugar—. Tengo que ver cómo actúan. —Se rasca los padrastros y adopta un gesto de seriedad que no siente.

—¿Bares? ¡MGQ! Este lo conozco. Pero Aksel todos son bares nocturnos.

—Puedo saltar por la ventana, no sería la primera vez.

—¿¿¿Qué??? —Acaba de ganar cien, mil, un millón de puntos, pero tengo que dramatizar—. ¿Estás loco? Si nos pillan tus padres, me mandan derechita a Barcelona.

—Rita —alza la vista—, tengo que ir. Es imprescindible. Me dijiste que me ayudarías a encontrar el flow, ¿no? Si no veo a los raperos en directo, no podré sentirlo.

—Bueno, déjame pensarlo. Ahora tengo que irme, que mi avión sale pronto. ¿Qué es todo esto?

—Es un ordenador, ¿no lo ves? Acabo de terminarlo, solo me falta ponerle nombre. Me gusta «Chitawas».

—¿CHITAWAS?

—Es un canal de Nicaragua. Lo vi en un libro de toponimia indígena del país. Es una zona remota que…

—Pero ¡¿por qué has escogido ese nombre?!

—El otro día lo vi anotado en el escritorio de papá.

—Un momento.

Voy al escritorio de Ful, miro las notas, pero ya no hay nada escrito. Aksel en la puerta.

—¿Qué haces, Hairy? —Mirada de escrutinio.

Mierda, que pierdo el avión.

Mochila para dos días: concierto y fiesta. ¡Que voy a ver a Radiohead en directooo! ¡Radiohead! ¡En directo! Cuatro bragas, tres vestidos y la libreta de redacciones de Roberta. ¿Condones? Pero ¡si mi ligue es una tía!

Escribo el último «P. D.» en el e-mail y lo mando. Espío a Eva y a Mary por la rendija de la puerta de la sala de juegos. Sentadas, una delante de la otra, etiquetan en español los animalejos que colocan en los diferentes pisos de un árbol gigante dispuesto en el centro de la habitación.

Me faltan el cepillo de dientes y el pasaporte. Abro el cajón de la mesilla para coger el pasaporte y me quedo parada. Voilà: me reencuentro con dos viejos amigos. Su recuerdo es tan fuerte que hace que me siente en el borde de la cama. Aún tengo tiempo.

Recuerdo cada detalle de la cena en la que me los regalaron. Qué gran noche. La cena anual de todas las amigas tenía que celebrarse dos semanas después de que yo me fuera, así que la adelantamos para que pudiese ir.

La primera parte del regalo me la dieron con las pilas puestas, en modo ON, dentro de una bolsa que temblaba. Lo cogí sin saber muy bien qué esperar y, sorpresa, era un vibrador con la cara de un delfín que miraba con sonrisa pícara. Imposible escoger un regalo mejor.

La segunda parte fue un llavero con un cerdito de peluche. No era un llavero cualquiera, ni un cerdo cualquiera. El cerdo, además de una melena rubia muy lograda, tiene un miembro claramente desproporcionado entre las patas (con melena rubia incluida, claro). El Increíble Pene, además de contar con un glande digno de un cohete, tiene una función añadida: el pene se estira y se encoge. Y a la hora de encogerse, tomándose su tiempo entre sacudidas, lo hace al ritmo de «I Want to Break Free», de Queen. (Y pienso en la cara de los padres del ingeniero o la ingeniera de este cerdo después de pagarle la carrera). Es el mejor regalo de la historia.

—¡Ritaaaaaaaaa! —Bini grita fuera de sí, y me arranca del recuerdo fálico. El grito es más histérico de lo normal. Pasa algo. ¡Me he dejado el fuego encendido, me he dejado el fuego encendido! ¡La casa explota!—. ¡¡¡Ritaaaaaa!!!

Subo las escaleras de tres en tres, con el corazón en la boca. Llego a la cocina, pero el fuego está apagado. Aksel sale del estudio de sus padres llorando de la risa. Cabrones, me los cargo.

—¿Qué coño pasa, Bini? ¡Joder, me has asustado!

Hiperventilo. Bini está sentado delante del ordenador de su padre y no le gusta lo que ve en la pantalla. Mierda. Asoma la cabeza por un lado y, en un tono absolutamente tranquilo, dice:

—Les diré a papá y mamá que has dicho «coño» y «joder».

—Mira, Bini, te he dicho mil veces que no me grites así, ¿me oyes? ¿Qué coño pasa?

—Has vuelto a decir «coño».

—¡Bini! Me largo.

—¡No, no, Hairy, por favor, ven! Aksel dice que todas las Goldies son la misma. Que son clones de verdad. Que todas me conocen. Que todos los perros son como esta oveja, ¡mira esta oveja!

Dolly en la pantalla. Oigo a Aksel descojonándose en su habitación.

—Bini, los perros no son clones. —Está a punto de llorar. Barbilla a velocidad supersónica—. Tranquilo, de verdad que no son clones. Solo te conoce Goldie. Lo único que pasa es que no los distingues porque se parecen mucho. Es como los chinos, ¿a que muchas veces te parecen todos iguales?

—Hairy, ese comentario es racista.

—¿Por qué? ¡Ellos también nos ven a todos iguales, seguro! A mí, el otro día, en la escuela de idiomas, un chino me confundió con una venezolana.

—Pues Shaoran y Yun no se parecen en nada.

—Bueno, pues…

—¡Espera! Es verdad que al principio me confundía con Jiang y Mu. Pero ellos son gemelos…

—¿Lo ves? Si vieses todos los días a Goldie y a la perra que te has encontrado en el colegio, seguro que las distinguirías y no te parecerían iguales. —No sé si lo he convencido. Quiero abrir el e-mail de Fulbright—. Vete a repasar los deberes, Bini.

—Ya los he repasado, están todos bien.

—Pues dibuja una casa o pega adhesivos o monta ese puzle de mil piezas.

—Ya lo he hecho.

—¿Qué?

—Lo acabé anoche.

—¿Y cuándo lo empezaste?

—Ayer.

—¡Bueno, pues lee, Bini, coge un tomo de la enciclopedia como un Bookland normal y lee!

—De acuerdo, Hairy.

Pasemos a temas serios: YouPorn.

Tienes un nuevo mensaje de Federico Chitawas en la bandeja de entrada

¡Contacto, han establecido contacto! ¿Qué hago? Si lo abro, ¿podré volver a dejarlo como «cerrado»?

Querido, queridísimo Fulbright, por fin vamos a conocernos en persona. Te espero en el Hotel St. Regis el 15 de diciembre a las 7 de la tarde. Me muero de ganas

Por cada palabra del mensaje, me ha bajado un grado la temperatura corporal. Me siento como si acabase de robar algo carísimo.

Ding-dooooooong.

Cierro todas las ventanas, Dolly incluida, y bajo las escaleras.

—¡Buenos días, Rita, querida! ¿Qué tal estás? —El padre Paul me tiende la mano, grande y fuerte. Lleva un traje chaqueta caro, de hilo blanco (¡que estamos casi en invierno, señor!), y una corbata negra con una paloma en la punta. Parece Michael Jackson.

—Ah, Paul, hola. Muy bien, muy bieeeeeeeeen… ¡Las niñas están entretenidísimas! Eva tiene un nuevo árbol gigante y lo han decorado poniendo nombres a los animales en español.

—Perdona, ¿cómo dices? ¿Qué han hecho?

—Han decorado un árbol. Y han puesto nombres en español.

—Fantástico, fantástico… Si puedes llamarlas, por favor, tenemos que irnos rápido, que oficio una misa en menos de una hora.

Las niñas han oído la voz grave y celestial de Paul y corren alborotadas por la sala de juegos para rematar los últimos detalles de lo que sea que han estado haciendo toda la tarde.

—Señoritaaas… —intensifico mi tono de au-pair devota y responsable.

La puerta no se abre. Paul me mira expectante con las manos cruzadas sobre el paquete y carraspea. Finalmente abro la puerta y comienza el espectáculo.

El suelo está lleno de mantas como si fuera el mar, libros que hacen de barcos y pelotas de ping-pong que emulan boyas. Lo más interesante de la escena, sin embargo, se desarrolla en la isla principal.

Las dos niñas, sudadas, despeinadas, sucias y contentas, presentan su obra con los brazos abiertos.

El árbol se ha convertido en una especie de casa festival en la que convergen seres de todas las especies y los tejidos. Los animalillos y las frutitas con etiquetaje español, «tomates» y «plátanos», han pasado a un tercer plano ante la invasión de Barbies, Polly Pockets, clicks y soldados de la guerra de independencia americana. Cada piso ha montado su propia fiesta.

En el de abajo, Barbie submarinista toma el té con Click, el profesor de química. Un pósit titula la escena como «La tabla periódica ya no es de Mendeléyev».

Un piso más arriba, Ken se pasa una serpiente por la espalda fardando de musculatura delante de tres Polly Pockets.

En el siguiente, Barbie American Idol (pero ¿cuántas Barbies ha traído Mary?) canta junto a un click con sombrerito mexicano que desempeña el papel de latino del grupo. Detrás de unas palmeras, un Ken surfista explica anécdotas a una fila de indios americanos que las niñas han arrancado de la guerra de las Black Hills; justo cuando Aksel los tenía todos colocados. La escena es espectacular.

Pienso que debería ser fácil vender la obra como una clase transversal educativa sobre la mezcla de etnias, religiones e intereses culturales. Pero miro a Paul y no entiendo qué sucede; tiene la cara desencajada, la vista fija en un punto concreto.

Sigo la línea invisible de la fulminante mirada del pastor y vuelvo a analizar el árbol para darme cuenta de que no he llegado a la última planta, el piso en el que, con purpurina dorada, pone: DIOS.

Solo hay un individuo que disfruta de las vistas más privilegiadas de esta tarde de viernes. Solo, radiante, espatarrado. Noto un ligero mareo. Me muevo rápido, sin pensar en nada más que en acelerar la salida, digo cosas al tuntún, conceptos inconexos, incluso me río, pero todo es inútil. Es demasiado tarde: el pastor Paul, el hombre más importante de la Iglesia presbiteriana de Dekalb County, la voz profunda que amansa a cada habitante del barrio de Leafmore y arranca reverencias por donde pasa, lo ha visto: el cerdo, el Increíble Pene.

—¡Un momento! —exclama Mary.

El pene extensible del cerdo se ha atascado en el tercer piso, entre la guitarra del click latino y el micrófono de Ken American Idol, pero solo hasta que los dedos de la dulce Mary, la hija del pastor, quien espero que no tenga una pistola escondida bajo la chaqueta de Michael Jackson, lo libera. Y con el sonido de la canción «I Want to Break Free», rebotando entre clicks y Barbies, el prepucio gigante sube despacio hasta el piso de arriba para reencontrarse con el cuerpo de Dios y el calor de sus dos cojones rubios, que reposan melena al viento en el trono celestial.

Reúno fuerzas para volver la cabeza. Veo que el padre Paul aprieta un ornamento religioso que lleva colgado al cuello y emite plegarias ininteligibles con la mirada perdida. Perdida no sé dónde. Eva ya no se ríe, y Mary clava los ojos en su padre.

—¿Padre? —pregunta la niña apartándose el pelo con el delfín vibrador que no había visto hasta ahora. Hostia puta. Se me congelan los dedos de los pies—. ¿Padre?

Pero su padre no responde. Su padre está tan concentrado en la invocación de todos los santos y todos los testamentos que conseguirá que se abran las aguas.

—Mary, nos vamos. —El tono es calmado, aterrador—. Nos vamos ahora mismo.

—Sí, sí, claro... os acompaño a la puerta —contesto.

—No hace falta.

Los ojos azules, oceánicos, se me clavan en la parte posterior del cerebro. El pastor Paul y la dulce Mary suben las escaleras con una lentitud aterradora; él abre la puerta y deja que su hija pase primero. Me lanza una última mirada, fulminante (joder, tampoco es tan grave, ¿no?), y antes de que pueda decir nada, me adelanto:

—El miércoles iré a misa, oh, querido Paul.

Pero Paul no contesta y cierra la puerta dando a entender que esto no se acaba aquí.

Yo miro el reloj y me doy cuenta de que en una hora y media sale mi vuelo a Las Vegas.

El Grand Canyon del Colorado

—Racons, Rita Racons, con una sola o, Racons.

La azafata es rubia y guapa y gruesa. Repasa la lista con urgencia, y cada vez que pasa una página con rudeza, la piel que le cuelga del antebrazo, como una aleta, gravita de una forma que no puedo dejar de mirar.

—¡Oh, Racüns! —La grasa sigue moviéndose—. Eres tú. —Alza la vista; no sonríe—. Amor, hace una hora que te llamamos por megafonía, ¡una hora!

—Oh, ah.

—Lo siento, amor, pero has perdido el avión.

Solo puedo pensar que quiero que siga pasando páginas para mirarle el brazo.

—No puede ser, ¿cómo? ¡Si he llegado a tiempo!

—Pues se ve que no, has perdido los tulipanes. El siguiente avión a Las Vegas sale dentro de siete horas, y tiene un coste extra de cuatrocientos treinta y dos dólares.

No tengo cuatrocientos treinta y dos dólares.

—La puta. Es muy importante, tengo que coger otro, tengo que volar lo antes posible... Tengo una boda. —Miento. Tengo ganas de ver a Rachel.

—Sí, te entiendo... Lo siento, yo tampoco querría perderme una boda en Las Vegas.

Coño, claro, el cliché, novias vestidas de Marilyn, novios de salchichas de Frankfurt.

—¿Hay alguna otra opción?

—¿Otra opción, amor? —No respondo. Me callo—. Bueno, podrías volar hasta Phoenix, rezar dentro de un coche y...

—¿Rezar dentro de un coche?

—¿Rezar? ¿Dentro de un coche? —Se le escapa la risa, pero disimula—. ¿Perdona? Amor, no te entiendo...

—Nada, nada, continúa, por favor...

—Decía que podrías rezar dentro de un coche y llegar a Las Vegas en unas cinco horitas. Tranquila, si has podido pasar... ¿cuántos años tienes? Veintiséis, veintisiete años sin ir...

—Veintitrés. —Bebo demasiado.

—Veintitrés años sin ir, no te pasará nada por quedarte un día más sin pisar Las Vegas.

—Sí, y la boda no es hoy, es mañana.

—Déjame ver... Hay un vuelo a Phoenix en una hora y media, y tiene un coste extra de ciento setenta dólares, amor.

Por suerte, Six no responde y puedo dejarle un mensaje en el contestador. Le pido disculpas por el cambio de planes, le digo que no hace falta que le dé un ataque epiléptico porque todo no está yendo como ella había previsto; «Aparte, querida, quizá tenga que dormir de camino... Ya te pagaré la noche de la reserva». Espero tener bastante dinero para todo.

Cojo el tren sin conductor hasta la terminal C. Una vez allí, aprovecho el paréntesis para sentarme delante de uno de los ordenadores y alquilar el coche más barato de toda la flota del sur del país.

—Con una sola o, Racons. —Ya estoy en Phoenix.

—Ya la he encontrado. —La mujer del alquiler de coches no me mira. Lleva las raíces del pelo, de un palmo de largo, sin teñir—. Ostras...

—¿Qué pasa? —Joder, ¿ahora qué pasa?

—No nos queda el modelo que has pedido, pero tranquila, te daré un modelo superior. Espera aquí.

Al otro lado de los ventanales del aeropuerto de Phoenix veo una montaña de tres picos, parduzca, que se superpone a un azul cielo que empieza a teñirse de rosa. He ganado tres horas de franja horaria muy necesarias. Sobre todo porque no tengo ni la más remota idea de adónde se supone que debo ir ahora.

—Ahora te lo trae Joe. —La emo surfista accidental vuelve a su sitio y sigue sin mirarme—. Te lo dejo por el mismo precio. Ahora necesito una firma aquí, aquí, aquí y aquí. Y aquí, aquí y aquí.

Creo que acabo de firmar una hipoteca.

—Listos. Me voy a Las Vegas, ¿sabe?

—Hummm...

—Voy a un concierto de Radiohead... —continúo en catalán— y quizá folle con una tía. Por segunda vez.

—Date la vuelta. —La californiana levanta la cabeza y por fin me mira a los ojos—. Ya lo tienes aquí.

Un hombre arrugado llega al volante de un Mustang descapotable. Es rojo y brilla —el coche—, y por la impecabilidad de las ruedas parece que no haya salido nunca de este aparcamiento perdido en mitad del desierto.

—Lo estrenas tú —dice ella, ahora con una sonrisa bonita—. Supongo que hoy es tu día de suerte.

Aquella tarde en la azotea, con la yaya, cuando me imaginé América por primera vez, proyecté escenas, clásicas y tremendamente previsibles, de lo que podría hacer aquí. Escupir desde lo alto del Empire State, escupir tabaco en el césped en un partido de béisbol.

Pero también me vino la imagen de aquella cubierta del *Lonely Planet* que durante años vi en la estantería de libros de viajes de la biblioteca de Puigcerdà; aquella carretera recta y sin fin rodeada de desierto y soledad con un solo coche que avanzaba hacia lo desconocido. No recuerdo quién conducía, pero la imagen de la chica en el asiento del acompañante con el pelo al viento y levantando los brazos fue tan nítida aquella tarde en la azotea como aquellas tardes en la biblioteca.

Quién me iba a decir a mí, cuando me sentaba en aquella butaca de la biblioteca y me ponía a charlar con los abuelos que iban a leer el periódico, que un día no tan lejano aquella chica despeinada, rodeada de desierto, sería yo. Y que iría sola, en el asiento del conductor.

La verdad es que el pelo se despeina menos de lo que imaginaba cuando conduces un descapotable. Voy a ochenta y nueve millas por hora, con las ventanillas bajadas, y aun así puedo oír la música y mantener la coleta. En la radio suena «Born in the USA», algo que me parece tremendamente coherente.

He cruzado un micropueblo de seis casas y una gasolinera estancada en los años sesenta, y por las caras de aquel matrimonio que hacía crujir la madera del porche desde sus respectivos balancines, he sabido que esta ruta no es la que debería haber cogido para ir a Las Vegas.

Conduzco inmersa en una épica tan estética y vital como bestia que me anima a gritar a menudo. Hace un frío importante, pero me abrigo bien. Un jersey de lana alrededor de la cabeza. La *Thelma y Louise* de los Pirineos. Encuentro cierto placer en no compartir este momento con nadie, estar sola aquí, en medio de la nada, lejos de los niños y lejos de decisiones trascendentales sobre quién soy y qué se supone que debería estar haciendo ahora mismo. Lejos de no encontrar lo que he venido a buscar. No he sacado ni la cámara de fotos. Voy tan rápido que parece que huya o que tenga que llegar a algún sitio, pero ni una cosa ni otra, lo que pasa es que este coche es una puta pasada. Pienso en pocas cosas, no sé muy bien adónde voy, y hace dos horas que estoy cruzando un parque natural llamado Tonto National Forrest.

Miro a los lados y me encuentro un paisaje nuevo, marrón, áspero. Nunca he visto nada igual. Ni el festival de música de los Monegros. Llanuras que no se acaban, que desaparecen en el horizonte del cielo, naranja y rabioso. Cactus de tres brazos, los típicos, tan grandes como árboles. Dunas marrones, cielo rojizo, mi descapotable y yo. Pienso que me gustaría ver alguna cobra. Cobra de animal. Un tren de mercancías avanza a la misma velocidad que yo; vagones y vagones de madera que recortan el paisaje y respetan la variedad de colores. Incluso oigo el crujir del chucuchú.

Estoy en el puto oeste.

La noche ya ha caído, y sigo conduciendo sin tomar ni un giro, solo los que exagero cuando adelanto a enormes camiones llenos de luces con dos remolques. ¿Qué gracia tiene conducir así? Al final de la recta, dos horas después, llego a Flagstaff, el pueblecito en el que se ve que se alojan los mochileros que vienen a visitar el Grand Canyon. Señoras y señores, ¡estoy en el puto Grand Canyon del Colorado!

La verdad es que tengo ganas de ver a Rachel, a Six y la caspa de Las Vegas en general, pero ¿quién es el degenerado que pasa junto al Grand Canyon del Colorado con un descapotable rojo y no se para?

El frío

—¿Estás sola?

—Joder, ¿acabas de usar la frase de entrada más sobada de la historia?

—Sí. —Se ríe y me tiende la mano—. Michael.

—Rita.

—¿Puedo invitarte a la próxima cerveza? Y sí, es la segunda frase más sobada de la historia.

Joder, qué acento más limpio, qué inglés más claro. O quizá... ¡¿estoy aprendiendo inglés?!

—¿De dónde eres?

—Soy de Portland, Oregón. Dos cuartos noruego, un cuarto irlandés y un cuarto alemán.

Y cien gramos de mantequilla.

Michael no puede ser más blanco ni más rubio. Por la espalda que tiene debe practicar escalada o piragüismo extremo, e inclina un tanto hacia delante la parte inferior del cuerpo, como la barbilla.

Pese a la pobreza estética que sugiere su descripción, Michael está bastante bueno.

En un altavoz alto, en el rincón de este patio de piedras lleno de excursionistas y viajeros, suena «Me and Bobby McGee», de Janis Joplin.

—¿Qué haces en Flagstaff? —Es amable y tiene los ojos muy claros.

—¿Ves ese coche de ahí? ¿Esa maravilla? —He aparcado justo en la entrada. Michael y yo nos apoyamos en la baranda de madera que delimita la terraza de este albergue de excursionistas y viajeros solitarios con el aparcamiento—. Es culpa suya, él me ha traído hasta aquí.

—Entonces brindemos por tan sabia decisión. —Damos un trago largo y se crea un silencio agradable. La noche se ha vuelto más cálida—. ¿Te estás leyendo *The Catcher in the Rye*? —El libro asoma por la mochila—. ¿No lo leíste en el instituto?

—Sí, sí, claro que lo he leído, ¡claro que lo he leído!

No lo he sacado de la mochila desde que lo leí. A menudo, para empezar una redacción para Roberta, copio un capítulo con el fin de arrancar con ritmo y esperanza.

—Solo se me quedó grabado aquello de… —dice Michael—, decía algo así como «por qué tenemos que dejar de querer a una persona cuando se muere si es mejor que todas las que viven…».

—«No sé por qué tenemos que dejar de querer a una persona solo porque haya muerto. Sobre todo si era cien veces mejor que las que siguen vivas».

—¡Guau! —Alza la birra en el aire—. ¡Exacto!

—Gracias —respondo.

—Y ahora, ¿qué lees?

—Capote. Cuentos cortos. Me encanta.

—El hombre con más pluma de la historia de América. A mí no me gusta. No por la pluma, claro, eso es lo mejor. El estilo no me acaba de… Personajes con demasiada descripción. ¿Ya has leído *A sangre fría*?

—Aún no, pero algún día caerá. Y tú, Michael, ¿qué haces en Flagstaff?

—Vivo aquí. Soy guía. Me contratan para al fondo del Grand Canyon, hasta el río. Una vez allí, acampamos y bebemos vino y comemos pollo y bagels con queso. Podríamos decir que me pagan por mirar el cielo estrellado más espectacular que verás en tu vida. Tengo el mejor trabajo del mundo.

—Qué envidia poder decir eso.

—¿No te gusta tu trabajo?

—Sí, bueno, el que tengo ahora es un trabajo de paso. La verdad es que estoy en busca y captura del trabajo de mi vida, pero no es fácil.

—Está claro que no. Buscar a qué quieres dedicarte en la vida debe tomarse con calma. Es como enamorarte de verdad, y eso pasa muy pocas veces.

—También puedes enamorarte más de una vez.

—Ciertamente. Quizá hay más de una vocación. Quizá un día se acaba y aparece otra. Lo que sí que creo, sin embargo, es que si te tienes un mínimo de amor personal debes sentarte un día y permitirte el privilegio o la putada de planteártelo.

—Amén. —Levanto la cerveza. Michael se ríe—. Por cierto... eso que dices del cielo...

—El cielo estrellado más espectacular que verás en tu vida —repite.

—Eso lo dices porque no has visto el cielo que se ve desde los Pirineos.

—Quizá, pero solo hay una forma de comprobarlo. ¿Vamos? —me pregunta.

—¿Ahora?

Michael sonríe de oreja a oreja.

—Ahora mismo.

—¿Me estás diciendo que quieres que caminemos ahora hasta el fondo? ¿El fondo del puto Grand Canyon del Colorado a las once de la noche?

—¡La vida es corta! —Bebe.

—Michael, te llamabas Michael, ¿verdad? —Se ríe—. Hace tres minutos que te conozco y me estás diciendo que haga

275

contigo la que probablemente sería la excursión más memorable de mi vida.

Coño, ahora no sé qué hacer. En recepción me han dicho que en el fondo del Canyon no hay cobertura. Seguro que cuando lleguemos abajo, este un cuarto noruego, cuatro novenos alemán, ocho séptimos candemor y yanqui de arriba abajo me asesina, me corta en mil pedacitos y me tira al río. Comida para coyotes, etcétera.

—¡Venga, sí, vamos!

—¿Cómo? ¿En serio? —Flipa.

—En serio. Sí, venga, vamos.

Michael balancea la espalda de forma rara y se echa a reír.

—Joder, tía, estás muy loca. Era broma. Son las once de la noche y llevo cuatro cervezas.

—Ooooooh... Qué decepción.

—No sabes lo que estás diciendo.

—Estoy muy en forma.

Sigue riéndose, niega con la cabeza, bebe.

—Mira —dice—, te propongo que salgamos dentro de seis horas. Nos levantamos antes de que amanezca, empezamos por el Bright Angel y llegamos al río a la hora de comer.

—La oferta es tentadora, pero mañana me voy a Las Vegas, que tengo una cita con Thom Yorke.

—¡Joder! ¿Vas al concierto? Qué suerte... Entonces no seré yo el que compita con Radiohead. Pero si cambias de opinión, a las seis de la mañana estaré en el aparcamiento del hotel.

Hacía mucho que no se me abrían los ojos solos a las seis de la mañana. Está claro que no cada día te levantas sabiendo que verás a Thom Yorke en directo. Cuando me he despertado aún estaba oscuro, pero el primer reflejo del sol empezaba a borrar las estrellas del cielo. He pensado en los ojitos de cachorro triste de Michael, tan monos; él en el aparcamiento, en el Grand Canyon esperándonos… Pero la idea de oír «Creep» en directo me ha hecho volver a cerrarlos de golpe.

He compartido ducha con un par de noruegas. No he prestado atención. Ni siquiera antropológica. Me he lavado la cabeza —a saber qué pasa cuando llegue a Las Vegas y si volveré a tener tiempo de ducharme— y he ido a ver cómo había dormido mi amor. Me he acercado al aparcamiento y lo he encontrado tan rojo, brillante e impecable como lo conocí ayer.

Ahora mismo estoy sentada en la cocina del albergue, rodeada de aventureros como yo que se preparan un buen desayuno.

Bueno, «desayuno»… Seguro que es más difícil cocinar ese redondel de plástico amarillo que llaman «tortilla» que romper un huevo en la sartén y dejar que se haga solo. Por el amor de Dios, qué tortilla más extraña; si la viese la yaya, la utilizaría como bayeta. Aunque las salchichas no están mal. He envuelto seis en una servilleta y me las he metido en el bolsillo. Y una tortilla también, que en el fondo es proteína. En resumidas cuentas, es un drama: un plato de poliestireno, una tortilla redonda de color amarillo y una panceta tan grasienta que me chorrea por la barbilla. El cambio climático para desayunar. Y pensar que hace solo veinticuatro horas Philipp me ofrecía una tortilla de claras de huevo digna de El Bulli. La vida.

Tiro la mochila al asiento de atrás, me palpo las salchichas en el bolsillo y miro hacia arriba. El cielo es inmenso. Las nubes se mueven muy despacio, tienen formas alargadas y un papelito repiquetea contra la visera del Mustang: «Búscame en Facebook: Michael McAfee. Sí, como el antivirus».

De acuerdo. Tengo que darme de alta en Facebook ya. A ella no se lo digo, pero en general Six tiene bastante razón en todo. Seguro que me engancharé.

Conduzco algo más de un cuarto de hora y dejo el coche en uno de los aparcamientos del parque. Los pocos vehículos que hay son americanos, con matrículas de todos los estados, y me ha hecho cierta ilusión reconocer el melocotón del estado de Georgia en un Jeep gigante. Hace sol y hace frío y se está de puta madre.

Qué nervios. Estoy a punto de ver una de las maravillas más conocidas del planeta.

Cojo la mochila, me acerco a un mirador secundario, consciente de la transcendencia del momento, y antes de levantar la cabeza se me dibuja una sonrisa impulsiva: el Grand Canyon del Colorado, literalmente, a mis pies.

La palabra «enorme» me parece ridícula por la extensión. Desde aquí parece infinito, mucho más grande de lo que habría imaginado. No puedo reprimirme: miro a ambos lados, me aseguro de que estoy sola, de que no me ve ninguno de los hombres de seguridad con sobrepeso a los que he saludado anticipando este momento, y salto la valla.

Recorro un caminito de tierra estrecho en el que a duras penas me caben los pies juntos, uno al lado del otro, avanzo hasta el final y me oculto debajo de una piedra arrinconada con forma de asiento, como si estuviese esperándome.

Es muy bestia.

Los ruidos se amortiguan. Los gritos de unos niños, las puertas de los coches al cerrarse. Ya no los oigo. La luz que se cuela entre las montañas intensifica aún más las tonalidades marrones del cañón. Encajo la espalda en un ángulo comodísimo y me da igual que el jersey blanco se tiña con la tierra roja de la pared.

Aunque hace una hora que he desayunado, me como una salchicha. Y no es por hambre. Es para controlar el síndrome de Stendhal. Cuando me encuentro un paisaje tan acojonante como este, parece que me falten herramientas para absorberlo. Que no me baste con mirarlo, escucharlo y tocarlo, que necesite algo más, y activar las papilas gustativas siempre ayuda. Necesito ocupar todos los sentidos para asimilar el momento. Aunque sea con una salchicha recocida.

El sol se eleva y acorta las sombras horizontales que se dibujan en los precipicios de los riscos. Pienso que me gustaría escuchar una canción de Bob Dylan. «Blowin' in the Wind». Sí, soy una romántica. Pero al fin y al cabo siempre puedes encontrar todas las respuestas en el viento.

Me suena el móvil.

—¿Albert?

—¿Rita?

—¡Brooo! Pero ¡qué ilusión! ¡Albeeeeeert! ¿Cómo has podido llamarme al móvil? ¿Cómo lo has hecho? ¡Te costará una fortuna! Chaval, ¡no vas a creerte dónde estoy! Ahora mismo, ahora mismo estoy... ¿me oyes bien?

—Sí.

—¡Estoy en el Grand Canyon del Colorado! ¡Albert, en el Grand Canyon! ¡Lo tengo delante, debajo, bueno, dentro! ¡Quiero decir que estoy dentro del Grand Canyon! Parece imposible, ¿no?

—Ostras, Rita... Qué ilusión, qué guay... ¡Cómo me gustaría estar contigo! Pero ¿dónde estás exactamente?

—Aquí, en una roca medio escondida, no me ve nadie. ¡Es muy muy impresionante!

—Pero ¿te puedes caer?

—¿Caerme yo? Pero ¿qué dices? ¿Te has vuelto loco? —Me río.

—Rita...

—¿Qué pasa?

—Hemos intentado llamarte a casa, pero no había nadie. No sabíamos que estabas en el Grand Canyon. Guau... qué pasada.

—Albert...

—¿Estás sola?

—Sí, ¿qué pasa? —No arranca, no entiendo nada—. Ay, niño, me estás asustando, ¿qué pasa?

—Es la yaya. —Siento una descarga eléctrica en el cerebro.

—¿Qué? ¿Qué pasa? —No responde—. ¡Albert!

—La yaya cogió una neumonía la semana pasada...

—Joder, vale, ¿y cómo está?

—Rita... —Albert se rompe—. La yaya ha muerto.

Una neblina densa me invade cada rincón del cuerpo. Me aplasta los hombros y los párpados. No veo bien, se me eriza el vello del antebrazo. Se me cierra la garganta. No puedo respirar y durante unos segundos pierdo el norte.

La voz de mi hermano resuena al otro lado del teléfono, pero no entiendo lo que dice. No me salen las palabras. Intento recordar cómo se respira. Albert sube el tono, pero no reacciono. Grita.

—¡¡¡Rita!!!

—Estoy... estoy aquí.

—¿Me oyes?

—Y... ¿y papá? ¿Y mamá?

—Están bien, todo el mundo está bien... pero he insistido en contártelo yo. Rita, Rita, te quiero mucho y ahora tienes que ser valiente. ¿Me oyes? —No puedo hablar—. ¿Tienes un bar cerca? ¿Tienes agua? ¿Y tu amiga?

—Ahora... ahora iré al aeropuerto. Tengo una mochila... y una tortilla. Ahora cogeré el avión. Me quedan salchichas. Ahora voy. Llevo el pasaporte. Voy al aeropuerto.

—Escúchame... —Habla despacio, noto que se sienta. Respira hondo—. Escucha... La yaya me hizo prometer que no te lo contaría hasta hoy.

—¿Qué? Pero ¿qué pasa hoy? Calculo que tardaré unas doce o catorce horas en llegar a Alp... Puede que algo más. Espero encontrar vuelo directo. Tengo... tengo que verla.

—Rita, escúchame. La yaya me hizo prometer... —llora, mi hermano llora—, me hizo prometer que no te lo contaría hasta hoy... Hasta... hasta que la hubiésemos enterrado.

Una mano invisible me estruja el corazón con tanta fuerza que me quedo doblada.

—¿Qué? No… no puede ser…

—Ella sabía que se iba a morir, Rita. —Albert intenta transmitir fuerza, pero habla en un hilo de voz muy fino—. Se lo vi en los ojos… me lo dijo ella. Me hizo prometer que no te lo diría porque sabía que en cuanto te lo dijese querrías venir. Ella quiere… ella quería que te quedases ahí, en Atlanta, en Estados Unidos, decía que aún no debías volver. Me dijo que si te quedabas más tiempo encontrarías lo que estás buscando.

—No…, no me lo puedo creer.

—Rita.

—Me da igual. Iré.

—Bueno, como quieras… ¿Rita?

Mi cuerpo levita, la neblina se ha convertido en una nube más densa y muy muy pesada. Me presiono los ojos con los puños cerrados.

—Albert —hace rato que no entiendo nada de lo que dice—, tengo que irme, necesito estar sola, estaré bien, no te preocupes por mí.

Dice alguna frase, y por el tono asimilo que está más o menos de acuerdo.

Al cabo de una hora o tres, no lo sé, mi cuerpo se pone de pie. Como si después de cruzar una molesta telaraña del absurdo y el inconsciente, de repente se hubiese hecho la luz. Echo a andar montaña abajo.

Un caminito de tierra beis recorta la fuerte pendiente de la montaña en un zigzag extremo. La inclinación es tan marcada que obliga a trazar líneas casi horizontales, ángulos cerradísimos. Me alejo de la roca escondida como si con ello pudiese escapar de lo que acaba de pasar. De lo que acabo de sentir. Estoy en el Grand Canyon y siento claustrofobia.

Yo conducía un descapotable rojo y la yaya había muerto.

Miro al cielo intentando aguzar la mirada, como si viese por primera vez. O como si tuviera que ser la última. Mi cerebro y mi corazón arrasados, una placa blanca, dura y estéril. Solo noto frío.

Vuelvo a mirar la lista del móvil para confirmar que la llamada de Albert ha sido real. Porque es imposible. Tiene que ser imposible. Pero la veo en la pantalla, no estoy soñando.

¿Qué hacía hace dos días? ¿Cómo puede ser que no haya sentido que ya no estaba, que la yaya había desaparecido? No he notado nada. ¿Y por qué no me llamó? ¿Por qué no me llamó para decirme que se moría?

Me gustaría llamarla para contarle que se ha muerto.

El polvo

Llevo tres horas andando y aún no he visto el río. Tengo los ojos rojos e hinchados, la boca llena de lágrimas, y por mucho que lo intente, no consigo recordar su cara. El único recuerdo que me viene es el de aquella vez que quería decirle que me pasase el café Marcilla y le dije que me pasase el café «morcilla», y entonces ella estalló en carcajadas y tuvo que irse al huerto porque no podía parar. Solo veo esa imagen, la de su bata, la del montón de rulos en la cabeza bajo la red del bañador de mi hermano, de espaldas, su olor a lejía y a huerto. Solo recuerdo eso. Una y otra vez. Una y otra vez.

Los caminos están llenos de boñigas de burro, redondas y negras. No tengo cobertura.

Hace horas que avanzo entre resoplidos de rabia, tristeza y pánico, horas que recorro las líneas de la historia de la Tierra trazadas en las piedras con rayas color vainilla sobre naranja. Siglos que no llegan ni a un dedo de ancho. La vida de la yaya no llega ni a un dedo de ancho. No es más que un miserable grano de polvo en esta garganta de seis millones de años.

Pero ¿qué sentido tiene todo esto? ¿Ya está? ¿Y todos aquellos años, cuando era pequeña, recogiendo aceitunas, limpiando casas de ricos, cuando tenía que esconderse para que su madre no le pegase una paliza? ¿Dónde queda todo eso ahora? Su voz, su alegría infinita, su luz en el escenario… todo se ha convertido en polvo.

Me detengo a tomar aire en un recodo que da a un despeñadero. Me siento con las piernas colgando. Miro a ambos lados, un horizonte de ocres empolvados por una brizna de verde de los pinos. Miro arriba y ya no veo la baranda, ni el primer zigzag. Estoy en el interior de la garganta y no tengo claro cómo he llegado hasta aquí. Tampoco me he cruzado con nadie. Sigo descendiendo por caminitos que reptan por unas pendientes tan marcadas que en algún momento he tenido que derrapar a cuatro patas. No sé si debería bajar por aquí. Estoy cansada y tengo sed.

Ahora mismo debería estar en Alp. Hace dos semanas debería haber estado en Alp con ella para abrigarla, para decirle que no saliese al huerto sin chaqueta, que hace frío. Para reñirla. Para cuidarla, para reírme con ella, para decirle que la quiero, para decirle que la odio por haberme hecho esto.

Maldigo cada día que he pasado aquí, cada día que no he estado a su lado. Maldigo a los Bookland, y a Atlanta y a Six y a Roberta y a John. Pienso en ello y no se me ocurre ningún momento de mi vida que me haya llenado más que cuando estaba en casa, con mi familia, cuando estaba con ella, cuando sabía que la yaya estaba viva. Todo me parece de una absurdidad abominable.

Más de cinco horas andando. Estoy bastante cansada. No es tanto por el tiempo que hace que camino como por la pendiente continua y erosionada de la montaña. Por el dolor. Habré bajado a casi mil metros de profundidad. Estoy muy adentro. Cada vez hace más frío y la sed empieza a ser grave. Tengo la lengua llena de polvo, la cara cubierta de partículas de tierra roja con trazos transparentes de lágrimas y mocos; me imagino mi cara y veo a Wilson, el balón de vóley de Tom Hanks en la película *Náufrago*.

Desde aquí puedo ver cómo sigue la senda. Se alarga y cruza una explanada grande y verde, hasta que desaparece al final, cayendo por el precipicio. El camino es como una grieta fina, como una cicatriz blanca. Y juraría, a no ser que empiece a tener alucinaciones, que estoy viendo el río. Sí, lo veo. Estoy más cerca del río que del cielo.

«Me dijo que si te quedabas más tiempo encontrarías lo que estabas buscando». Las palabras de Albert resuenan una y otra vez en mi mente.

El agua

He seguido el camino blanco sobre verde que cruzaba la explanada como una grieta, y cuando he llegado al final he visto que no estaba alucinando: el río no estaba cerca, pero era asequible.

Los últimos pasos los he dado por un puente colgante que sobrevuela el río Colorado. Me he agarrado fuerte a los cables de acero y he caminado hasta que he vuelto a sentir el suelo a mis pies. He cruzado un pequeño arco de piedra y he aparecido al otro lado de la montaña, donde me he encontrado a una familia que limpiaba una bandeja en el río.

Michael estaba sentado sobre una roca, sujetaba un trozo de cuerda entre los dientes y hacía un nudo con el resto. Con cada tirón seco para asegurar el nudo, se le marcaban los tríceps, blancos y brillantes, y he pensado que cómo coño podía fijarme en los tríceps de Michael en un momento así. Cuando por fin me ha visto, ha abierto tanto la boca que se le ha caído la cuerda al suelo, y se ha levantado despacio, como si no pudiera creerse lo que estaba viendo.

—La santa, santísima puta —ha dicho en voz alta, como si estuviera viendo a un fantasma (un fantasma con la cara de un balón de vóley rojo).

Al decir por primera vez en voz alta «Mi abuela ha muerto», he roto a llorar. Michael se ha limitado a abrazarme. Y cuando he dejado de llorar me ha alimentado como a un cachorrito. Después ha calentado agua, ha mojado una toallita y me ha limpiado la cara y las manos y los brazos con mucho cuidado. Y ha insistido —poco— en darme la ropa limpia que tenía preparada para el día siguiente, que consistía en una camiseta de las Sleater-Kinney y unos calcetines blancos y secos.

Los clientes de Michael de hoy son dos parejas muy americanas y muy majas y con muchas ganas de consolarme. Una pareja es pelirroja, los dos, y la otra es albina, también los dos.

Agradezco al grupo multicolor que hayan compartido conmigo el pollo empanado, los nachos y la Coca-Cola de vainilla, y me alejo.

Cojo el saco siberiano, cortesía de la pareja pelirroja, y camino junto al río. La última claridad del día despide las piedras y las montañas de esta garganta profunda con ocres apagados, y pronto una onda de luz amoratada trae el frío. La luz se apaga como se apagan las últimas fuerzas, y siento el peso frío de este día negro.

Me adentro por un camino muy estrecho flanqueado por dos paredes altísimas que acaricio con los brazos abiertos, y que me lleva a una sorpresa al final: un pequeño semicírculo de arena de playa donde los dinosaurios se echaban la siesta hace muchos millones de años. Una cala en mitad de las montañas.

Solo estamos esta noche y yo. Ya no hay luz, ni sed, ni frío. Ahora ya no me queda más que el miedo.

Puedo sentir la incipiente nostalgia del futuro. El miedo a que ya no podré contarle todo lo que me pase a partir de hoy. Querría decirle que aún no he encontrado mi vocación, y que quizá no la encuentre, pero que me alegro de haberle hecho caso aquel día en la azotea con la ropa tendida a contraluz. De haber descubierto Atlanta, de haber conocido a los Bookland, a Six, a John y a Roberta... de haberme enfrentado a mí misma. Me gustaría decirle que la quería y que lo haría bien, que se sentiría orgullosa de mí.

Cierro los ojos tras un suspiro de agotamiento total. Y me duermo con una pregunta repentina y absurda: ¿he cerrado el coche con llave?

Sueño que estoy en la garganta de un pozo oscuro, que grito pero nadie me oye. Hasta que un trago de urgencia me despierta de pronto. Los latidos de mi corazón en la boca, el hormigueo en los dientes, me cuesta respirar. Me presiono el pecho con las manos, como si así pudiese domar al corazón. Qué bestia.

Miro a un lado y a otro para confirmar dónde estoy.

¿Cuánto rato he dormido?

Poco a poco, los jadeos se calman y se sintonizan con los latidos de mi corazón... Vuelvo a tumbarme.

Cierro los ojos inhalando aire profundamente y me llevo olores de polvo y de agua. Y vuelvo a abrirlos para encontrarme delante de una escena colosal: el cielo estrellado más impresionante de la historia me cubre como un póster de *National Geographic*.

El universo ante mí construido con purpurina de colores. ¡Es increíble, increíble! Así es como debe ser viajar a la prehistoria o al espacio, la Vía Láctea como una herida abierta en el cielo, derramando millones de estrellas.

De repente se me agolpan los recuerdos, como si levantasen la mano unos por encima de otros y me suplicasen que no los olvidase, que los describiera, que lo escribiera todo.

Y a pesar del paso de los años, todos y cada uno surgen ahora tan nítidos que parece imposible que un día puedan desvanecerse. Pero no voy a jugármela.

Saco la libreta y el bolígrafo, y empiezo a escribir.

Siento que con cada palabra, con cada imagen que recuerdo de ella, me invade un poco más de paz. Que la agonía y la neblina que se han apoderado de mí esta mañana, en aquella roca maldita, han empezado a disiparse.

Algunos de los recuerdos vienen de muy atrás en formas y colores y tejidos que aún era demasiado pequeña para entender.

Describo sus manos, los colores extraños —tornasolados, de escarabajo— con que se pintaba las uñas; los agujeros alargados de las orejas de donde le colgaban los pendientes, sus pechos blancos, «los que nunca han visto er sol».

Pienso que necesitaría mil años para describir cada rincón de su apartamento. Las bolsas del supermercado escondidas por todas partes. Recuerdo la nieve. La nieve es una de las imágenes más nítidas que veo. En la primera nevada del invierno, estuviese donde estuviese e hiciese lo que hiciese, la yaya se paraba en seco y lo dejaba todo para correr afuera y ver el cielo opaco y silencioso que solo ofrecen las buenas nevadas. Al final del invierno se cagaba en todo, en la nieve, pero la primera era mágica. Me parecía alucinante que después de tantos años y después de tantos inviernos aún lograse sorprenderla tanto, pero su sonrisa de niña al ver como los copos de geometría imposible se fundían con la palma de sus manos era casi renovador. «Pero ¿cómo es posible? ¿Agua en forma de estrella? —repetía cada año—. ¡Es lo más bonito que he visto en mi vida!». La nieve era la yaya.

Me duele la mano, no doy abasto para escribirlo todo. Escribo lo guapa que está en aquella foto en blanco y negro de cuando tenía dieciséis años. Repaso todas sus reliquias, los tapices que ha dejado a medio hacer, los discursos que recitaba a las plantas. Cuando llamaba a la radio para que me felicitasen por mi santo. Imposible anotar todos los chistes, las frases hechas y los versos que le enseñó su padre. Espero que me hiciese caso y lo escribiese todo en aquella libreta.

Me viene la miseria. Los rituales heredados de la pobreza que arrastraba en forma de biscotes y jaboncitos que cogía en los hoteles cuando iba de viaje por España con el Imserso. Pienso en la última postal que le mandé, la de un hombre con el culo peludo y la Torre Eiffel detrás. Si hubiese sabido que sería la última que le enviaría, probablemente habría escogido otra. O quizá sea divertido que fuese esa.

El dolor es insoportable, la añoranza me tortura y me ahoga, y pienso que nunca más podré subir esta cresta tan alta.

A veces, cuando esperaba a que sus amigas fueran a sentarse en el «banco que no pasa», la espiaba, porque a menudo hablaba sola y me hacía mucha gracia, pero también porque la descubría mirando nuestra casa, como si después de tantos años aún no pudiera creer que había conseguido construirla. Construir aquella vida.

En este instante la Vía Láctea es tan descarada, tan nítida, que me parece irreal. Necesitaría masticar una salchicha. El Grand Canyon dibujado con miles de estrellas y ondas de luz, azules y lilas y amarillas y negras. El cielo reflejado en el río. El cañón reflejado en el cielo. ¿Cómo es posible que pueda verse así desde la tierra? Qué rareza. Qué ironía que sea precisamente esta noche, la más negra de todas, cuando se me presente el cielo estrellado más extraordinario.

—Deberías dormir un poco.

Michael ha salido de la tienda de campaña para comprobar que no esté cortándome las venas. No me había dicho nada hasta ahora. Hace rato que le he visto llegar, le he lanzado una mirada en señal de bienvenida a mi pequeña parcela, y se ha sentado a mi lado.

—Tienes que saber que la ascensión es mucho más dura que el descenso. Y estás débil. Tienes que dormir.

No he sabido responder con nada más que una sonrisa de agradecimiento y de derrota. Michael, este viejo desconocido de nacionalidad fraccionada en porcentajes, coge el saco siberiano y se tumba a mi lado, extiende su brazo forzudo y blanco por debajo de mi cuello y yo me abandono como me abandonaría en la cama en la que he dormido desde niña.

Cierro los ojos con la libreta en las manos, las páginas arrugadas por la tierra y las lágrimas, los dedos llenos de tinta. Y cuando nos quedamos dormidos, con la cuna del agua del río Colorado y la Vía Láctea como mesilla de noche, una estrella fugaz, brillante y decidida, cruza el cielo.

En mis sueños siento que la estrella dibuja una estela de lejía y tomate, que se ríe en voz alta y me dice que no me preocupe... que todo irá bien.

La nieve

«Si has podido bajar hasta aquí, podrás volver a subir».

Este es el mensaje grabado detrás de la puerta del lavabo de El Refugi que hay junto al río Colorado. Una frase que todas leemos al ir al váter y que nos hace maldecir todas las tardes que dejamos de ir al gimnasio para salir de birras (y que no cambiaría por nada).

Como era de esperar, el bar es austero y no hay mucho más que cuatro mesas de madera y tres tipos de dónuts en una vitrina de plástico, pero la oferta de postales —a eso venía— es decente. Me debato entre las clásicas del plano cenital o la del río turquesa, pero me quedo con un burro viejo que baja por la ruta del Bright Angel. Escribo la dirección de mi casa con orgullo y dolor.

«Esta es la primera postal del resto de nuestras vidas. Todo irá bien…, me lo ha dicho ella».

La chica del bar lleva una coleta negra y ondulada que le llega por debajo del culo (y que se parece muchísimo a la cola del burro de la postal). Coge un gastado tampón de madera y estampa la tinta en la postal con un sello en el que se lee: «Esta postal ha sido enviada desde el fondo del Grand Canyon del Colorado, noviembre de 2007».

—¿Qué pone? —pregunta ella, con la tranquilidad de los que han decidido regalarse todo el tiempo del mundo.

—Pone que hoy me ha cambiado la vida. —Me tiembla la barbilla—. Y que creo que todo irá bien.

Cambia de expresión y, seria, me mira como si supiese de qué estoy hablando.

—Deberías saber que no todo el mundo se atreve a bajar hasta aquí… y menos sola.

—¿Cómo sabes que he bajado sola?

Apoya los brazos en la barra, se pone de puntillas y se coloca a menos de un palmo de mi nariz.

—Si has podido bajar hasta aquí, podrás volver a subir.

Cuando camina, Michael no pone los pies rectos; las puntas se juntan demasiado, como si tuviese los pies torcidos o las piernas arqueadas. Parece que tenga que hacer un sobreesfuerzo a cada paso.

Después de los bagels tostados con Philadelphia y de un café desconcertantemente bueno que Michael ha preparado con el hornillo, el grupo de cabelleras multicolores y yo hemos iniciado en ascenso por el Bright Angel, el camino del ángel luminoso, pues mira, qué nombre más oportuno.

Aún faltaba un rato para que asomase el sol, pero un leve aliento de claridad anunciaba el final de esta noche tan oscura. La luz descubría el relieve de las piedras naranjas y acariciaba el agua tenue del río turquesa.

He insistido en cargar con los bártulos de cocina en una mochila auxiliar, lo que el grupito ha agradecido hasta tres veces, sobre todo teniendo en cuenta mi «condición», pero para mí ha sido, casi, una necesidad.

He metido con cuidado la vajilla de acero inoxidable, las ollas pequeñas, los cucharones de madera, el salero y los tenedores, y me he puesto la mochila sintiendo que llevaba un poco más de la yaya conmigo.

Llevamos casi una hora andando. El primer rayo de sol

sale disparado exigiendo una parada obligatoria, y vuelve a recordarnos la brutalidad del entorno. Hace frío, pero parece que hoy el día, bonito y soleado, se haya empeñado en hacerme llegar arriba del todo.

—Tengo las rodillas mal de nacimiento —me indica Michael sin rencores mientras se quita de encima con cuidado la veintena de kilos que debe de cargar a la espalda—, pero no me dirás que el esfuerzo extra no compensa vivir esto siempre que quiera.

El sol inunda cada risco, se apodera de los kilómetros que se extienden hasta fundirse con el horizonte, y nos calienta el camino. Michael me ofrece una cantimplora de metal abollada, respira hondo y cierra los ojos, como si así pudiese ver más claro.

—Búscate un trabajo así, Rita, búscate un trabajo que te haga olvidar el esfuerzo, que te haga olvidar que te duelen las rodillas o la espalda, que le dé igual si es lunes o viernes, que te lo compense todo.

Y yo lo miro y pienso que tal vez la yaya le ha visitado en sueños para recordarme las últimas palabras que me dijo en aquella accidentada videoconferencia: «Y haz lo que quieras, ¡pero que te haga feliz!».

Hemos tardado menos de lo que había calculado hasta llegar al mismo camino blanco sobre la piedra verde que me llevó a ver el río por primera vez. Proyecto una imagen aérea de nuestro grupito avanzando, pisando la misma herida por la que lloraba ayer, pero ahora que la recorro en dirección contraria siento cierta clausura, un primer istmo de alivio. Como si cosiese una herida o subiese una cremallera. Es como si a cada paso el camino me explicase que no se irá nunca, que siempre estará aquí, como una cicatriz, pero que cuando llegue la primavera la hierba de alrededor crecerá y lo cubrirá de flores y de vida.

Michael anuncia que la parada más larga que haremos será esta, en un llano de piedras cuadradas. Me quito la mochila y oigo el sonido metálico de las cazuelas que chocan entre sí. Los albinos y los pelirrojos se sientan intercalados y pienso que con dos cabelleras más conseguiríamos dibujar la bandera catalana, pero por ahora, todos juntos, solo llegamos a una caja de clicks.

Aparece en escena un anciano que no habrá pisado una ducha desde 1998. Tiene entre cincuenta y cien años, lleva un sombrero de cowboy sobre una melena quemada y viste como un auténtico indio nativo. Una mezcla cuando menos extraña. Sin embargo, lo más inquietante es que para caminar usa un bastón de bambú muy largo con una calavera humana en la punta. No puedo apartar los ojos del cráneo.

—¡Hoy! —El hombre vestido de indio se levanta con pose ceremoniosa, como si todos hubiésemos quedado allí para escucharlo—. Hoy… —Es un chamán, dirá algo importante. La intriga es insoportable—: ¡Hoy hará sol!

Y sacude la calavera. Ve que con su anuncio no ha despertado el entusiasmo que esperaba, así que la sacude aún más. Hasta que a la calavera se le cae un diente. Y el público enmudece.

Pero a mí, en lugar de vomitar u horrorizarme, y por alguna razón absurda —tan absurda como el humor que solía tener la yaya—, me entra un ataque de risa. Y no puedo parar. Pienso que ahora mismo la yaya bromearía consigo misma convirtiéndose en una calavera desdentada encajada en lo alto de un bastón de bambú que guía el camino de un dudoso chamán.

Al chamán no le hace ni puta gracia que me ría, y mientras recoge el diente con ambas manos, como si fuera un tesoro, me clava la mirada. Michael se acerca para explicarle mi «condición», «que no está bien». Y mientras me enjugo las lágrimas pienso que quizá sí que me he vuelto loca. Tan loca como la yaya.

Cinco horas más tarde, después de bordear riscos, paredes y montañas con lágrimas de orígenes diversos, me reencuentro con el primer caminito en zigzag. Y en lo más alto diviso el rincón desde el que hablé con Albert.

Lo observo desde abajo, como si el color de la tierra fuese distinto, como si el rincón se hubiese hecho más grande, como si hubiese pasado un millón de años.

Enfilo el último tramo decidida. Afianzo bien los pies a cada paso. Siento el vacío en mi interior, la brújula desbocada, pero sujeto fuerte la mochila.

Llegamos arriba.

El cartel anuncia el final de la cuenta atrás: BRIGHT ANGEL, 0 MILES.

El final y el principio en un punto exacto.

La extrañeza del asfalto bajo la planta de los pies. Los visitantes esporádicos, vestidos con vaqueros y bufandas, nos observan como si fuésemos héroes. Los padres se agachan para coger a sus hijos por la cintura y señalarnos. Michael habla con un guarda del parque que sonríe orgulloso y nos dedica media reverencia. Alguien empieza un aplauso espontáneo.

Respondo al público con una sonrisa trémula. Divago entre el orgullo y la incertidumbre. No esperaba que el regreso a la civilización me impusiese tanto. Me siento más perdida que nunca, pero también con un rumbo más claro, yo misma.

«Y haz lo que quieras, ¡pero que te haga feliz!».

De repente, como por arte de magia, una gota de agua en forma de estrella me cae en la palma de la mano. Y empieza a nevar.

TERCERA PARTE

Hay una puta en el comedor

Treinta y seis llamadas perdidas.

Veintisiete mensajes en el contestador automático.

Que empiece el espectáculo.

Los mensajes de Six completan el ciclo de las emociones: rabia. Mucha rabia (insultos varios). Duda. Preocupación. Alegría absoluta (Thom Yorke cantando «Creep» de fondo, Rachel preguntándome que por qué no estoy allí). Incomprensión. «Si estás muerta, como mínimo espero que me hayas dejado una carta original y tus Converse vintage».

Pero de los veintisiete mensajes, el de Fulbright es el que me ha impactado lo suficiente como para detener la subida de la capota del coche a la mitad: «Rita, no sabemos dónde te has metido, no entendemos nada, esperamos que estés bien, pero es urgente que nos llames. Tu amiga tampoco sabe dónde estás. Esta mañana el pastor Paul nos ha contado el incidente del otro día. ¿Con el cerdo…? Madre de Dios. —Resopla, juraría que se ha reído medio segundo, pero se impone un tono serio—. Por otro lado, también hemos recibido una notificación del colegio de Bini. Miss Moore dice que el otro día llegaste tarde a buscar al niño porque te había parado la policía por abuso de alcohol. ¿A las once de la mañana? Rita, esto es grave. Llámanos en cuanto puedas. Estamos preocupados».

Los adultos son un auténtico peñazo. Bajo del todo la capota del Mustang.

Supongo que, aunque hayan pasado unos meses, puedo seguir culpando al idioma. La excusa de que te paren para un control de alcoholemia es un clásico que siempre me ha funcionado cuando llego tarde en Barcelona; no sé qué entendió Miss Moore, si le dejé claro que no había bebido… Y lo de Paul… Que dos niñas interpreten a Dios como un cerdo con un pene extensible es más complicado; aunque si representa que todos somos hijos suyos, creo que es bastante coherente. Diré que es una cuestión cultural.

Atlanta se ha cubierto de un manto frío. Por fin se ha ido el maldito bochorno y las carreteras son más grises y más amplias. Todavía quedan hojas amarillas y rojas, pero también han aparecido los primeros árboles desnudos. Me imagino los árboles de Piedmont Park, ahora como esqueletos en espera, el pelaje de hojas en espera, hibernando.

Cuando Hanne se ha enterado de que aún estoy viva, ha decidido posponer la avalancha de preguntas sobre mi desaparición para una entrevista en directo. Recordemos que pensaban que iba a Las Vegas a ver a Radiohead y Six les llamó para preguntarles dónde me había metido.

Hanne ha insistido en venir a recogerme al aeropuerto, pero le he dicho que me llevaría Six. Mentira podrida. No tenía ganas de una vuelta a casa de llorera y recuerdos y lástima. Tenía pensado coger un taxi, pero una chica se ha ofrecido a llevarme en coche porque coincidíamos en el trayecto y me ha cobrado menos de la mitad de lo que me habría cobrado el taxi. El coche era una pasada. Le he dicho que ofrecer este servicio como profesión —aprovechar su coche y el trayecto— sería un buen negocio, y me ha asegurado que se lo pensaría; también le he dicho que podría ofrecer una botella de agua a cada pasajero.

Lo que no le he confesado es que esta idea es de un niño de cinco años que lanza un proyecto brillante cada cuatro horas y que pronuncia mal la ese porque se le han caído las paletas.

El mismo niño que en este instante me espera al otro lado de las ventanitas de la puerta de entrada de la casa dibujando planetas transparentes en los cristales, y que sale corriendo a recibirme con los brazos levantados antes de que haya puesto el pie en la cul-de-sac.

—¡Hairyyy!

—¡Bini! —El mejor abrazo del mundo. Cuánto lo necesitaba.

—Hairy, hay una puta en el comedor. Te está esperando.

—¿Eh? Una... ¿qué?

—¡Hay una puta, una puta más alta que el papa!

—Ah, una puta.

Un día de estos tendré que explicarle a Bini que una puta no es una mujer muy alta. El día que Eva me preguntó desde el asiento trasero del coche si una puta era una mujer muy alta, me hizo tanta gracia que le dije que sí. Di por sentado que no utilizarían el concepto con frecuencia. Desde entonces no habían vuelto a decirlo. Hasta hoy.

Tiro la mochila en el recibidor y subo los cuatro peldaños que me llevan al salón anunciando mi llegada con el crujido exagerado de cada escalón. ¿Quién será la puta?

Cuando llego arriba, no puedo creerme lo que veo.

La jefa de la secta de au-pairs de Nueva York, la mujer robusta de cabeza rapada e ingles hiperdesarrolladas, está sentada en el sofá de casa con las piernas abiertas como un leñador de Wyoming. Fulbright le ofrece una taza de té. Quizá sea por el contraste, pero nunca me había parecido tan gay. Cuento los días que faltan para su «reunión» con Chitawas. Diecisiete.

—Siempre tuve la impresión de que volveríamos a vernos. —Se levanta y me tiende la mano. ¿Se puede saber qué pinta aquí esta tía?

—Ah, ¿sí? —Sé rápida, inteligente, esta es tu casa—. Pues yo no. Bienvenida a Atlanta —no recuerdo cómo se llama—, ma'am.

—¿Tienes un momento, Rita? —me pregunta Hanne.

—Sí, claro —contesto.

La mujer robusta deja la taza encima de la mesa como si fuese un trozo de tronco que acaba de arrancar con las manos desnudas y comienza el discurso con un dejo automático:

—La verdad es que había venido a Atlanta con la intención de quedar con los líderes de los condados de Druid Hills y Alpharetta, y volver a Nueva York esta noche. Pero cuando vengo a Atlanta siempre paso a saludar a mi amiga Karen Tucker. Supongo que sabes quién es, ¿verdad?

—Hummm… Ahora mismo no caigo. —Sonrío, generosa.

—Karen Tucker es la directora de la escuela de idiomas de Georgia Tech, una excelentísima profesional que ha hecho que la institución se convierta en un ejemplo nacional tanto por la integración de los estudiantes extranjeros como por la divulgación de la historia y la literatura americanas más allá de nuestros pendientes. Y bueno, hablando de futuras colaboraciones, de cómo Au-pair in The States podía ofrecer la matriculación en el Instituto de Chicas Inteligentes, putas —¿ha dicho «putas»? Pero ¿qué pasa?— y pulcras, chicas pulcras —ha dicho «pulcras»—, salió tu nombre. ¡Qué sorpresa! —El tono es aterradoramente dulce—. Como podéis imaginar, nunca olvido ni la cara ni el nombre de ninguna chica que haya pisado mis clases. —Hace una pausa, levanta el dedo y enumera los conceptos en el aire—: Cortinas de formación para la excelencia en la atención de los niños americanos. Así que cuando Karen mencionó a la au-pair Rita Racons, pensé «Venga, ve a ver cómo le está yendo a *nuestra* Rita». —Coge la taza de té con la palma de la mano como si fuese un burbon, da un trago largo y calmado, y el silencio se mantiene, implacable—. Así que vine hasta River Oak Drive.

Tu familia me abrió las puertas de este excelso hogar que te ha tocado, querida. ¡Y quién me iba a decir que sería mi día de suerte! —Mira al cielo, con los ojos llorosos. ¿Adónde quiere ir a parar?—. Tan pronto como Hanne se comió el primer bombón de autobús que traje para la ocasión, Dios Nuestro Señor nos regaló una visita inesperada. ¡Oh, qué alegría, qué satisfacción! El pastor Paul, uno de los más queridos y reconocidos del condado de Dekalb, y me atrevería a decir de todo el estado de Georgia —la voz se le agrava, hace más frío— llamó al timbre. —Hanne y Fulbright me miran con cierta resignación, como si no pudiesen hacer nada, como si no pudieran parar a la bestia—. Pero no vino con el halo de benevolencia y periquitos que le envuelve siempre que nos regala la palabra de Dios en sus sermones, no. Ese día parecía que Dios Nuestro Señor lo hubiese abandonado… —Me clava la mirada—. Y sabes por qué, ¿verdad, Rita? ¿Verdad que lo sabes?

—Fue… fue un accidente, pido disculpas —respondo, dramática. Joder, se muere la yaya y tengo que pedir perdón por un pito de peluche.

—Y lo entendemos —añade Hanne bajando el tono, me toca la rodilla—, lo entendemos…

—¡Pero fue un accidente intolerable! —Robusta grita—. Como indica el tercer párrafo de la página trecientos ochenta y nueve de la guía protocolaria de las au-pairs, «Nunca harás apología, ni mencionarás, ni exhibirás ante los niños ningún…» —respira, cierra los ojos, se persigna—, «ni exhibirás ante los niños ningún objeto sexual». Y de esa forma, oh, Virgen Santa.

—Lo sabemos —agrega Fulbright intentando calmarla.

—El protocolo es muy claro, señor y señora Bookland. El código deontológico indica que la au-pair debe ser expulsada del país.

¿Qué?

—Lo sabemos —repite Fulbright mientras se levanta del sofá e inicia el proceso de despedida—. Deje que nos lo pensemos hoy y mañana le daremos una respuesta.

¿Cómo que «pensemos»?

La puta se levanta. Se enfunda el polar XXL de 1993 con el logo bordado Au-pair in The States, estrecha la mano a Fulbright y a Hanne, y después me la da a mí con desidia y un punto de odio. Supongo que el hecho de que una au-pair que haya asistido a sus excelsas clases haya sido capaz de introducir un pene extensible en una vivienda familiar es una mancha tan oscura que nunca podrá quitarla de su currículum divino.

Hoy el tema de la cena era «Cuando Aníbal cruzó los Alpes». Aksel ha hablado de las cuentas económicas para contratar honderos baleáricos y del armamento militar para atacar Roma. Y eso que solo es lunes. Ha llegado a mencionar el «redondeo de los recodos del río para conseguir una parábola perfecta durante el lanzamiento del proyectil». Eva ha aportado toda clase de detalles sobre el sistema de suministro y el transporte de los alimentos a lomos de elefantes. Y para acabar Bini ha hecho un análisis comparativo de la vegetación actual de los Alpes y cómo creía que había cambiado desde el año 218 a. C. hasta ahora. «Creo que el cambio climático ha provocado que se haya fundido más hielo, así que debe de estar más verde».

No he abierto la boca. Me ha ido bien que pensasen que me había afectado mucho el tema de Robusta, pero la verdad es que no podía aportar absolutamente nada a la conversación. No sabía ni que Aníbal había cruzado los Alpes. Tampoco sabía que lo había hecho a lomos de elefantes. Y bueno... tampoco sabía quién era Aníbal. Después he pensado que no era grave no saberlo.

Y no sé cómo, de Aníbal y sus parábolas de los recodos del río hemos pasado a hablar del nihilismo.

Cuando he oído la palabra «nihilismo» he estado a punto de escabullirme al baño para buscarla en Google, pero por suerte Eva y Bini no sabían qué quería decir *exactamente*, así que he escuchado la explicación de Hanne para repasar lo poco que recordaba de lo que aprendí en la universidad. Y para comprobar, de paso, que lo que recordaba no tenía nada que ver con el nihilismo.

Me he sentido bastante abatida durante toda la cena. Aún lo estoy. Como es evidente, no es por Robusta, no puede importarme menos lo que piense esa fanática. Y bueno, supongo que a Ful y a Hanne tampoco. Espero que no tengan la bandera demócrata colgada en el garaje y después se horroricen y me envíen de vuelta a casa solo porque su hija jugaba con un cerdo de pene extensible. Claro que... ¿la decisión depende de ellos? ¿O de verdad existe el código deontológico de las au-pairs y van a deportarme? Fanáticos.

¡Es que ahora no puedo irme! ¡No quiero irme! Después de la ascensión del Grand Canyon, mientras conducía el descapotable de regreso, la imagen de esta casa se me aparecía una y otra vez. La certeza de que esta cul-de-sac a la que he venido a parar es en realidad una lotería. Que estos *cum laude* aún no me hayan echado es un milagro. Que el hecho de que siga aquí quiere decir algo. Ahora ya saben quién soy. Saben que lo busco todo en Google y que me como los alfajores argentinos, que es lo único que me pidieron que no me comiese porque costaba mucho encontrarlos. Cuando me lo dijeron, busqué en Google qué era un alfajor y luego me lo comí. También saben que nunca he sabido la diferencia entre las teorías de Hobbes y de Rousseau. Ni quiénes eran Hobbes y Rousseau. No conozco la mayoría de los temas de los que hablan en la cena temática semanal ni puedo seguir los tecnicismos médicos más básicos. («Ácido acetilsalicílico» no es un tecnicismo médico). Pero saben que los escucho. Me interesan. Contra todo pronóstico, me interesan. Quizá por eso sigo con ellos. Porque simplemente los escucho. Igual que ellos me escuchan a mí. Cada uno desde un lado del termómetro vital e intelectual. No puedo irme de esta casa.

Así que Robusta y su polar XXL de 1993 dieron un portazo e hicieron saltar mi futuro por los aires. Era una incógnita si me quedaría en mi casa de la cul-de-sac o me deportarían por pene de peluche. Lo único que estaba claro es que Hanne, Fulbright y yo teníamos que hablar. Así que cuando hemos acostado a los niños no me he despedido con una frase en el aire como de costumbre para bajar a mi habitación y enviar el e-mail de turno al otro lado del Atlántico.

Hoy he vuelto a la cocina. Porque tenemos que hablar.

—Por tanto —Fulbright filosofa mientras recoge las cucharas de la NASA de la mesa de los niños—, según la teoría de Nietzsche, es imposible distinguir la existencia de la no-existencia. Además, no olvidemos el sentido negativo, porque el nihilismo designa el largo proceso de decadencia de la cultura occidental que se inició con el socratismo y se alargó con el platonismo y la religión judeocristiana...

—¡Claro! —sigue Hanne, que se llena otra copa de syrah.

—No me escucha —dice él—, esta mujer no me escucha... Rita, volvamos al principio: el nihilismo asegura que el concepto de la existencia en sí no tiene sentido, que solo existe la nada... ¿Qué opinas?

—Opino que ningún ser humano debería oír la palabra «nihilismo» antes de los doce años.

Durante un segundo, los dos se quedan inmóviles. No sé si debería permitirme este tipo de licencias en mi condición de preexpulsada del país. Pero se ríen.

—Venga, va, ¿eso no lo estudiaste en la universidad? Nietzsche debería ser obligatorio en cualquier carrera —continúa él.

—Sí... A ver... —Me siento en la mesa de los niños.

—Venga, psicóloga… —Hanne sonríe con los dientes teñidos por el vino.

—El símbolo del nihilismo activo es el león. —Lo he buscado en Google cuando he ido al lavabo—. Simboliza la destrucción de los valores establecidos. Es el ser humano que lucha contra la moral idealista con su voluntad divina. —Siempre he sido una máquina memorizando textos—. Y en esta lucha contra los valores establecidos crea su libertad. —Sonrío.

—Has buscado «nihilismo» cuando has ido al aseo, ¿verdad? —Hijo de puta.

—Pero ¡será posible! ¿Eso es lo que pensáis de mí?

—Oh, la libertad… —Fulbright vuelve a motivarse. Hanne se sirve otra copa de vino—. La libertad…

—«La libertad es poder escoger» —le corto.

—¡Oh! —Vuelve a pararse en seco, ahora en el proceso de abertura de la segunda botella de vino—: ¿*Fahrenheit 451*?

—¿Qué piensas que hago mientras espero a que Bini salga de tenis?

—¡Pero si siempre llegas tarde!

—Precisamente.

—Ajá… Interesante, muy interesante.

—Me gustó mucho *Crónicas marcianas* y quise seguir con Bradbury. *Fahrenheit 451* es bastante más oscuro, pero me encanta cómo escribe este hombre… —Me mira, como si esperase que dijera algo más, y yo sigo—: «Llénate los ojos de asombro, vive como si fueras a morir en los próximos diez segundos…». —Está encantado; si yo fuese un hombre, se habría enamorado en el acto—. Por cierto, pregunto, ¿aquí la traducción correcta de «wonder» es «maravillas» o «asombro»?

—¿Y no es lo mismo, querida Rita…? ¿No es lo mismo…? Bradbury habla de la quema de libros por la agorafobia que supone tener demasiadas ideas, por la vulnerabilidad al darnos cuenta de que no sabemos nada. No es fácil tenerlo todo para poder escoger, pero debes ser lo bastante valiente para afrontarlo. ¿Crees que has empezado a afrontarlo ya, Rita, con todas tus preguntas?

No tengo ganas de decirle que paso muchos ratos libres leyendo y escribiendo. Y de hecho no sé si eso significa algo. Pero tengo ganas de irme a dormir. Estoy muy cansada.

—Creo que sí, Fulbright, creo que sí... —Le miro con todo el misterio que puedo—. A ver, queréis hablar del cerdo, ¿no?

Hanne decide amenizar la conversación llenando el salón con Bach y sus *Variaciones Goldberg*. Cuando pulsa el «play», la pequeña presión de la tecla hace que se vierta un poco de vino en la solapa del cuello alto de color turquesa. ¿Es nuevo? ¡Hanne lleva un jersey nuevo!

—Exacto, deberíamos hablar de «la cuestión del cerdo». —Dibuja las comillas en el aire con los dedos.

Yo me siento en la butaca; ellos dos, en el sofá. Hanne empieza:

—Explícanos qué pasó con el cerdo en la sala de juegos exactamente.

—Ya sabemos lo que pasó exactamente, honey, no hace falta que volvamos a hablar de ello... por el amor de Dios.

—Exacto, por el amor de Dios... —Se ríe como si tuviese ocho años y acabase de oír la palabra «pene» por primera vez.

—La verdad es que no creo que sea para tanto. Es un regalo que me hicieron mis amigas y que tenía guardado en mi habitación y...

—Que sí, que sí... —Ya no se ríen, Fulbright sigue, nunca le había visto tan serio—: La cuestión es que el otro día llegaste bebida a buscar a Bini al colegio. Y eso es muy muy grave.

—¿Qué? —¿QUÉ?

—Que llegaste bebida a buscar a...

—No... no llegué bebida...

—Bueno, que recibamos una nota del colegio con esta información debe de tener algún tipo de fundamento, supongo. Rita, es posible que el colegio te denuncie. Y si te denuncia, según el contrato, tienes que volverte a Barcelona.

—Pero bueno… honey… ahora no podemos dejar que se vaya… —dice Hanne—, ahora que por fin parece que Eva aprobará Educación Física.

—¿Y cómo sabéis que había suspendido?

—Por favor, Rita, que son nuestros hijos… —contesta él.

—Y lo del rap de Aksel, ¿también lo sabéis?

—¿Qué de Aksel?

Los dos me miran extrañados. ¡Soy idiota!

—El… «el rap»… Su ordenador, construido a piezas…

—Pues claro —responde Hanne—. Lo que decía. Ahora no puede venir otra au-pair. Además, Aksel sigue interesado en que te quedes en casa, Rita. —Se me hace un nudo en la garganta—. Y Bini… Bini también.

Me sorprendo pensando que lo peor que podría pasarme ahora mismo es que me separasen de los niños.

—Pero llegaste tarde porque te había parado la policía, eso es lo que dijiste. ¿Habías bebido…? —Silencio. No puedo contarles que llegué tarde porque me había quedado a dormir en casa de John. Si lo hago, se pondrán celosos porque a ellos no los invitaron al lugar que los hace sentir guais y jóvenes y alternativos, y me cogerán manía y me harán recoger todas las ramas del jardín y los residuos orgánicos—. Sé que tu vida privada no nos incumbe, pero en ese momento estabas trabajando y necesitamos saber por qué llegaste tarde. Necesitamos saber si ibas borracha, Rita.

—Estaba en casa de John, después de una fiesta…

—¿Cómo? —La reacción es más bestia de lo que me esperaba.

—Fui después del entrenamiento… Fue… fue improvisado. Yo… es que ni quería…

—¿Una fiesta en casa de John?

Se miran. La indignación crece. Hanne deja la copa. La vida adulta es una falacia. Siempre seremos niños de ocho años en cuerpos de personas mayores que quieren que los inviten a las fiestas de sus amigos.

—¿Y cómo fue? ¿Quién estaba allí? —Hanne me escruta.

—Fue más bien aburrida. —La imagen de John con la camisa desabotonada. Philipp durmiendo entre dos hombres con camiseta imperio. Las lenguas. La pastilla.

—¿Aburrida? No puede ser —dice Fulbright.

—No fue nadie del barrio. —Samantha, cuando por fin se dejó llevar, abrazada a aquella mujer—. No conocía a nadie, pero se me hizo tarde... —las ocho de la mañana—, y no quería coger el coche porque me había tomado un par de birras.

—¡Un par de birras! —se indigna Hanne—. Que tengamos un diploma *cum laude* en Harvard no quiere decir que seamos imbéciles.

—Bueno, el caso es que me levanté tarde y llegué justa a buscar a Bini. Puse la excusa del control de alcoholemia porque en Barcelona siempre funciona.

—Claro... —Están muy dolidos. Querían haber ido a la fiesta de John y no los invitaron.

—Bien. —Ful no me mira a los ojos, Hanne se pierde en el infinito, valorando la situación, imaginándose la fiesta, a John—. Entonces tema zanjado. Te rogamos que no vuelvas a llegar tarde, porque es una mala costumbre que no queremos inculcar a nuestros hijos. Y Rita, cuando tengas un momento, te agradeceríamos que recogieras las cuatro ramas del jardín que...

Están muy muy enfadados. Con los índices de guayismo a cero. Necesito un buen contraataque.

—Fulbright, Hanne... mi abuela ha muerto.

El trabajo más difícil del mundo

Parece que el olor corporal de los alumnos chinos no ha hecho más que empeorar bajo los anoraks de Tactel. Percibo una mezcla de humedad y caldo de pollo con un dejo de marihuana. No quiero ni pensar en la hora de comer.

Hoy tenía muchas ganas de volver a clase. De normalidad.

He llegado pronto, casi casi antes que nadie. En las escaleras del instituto he visto a Tek Soo tumbado, con el cuerpo tendido sobre seis escalones como si fuese la portada de un CD de un cantante de pop coreano.

Me he sentado con él y le he contado por encima mi fin de semana. Menos lo de la yaya. No sé si lo ha entendido, porque no ha mostrado mucho entusiasmo cuando le he dicho que había bajado dieciséis kilómetros hasta el fondo del Grand Canyon. Supongo que olvido con excesiva frecuencia que su abuelo era ninja —¡su abuelo era ninja!— y que a partir de ahí nada puede impresionarte mucho.

Me ha regalado una galletita que dice que es típica de Seúl y, en el intercambio, me ha rozado el dedo y se ha sonrojado, pero no me ha parecido que fuese a explotarle la cara. Incluso me ha mirado a los ojos y ha recitado un poema precioso que había escrito esta misma mañana.

Pero hoy sobre todo tenía ganas de venir porque Roberta

nos entrega la última redacción corregida. Esa me la curré. Quién me lo iba a decir, una redacción bien redactada y creativa, escrita en lengua inglesa. Tantas frases seguidas. Menudo milagro.

—¡Buenos días, queridos! —Roberta entra en clase con la energía habitual y va al lío: levanta los documentos corregidos en el aire con los dos brazos—. Estos sois vosotros. Os tengo en mis manos. Sois míos, pero solo por unos instantes. No soy más que una judía verde, la guardiana de una de las muchas barreras que os encontraréis en el camino del arte y la literatura, del camino que os abrirá las puertas hacia vosotros mismos. ¡El Nirvana!

Profeta. Haría buenas migas con Fulbright. Estoy nerviosa, me sudan las manos. Creo que hice un buen trabajo. Titulé el escrito «Tinta americana» como referencia a John (en la redacción, Jack) y a la Coca-Cola, pero también para comparar las dos culturas, la vida cotidiana de Atlanta y de Barcelona. Los camareros, la hospitalidad del sur, la ocra y la escalivada. Es un tema tradicional, sobre todo cuando te vas a vivir a otro país, pero con un punto de vista de la Cerdaña, que siempre suma puntos.

—Rita.

—¿Sí? —Me río con el labio tembloroso, me sonrojo.

—¿Qué decía Hemingway sobre la buena escritura?

—Que nadie conoce el secreto. —Me lo he aprendido, soy una empollona, quien me conozca no me reconocería—. Pero él decía que sí que lo sabía, que el secreto de un buen texto es que sea poesía escrita en prosa... y que es el trabajo más difícil del mundo.

—También, cuánta razón tenía el señor Hemingway. De hecho decía muchas cosas, sobre todo después de unos cuantos daiquiris. —La clase se ríe, yo no puedo estar más atenta—. También decía que el regalo esencial para un buen escritor es un buen detector de mierda.

Es probable que esté babeando. Miro a Roberta con admiración y amor. Miro cómo se le enredan los rizos blancos en las gafas doradas, y miro la piel marrón de sus preciosos dedos cuando me entregan la nota de la mejor redacción que he escrito hasta ahora.

—Rita, esto es una mierda.

—¿Cómo?

Tengo tres años y me he hecho pis delante de toda la clase.

—Estos papeles, una mierda.

—Ah… De acuerdo.

Alguien se ríe.

—No te lo tomes a mal.

Tengo veintitrés años y me he hecho pis delante de toda la clase.

—Ah, no, no…

—Creo que tienes un buen detector de mierda, Rita, pero en estas líneas lo has dejado como una morsa en celo. Lo que me has entregado no es más que una enumeración de cosas. Un análisis antropológico de la cultura y la vida americanas. Un análisis sin alma.

—Pero lo he hecho a conciencia. Hay un *crescendo* de importancias y medidas físicas…

—No me ha enganchado. Debo reconocer que me has hecho plantar geranios sobre el hecho de que los americanos estemos todo el tiempo diciendo «perdón», y que hay chicas que hablan con una voz nasal arrastrada que se merece una bofetada. Pero carece de profundidad, análisis, poesía y prosa. Y Jack, ¿qué pinta aquí?

—Quería crear misterio…

—¡Pero aquí Jack hace collarcitos con macarrones! ¡Es demasiado evidente! Hay fragmentos interesantes, pero mal ordenados y muy superficiales. Vuelve a intentarlo.

Pum.

Hoy los chinos, además de cultivar una plantación de marihuana bajo el anorak de Tactel, han traído sopa de pescado para almorzar, con cabezas de gamba incluidas, así que me despido de todo el mundo y me voy a comer a casa.

Paso por delante del despacho de la directora, que siempre tiene la puerta abierta, y leo: Karen Tucker. No puedo contener una sonrisa al pensar en Robusta.

De camino a la salida me reencuentro con Roberta, que lleva una sonrisa asquerosamente jovial. Me coge por los hombros.

—Rita, vuelve a intentarlo.

Voy al aparcamiento, entro en el coche y compruebo el móvil. Me espera un mensaje:

Acabo de conseguirte una cita con la mejor rapera del sur del país. Esta tarde trae a los niños a casa. John

La muerte en el avión de Sinatra

—Hairy, ¿por qué siempre nos preparas comidas de desayuno? Son las cuatro de la tarde... —Bini abre mucho la boca mientras mastica una tostada con mermelada y crema de cacahuete sentado en la barra de la cocina.

—¿No crees que es la mejor comida del día?

—Si pudiese desayunar helado de chocolate, sí. Hairy... —No puede abrir más la boca—. ¿Adónde vamos hoy?

—¿Hoy? ¿Por qué me lo preguntas?

—Porque hueles mucho a colonia.

—Vamos a casa de un amigo mío que nos presentará a una chica que ayudará a Aksel con el proyecto de final de trimestre.

—¿Una rapera?

—Sí, una rapera. Pero recuerda que no podemos contárselo a papá ni a mamá hasta final de curso, ¿eh? Es una sorpresa...

—Hummm... —No está muy convencido.

—¿Quieres helado de chocolate?

Introduzco el código de casa de John como si fuera una marquesa. Qué seguridad, qué sensación de pertenencia, qué necesidad continua de ganarme a estos críos. Miro por el retrovisor y me doy cuenta de que el sistema de puntos «au-pair que mola» se va cargando a medida que enfilamos la colina y que gana un bono dorado cuando la cruzamos.

—¡Técnicamente, tiene más kilómetros cuadrados que la Casa Blanca! —dice Aksel.

—¿Estamos en Camp David? —pregunta Bini.

—Pero ¿quién es John? —añade Eva.

Supongo que por muy intelectuales que sean, por mucho Aníbal y por mucho nihilismo, una casa de ricos siempre será una casa de ricos.

De día, la casa de John adopta un aire más romántico. El dramatismo del descenso inicial, la verdad de la piedra... Esta explanada hoy me recuerda a la descripción de los paisajes de Jane Austen. Pero aquí, en lugar de un señor Darcy contenido y reprimido, tenemos a otro burgués más evidente, con tendencias más bien drogofestivas.

Un burgués que sale a recibirnos con el uniforme de ir por casa: vaqueros de un millón de euros, camiseta blanca y un abrigo de color beis que arrastra de forma calculada por el suelo y que cualquier persona con más juicio solo sacaría del armario para la boda de invierno de un pariente de primer grado.

—Tú debes de ser Bini. —John estrecha la mano a Aksel—. Tú debes de ser Aksel —le dice a Eva— y tú, sin lugar a dudas —le dice a Bini—, debes de ser Eva.

Podríamos considerarla una broma clásica, incluso fácil, pero la gracia con la que lo ha dicho, la sonrisa de confusión fingida, nos hace reír a todos de verdad.

—Y usted, señora —me coge la mano con cuidado, me da un beso de terciopelo—, usted debe de ser la famosa profesora de tenis, Mrs. Gee.

Y aquí sí que nos hemos partido todos de la risa. Y yo le habría arrancado los vaqueros de un mordisco.

Philipp nos espera en la cocina con una merienda de esas de entierro americano. Un par de bandejas de plata no muy grandes pero muy bien servidas, una con pollo al curri y otra con vichyssoise, y al lado, dispuestos en una diagonal perfecta, un surtido de sándwiches envueltos en los papelitos de las pastelerías caras.

Nos ha dado a escoger entre chocolate a la taza, café o té verde. Eva ha pensado que no la veía y ha señalado con el dedo la jarra que contenía el café. Y sabe que no puede tomarlo. Philipp le ha servido el líquido prohibido sin plantear ningún tipo de pregunta sobre el efecto de la cafeína en un cuerpo de ocho años. Eva ha aceptado la taza de Philipp como si fuese un procedimiento habitual y, sin saberlo, deleitándose en la novedad y el misterio de todo eso, se ha sumado a la larga lista de enganchados a este palacio del hedonismo.

—Muchas gracias por todo, John. —Me limpio los labios llenos de chocolate y leo la contraportada del vinilo de Aretha Franklin que acaba de poner—. Te has cogido fiesta para la ocasión, ¿no?

—No soportas la curiosidad, ¿no? ¿No saber en qué trabajo? De dónde vengo. —Se ríe.

—Ah, pero ¿trabajas?

—Soul debe de estar a punto de llegar.

—Kiom de iaroj vi havas? —Eva habla con Philipp.

—Niños… —interrumpo—, ¡cuántas veces tengo que deciros que no habléis en latín!

—¡Hairy —me detiene Aksel, y todos se ríen—, eso no es latín, es esperanto!

—Lo que sea, pero ¡no habléis lenguas muertas que no habla nadie!

—Mi bedaüras —continúa Philipp.

—¡Finu vian manĝon ĉar ni baldaŭ forlasos! —contesta John, con tono de urgencia.

—El que faltaba.

—Mia amo, vi aspektas bela hodiaŭ, hara —me suelta.

—¿Qué acabas de decirme? —Quién me iba a decir a mí que un día me sentiría desplazada por no hablar esperanto.

—Eso… ¿eso de allí es un avión? —Eva señala los ventanales del comedor golpeteando las patas del taburete alto con los talones de las zapatillas. La cafeína empieza a afectarle.

—Eso no es solo un avión, querida Eva —contesta John—, eso se llama Lola y nos está esperando.

Al final del jardín, en un pequeño y redondo helipuerto de cemento, y sin que me sorprenda ni un ápice, hay una avioneta. Eva y Bini saltan del taburete y corren hasta los ventanales, y gritan y pegan las manos y la nariz a los cristales. Pero Aksel se queda en la cocina, sin palabras, petrificado, anclado en una aparición de cabello largo y rosa que acaba de descubrir bajo el arco de entrada de la casa.

Soul tendrá mi edad y es afroamericana. Lleva el pelo liso y teñido de un rosa claro, casi gris, y le llega a la altura del ombligo. Se ha quedado quieta, con la mirada oculta bajo una capucha negra; solo deja entrever una sonrisa vergonzosa, y a pesar de la pose de absoluta indefensión, la calma y la seguridad que transmite a distancia me resultan hipnóticas.

—¡Soul! —John grita y avanza a grandes zancadas y con los brazos abiertos, como si ya supiese de qué va, como si tuviese que ir a rescatarla—. ¡Bienvenida!

(¿Esta es la famosa rapera que tiene que salvarnos el culo a todos para que Aksel no haga un ridículo espantoso delante de todo el colegio?).

Por fin Aksel ha saltado del taburete, y está más pálido que de costumbre. En otra situación, delante de una chica como esa —una señora, diría él—, le flaquearían las piernas y aprovecharía el escaso equilibrio que le quedase para salir corriendo. Pero no puede. Parece que no le impacta demasiado tener delante la cara que ha admirado durante incontables horas en la pantalla del ordenador, imitando sus gestos y su voz, anotando sus mejores versos. Aksel no ve a una chica guapa ni exótica, sino que mira a Soul lleno de esperanza, a punto de aferrarse a ella con todo el cuerpo, a punto de escuchar la respuesta a todas sus preguntas porque sabe que hoy, por fin, el flow está más cerca que nunca. Se le acerca, tartamudea unos segundos hasta vocalizar su nombre y le tiende la mano.

No sabría explicar cómo hemos pasado de tomar chocolate a la taza a sobrevolar Atlanta a bordo de un avión diminuto con un multimillonario y una estrella del rap. Pero así ha ido.

—¿Crees que debería llamar a Hanne y a Fulbright, y avisarles de que he subido a sus hijos a un avión diminuto que ha despegado de un jardín? —le he preguntado a John mientras se ponía los auriculares de piloto.

Pero entonces me ha mirado extrañado, como si acabase de formular la pregunta más aburrida del mundo, y me ha importado mucho más parecer guay delante de él que la inevitable crisis que estallará esta noche si a alguno de estos tres mocosos se le escapa que, en lugar de ir a clases de chino, hemos ido a volar.

—Os habla el capitán —dice John a dos metros de nosotros, riendo por el retrovisor—. ¿Cómo estáis, niños? —Los niños responden con una sonrisa de emoción máxima y levantan el pulgar como les ha enseñado John—. Atención: este avión en el que estáis ahora no es un avión cualquiera. Lola, esta joya de los setenta, perteneció durante años a una de las voces más privilegiadas que ha conocido este mundo. De hecho fue… ¡«La Voz»!

Miro a Soul para compartir sorpresa y por fin responde a mis cejas enarcadas con una sonrisa.

—¡Sí! Frank Sinatra utilizaba este avión para uso particular y para llevar arriba y abajo a sus incontables amantes.

Los niños escuchan la lista de las amantes de Sinatra con el mismo interés con el que escucharían una disertación sobre el cretácico superior, «Se enamoró perdidamente de Carmen Sevilla, una española tan graciosa como Rita, aquí presente, y él le enviaba un ramo de rosas rojas cada día; pero su amante más sonada fue Mia Farrow, que tenía veintinueve años menos que él».

El ruido del motor de Lola nos aísla a todos un buen rato mientras continuamos ascendiendo. Las calles residenciales de Atlanta vuelven a aparecer como cuando las vi por primera vez desde el aire, como cicatrices cosidas con puntos, como miles de ciempiés, ahora entre árboles que cambian de amarillo a gris y que se extienden hacia un nuevo horizonte.

Eva y Bini vienen a sentarse a mi lado y me cogen fuerte, uno de cada brazo; y yo no digo nada, pero pienso que deberíamos ir más a menudo en avión.

Aksel, por su parte, aguanta el tipo como puede desde el último asiento, intentando no transmitir su miedo a las alturas, intentando no parecer un niño al lado de Soul, alzando la barbilla. Mientras tanto, ella mira por la ventanilla como si supiese adónde vamos.

No tardamos en acostumbrarnos al runrún del motor, a ver las nubes que pasan por debajo de nosotros. Georgia vestida de invierno.

—Pero ¿¿¿se puede saber adónde vamos??? —grito.

—¿¿¿Qué??? —responde John, riendo—. ¿Lleváis el cinturón? —John mira por el retrovisor y se asegura de que Bini y Eva corran hacia sus asientos—. ¿Queréis saber adónde vamos?

—¡Sííí! —gritan los dos pequeños.

—¿Conocéis ese sabio dicho que dice que lo que cuenta no es el destino, sino el viaje?

—¡Sííí! —No tienen ni idea.

—Y no solo eso: el camino debe hacerse bien, hay que sacarle jugo, tenéis que aprender de las personas con las que os encontréis y aguantar el tipo a cada giro inesperado. ¡El camino siempre es la respuesta!

—¿Ahora eres un puto cura o qué? —Soul tiene voz y no está para hostias—. ¿Se puede saber adónde vamos?

A Aksel se le cae la baba.

—Yo solo digo… —se ríe— que cuando vienen cambios bruscos es importante conocer a las personas que tienes cerca.

De repente, John hace caer el avión.

El estómago se me sube a la garganta, la impresión es tan fuerte que no soy capaz de insultarlo, solo puedo gritar, cerrar los ojos y arañar el asiento. Contra todo pronóstico, Eva y Bini se ríen a discreción con lágrimas en los ojos, no pueden parar; abandonan sus cuerpos a la gravedad, levitan hasta donde les permite el cinturón y suplican a John que no pare. Intento mirar a Aksel, que va sentado detrás de mí, pero la inercia no me deja. Solo veo que el pelo rosa de Soul se dispara en vertical, enganchándose en las rendijas de los compartimentos del techo, y su sonrisa se convierte en una mueca de pánico. No sé si grita más ella o yo, que tengo la impresión de que el chocolate que me he bebido me saldrá por la nariz en cualquier momento.

John vuelve a hacerlo… y pienso que hoy es el día, hoy es el día en que nos estrellamos. Grita como un loco, como si quisiese liberar a todos sus demonios. Pero ¿qué demonios le quedan a este hombre? ¡¡¡Si hace tres orgías cada semana!!!

¡Mierda, joder! Pienso que, aparte de la orgía que hizo en los ochenta y que le separó de su familia, en realidad no sé nada de John, ¡no sé ni de qué coño trabaja! ¡Ni si trabaja!

Por fin puedo girarme para mirar a Aksel. Y me doy la vuelta justo en el momento en que ya no puede disimular más: su palidez vikinga estalla en un rojo rabioso, su boca se descarga con gritos llenos de babas, y en un acceso de rabia o de pura desesperación, le coge la mano a Soul. Ella lo mira, duda un instante y acaba apretándosela con fuerza, compartiendo el horror. Creando el vínculo. El vínculo que John estaba buscando.

El hijo de puta de John sigue riéndose, hasta que por fin, después de una eternidad, vuelvo a sentir la gravedad en los pies. Estoy afónica y me presiono el pecho con fuerza para contener los latidos del corazón.

—Y ahora que todos nos conocemos un poco más —anuncia John, con absoluta tranquilidad—, aterrizaremos en este bonito campo de Birmingham, Alabama.

Los sándwiches envueltos en papel de pastelería pija han aguantado bastante mejor que nuestras caras. Nos sentamos en círculo sobre la hierba quemada por el frío, John desdobla unas servilletas de hilo beis ante nosotros y a continuación nos cubre los hombros con mantas. Así, tan normal, como si no acabásemos de jugar con la muerte.

Nadie quiere decirlo en voz alta, pero ahora, después de la tormenta, todos reconoceríamos que la locura ha valido la pena, que la sensación de postorgasmo de adrenalina es brutal.

Engullimos los triángulos de pan de brioche con pocas palabras, disfrutando de la brisa y del agotamiento. Eva me mira y recuerda mi cara de terror, y suelta esa carcajada de niña que te hace olvidarlo todo y que es sumamente contagiosa. La carcajada de Eva es el sonido más maravilloso de la Tierra, y cuando se ríe a pleno pulmón el mundo es un lugar mejor. Yo me resisto. La sigue Bini, y John y el resto de la comitiva suicida. Mientras, el sol atenuado ilumina este pequeño montículo perdido en mitad del estado de Forrest Gump.

—Soul, ¿eres una estrella del rap? —pregunta Bini con los labios llenos de migas.

Aksel se atraganta, aterrado por el atrevimiento de su hermano.

—¡BINI! —A Aksel se le pone la cara como un tomate.

—Sí que lo es —responde John—, y es muy buena.

—Sí, pero no vayáis a pensar que voy a ponerme a rapear ahora, después de la puta pirueta aérea.

—Venga, no exageremos, no me negarás que acabo de regalarte inspiración para varios versos… —continúa él.

—Eres un hijo de puta. —Esta chica dice muchas palabrotas.

John ha traído una guitarra, dos violines y un balón, pero parece que no hay *quorum*. Me llevo a Eva a echar unos chutes y dejo que se entiendan.

—Eva, después pregúntale a John en qué trabaja.

—De acuerdo.

—¿Es tu novio?

—¿John? ¡Eva, si es un señor!

—Bueno, Frank Sinatra también era un señor y se casó con Mia Farrow. Y tienen el mismo avión.

Desde lejos, la imagen de la avioneta Lola en la explanada y nuestras figuras moviéndose a contraluz en lo alto de la colina parece un anuncio de Louis Vuitton.

Y para rematar el cuadro, quizá harta de que insista en que intente chutar con el empeine en lugar de hacerlo con la punta del pie, Eva coge el violín. Porque, claro, John ha traído un violín.

—A ver, ¿qué preferís? ¿«Eine Kleine Nachtmusik», «Polevetsian Dance» o «Humoresque»? —Increíble, la gente se lo está pensando—. ¿O queréis Mozart? ¿«Adagio en mi menor»?

—¡«La Pantera rosa»! ¡«La Pantera Rosaaa»! —dice Bini.

—¡No, no! —salta Soul, como si Bini no tuviese cinco años y fuese la cosa más entrañable del mundo pidiendo «La Pantera Rosa»—. ¡Mozart, joder! ¡Siempre Mozart!

—De acuerdo. —Eva habla rápido, se mueve rápido, la cafeína prohibida le corre por las venas a una velocidad supersónica—. Empezaremos con el amigo Wolfgang… ¡y después «La Pantera Rosa» para ti, Bini! —Le guiña un ojo.

Eva se acomoda el violín en el hombro pequeño y huesudo, se encaja la madera curva bajo el cuello y cierra los ojos. En cuestión de segundos, el rictus se le transforma, la concentración es máxima y el último rayo de sol del día le tiñe el pelo de luz.

Eva despierta a Mozart con un golpe seco. Las primeras notas suenan con fuerza, con gusto y juventud, y la sorpresa es tan grande que el cuerpo me salta con un espasmo. La música suena rápida y alegre, y después cambia, ahora más baja y más lenta, para volver a subir en un estallido de colores y aventura. Eva va a cámara rápida, su cabeza va que vuela, y a pesar de mi total ignorancia, entiendo que esto es una genialidad. Siento un orgullo inmenso. Orgullo de conocerla, honor de ser la que la cuide y de haber podido aconsejarla en algo alguna vez. ¡Eva es un prodigio! ¡Que no deje de tocar!

¡A la mierda el fútbol! ¿Se puede saber por qué tiene que aprender a jugar al fútbol?

El sol se ha puesto mientras Eva tocaba a Mozart y dos veces «La Pantera Rosa»; ahora el cielo y nuestras caras se pintan de un lila cálido y parece que el círculo no tenga intención de deshacerse; estamos todos tumbados y en silencio, mirando las nubes.

—¿Escribes, Aksel? —pregunta Soul.

Por fin ha llegado el momento que espera desde hace rato. Aksel se queda petrificado unos instantes, pero la necesidad de encontrar el flow es tan potente que hace que se incorpore de golpe. Se aparta el cabello seco y alborotado de la frente, y responde con cada poro de su cuerpo:

—Siempre que puedo, Soul. Tengo muchos papeles llenos de versos, y rimas, y también canciones enteras.

—Bien. ¿Qué es lo último que has escrito?

—Unas rimas de cuando Tesla propuso a Edison cambiar el sistema de corriente continua a corriente alterna.

Soul clava los codos en el suelo y se incorpora para mirar a Aksel.

—Puto Tesla, ¿eh? Continúa.

—También he escrito sobre la masacre de Boston, sobre los inventos de Thomas Jefferson, como la silla giratoria y la máquina para hacer macarrones.

—Más. Sigue.

—Para ensayar el ritmo canto poesía. Me gustan mucho Walt Whitman y toda la corriente de escritores en los que influyó... como Lorca, Neruda y toda la Generación del 27.

—Cojones, pero ¿cuántos años tienes? ¿Ochenta? ¿No deberías tener un póster de Rihanna? —Aksel no sabe qué quiere decir con eso y no contesta—. ¿Y sobre tus sentimientos has escrito?

Aksel rebaja el tono enérgico y se le hunden los hombros, sabía que caería esta pregunta y que no tendría una buena respuesta.

—Creo que no...

—¿Cómo que crees que no? ¡El rap es pura emoción! ¡Cuando escribes sobre lo que sientes lo sabes! No hay margen de error, es como el amor: o te electrocuta el alma o es humo, nada. —Aksel no sabe qué decir. Soul se sienta y lo mira a los ojos con la confianza de dos personas a las que les ha parecido que compartían la muerte hace poco más de una hora—. ¿Tú quieres hacer rap, Aksel?

—Sí.

—¿Lo sientes dentro, en el corazón?

—Sí. Lo siento duro y claro. En el corazón.

—¿Eres consciente de lo que quiere decir eso? ¿De la responsabilidad, la maldición y la suerte que supone sentir el arte en las venas?

—Sí. —Flota.

—Pues si realmente lo sientes, el rap y tú debéis ser lo mismo. Debes tener una rima preparada para cada bit que aparezca en tu vida.

Aksel coge la libreta y toma apuntes.

—Pero ¿qué haces? ¡Te estoy hablando de la vida! No tomes apuntes: ¡escúchame! —Aksel cierra la libreta de golpe y abre los ojos, y sin darse cuenta también abre la boca—. Léete el diccionario, léete una puta enciclopedia si es necesario…

—Ya lo estoy haciendo. Voy por la efe.

—¿Qué?

—Sí.

—Increíble. De puta madre. Necesitas tener las palabras siempre listas en la punta de la lengua. Todas las que puedas. Tienes que dominarlas. Tienes que ser profano y poético a la vez, tienes que cantar con la energía de un boxeador y la elegancia de un bailarín. Habla de lo que sabes, de lo que te mueve. Habla de lo que conozcas mejor que nadie, ya sea el puto Edison o el puto Walt Whitman. Eres un puto crío blanco, nerd y de Atlanta, Aksel, habla de eso, habla de quién eres y encontrarás una voz nueva y brillante que lo iluminará todo. Encontrarás tu voz.

—¿Y podré encontrar el flow?

—Sí, sigue lo que te mueve y el flow aparecerá solo. —En su interior, Aksel llora de felicidad—. Por cierto, ¿has visto alguna batalla de rap?

—Sí, todas las tuyas, todas las de Eminem, tod…

—No, no, no, no… Quiero decir en directo.

—No.

—Ven mañana, John ya sabe dónde es.

—Pero Soul —interrumpe John—, ¿no crees que es demasiado…?

—Tiene que verlo —Soul se dirige a John—, si no lo ve en directo no podrá sentirlo. Y si realmente quiere hacer algo, tiene que sentirlo.

John asiente no muy convencido.

Entonces Soul cierra los ojos durante unos largos segundos, estira el cuello a un lado y al otro, y empieza a mover el cuerpo en ondas pequeñas y rápidas. Y se pone a cantar.

¡Oh, yo! ¡Oh, vida!
Oh, Whitman, oh, puto, puto Walt Whitman,
que nos instas a vivir,
a coger la vida con los dientes.
Oh, puto Walt Whitman
y tu puta pregunta que siempre vuelve:
¿qué hay bueno en este mundo, entre tanta mierda?
¿Oh, yo, oh, vida?
Oh, Whitman, tú y Lola y yo respondemos a la pregunta:
que estás aquí, existe la vida y la identidad,
el drama continúa,
y tú, tú, tú, Aksel, puedes contribuir con un verso.

El flow

—¿La manzanilla hace vomitar? —La cara hipocondriaca de Aksel se incrusta entre el respaldo y la ventanilla del coche.

—Te he dicho que tomases tila, no manzanilla.

—Pero solo había manzanilla, y el otro día en el programa de Jerry Springer salió un hombre que vomitó porque decía que se había tomado cinco manzanillas.

—¿¿¿Jerry Spring...??? ¿Y cuántas te has tomado?

—Seis.

—¿Seis manzanillas?

—¡Es que estoy muy nervioso, Rita, mucho!

No lo reconoceré en voz alta, pero estoy tan nerviosa como Aksel. Muestra calma. Respira.

—Entonces ¿va a vomitar o no? —pregunta Bini, que ha llegado a ponerse de rodillas delante del coche para suplicarme venir.

—¡No! No va a vomitar porque ya hemos llegado y ahora pondrá los pies en el suelo y todo irá bien.

—¡Joder, joder! ¡Pero esto está mucho más cerca de casa de lo que pensaba! ¡Si incluso había traído humus para el viaje! —grita Eva emocionada, porque, claro, ya que estábamos también me la he traído.

—Eva, por favor, basta de palabrotas.

—Rita, prácticamente estás… estamos cometiendo un delito, así que creo que da igual si digo alguna palabrota.

—Quizá tengas razón… Y ahora callaos —no digas que estás nerviosa—, cuando salgamos tenemos que transmitir confianza —no digas que estás nerviosa—. Debemos demostrar que controlamos la situación.

—Pero ¿y si…? —empieza Bini.

—Sobre todo, sobre todo, Rita… —continúa Aksel.

—¡He dicho que ni una palabra! ¡Ni una palabra, que ESTOY MUY NERVIOSA! ¡JODER!

—Rita Rèiquens. —El segurata ni mira la lista para comprobar que mi nombre está en el apartado de vips—. Soul me ha avisado de que vendríais. —No se ríe—: y supongo que sabes que este no es un lugar para niños.

Miro a Aksel ya sin ocultar mis nervios y le hablo por telepatía: «Aksel, ¿estás seguro de que quieres entrar? Sabes que cuando crucemos esta puerta ya no habrá marcha atrás, que este hombre no es nada simpático y si algún día nos pillan tus padres me mandarán a Guantánamo».

«Rita —contesta él por el mismo canal telepático—, tengo frío y un nudo en el estómago; ahora solo puedo soñar con el vaso de leche que me prepara mamá cada noche cuando oigo que por fin bajas las escaleras hacia tu habitación y me lo puedo tomar tranquilamente, sin preocuparme de si piensas que soy un niño pequeño. También pienso en la complejidad de la trigonometría y en que los líquenes de la Amazonia inferior pueden hacer la fotosíntesis en un entorno como Marte, pero a pesar de todo, por encima de todo, quiero entrar».

Cruzamos un túnel lleno de grafitis a la luz de unos fluorescentes que emiten un zumbido metálico y que con cada parpadeo revelan los cadáveres de decenas de insectos. El olor a marihuana se mezcla con vapores de humedad, sudor y látex.

Aquí hay condones. Los niños avanzan pegados a mí, pero Eva va delante, abriendo camino con el humus en una mano y las zanahorias en la otra. Los zumbidos se mezclan con un murmullo de voces animadas que van *in crescendo* hasta que Eva se detiene en el vano de la puerta y el fragor se convierte en silencio.

Estamos en un garaje enorme. Delante de nosotros, un centenar de cabezas con dientes y cadenas de oro nos escrutan.

Somos los únicos blancos de la sala. Miro a los niños y pienso que nunca los había visto tan blancos; es como si emitiesen luz, somos fluorescentes.

Aksel me aprieta el brazo con todas sus fuerzas y levanto la mano para saludar a la peña y anunciar que no somos rusos ni comunistas, que hemos venido porque somos amigos de Soul... pero por suerte nadie llega a oír lo que digo; mi voz «No somos rusos ni comu...» sale justo cuando se apagan las luces y dos focos gigantes iluminan el escenario.

Soul aparece por un lado del ring con una bata de seda como la de Rocky pero de color rosa —siento un orgullo enorme—, y por el otro lado un chico gordo con tres dedos de pelo en los hombros se quita la camiseta y se la tira al público. El presentador lanza una moneda al aire que cae por el lado que ha escogido ella. Empieza el show.

Soul arranca el repertorio con una voz grave y rota escondida bajo la capucha. Las primeras frases son lentas y poéticas, con un punto nostálgico, pero de pronto guarda un silencio dramático, se arranca la bata y dispara.

Empieza a vomitar insultos, fucks y todos los sinónimos posibles para reivindicar la raza negra, la injusticia, la paz.

Bini me mira alucinado delante de este apocalipsis verbal e intenta asimilar tanta aberración, tanta creatividad. Eva moja una zanahoria en el humus, pero desde que ha empezado el espectáculo no ha conseguido llevársela a la boca. Aksel hace rato que ha dejado de cortarme la circulación del brazo y no lo veo por ninguna parte. Miro por todos lados y no lo encuentro, hasta que el foco ilumina al público unos instantes y su cabellera dorada aparece sobre un escalón, lejos del mundo y de todo, sin vergüenza ni consciencia. Abducido por lo que ve en el escenario, imita los movimientos de Soul con una serenidad que desentona con el entorno, la observa como si estuviese viendo a un ángel —un ángel que no para de decir «fuck»—, pero en realidad no la observa a ella ni su melena rosa pastel: observa su arte, le abducen su técnica y su voz… Todo lo que Aksel quiere conseguir, todo lo que querría tener está encima de este escenario: el flow.

Pienso que, si nos pillan, esta locura a la que no sé en qué momento se me pasó por la cabeza acceder habrá valido la pena por este instante. Por ver a Aksel así. Pero sobre todo pienso que algún día me gustaría sentir, aunque sea durante unos instantes, aunque solo sea una vez en la vida, todo lo que Aksel siente ahora mismo, cuando mira el escenario.

Fulbright y Chitawas suben en el ascensor

—¿Y te acuerdas de cuando al final Soul saltó del escenario y todo el mundo la cogió? —Bini está superemocionado—. ¡Y abrió los brazos así, así!

Hoy los tres desayunan con una capucha en la cabeza. Hace sol y la ardilla del día sube por el tronco del jardín.

—¿Y cuando… —Eva baja el tono— y cuando no paraba de decir la palabra que empieza por efe?

Hoy más que nunca los tres son un equipo, y se sienten guais y atrevidos y juntos. Aksel escucha a sus hermanos con una paz que no le había visto hasta ahora. Me mira y sonríe.

—¿Y cuando me tiré el pedo en el coche y Hairy se rio? —dice Bini.

—¿Se puede saber por qué os reís tanto? —Fulbright llega a casa de jugar al tenis con la camiseta de Harvard sudada y sube las escaleras al ritmo de un hipopótamo estilizado.

—¡Buenos días, Fulbright! —Uso un tono entusiasta y desenfadado para marcar la línea de diálogo a los niños—. ¿Qué tal el partido?

—Muy bien, muy bien, hoy he jugado bastante bien.

Lo dudo.

—¿Y Hanne?

—Hanne se ha quedado jugando un poco más. Yo me he ido antes, que hoy tengo una reunión importante...

Por supuesto. Hoy es el día: hoy es el día en que Fulbright ha quedado con Federico Chitawas.

Aksel inicia la ejecución del diálogo que hemos ensayado al milímetro. Que continúa Eva. «¡Y ayer se me escapó un pedo en el coche y Rita se rio!», y Bini remata la secuencia de diálogo saltándose todas las reglas, pero con una espontaneidad que le da el toque natural que no han tenido sus hermanos.

—Bueno, Rita... —Fulbright se pone serio y carraspea—, entenderás que conociendo como conozco a estos tres niños no me crea nada de lo que me acaban de contar. —Silencio absoluto—. Aparte del pedo de Bini, claro.

—¿Cómo? —Guantánamo—. ¿Qué quieres decir?

—Quiere decir que es imposible que Ganímedes y Calisto se viesen como dice Aksel, considerando las coordenadas de ayer de Júpiter... Que esa clase de astronomía a la que fuisteis anoche... Lo que quiero decir es que os he pillado —mierda—: o habéis empezado a preparar el regalo de Navidad a escondidas o no queréis hablarme del espectáculo de final de curso que... cabe decir que espero que ya estéis ensayando.

—¡Ja! —consigo articular, por fin—. Tendremos que discutir en privado cuál de las dos cosas te contamos antes...

—Pues no tardéis mucho, que quedan menos de dos semanas para subir al escenario.

Fulbright se va hacia el baño, satisfecho. Otro día podría habernos pillado, pero no será hoy.

Protegido por la intimidad que le ofrece su baño, quizá pondrá una canción de Bryan Adams y, antes de meterse en la ducha, desnudo, se mirará al espejo. Pensará en lo que está a punto de hacer. La duda. Los niños, Hanne, el trabajo, los vecinos, los padres. Pero también admitirá que es demasiado tarde. El impulso, el salto al vacío, la verdad. La decisión está tomada. Que no tiene nada que ver con nadie. Que eso solo tiene que ver con él. Que por fin, quizá por primera vez, hoy será quien siempre ha querido ser.

En realidad, ser au-pair es fácil: invitas a los amigos de tus niños a jugar a casa —la mítica playdate—, esperas a que te pidan de forma explícita que no les molestes, te haces un poco la ofendida y los haces prometer que no harán barbaridades como representar a Dios con un cerdo de pene extensible. Entonces te vas a tu habitación y te tumbas en la cama para llamar a Six y comentar el último grifo de Swarovski y el último polvo y enviar el último e-mail.

Días más tarde, los amigos a los que has invitado a casa para distraer a tus niños invitan a tus niños a su casa; entonces esperas que te pidan de forma explícita que vayas a buscarlos lo más tarde posible, como un favor, y tú aprovechas y te vas al Starbucks a ver a Andrew, y a escribir la siguiente anécdota americana, un poco plagada de exageraciones, y la envías a tu lista de ciento cincuenta amigos. Y eres un poco más feliz.

Y así es como ha ido. Pero hoy, en lugar de escribir durante cinco horas con mi frappuccino, conduzco hacia el centro para presenciar el encuentro del siglo: Bookland-Chitawas.

He dejado el coche en el aparcamiento de Georgia Tech y he tenido que caminar tres veces más de lo que había calculado hasta que he entrado en el hotel del pecado, el Atlanta Marriott Marquis.

Me he vestido con el estilo más opuesto posible al mío para que Fulbright no me reconozca si me ve de lejos, pero está claro que me he excedido porque, cuando he llegado al hotel y me he sentado en un sillón escondido del Starbucks, se me ha acercado un hombre a preguntarme si era Cintia. Me he quedado tan pasmada que no he dicho nada, pero el hombre ha añadido que llevaba los trescientos dólares en metálico. No me lo podía creer. Qué cliché. Me he hecho la ofendida moderada y le he dicho que había ido al hotel porque acababa de doctorarme en Antropología e iba a buscar el título de doctora. Y una medalla.

Debería haber sospechado que los zapatos de tacón transparente eran demasiado. De hecho, vestirme con la ropa que dejó Daniela para donar a los pobres ha sido demasiado. Porque a ella le quedaba increíble, pero yo, reconozcámoslo, parezco una prostituta.

A continuación le pido al camarero el *Atlanta Journal Constitution,* lo cojo y guardo con mucha rabia el libro que me estoy leyendo porque la cubierta es demasiado llamativa.

Love Story lo empecé ayer y creo que hoy lo remataré; no sé si acabará bien… Estoy muy enganchada y no paro de imaginarme escenas eróticas con Oliver Barrett IV. Quiero estudiar en Harvard.

La verdad es que debo tener cuidado, porque si Fulbright me pilla, no tengo coartada. No puedo decirle que me entregan una medalla por el doctorado en Antropología. ¿Y cómo justifico ir vestida así? Lo más fácil sería decir que me paga tan poco que tengo que prostituirme. Vale más que no me pille.

Quince minutos para el encuentro.

Me bajo el periódico a la altura de los ojos y contemplo el vestíbulo del hotel. Es impresionante. Es como estar dentro del estómago de una ballena gigante estirada en vertical que abre la boca al final, en el techo. Los balcones, largos y de color marfil, se hallan encajados en el interior del edificio con forma de esqueleto. En el centro, ascendiendo por la espina dorsal, tres ascensores transparentes distribuyen a personas diminutas por todas las costillas, hasta que llegan a la cúspide, a la planta treinta o cuarenta, a la luz.

De pronto me entran unas ganas locas de subir en uno de los ascensores. ¿Tengo tiempo? Tengo tiempo.

Dejo el jersey y el café encima de la mesa en señal de sitio ocupado, me llevo el periódico para parecer menos prostituta (porque, claro, todo el mundo sabe que las prostitutas nunca leen el periódico), me arreglo la falda plastificada y activo mis tacones transparentes. El ascensor es solo para clientes.

Comparto trayecto con una familia lituana que me mira de reojo y les regalo una sonrisa cálida, Teresa de Calcuta con tacones; me vuelvo y pego las manos en el cristal, preparada para sentir el impulso, para ver cómo se encoge mi sillón en cuestión de segundos. El ascensor sale disparado, va rápido, pero no lo bastante para no verlo: Fulbright acaba de llegar. Los americanos y su puñetera puntualidad.

Presencio el encuentro del siglo en plano cenital: Fulbright tiende una mano cordial a modo de saludo, pero la estrella latina del porno se salta las formalidades y lo abraza. Y no es un abrazo americano, es un abrazo de verdad. Esto es grave. Parece que sea la primera vez que se encuentran, pero, por cómo interactúan, por cómo se miran, es evidente que hay una relación más profunda. Tan profunda como todas las veces que el señor Bookland ha pulsado el «play». O quizá... ¿quizá estamos hablando de amor?

Salgo disparada. En pocos segundos he visto pasar una quincena de balcones de color marfil, y Fulbright y Chitawas se han convertido en dos puntitos que caminan decididos hacia el mostrador de recepción.

¡Cogen una habitación! ¿Será el primer polvo? —Planta veinticinco—. ¿Será la primera vez que Fulbright estrecha un pene entre las manos? ¿Quizá sea un polvo pagado? ¿O quizá sea Chitawas el que paga, harto de estrellas del porno y con una fijación por los catedráticos inexpertos en la materia?

Esto no puede salir a la luz… Si le pillan, en el estado hiperconservador de Georgia, bye bye, Fulbright. Planta cincuenta, ¡estamos arriba del todo! Desde aquí el hotel se ha convertido en una cueva de aliens, una especie de ciudad marciana con un árbol de Navidad al fondo. Si Hanne se entera, dudo que se muestre muy comprensiva, creo que lo mandará todo a la mierda y me hará cambiar de familia o puede que tenga que volver a casa… Y no quiero, aún no quiero volver, aún no he cumplido mi misión. ¿Y los niños?

Fulbright y Chitawas suben en el ascensor.

La pareja lituana ha decidido volver a bajar después de las numerosas súplicas en lituano de los niños.

Empieza el descenso. Parada inútil en la planta veinticinco por culpa de uno de los críos lituanos. Seguimos bajando y pienso que hace rato que no los veo. ¡Nos detenemos en la planta diecisiete por culpa de otro niño! Odio a los niños.

Ahora es la madre la que obstruye el sensor de la puerta —no se cierra—, y observo aterrorizada que un ascensor ascendente aminora hasta pararse a nuestra altura.

No me ha dado tiempo a reaccionar. Los tengo delante, dos paredes de cristal más allá, a poco más de un metro. No me muevo. FBI. Noto que se me acelera el corazón y me arde la cara. Si me agacho para recoger el periódico y ocultarme, llamaré la atención —también es posible que me reviente la falda— y me descubrirá. Malditos lituanos. ¡Que cierre las puertas, que cierre las puertas! Por fin se cierran y empezamos a bajar. Eureka.

Pero me puede la curiosidad y echo una última ojeada. La confianza gravitatoria me traiciona y miro el cuerpo alargado de Fulbright, que se vuelve como si obedeciese a un instinto subconsciente… Nuestras miradas se cruzan. Me quedo petrificada y él me observa con el terror más absoluto para desaparecer hacia las cavidades más profundas de esta extraña ciudad esquelética.

¿Qué he hecho? ¿La he cagado?

¿Se me acaba de ir la pinza o era lo que debía hacer? Pero ¿qué estoy diciendo? No tenía que hacer nada, lo que me pasa es que soy una cotilla y la clandestinidad me sube la adrenalina.

Conduzco hacia casa con una capa de sudor frío y la mirada fija en el teléfono a la espera de la llamada de la catástrofe. Pero no llega. Avanzo por la carretera principal de Leafmore, dejo atrás el club social y la llamada no llega. ¿Quizá esté flipando y no me haya visto? Estoy flipando. Me ha visto.

A ver: tranquilidad. FBI. Solo tengo que diseñar una coartada convincente y ofrecérsela hoy mismo. Será simple, un clásico: tengo novio, habíamos quedado en el hotel porque no tenemos casa para encontrarnos y su tío nos hace descuento. Y mira tú por dónde, me he encontrado a Fulbright —me da igual lo que había ido a hacer—, nos hemos cruzado y punto.

No… Empatía, Rita, empatía: ¡novia, tienes novia!

Me he quedado sentada en la cocina con una copa de un cabernet malísimo acabando una redacción voluntaria para Roberta —soy insoportable—, inspirada en una noticia que me ha enganchado cuando disimulaba en el vestíbulo del hotel. Es sobre el candidato demócrata, Barack Obama —no era Mojama—, que dice que a mi edad se fue por el mundo a descubrir quién era. Y si cito textualmente, «se sentía más blanco o más negro». La veintena es una década difícil para cualquiera.

Según informa la pizarrita de la cocina, Hanne ha ido a buscar a los niños a la playdate y se los ha llevado a las oficinas del CDC (el Centro de Control de Enfermedades), a una charla sobre la distribución de vacunas en Kenia (¿dónde vas a ir, si no, un sábado por la tarde?).

La puerta del garaje se abre. Se me vuelve a erizar el vello corporal. Fulbright sube más lento y torpe que esta mañana —¿estará cansado de follar?—, como si presintiese que estoy justo donde estoy, aquí, esperándolo.

Hace su entrada sonriente, mitad teatral, mitad sincero.

—Veo que te has cambiado... —arranca, vencido.

Y entonces empiezo el discurso: la cita. El hotel. El descuento del tío. Tengo novia.

La cara de Fulbright refleja el camino inverso al que se le ha dibujado en el ascensor. Se lo traga todo. Del terror a la esperanza. Es evidente que se siente aliviado, lo suficiente como para no confesar lo que fuese que estuviera a punto de confesar, lo suficiente para cambiar de plan.

—He ido... —miente, estira el cuello—. He ido al hotel porque había quedado con una recién doctorada en Antropología. Tenía que darle un premio... una medalla.

Ah, tú también.

Sopa de galets con curri

Hoy, después de una clase reveladora sobre la presentación de personajes y la capacidad de convicción de una historia bien explicada, hemos celebrado una cena de Navidad internacional.

Tek Soo me ha estado contando que estos días, en Seúl, las calles se decoran con una mezcla de Navidad y San Valentín, y que en su casa, en vez de cocinar un caldo durante horas, reservan mesa en un bufet libre y comen hasta reventar (que por su peso anticipo que equivaldría a los entrantes de los entrantes de los entrantes de mi casa).

Tek Soo, desde que ya no se sonroja al mirarme, siempre que puede mete la directa y me cuenta su vida —no olvidemos que su abuelo era ninja—, y cuando lo explica añade un tono poético que me engancha de principio a fin. Tan poético como sus textos. Tek Soo escribe de una forma increíble. Me dice que yo también, pero sé que me lo hace para gestionar la recepción de elogios, que una cosa es mantener una relación con una chica y otra aceptar una tirada de tejos en toda regla sobre la escritura. Por cierto, ¿cómo se dice «tirar los tejos» en inglés? ¿Throw the tejs?

Pero hoy me ha costado mucho concentrarme en lo que me decía, porque cuando los chinos han probado mi plato —escudella i pilota— han perdido el oremus y han empezado a zampar como bestias. Entonces he agradecido no haberme tirado cinco horas en la cocina y, sabiamente, haberme decantado por comprar cinco tetrabriks de «caldo mediterráneo con toque de curri», que es lo más parecido que he encontrado a nuestro caldo.

Roberta, que por suerte ha probado la sopa antes que los Godzillas, ha venido a darme las gracias en persona. Llevaba un chaleco de purpurina roja y blanca que me ha parecido tremendamente entrañable, y mientras mordía la cabeza de una galleta navideña me ha dicho:

—Sobre tu última redacción… Me ha gustado la situación hipotética en la que conocías a Obama jugando al baloncesto.

—Guau, eso sí que es un buen regalo de Navidad. Un «me ha gustado» de Roberta.

—No te emociones mucho.

—La verdad es que me lo he pasado bien escribiéndola.

—Se nota. Por cierto, te recomiendo que te informes sobre la historia de su mujer, Michelle Robinson. Quizá no la conocerías en una cancha de baloncesto, pero en cualquier caso no te decepcionará. Aunque sea hipotéticamente. Espero una buena escena Robinson-Reiquens. Piensa que tiene un gran sentido del humor.

—Y que probablemente no le llego ni a la rodilla.

—¿Ves? Ya tienes un buen comienzo.

—Yo manteniendo una conversación con la rodilla de una futurible primera dama. Me gusta.

Después del tema de la rodilla de la señora Obama, me ha dicho que no recordaba haber probado una sopa tan buena en su vida. Le he dicho que exageraba. Ella me ha dicho que «quizá sí», pero que en cualquier caso la sopa estaba muy buena.

Me he despedido de la clase con un «Bon Nadal a tothom» lanzado al aire que ellos han reproducido como han podido, y he propuesto que quedásemos por la noche para tomar una copa en Little Five Points, así, como quien no quiere la cosa. Quizá también se anime Six, hace días que no la veo. De todas formas, sé que cuando le diga que vienen las venezolanas seguro que se apuntará.

Cuando empecé las clases y le conté que había conocido a unas venezolanas, me suplicó que le describiese cómo eran al milímetro —se ve que tiene un fetiche con venezolanas y ecuatorianas—, y se puso tan pesada que al final, entre cerveza y cerveza, le ofrecí una descripción casi obsesiva de cada una, y anticipando el probable encuentro adorné a los personajes sin medida, así que Six se las imagina como si las hubiesen engendrado Jennifer Lopez y Beyoncé.

Mensaje. Six dice que viene. Con Rachel. ¡Rachel!

Noto algo en el estómago, pero no son mariposas. Solo me he puesto caliente. No la veo desde el día D. Me escribió cuando supo que se había muerto la yaya, pero no se atrevió a insistir demasiado. Me dijo que lo sentía mucho y que estaba ahí para lo que necesitase… y que tenía ganas de verme…

¿Quizá soy buena lesbiana?

No, no, no… Hoy no puedo pensar en fiesta y sexo, no puedo cagarla. Mañana actúa Aksel y me necesita, tengo que compensar el déficit comprensivo de sus padres.

De camino a casa, aún con el olor de la gastronomía navideña internacional en el pelo, me cruzo con Samantha. Me dice que mañana espera verme cerca del escenario, yo le digo que sí y corto la conversación porque me llama un número desconocido por segunda vez.

—Hello?

—Muy buenas tardes, miss Rita. Soy Margaret Teacher del colegio imposible de pronunciar de Aksel. ¿Sabe si tardará mucho en llegar? Estamos esperándola.

—¡Ah! ¡Buenos días, buenas tardes! ¡No, no! ¡Claro que no! Llego en diez minutos, disculpe las molestias. Le agradezco la comprensión.

¡Mierda! La semana pasada me llamó la directora del colegio de Aksel para preguntarme si podía contar con mi «valiosísima aportación y asistir al encuentro que celebran cada año para aprender tradiciones navideñas extranjeras».

Se ve que nunca han tenido a nadie de Barcelona. Que aquí soy exótica. Bueno... no me extraña... Es que ¡¿a quién con dos dedos de frente se le ocurre venir a hacer de au-pair a Atlanta?!

Nueva York, Boston, Chicago, San Francisco, Portland, Nueva Orleans —capital gastronómica—, ¡incluso Texas! Pero... ¡Atlanta! ¡Elena! Astrid, ¡Elena no!

«¡Claro que iré! —contesté al instante, imaginándome la cara de pánico de Aksel cuando me viera entrar en su clase—. Será un honor». Avanzo corriendo por el pasillo. La decoración de Navidad es más bien austera y la única purpurina presente en los trabajos de ciencias es la que rodea el resultado de una fórmula matemática de tres pisos. A veces se me olvida que estos niños van a un colegio en el que lo que a mí me parece de Nobel de Física para ellos no es más que el calentamiento matinal.

Llamo a la puerta de la clase y espero poco. Entro decidida y veo que, a diferencia de lo que pensaba, seré la única oradora de la tarde. Por la sonrisa agarrotada de la profesora, llevan rato esperándome.

—Ah, eres Rita, ¿verdad? —Margaret Teacher me da la bienvenida con esta pregunta sonora, con la que avisa a Aksel de que su au-pair exótica ha venido a clase para explicar las tradiciones navideñas de su país—. Qué sorpresa, ¿eh, Aksel?

—Rita, yo misma —contesto—, venida desde Barcelona para todos vosotros.

—Aksel me mira en estado de shock, baja la cabeza y se muerde el labio inferior para gestionar los nervios—. Muchas gracias por invitarme, es un honor estar aquí.

—Niños, ¿cómo damos la bienvenida a nuestros invitados?

—La jerarquía y la obediencia se respiran por todos lados.

—¡Buenas tardes, miss Ritaaaaaaaaa! —La clase me saluda en voz alta y al unísono, manejando con increíble decencia la desgana escolar de última hora de la tarde.

—Cuéntanos, Rita, ¿de qué tradición vas a hablarnos hoy?

—La profesora tiene un punto repelente, es tan didáctica que me pone nerviosa—. ¿Quizá podría cantarnos alguna canción folclórica o bailarnos una danza tradicional? ¿Flamenco? O la sardina, se llama, ¿verdad?

—La sardana, «sardana», se llama.

Habla la profe:

—¿Puedes contarnos algunos de tus recuerdos de infancia durante las fiestas de Navidad? ¿Quizá recitarnos algún verso?

¿Quizá podría callarse, señora?

—Un tronco que… que hace popó… —Tienen diez años—. Un tronco que caga regalos.

Terror absoluto. Aksel me mira suplicante, se le salen los ojos de las órbitas implorando que no siga, que coja la puerta por la que he entrado y vuelva sobre mis pasos. Pero finjo no darme cuenta, y con cada una de mis descripciones referentes al tió Aksel siente que se le va la vida, directa e inexorablemente, a la mierda.

La decoración navideña de las casas y los jardines americanos es absolutamente increíble, mucho más impresionante de lo que he visto en las películas. Al lado de todo esto, *Solo en casa* es un refugio de montaña.

—¿Puedes imaginarte el montón de pasta que paga la gente para mantener todo esto? —Miro a Aksel por el retrovisor, pero él no aparta los ojos de la ventanilla—. ¿Aksel?

—¿En serio no tenéis más tradiciones en Cataluña? ¿No me comentaste que teníais tres reyes que le llevaban no sé qué hierbas a Jesús? Los Reyes Magos es lo más aburrido que he oído nunca, pero como mínimo tienen una historia creíble, con ofrendas tangibles...

—El tió también es tangib...

—¿En serio tenías que venir a mi clase a hablar de un tronco que caga?

—Como bien dices, los Reyes son bastante aburridos y la gente más o menos los conoce. El tió solo se celebra en Cataluña.

—¿Y no te has preguntado por qué? Los catalanes estáis como una puta cabra. ¿Quién se cree que un tronco puede cagar? ¡Y encima le ponéis un gorro en la cabeza!

—A ver, me han pedido que hablase de tradiciones únicas... —miro por el retrovisor y me río—, y no me negarás que a tus amigos les ha fascinado la historia...

—Pues no, Hairy... —Sabe que sí—. ¿No veías que estaban riéndose de ti? ¿Y hacía falta que dijeses «cagar» tantas veces? ¡«Cagar», «cagar», «cagar»!

—Pero si es tu palabra favori...

—¡Cuando la decimos en casa, a solas! —Le cuesta aguantarse la risa.

—Bueno, la canción no me la he inventado yo... y dice cag...

—¡Pero podrías haberte ahorrado la canción!

—Si todos tus amigos la han cantado y lloraban de la risa...

—¡Es que es una paranoia! ¡No tiene sentido! Y calentar un bastón, ¿para qué? ¿Y alimentarlo con mandarinas? ¡Que es un trozo de madera! ¡UN TRONCO! —La absoluta incongruencia del tió lo vuelve loco—. ¡Si es que es de burros! ¡Es evidente que cuando los niños van a cantar o a rezar a la habitación de al lado los padres aprovechan para poner los regalos!

—Eso no lo sabes.

—¡Hombre —duda Aksel—, por favor!

La cabellera hiperpoblada de Aksel se ilumina con los neones rojos y lilas de las casas, que aumentan de volumen con el vapor del aire de esta noche de invierno. El niño apoya la frente en el cristal y el calor corporal de la indignación dibuja en él un círculo imperfecto; tiene la mirada perdida, y pese a haber sentido que toda su reputación de «guay» se ha visto en peligro por un tronco que caga, ya no piensa en el tronco, ni en el bastón, ni en el gorro... Mañana es demasiado importante.

—Vas muy preparado, Aksel, irá bien.

—Sí... —No se mueve, no se ríe—. Supongo...

—¿Qué quieres decir con «supongo»?

—Hairy... —Ahora sí que despega la cabeza del cristal, se indigna y me mira fijamente por el retrovisor, está aterrado—. Pues con «supongo» quiero decir que la música, el rap, no es una ciencia exacta. ¡No puedo planearla ni calcularla como si fuese la velocidad de una partícula en movimiento armónico simple! No sé qué pasará mañana, no sé cómo irá... No sé si todo esto ha sido un error.

—Arriesgarte nunca es un error. Yo estaré allí contigo, Aksel.

Guarda un silencio largo y finalmente sigue:

—¿Seguro? —El orgullo le impide mostrar desesperación, pero la necesidad, el riesgo, es demasiado grande para no preguntármelo.

—Seguro, Aksel. Mañana estaré allí hasta el último momento, desde antes de que subas al escenario, y no me iré hasta que acabes. Mañana será un día que recordaremos siempre, ya lo verás.

Estoy en un barco de sardinas
y el capitán me mira indignado

—¿Crees que aquí me prepararán una tortilla de claras de huevo? —Six aún lleva el pelo mojado y se lo huele; viene de acroyoga.

—Six, mírale la raja del culo al camarero.

—¿Qué?

—Aquí la carne picada en los nachos es un lujo, no tendrán tortilla de claras de huevo.

—Te pasa algo —dice ella mientras se enciende un cigarrillo.

—Estoy nerviosa, tía.

—¿Por Rachel?

—Mierda, por Rachel también. Pero sobre todo por Aksel, ¡que es mañana!

—Ya puede irte bien, que si se enteran de que las clases de chino en realidad son los antros nocturnos a los que los has llevado, igual te llevan a juicio.

—Ay, calla, calla…

Six se aprieta con fuerza las cartucheras con las manos como si acabase de descubrírselas y vuelve a su mundo.

—Oye, ¿cuándo vienen las venezolanas? Llevo dos semanas sin follar, hacía meses que no pasaba por una sequía tan bestia.

El camarero llega con una sonrisa que descubre una dentadura de anuncio, y en lugar de la presentación habitual —«Hola, me llamo Blu de la Ble y hoy seré vuestro camarero»—, se para en el extremo de la mesa y nos escucha, entretenido, como si entendiese todo lo que decimos.

—Quítate de la cabeza a las venezolanas, que no vas a follártelas. Piensa que son personas estiradas y religiosas que llevan diamantes para ir a clase de inglés...

—Religiosas, dice... Esas son las mejores. No hay nada que ponga más caliente que la represión y el pecado. Y los brillantes... Tía, eres clasista. ¡Fuera prejuicios!

—¿Prejuicios yo? Eres tú la que piensa que los de la Cerdaña somos unos provincianos que nunca hemos cogido unas escaleras mecánicas y que no tenemos Canal+. —Me río.

—¡Ja! ¡Mírala! La que dice que los de Hospitalet tenemos dientes de oro y llevamos el tanga por encima de los pantalones.

—¡Reconozco que tengo una amiga que a los cinco años fue a Barcelona y le preguntó a su madre si los semáforos eran árboles! —Me río mucho.

—Qué genialidad... Reconozco que una vez tuve un nomeolvides. Y que no me lo regalaron, me lo compré yo.

—Podríamos coincidir, entonces, en que los pijos de Barcelona piensan que somos unos inútiles. Ellos, que a las vacas las llaman «caballitos» y echan a correr cuando ven una oca. O un tanga, en vuestro caso.

—Imbécil. Pero sí, coincidiríamos. Y volviendo al tema, hace días que te digo que podríamos incluir a la pija esa de Samantha, la Barbie, en la orgía. Igual es lesbiana.

—Y no digo que las pijas no puedan ser lesbianas, solo digo que te olvides de las venezolanas... ¿Y Samantha? Pero si no la has visto nunca.

—No me hace falta, querida, no me hace falta. Igual que no me hace falta conocer a John para saber que te empotraría contra la primera máquina expendedora de Coca-Cola que se encontrase.

—Halaaaaaa… —Pienso en John, al que veré mañana por la noche en la quedada con todos los del tenis—. ¿Sí? ¿Tú crees?

—Rita, a veces pareces tonta. Igual que es evidente que todas las madres del barrio te odian porque estás buena y porque tienes veinte años menos que ellas. Es pura lógica matemática y antropológica.

—Deberías dedicarte a ello. Oye, cuando llegue Rachel, ¿qué le digo?

—Debe de estar a punto, se muere de ganas de verte.

El estómago otra vez, estoy nerviosa.

—Por cierto, tenemos que hablar de Navidad, ¿qué harás en Navidad? —pregunto.

—Me beberé todo el Jägermeister de Atlanta. Odio la puta Navidad. —Six se altera.

—No, hablo en serio, ¿qué se hace en Atlanta?

—Nada, en serio.

Six y yo nos quedamos calladas. Aparta la mirada con un dejo de tristeza profunda muy poco habitual en ella. Pero enseguida la abandona por imposición y nos pintamos la misma sonrisa postiza para mirar al camarero, que sigue inmóvil a nuestro lado.

—¡Oh! ¿Ya está? —El camarero se ríe—. Por mí seguid hablando, ¿eh? ¡Me encanta el portugués!

—¿Cuál es la cerveza más fuerte que tenéis? —le pregunto. No puedo recibir a Rachel completamente sobria.

—Si lo que necesitas es despertarte, Jack Daniel's.

—Pues un Jack Daniel's para mí —contesto.

—Otro para mí, y unos nachos con extra de queso.

—¿Y el acroyoga?

—A la mierda el yoga y la proteína, estoy muerta de hambre —replica Six.

—Pero, Six… A ver, espera, no te rindas. —Miro al camarero—. ¿Tenéis tortilla de claras de huevo?

—¿¿¿Has dicho «tortilla de claras de huevo»??? —El camarero se troncha.

—Pero ¿dónde te crees que estás, Rita? —Six se ríe—. ¿En un restaurante de lujo de Portugal?

Las venezolanas llegan en el preciso momento en que el cristal grueso y gastado del vaso de whisky dibuja un círculo húmedo en la mesa de madera. Six se levanta a cámara lenta y echa los hombros hacia atrás, saca pecho como un pavo real y con sus habilidades innatas de comercial de la vida seduce a las recién llegadas en pocos segundos y no tarda en hacer que se rían alto y fuerte. Le digo que parece una pederasta.

Y antes de que podamos sentarnos, llega ella. Suena una música romántica francesa. Con sus labios pintados de lila, Rachel se acerca a nuestra mesa y yo, a diferencia de las demás, me quedo de pie y esbozo la sonrisa de bienvenida mucho antes de lo que debería. Porque Rachel se detiene a medio camino para saludar a unos amigos, y yo no sé si sentarme —tampoco está tan lejos— o quedarme de pie con mi sonrisa —tampoco está tan cerca—, así que me arreo el whisky entero de un trago, y la brutalidad del alcohol puro y malo me hace cerrar los ojos con fuerza —nunca bebo whisky—, y el vaso vacío detiene el discurso de flirteo venezolano de Six en un microinstante que solo identificamos ella y yo, como si me dijese «pero ¿qué haces bebiéndote eso de golpe? Relájate, joder».

Las venezolanas se ríen acercándose las manicuras perfectas a los labios y me río con ellas de nada en particular —no sé de qué hablan— mientras miro a Rachel de reojo. Recuerdo aquella noche como he hecho tantas veces bajo las sábanas, y aún se me llena la boca de saliva. Pero ahora que vuelvo a mirarla pienso que no la conozco de nada, que la única relación previa que tengo con ella es con su cuerpo, tan parecido al mío, con los hombros huesudos y las manos ágiles, de lesbiana profesional.

—Hey, Rita!

Estoy emocionada, nerviosa, pero el hecho de que sea una tía hace que sienta una proximidad automática, como si compartiésemos un código que lo hiciera todo más fácil, más íntimo. Rachel me hace sentir exótica. También hace que me sienta un poco lesbiana, pero de momento es un tema que no me preocupa demasiado; pese a cómo mojo las bragas cuando pienso en lo que hicimos, sigo en el lado de la exploración antropológica. No he cruzado a la acera tortillera. Creo. Bueno, da lo mismo.

—¡Hola, Rachel! —El olor a sandía—. ¿Cómo estás?

El segundo whisky nos lo hemos traído a casa de Six en un vaso de plástico rojo, justo cuando ha llegado Tek Soo con los chinos —un grupo que a ella le ha parecido «del todo innecesario»—. Y mientras Six gritaba «¡La Navidad es una mierda: muerte al capitalismo impuesto y a la idolatría de machos reales e inventados!», hemos introducido el código y hemos entrado en el antiguo instituto.

Pero hoy, en lugar de ir directamente a su casa, Six ha querido presumir de edificio y se lo ha enseñado a las venezolanas.

Hace un frío húmedo que me deja el cuello tieso, así que pego un trago largo al whisky para destensar el músculo, y cuando me baja por la garganta veo que, delante de la puerta grande del bloque principal, el rastro de óxido de la herradura es aún más evidente de lo que recordaba. El alcohol me baja punzante, noto que desciende por el cuello hasta el estómago, y la reacción de la piel al whisky malo me calienta. Me aparto un momento por el repentino mareo.

—¡Venga! ¡Que cierro la puerta! —grita Six, que señala con la cabeza los culos de las venezolanas.

—Estás flipando, Six... —le digo al oído—, ¿no ves que no te las beneficiarás? ¿Que sería muy incómodo?

—¡Muerte a la puta Navidad de mierrrda! ¡Muerte a las cenas familiares! —Six grita en medio del pasillo, más fuera de sí de lo habitual—. ¡Muerte a Papá Noel y a la madre que los parió a todos!

—¡¿Quieres hacer el favor de callarte?! ¡Que aquí viven niños!

—¡Mejor! ¡Cuanto antes descubran el engaño, mejor! ¡Bebe!

—¡Que Santa Claus y los Reyes Magos —qué mareo, tengo hipo— y los pajes y los ayudantes y el tió sean tíos no convierte la Navidad en una mierda! ¡Vale ya! ¡Cállate!

—¿Lo ves? ¡Joder, es que hasta el puto tió tiene que ser un hombre! ¡Viva Frida Kahlo, joder!

—¿Quién es el tió? —pregunta Tek Soo.

—Es un tronco de Cataluña que caggga… —intento decir.

—¿Un tronco que caga? —pregunta él.

—Ahora no puedo, Tek Soo. Ahorrra no puedo.

Seguimos el mismo recorrido que le hice a Rachel. Las vitrinas, los premios de lacrosse, las líneas de baloncesto del pasado que ahora cruzan pisos y pasillos. El olor a sandía de Rachel. Los cigarrillos mentolados que chupó con sus labios lilas. La cortina de terciopelo.

—Pero es que la puta Navidad…

Ya no puedo más. Me llevo a Six a un rincón, los otros siguen.

—Six, para. ¿Se puede saber qué te pasa?

—Que…

La pausa la ha cogido por sorpresa y le ha bajado la euforia del odio. El alcohol hace que nos saltemos todos los filtros de la divagación habitual hasta llegar al tema. Se le llenan los ojos de lágrimas y de una nueva rabia. Está muy borracha.

—Que… —duda un instante, pero la derrota llega inexorable—. ¿No lo ves, Rita? ¿No lo has visto todo este tiempo?

—¿Q… Qué? ¿Qué pasa?

—¿No ves que estoy sola? ¿Que no tengo familia? —Un escalofrío me recorre el cuerpo—. ¿No te has dado cuenta de que a mí no me llama nunca nadie? ¿De que no puedo llorar la muerte de mi abuela porque nunca he sabido qué es tener una? ¿De que no sé qué quiere decir tener un padre, ni una madre, ni un hermano? ¡¿De que no sé qué quiere decir tener una casa en la que se celebre una puta comida de Navidad?!

Otro mareo repentino me hace dudar un instante de si acabo de escuchar lo que creo que he escuchado. Pero las lágrimas y la mirada de esta nueva Six corroboran la catástrofe. Aparto las manos de sus hombros con lentitud dramática. La boca entreabierta. Y ahora me doy cuenta de que de alguna manera lo supe en cuanto la conocí.

—Lo… lo siento.

—Tranquila —sonríe y se enjuga las lágrimas—, hace veinticinco años que estoy sola, y como ves no me ha ido tan mal. Pero déjame odiar estos días de apología familiar y patriarcal en paz. Que por ahora es lo único que tengo. Y ahora vámonos, que me esperan las venezolanas.

Six se une al grupo con una naturalidad aterradora. Supongo que ha aprendido a huir rápido de la autocompasión.

No quiero beber más, mañana tengo que estar bien para Aksel, pero Six me lo pide por favor con el brazo extendido. Y claro, ¿cómo coño le digo que no? Aún sigo en shock.

El tercer whisky bebido de un trago lo tomamos en la lavandería, donde Rachel ha perdido cualquier tipo de sutileza a la hora de lanzar miradas furtivas y mordiscos de labio inferior hacia mi persona. Su intención de repetir la noche que pasamos juntas es cada vez más evidente. Si volvemos a liarnos, ¿seré lesbiana?

Se acaban los filtros.

Rachel me huele el cuello, me acaricia la mano por dentro —«Ralet, ralet», canturreo como cuando era pequeña— y me arrastra hasta el potro de piel, donde nos apoyamos como podemos. Las venezolanas siguen riéndose como hienas y Tek Soo y los chinos consiguen encender una radio antigua que dormía en un rincón, bajo las cintas de gimnasia rítmica. Suena un villancico en versión punk.

Rachel me coge la cara con las manos para darme un beso. Y el tiempo se detiene.

Tek Soo entra en fase de rojez en ebullición, los chinos gritan en chino —es evidente que solo han visto esto en You-Porn— y las venezolanas nos miran como si Satanás apareciese entre montañas de lava.

Por su parte, Six aprovecha el momento, y en un giro sorprendentemente elegante besa a la venezolana de cabellera escasa. La chica lo disfruta, lo disfruta mucho durante el instante en que se deja llevar —la novedad, la aventura, el tacto suave—, pero la herencia de quinientos años de catolicismo aplicado y, lo que es peor, la convivencia con las series televisivas sudamericanas —«Sofía Francisca, aléjate de Federico Matías José, ¡maldita lisiada!»— hacen que se aparte de golpe e inicie una marcha colectiva forzada. Un drama.

Después de eso, en un acto totalmente inesperado, juraría que —¡No puede ser! ¡No puede ser!—, juraría que he visto a Six enrollándose con Tek Soo.

Pero los labios de Rachel vuelven a pegarse a los míos en un aura vaporosa de whisky y menta, me coge la mano y desaparecemos de la sala entre cestos de ropa sucia y hula-hops.

¡Mooooooccc! ¡Mooooooccc!

Estoy en un barco de sardinas y el capitán me mira indignado mientras estiba una cuerda con mucha fuerza. Hace un ruido horrible. Si no para, se me saldrán los ojos, se me quedarán colgando, me rebotarán en las mejillas y veré el mundo en intermitencias.

¡Moooooocccc!

¡Los ojos! ¡La cabeza! ¡Que pare, por favor! ¡Que pare!

De pronto la luz cambia y el capitán desaparece. No sé dónde estoy, pero no es en un barco sardinero, y lo que suena no es una sirena, es mi móvil.

—¿Hola? —Con la ele de «hola» la lengua me rasca el paladar.

—¿Rita? —Una voz conocida suena en tono confidente al otro lado del teléfono.

—Sí, hola... —Qué dolor de cabeza—. ¿Quién es? —Veo unos ventanales y árboles pelados al otro lado. Estoy en un piso alto y Rachel duerme a mi lado. Tengo mucha sed.

—Rita, soy Samantha...

—¿Sa-man-tha? ¿Por qué...? ¿Ha pasado algo?

—Es que está a punto de empezar la función y he hablado con Aksel y me ha preguntado dónde estabas y...

Me quedo sin aire. Miro el reloj y veo que faltan cinco minutos para que empiece. Se me acelera el corazón, los latidos me taladran la cabeza. Frío, calor, frío. Lloro. Salto de la cama y bajo volando los tres pisos de escaleras del instituto.

Aparte de una mujer delgada y simpática en la entrada, en los pasillos del colegio de Aksel no hay nadie, todo el mundo está en el teatro. Cruzo el arco de seguridad, y si no fuese porque la mujer delgada y simpática sabe que soy la au-pair de los Bookland —acaba de darse cuenta de las pintas que llevo—, quizá no me hubiese dejado pasar.

—Último piso.

—¿Perdone?

—Tienes que ir al último piso o no te dejarán entrar.

Corro desesperada y llego al acceso del último piso del teatro.

Pese a la lentitud del gesto, el chirrido de la puerta hace que una cincuentena de cabezas se vuelvan indignadas. La impresión es grande, el teatro es enorme y está hasta los topes. Hay padres y abuelos con el traje de los domingos; esperan de pie en las escaleras y estiran el cuello para ver mejor el escenario.

Como mínimo, de camino me han puesto tres multas de velocidad.

Entre las cabezas que se han vuelto con el ruido de la puerta, veo la de Fulbright, que me mira con entusiasmo y señala el escenario vocalizando en silencio: «¡Aksel! ¡Aksel!».

Mi cuerpo está tenso. Mucho más que cuando actuaba yo. Me he quedado tan petrificada que creo que no hay espacio entre la barbilla y los hombros, los nervios se me han comido el cuello.

Lo hará bien.

Tiene que hacerlo bien.

Aksel lo hace todo bien.

Siempre.

A ver... Tampoco es tan difícil...

Solo tiene que romper las normas de un colegio centenario y reconocido a escala nacional delante de quinientas personas. Solo tiene que traicionar la confianza que la clase ha depositado en él como representante único para exponer el proyecto de ciencias, en el que analizan la teoría de Bohr en cinco idiomas —inglés, español, chino, francés y alemán— que irán traduciéndose de forma simultánea en la pantalla gigante. Ya está.

Solo tendrá que sentir el peso de la culpa por no hacer nada de eso. Aprovechar esta oportunidad única para demostrar que la ciencia también se puede rapear, teoría de Bohn incluida. Y tiene que hacerlo tan bien que, cuando sus padres se den cuenta del fraude, le perdonen porque el orgullo será mayor que el desengaño. Y que acepten que estos meses de mentiras han valido la pena porque Aksel, al fin, ha seguido su instinto, ha encontrado el flow.

Tiene que ir bien por narices. Se apagan las luces. Tras un aplauso que me llega a los pulmones, Aksel sale al escenario.

Todos los focos sobre su pelo dorado.

Los aplausos se desvanecen con una última palmada demasiado enérgica, la mía. Enseguida pasan los pocos segundos de margen para que empiece la actuación, pero Aksel no arranca. Durante un instante, mira al público y parece que busque algo que no encuentra. Baja la cabeza, coge el micrófono con fuerza y mira al suelo. Una imagen gigante de Copérnico en el año 1493 aparece en la pantalla, a su espalda, pero no le hace caso. Vuelve a mirar al público, ahora más descarado, se lleva la mano a la frente para reducir el efecto de los focos, pero parece que no encuentra lo que busca. ¡Seré idiota! ¡Si me está buscando a mí!

Me levanto en la penumbra del último piso y muevo los brazos de la forma más visible que puedo, pero sus padres hacen lo mismo y me tapan. Fulbright y Hanne se miran y cuchichean sin entender qué sucede. Aksel vuelve a bajar la cabeza derrotado y continúa en silencio.

Ante la evidente petrificación del niño, el público se levanta y aplaude con gritos de aliento americano —«¡Que Dios te bendiga!», «¡Tú puedes!», «¡Venga!», etcétera—, yo grito con todas mis fuerzas, pero parece que Aksel no oye nada de lo que ocurre a su alrededor, hasta el punto de que miss Margaret Teacher está a punto de intervenir y rescatarlo.

Catástrofe. Trauma infantil de por vida. Agorafobia. Odio a las mujeres. Pánico escénico.

O quizá no. Pienso que quizá ahora llegue el momento álgido de las películas, cuando Aksel empieza a rapear como una bestia y hace callar a todo el mundo.

Silencio. Un istmo de esperanza. Pero no pasa.

Aksel se vuelve, observa a Copérnico y el modelo planetario que inspiró la teoría de Bohr, y empieza a hablar en chino.

Escuchar «All I Want for Christmas Is You» siempre es uno de mis momentos navideños favoritos, pero ahora mismo, bajo la sombra del pino más alejado del aparcamiento del colegio, me parece la canción más triste del mundo. Una pesadilla. La voz de Carey sale disparada por todos los altavoces para recordarme una y otra vez que la he cagado. Que «lo único que Aksel quería por Navidad era a mí», y no he estado ahí.

Las puntas de los árboles se mecen con una brisa fría, y el ambiente fuera del centro no puede ser más festivo. Los padres esperan a que lleguen sus pequeños genios mientras deciden quién será el próximo que acoja la cena de voluntariado para recaudar fondos para la investigación contra el sida o la hipoterapia; todos sonríen, y pese a que nunca sabré a ciencia cierta sin son sonrisas auténticas, hoy me las creo.

Veo a Hanne y a Fulbright hablando con el pastor Paul, veo a Samantha y a Prrr y a Brrr y a Mrs. Gee, y al resto de los padres de niños que me saludan a lo lejos. Lo único que quiero es irme. Pero no puedo. Tengo que decirle a Aksel que he venido, que estoy aquí, tengo que decirle que lo siento.

—¿Resaca?

Madera y tierra. Los aromas de Tom Ford llegan inconfundibles. John tiene el doble don de encontrarme cuando creo que me oculto y de sorprenderme al hacerlo. Lleva un abrigo de felpa muy elegante, hasta los pies, y una bufanda blanca. Le doy un beso en la mejilla.

—Merry Christmas, John.

—Siento que Aksel… No entiendo qué le puede haber pasado…

—Mejor lo hablamos en otro momento.

John guarda silencio. Saluda a alguien a lo lejos con un ligero gesto de cabeza. Y lo hace con seguridad, pese a que sabe que nuestra imagen es el inicio del rumor. Un rumor que ya me gustaría a mí.

—Vaya noche, ¿no? —Lleva un pin dorado de Papá Noel en la solapa—. Despertaste a todo mi equipo… Te mandan recuerdos.

—¿Cómo? —Ahora me acuerdo, le llamé porque quería que viniese a la fiesta.

—Trece llamadas que sonaron desde Atlanta hasta San Francisco. —Se ríe, burlón—. Tengo un móvil nuevo y no sabía cómo silenciarlo porque no tiene teclado, y cuando respondía solo oía a un tío que cantaba en chino.

—¿Qué hacías en San Francisco?

—Cosas, Rita. He llegado justo para la actuación.

—¿Para la actuación? Pero ¿por qué?

—¿No me has visto? Pero ¡si he dado el discurso de apertura!

—¿Tú? No entiendo nada.

—Mi familia fundó este colegio, es uno de los proyectos de los que más orgulloso me siento.

—¿Cómo? ¿Y me lo dices ahora? Y… —estoy muy cansada—, ¿y qué quieres decir con que tienes un móvil sin teclado?

—¡Sí, es increíble! ¡Es el futuro! —Se lleva la mano al bolsillo y saca una especie de pantalla negra—. ¡Se llama iPhone!

—¿El móvil tiene nombre?

—Sí… Mira, solo tiene un botón aquí y…

Por fin llega Aksel. Aunque solo tenga diez años, ya sobresale en el arte de la sonrisa de cortesía americana. Siempre lo ha hecho muy bien, pero cuando ha cruzado la puerta del colegio y me ha visto, justo cuando Maria Carey alargaba la u de «youuuuuu», se le ha borrado la sonrisa de golpe. Lo peor es que no me ha mirado con rabia, sino con una pena terrible.

Voy a buscar a Eva y a Bini, que están jugando en el parque infantil —necesito apoyo moral—, y nos acercamos a él.

—¿Por qué crees que no ha cantado Aksel? —pregunta Eva en un tono confidente y con una rasta en el pelo llena de tierra.

—No lo sé, Eva... —respondo, destrozada.

—A lo mejor le dolía la tripa —dice Bini—, o a lo mejor necesitaba que el foco te iluminase a ti, Hairy.

Parménides, Empédocles y la explosión

«Estoy bien», me ha dicho. «De verdad», me ha dicho.

Habría preferido un odio más clásico, una respuesta menos elegante y madura; la pataleta de toda la vida. Lo peor es que parece que me lo dice de verdad, que no es una estrategia para acabar explotando entre gritos y lágrimas y echarme en cara que le haya abandonado. Que la decepción ha sido tan grande que ha pasado página. Mi página.

«Pero estaba allí», le he suplicado.

«De verdad que estoy bien», ha respondido sin mirarme a los ojos. Y ha cerrado la puerta de su habitación con cuidado y una sonrisa.

Joder, Bini me perdonó cuando me dejé su muñeco favorito en el jardín durante cuatro días y la lluvia le borró la cara (volví a pintársela con rotulador permanente, pero tuvo pesadillas toda la semana). Incluso Eva me perdonó cuando me la dejé dos horas encerrada en el coche; claro que lo pagué perdonándole la serie de toques de balón diaria y dejando que comiese pancakes durante un mes, pero funcionó, porque no se lo contó a sus padres (dejar a un niño encerrado en el coche es uno de los puntos rojos de la biblia de las au-pairs que implica la extradición inmediata).

La biblia de las au-pairs no dice nada del hecho de no estar presente en uno de los momentos más importantes de la infancia de un niño, y eso es peor que la lluvia borrando la cara de su muñeco preferido. No parece que Aksel tenga mucha intención de perdonarme.

Estamos a 24 de diciembre y camino por mi casa extranjera arrastrando los pies. No sé qué se supone que debo hacer. Estoy tan triste que me fijo en algunos detalles de la casa que hacía tiempo que no veía, vuelven a surgir incluso los olores que había interiorizado (el suavizante que sale del cuarto de la lavadora, el barniz cálido y con aroma a vainilla de la madera). La distancia que me separa de Aksel es tan tangible que es como si todo volviese a empezar de cero, cuando todos éramos unos desconocidos.

Llevo unos botines de purpurina de colores y un vestido de terciopelo negro con los puños blancos. Me lo compré para la ocasión en una tienda chulísima llamada Urban Outfitters que descubrí un día con Six, después del brunch en el Murphy's. Calculé que el conjunto desprendería el equilibrio perfecto entre el intelecto, la fantasía y el toque europeo, que me satisfacía a mí, y que satisfaría a la familia Bookland en general y al profesor de Harvard que venía de visita en particular. Pero ahora los botines me pesan. No estoy para purpurinas.

Deambulo entre el salón, el despacho y la cocina haciendo tiempo por si Aksel sale de la habitación, y como parece que va a tardar, me acerco a mear al baño de Fulbright y Hanne. A veces lo hago —«No tenemos nada que esconder en el baño», dijo ella un día, y me guiñó el ojo—, y así, de paso, compruebo si ya ha llegado el último número de *The New Yorker*.

Me siento en la taza del váter ambientada con aromas de menta y lirio blanco, y trasteo entre los ejemplares del revistero —paso textos presocráticos de Parménides y Empédocles, *Fragmentos*, de Heráclito, un ensayo sobre el diseño programable de heterodímeros de proteínas ortogonales—, y el pis se me corta de golpe cuando identifico al intruso. Pues quizá sí tenías algo que esconder, querida Hanne.

La sorpresa es enorme, extraordinaria, fantástica. Las páginas «triviales e intrascendentes» del *Vogue* se abren paso con un titular claro: «Los looks ideales para dar la bienvenida a 2008». La satisfacción es indescriptible. Oh, Hanne, qué maravilla, cuántos patrones vitales has tenido que cargarte para invertir cuatro dólares en unas páginas como estas.

Aun así, cojo *The New Yorker* —el *Vogue* lo leí hace días; había una entrevista aterradora sobre la vida de Oprah y un texto maravilloso de Truman Capote—. Ahora leo la increíble historia de una chica que escribió su primera novela utilizando un móvil como el mío, que no tiene ni el juego de la serpiente. Leo tanto rato que se me duermen las piernas.

Me lavo las manos con un jabón nuevo y veo que Hanne ha sustituido la crema hidratante de marca blanca habitual por Eau de Rochas, que decido no oler porque me moriría de nostalgia al recordar los brazos de mi madre. Esta mañana me he puesto un brazalete que me regaló antes de irme, pero he tenido que quitármelo porque se me ha quedado atascado con los pelos y me ha dejado la muñeca calva. Qué dolor. La nostalgia hiere, literalmente.

Salgo del baño caminando sobre los talones, con las piernas aún dormidas, vuelvo al salón y me paro delante del árbol de Navidad. Aksel sigue encerrado en su cuarto. El hilo musical ha hecho una tregua navideña, por fin, pero ahora suena «Caroline», de James Taylor, que dramatiza un poco más la escena.

La decoración descompensada y antiestética del árbol haría suicidarse a Monica Geller y al mayordomo de Ferrero Rocher, pero eso sí: iluminadas por el reflejo de una guirnalda de luces con los colores de la bandera americana, las ramas se organizan por temática y cada bola está llena de contenido.

Hay una rama cuyas bolas están hechas a mano, trabajos de final de curso de cuando los niños aún no sabían leer y se salían de la raya. Más arriba, siguiendo la evolución cronológica, hay fórmulas matemáticas encapsuladas en bolas de nieve, los animales en extinción favoritos de Bini y una colección de pinturas impresionistas en miniatura dibujadas por Eva. De la rama de al lado, en la sección de orgullo nacional, cuelgan el Monte Rushmore, la NASA y el MoMA de Nueva York, y un poco más arriba, después de la rama de historia —Lincoln y Luther King y Charles Darwin de transición—, cuelgan los escudos de Harvard y el MIT, y el que compré yo, de Georgia Tech. Los tres al mismo nivel, como si las carreras *cum laude* en dos de las universidades más prestigiosas del planeta pudiesen compararse con un curso de un año de inglés. Si ni siquiera voy a la universidad, que estoy en la escuela de idiomas… Joder, doy pena.

Sin embargo, la rama que más peso soporta es la de abajo: la rama literaria. Aparte de una colección de clásicos —en la cubierta de *Frankenstein*, Mery Shelley lleva su apellido de soltera: Mary Wollstonecraft—, la tradición familiar manda que cada año todos escojan el libro que más les haya gustado y recreen la cubierta en miniatura para colgarla del árbol. Bibliografía para las generaciones futuras. Pero ninguno de los Bookland es capaz de escoger un solo libro, de modo que cada año hacen dos o tres y la rama toca el suelo. La verdad es que yo tampoco he podido elegir uno solo, y ahora de la rama también colgarán *Crónicas marcianas*, *La sombra del viento*, *Love Story* y *La piel fría*.

No sé si lo de ponerme a leer y escribir solo ha sido por vivir con los Bookland. Si hubiera hecho lo mismo en una familia de mormones extremos en contra del aborto y la comida vegana. Si hubiese cuidado a los niños de un famoso, como aquella au-pair de Igualada. O si hubiese convivido en una comunidad amish y un joven de rizos y barba larga me hubiese cautivado con las maravillas de una vida sin electricidad.

Aksel sigue encerrado.

Creo que al final no sacaré el tió esta noche. Vaya mierda. Era una sorpresa, pero no tengo fuerzas para crear ilusión y aguantar que todo el mundo se cachondee de mi tronco.

No me queda ni un ápice de magia para hacerlo salir esta noche. Ni para hacerle cagar todas las chocolatinas de economía sostenible que había comprado para la ocasión.

Doblo las últimas servilletas encima de los platos para la cena y pregunto a Hanne y a Fulbright si puedo ayudarles en algo más. Pero siguen abstraídos en el mismo debate de las últimas semanas.

—Obama no tiene experiencia, es perfecto como candidato, pero como presidente... —dice él—. Además, era el momento de una mujer. ¡Era ahora o nunca!

—A ver —responde Hanne—, no seré yo, que hace quince años que tengo a hombres bajo mi cargo, quien diga que no quiere a una mujer como presidenta. Pero ese no es el tema, y en cualquier caso: ¡ha ganado un hombre negro! Así que, para empezar, también han ganado el progreso y la igualdad. Lo que pasa es que aunque él sea un socialista inexperto de Chicago, ¡Hillary es establishment puro y duro! ¡Más de lo mismo! —Bebe vino blanco—. Y por el amor de Dios, ¡que su marido le puso los cuernos delante de todo el planeta y ella lo perdonó! —Es apenas un instante, pero Fulbright cruza la mirada conmigo; el fantasma de Chitawas entre nosotros, la vergüenza, la pasión—. ¡Es inadmisible! ¡Es de imbéciles!

—¿Tienes la sopa controlada? —pregunta él para cambiar de tema.

—Y no olvidemos —sigue ella— que los demócratas hemos competido contra un veterano de Vietnam, prisionero de guerra durante seis años, torturado y repatriado. Y lo hemos hecho con un hippy negro de Chicago y una cornuda del establishment. —Bebe—. ¡Así que brindemos! ¡Que es Navidad, y este 2008 el país vuelve a ser demócrata y de Harvard!

—¿Puedo ayudaros en algo más? —interrumpo.

—¡Ah! Rita, tranquila —continúa Hanne—, aún tenemos para una hora y media por lo menos, así que haz lo que quieras. Puedes ir a visitar a tu amigo John, si te apetece... —Se ríe, celosa.

Fulbright, en cambio, remueve la sopa de espinacas y no dice nada. Desde que lo pillé con Chitawas, nuestra relación se ha enfriado. Hace tiempo que no me pregunta qué leo, y me muero de ganas de explicarle que me reventó la cabeza cuando acabé *Love Story*. También querría contarle que ya voy por la mitad de *A sangre fría*, de Capote, y que, efectivamente, la casa de Palamós en la que escribió parte del libro y en la que pasó tres veranos la derribaron. Querría decirle que se libere por completo, que es normal, que le entiendo, que Atlanta vuelve gay a cualquiera. Y no pasa nada.

Bajo las escaleras entre aromas de hinojo y canela —ninguno de los dos me interesa demasiado— y voy en busca del amor de Eva y Bini.

La puerta está entreabierta y les espío; en el suelo tienen el dibujo del plano del próximo circuito eléctrico que construirá Eva. Al lado, Bini ha acabado un Lego de *Jurassic Park* para niños de doce años con las correcciones anacrónicas pertinentes.

Están a punto de llega a la Luna.

—¿Por qué tengo que ser siempre Collins? —se queja Bini, a punto de llorar, sin soltar los mandos del Apolo 11—. ¡Nadie recuerda quién es Collins!

—Porque Aksel es Armstrong, y yo, Aldrin —responde Eva, simulando la falta de gravedad con los hombros levantados—. Ya lo hemos hablado muchas veces, Bini, durante la infancia, la jerarquía por edades es un clásico, es lo que funciona.

—Pero... ¡pero Aksel no está aquí! ¡Sigue encerrado en su habitación!

—Le tiembla la barbilla, a punto de romper a llorar—. ¡Y yo aún no he pisado nunca la Luna!

—De acuerdo —responde Eva, y la barbilla de su hermano se detiene—, pues yo seré Armstrong, y tú, Aldrin.

—¡Sííí! —Bini hace como que pulsa botones—. ¡Pip-pip-piiip! Chissssss... ¡Pup-pup-pup! ¡Por fin podré pisar la superficie lunar! ¡Entraré en el Eagle, entraré en el Eagle! Plantaré la bandera en la Luna... «¡Un pequeño paso para el hombre, un gran paso para la humanidad!».

—¡Eh! Que eso lo digo yo, ¿eh?

—¿Qué hacéis, niños? —interrumpo con una sonrisa de esperanza.

—¡Hairy! ¡Nooo! —gritan los dos al unísono—. ¡Sal! ¡No mires! ¡¡¡Vete!!!

—Pero si no veo nada...

—¡No! ¡Vete!

Aunque me echen a gritos porque en el suelo hay un regalo para mí a medio envolver, la hostilidad hace que se me forme un nudo en la garganta.

Necesito salir de casa. Voy a la habitación y cojo el ordenador.

Llueve. El barrio hiperiluminado de Leafmore se oculta bajo una neblina de vapor y se empequeñece por el retrovisor del coche hasta convertirse en una mancha intermitente de luces verdes y rojas. Conduzco rápido. En la radio, Delilah anima a un adolescente con el corazón roto. Cambio de emisora, suena «Highway to Hell». Subo el volumen.

Mi primera intención es llegar hasta Virginia Highlands y ahogar las penas en un mocca doble como Dios manda en la cafetería San Francisco, pero no tengo tanto tiempo. Llamo a Six y no contesta. Debe de estar pasándoselo bien en la cena de los Christmas haters. Por suerte ha caído en el país correcto, aquí hay grupos para todo. Una cena para odiar la Navidad. Esta Navidad. Debería haber ido.

Solo falta una hora para la cena. Paro en el Starbucks de confianza y aparco mientras el agua golpea con fuerza los cristales. Analizo con esperanza el reflejo de mis ojos, rojos y brillantes, en el espejo de la visera, pero la llorera es demasiado evidente, si está Andrew en la barra no tardará ni un segundo en preguntarme qué me pasa. Y no tengo ganas de hablar. Así que me quedo sentada sintiendo como cientos de litros de agua chocan contra mi coche de pija. Vuelvo a sintonizar a Delilah, cuando digan el número de teléfono, llamaré. Entre tanto, saco el ordenador y empiezo a escribir.

Escribo sobre todos los veinticuatro de diciembre por la noche que he salido en Puigcerdà.

Escribo que no pisaré la nieve con zapatos de tacón y medias gruesas, ni llegaré a casa a las siete de la mañana, con el calor de los últimos amaneceres del año y el ruido de los cencerros de las vacas de Antònia. No dormiré tres horas ni pondré la mesa con resaca, pero con ilusión, para la comida más deliciosa del año.

Escribo sobre todo lo que está pasando ahora, en este preciso instante, a ocho mil kilómetros de aquí, mientras lloro en el aparcamiento de un puto Starbucks en una ciudad sin aceras ni sopa de galets.

Andrew me ha visto y me saluda desde la barra. Levanta un vaso con dos dedos de nata. Me dice que entre, pero por suerte hay una cola larguísima —¿la gente no tiene vida?, ¡es Navidad!— que no le deja salir a buscarme.

Me siento fatal. Ahora mismo lo que más me apetece es volver a llamar a mi madre cada día y tumbarme sobre su regazo en el sofá, olerle la ropa y sentirme en casa; que a mi padre se le ilumine la cara al verme, que me cuente tres chistes nuevos y que me diga que le parece increíble la nitidez con la que hacen las películas hoy en día. Quiero reírme con mi hermano, hacer las bromas que nadie más entiende. Echo de menos todo. Las birras improvisadas, el mar y las montañas. El café del Aroma. Quiero coger el teléfono y poder llamar a quien me dé la gana cuando me dé la gana.

Ahora no debería estar aquí. Debería estar en Alp, en casa, donde puedo ser un puto desastre, pero un desastre libre que no destroza la infancia de nadie.

La cola del café se va reduciendo, pero Andrew aún no puede escaparse. En la radio suena «All I Want for Christmas Is You». La apago. Dejo el ordenador y cierro los ojos.

En realidad, no sé discernir qué parte de lo que siento es añoranza y qué parte es esta pesadísima culpa por haber abandonado a Aksel sobre el escenario.

Me persigue el recuerdo de su carita buscándome entre el público. Su valentía, todo el esfuerzo que invirtió en aquel momento se apoyaba en mí, en el hecho de que yo estuviese allí. Quizá sea eso, que no sé lo que es esforzarse de verdad para conseguir algo. Que siempre he decidido no pensar, tomar atajos, no arriesgarme. Que soy incapaz de entender qué es sentirse vulnerable como Aksel aquella noche. Sentirse débil e indefenso y a pesar de todo subir al escenario delante de quinientas personas a defender quién eres. La única pieza que le faltaba era yo. No me pidió mucho, solo que estuviese allí. Y no estuve.

Aksel por fin ha salido de su habitación y parece que está más cabreado que antes.

Hanne lleva un vestido nuevo. Ha aparcado el negro de 1998 lleno de bolas y se ha enfundado uno más corto, de terciopelo verde botella con puntitos beis, y pese a los zapatos ortopédicos de siempre, hoy incluso aparenta la edad que tiene.

—¿Puedes probar la sopa, por favor? —pregunta.

—Estás muy guapa —le digo.

Ella responde «gracias» muy rápido. Aparta la vista y se sonroja.

—Juraría que le falta sal —continúa—, pero en esta casa ya solo se fían de tu paladar. —Me sonríe con dulzura.

Busco la mirada de Aksel, que siempre bromea sobre mi precisión gustativa, pero me esquiva.

En cuanto nos sentamos a la mesa, el espíritu vikingo navideño se apodera de los Bookland. Me gustaría sonreír, dejarme llevar, subirme a la silla y recitar un verso, sacar el tió, cantar «¡Fum, fum, fum!» y comer como si mañana fuese a naufragar. Pero no puedo.

Conchi me mira desde el otro lado de la mesa con un dejo de nostalgia y compasión. Hoy que la lejanía es protagonista, quizá sea el día en que las dos nos sentimos más cerca que nunca. Para mí es solo la primera Navidad lejos de casa, pero ella ya lleva quince así. Antes la he observado por la rendija del baño y he visto que lloraba y besaba la foto de su hijo.

Este año los versos no llegan entre barquillos. Cada uno ha escrito el verso a alguien de la familia y lo ha colgado de una rama del árbol, y aunque todo el mundo intuye quién ha podido hacerlo, hasta el final de la cena no se descubre a los autores.

He salido la primera; lo tenía fácil porque me tocó dedicárselo al periquito del vecino —Eva insistió mucho en incluirlo en la familia—, y me ha quedado bien. De hecho, por la cara de sorpresa que ha puesto Hanne con el verso conclusivo, creo que he ganado varios puntos.

—¡Hairy! —grita Bini cuando lee mi nombre en el sobre—, ¡esta poesía es para ti!

El poema empieza llamándome Atenea, diosa de la guerra, la sabiduría y la artesanía. Pero el autor —dice que es un hombre— deja claro que no la ha escogido por la sabiduría de la diosa —gracias, Booklands, lo supe desde el primer día—, sino porque es una diosa guerrera.

Uno de los principales objetivos de Atenea, como indica el segundo verso, es proteger la ciudad de Atenas, pero en mi caso la ciudad no es «la poderosa polis de la Antigua Grecia», sino la casa azul al final de River Oak Drive —Las rimas son impresionantes—. Dice que mi Atenas me importa más de lo que pienso. «Y a todos los que estamos dentro, tanto si te das cuenta como si no, nos importas más de lo que piensas». Porque entre las cuatro paredes de esta bonita polis, rima en tres versos, habitan las musas que cada día te inspiran y te vuelven loca, pero a las que siempre ayudas. «Aquí las musas no son las cuatro hermanas divinas —la oratoria, el teatro, la danza y la música—, sino que son tres; más divertidas, inspiradoras y revoltosas». «¿Aún no sabes quiénes son?», pregunta. «Yo creo que sí: Bini, Eva… y un humilde aspirante al dominio de estas rimas: yo mismo».

La familia Bookland arranca con el aplauso más fuerte de la noche.

—¡Cada año te superas, Aksel! ¡Son los mejores versos de Navidad que has escrito jamás! —grita Hanne.

—¡No sabía que dominases tanto las rimas! —grita Fulbright poniéndose en pie—. ¡Es impresionante!

Estaba tan flipada con el texto que no me había dado cuenta de la cara de tensión de Aksel. Está rojo, tiene las manos bajo los muslos y golpetea la mesa con las piernas. Me levanto con los ojos llorosos y me acerco a él para abrazarlo. Pero, para sorpresa de todos, se pone de pie y corre a su habitación, y antes de encerrarse en ella para toda la noche grita:

—¡Lo retiro! ¡Lo retiro todo! ¡Ojalá no hubieses venido nunca! —Qué horror, quiero desaparecer—. ¡Lo digo de verdad! ¡Ojalá Daniela no se hubiese vuelto a Colombia y tú te hubieses quedado en tus puñeteras montañas! ¡Que no conoce nadie, por cierto!

La familia Bookland al completo me mira sin entender nada. En shock. La Navidad a la mierda. Esperan que les dé una explicación, porque por sus caras parece que nunca habían visto a Aksel así. Se hace el silencio.

—¿Os ha pasado algo? —pregunta Hanne.

—Bueno, creo que es evidente... —dice Conchi, acercándose la taza a la boca con el meñique levantado.

—No, que yo sepa... —miento.

—Aksel, Aksel quería... —Bini habla desde el deber de un niño de cinco años—. Aksel quería que Rita fuese a verle esta mañana... al festival de Navidad.

—Pero si ha venido —responde Fulbright, sin entenderlo.

—Sí, pero ha llegado tarde, debe de ser por eso... —continúa Eva, poniéndose de mi parte.

—Ya... —dice Hanne, que sospecha—. Pero tiene que haber algo más.

—Será mejor que lo olvidemos —añado, quiero irme a mi habitación, quiero volver a casa—, ya hablaré mañana con él y le pediré las disculpas necesarias.

—Bueno, solo pídele disculpas si hay una explicación que las justifique, ¿eh? —me corrige Fulbright—, que estos niños cuando quieren pueden ser muy malcriados.

Madre mía, debería caérseme la cara de vergüenza. He abandonado a Aksel en el momento más decisivo de su corta vida y lo trato como si estuviese loco. Soy el demonio.

Los postres tradicionales noruegos son el sueño de cualquier niño. Flanes, brioches con chocolate, crepes con nata, dónuts azucarados. Un día cualquiera me lo habría comido todo, uno de cada, incluso todo entero. Esbozo la última sonrisa navideña fingida, al borde del calambre en la mejilla, y doy las gracias a la familia Bookland por haberme acogido el día de Navidad. Bajo las escaleras y por fin me encierro en mi habitación, contando las horas para que acabe la Navidad y para volver a casa.

La casa de Barbie no es de color rosa

—¡A... acordaos de no decirle a Rita adónde vamos! —grita Bini, mientras se abrocha el cinturón de la sillita del coche.

—Creo que estás creando más expectativa de lo que se merece —responde Eva mientras estrecha un elefante de peluche.

No entiendo por qué no he podido coger mi coche y tenemos que ir todos en el mismo adonde sea que vayamos ahora. Además, he tenido que ir a cambiarme tan rápido que se me ha olvidado ponerme el sujetador, y contaba con el que tengo de emergencia en la guantera de mi coche. Abro la ventanilla porque estoy un poco mareada. No sé por qué (y obviamente no hace falta que recurra al Predictor).

Desde mi punto de vista europeo, hay muchas cosas de los americanos —o de los americanos de Atlanta— que me parecen un desastre. Los biquinis con cortinilla me parecen un desastre, las normas paranoides de los Boy Scouts, el vino bueno en vasos de plástico rojo, la vida sin aceras, que alguien me pregunte cuándo pienso casarme, conducir y no caminar, el pan dulce o un I'm sorry por doquier.

También considero que son bastante desastres en el arte de la seducción —John es un caso aparte—, y el hecho de que siempre vayan vestidos como si fuesen al gimnasio tampoco ayuda, pero bueno, soy consciente de la opinión sesgada que me proporciona haber crecido en la frontera con Francia, donde el sexo lúdico es marca nacional, y en Cataluña, donde el vino —excepto si te ha tocado la lotería de Navidad— se bebe en vasos de cristal. Y sí, Bourg-Madame no es París, pero también es Francia.

Pero si hay algo que no deja de conmoverme de esta gente —además de la creatividad de sus postales y la energía para la vida en general— son los voluntariados. Aquí todo quisqui hace voluntariado.

Hay empresas que te permiten dejar de trabajar durante seis meses con el sueldo pagado para que te dediques a una causa noble. He visto a Mrs. Gee, vestida con banderas americanas de Ralph Lauren de arriba abajo, ir a dar clases de tenis gratis a colegios de barrios de la ciudad donde las pelotas desaparecían por los agujeros de las vallas del recreo. Ha habido noches en que Fulbright y Hanne llegaban hechos polvo del trabajo y se han ido a una cena benéfica organizada por ellos mismos, donde han llegado a recaudar quinientos mil dólares para uno de los viajes del equipo de Hanne, y luego los he visto salir hacia Kenia cargados de vacunas. En este caso, debo reconocer que pensé que blanqueaban dinero (también he crecido en la frontera con Andorra).

Pero con el tiempo me di cuenta de que no, de que lo hacían de verdad, y de que tampoco obtenían beneficios fiscales por ello. De que quizá, simplemente, lo hiciesen para ayudar a otras personas.

Hoy, dos días después de la cena de Navidad más triste de mi vida, la familia Bookland y au-pair nos dirigimos a uno de esos voluntariados. Hoy vamos a donar los juguetes que los niños más privilegiados han escogido para que otros puedan aprovecharlos.

—He calculado el coste de vida restante del Lego de la prehistoria y es realmente alto. —Aksel habla alto y claro, y noto la falta de interés proactiva hacia mi persona—. Teniendo en cuenta el desgaste de las piezas, de solo un 1,456 por ciento en los últimos cuatro años, es decir, un 0,4853 por ciento al año, y añadiendo también la probabilidad de un dos por ciento de pérdida de piezas (un cálculo que varía según el niño), la esperanza de vida de este juego es muy larga. Como mínimo, puede aguantar tres generaciones más; eso sí, he obviado la influencia del cambio climático en la humedad y la temperatura dependiendo de las políticas progresistas de los demócratas, pero confío en Obama y en la rápida evolución de la mesa redonda sobre el cambio climático del G8 en Davos, así que el factor ambiental juega a favor de la vida de nuestro querido juego.

—Hummm... —Eva contesta en un tono igual de serio—, no creo que haga falta entrar en tanto detalle, Aksel. No sé si a los niños les interesa la esperanza de vida de unos dinosaurios de plástico. Creo que tendrás que vendérselo mejor. Apola a las emociones...

—Es «apela» —corrige Aksel.

—Apeeela a las emociones; es lo que hace mamá cuando quiere que la gente le dé dinero para ir a Kenia: explica cómo te lo has pasado con el juego, qué has aprendido de él, qué incongruencias históricas has encontrado, cómo crees que podrían mejorar.

—¡Brillante! —exclama Fulbright—. Bien expuesto, Aksel, bien complementado, Eva. Como dato no relevante pero sí constructivo, creo que el cálculo de desgaste no es del todo preciso.

—Sí lo es, papá, lo he comprobado. Lo que ocurre es que estás pasando por alto que 2004 fue año bisiesto.

—Mu-muy bien, Aksel. Estoy orgulloso de ti —interviene Bini sin dejar de mirar por la ventanilla, mientras los demás ocultamos la risa, sorprendidos por la autoridad de la felicitación.

Dejamos Lavista Road, doblamos por North Druid Hills Road y en pocos minutos entramos en un barrio con forma de U. La distancia entre las casas es de apenas unos metros, hecho que, considerando la envergadura de las viviendas —no exagero cuando digo que, aisladas en lo alto de una colina, pasarían por castillos—, la escena en general parece una broma. Un decorado.

Por la puerta de uno de los castillos, con la espalda recta como Forrest Gump y tanta gomina que podría hacer un corte profundo a alguien si se le despista un pelo, aparece Eric, el coleccionista de presidentes. El niño que nació sabiendo lo que quería hacer en la vida.

—No se lo tomen a mal, señor y señora Bookland, pero ya hace años que acordé con mi familia que a Papá Noel solo le pediríamos los accesorios indispensables para mi colección presidencial, así que, por fortuna o no, no puedo llevar ningún regalo en desuso porque no tengo ninguno. —Este niño tiene ochenta años, lleva camiseta imperio y ha ganado tres premios Nobel.

—¿Y qué presidente te ha traído Papá Noel este año? —pregunto.

Hanne me mira por el retrovisor.

—Ningún presidente este año, Rita. Pero teniendo en cuenta que el honorable George W. Bush tiene los días contados, Papá Noel me ha traído la réplica exacta del teléfono que utilizó hace solo dos semanas para llamar a las fuerzas armadas en Afganistán...

—¡Impresionante! —continúa Fulbright, sincero—. Esta colección es única. Te felicito por la originalidad y la precisión de tu trabajo. Está muy bien que tengas un objetivo tan definido.

—Gracias, señor Bookland, mi objetivo es reunir la colección más detallada del país. Tengo muy clara mi vocación.

Últimamente, cada vez que alguien dice la palabra «vocación» me entra una pequeña taquicardia. Vuelvo a bajar la ventanilla.

—¿Falta mucho? —corto la conversación.

Entramos en el barrio de destino y la afluencia de coches aumenta. La cola se define y enfila uno de los recodos simétricos que muere en el portal de una casa. Allí, dos adolescentes del barrio, tan perfectos que parecen diseñados con Photoshop, hacen de voluntarios para aparcar los coches.

La casa es tremenda. Tremenda en plan bien. Simétrica y pintada de un azul grisáceo tan bien elegido que me emociona. Levanto la cabeza y calculo que será dos veces la nuestra.

Bajo del coche y sostengo la mirada a uno de los buenorros. MILF. Cougard. Pero él la sostiene más aún, increíblemente seguro de su persona más allá de su cuerpo perfecto. Estoy floja y pierdo.

Samantha me saluda con entusiasmo desde lo alto de la escalinata. Mueve tanto el brazo que los pendientes de esmeraldas que le cuelgan de las orejas se balancean como si bailasen una danza rusa. Desde el primer escalón, las piernas de Samantha se agilizan y estilizan todavía más, la suela del zapato de tacón de aguja de Louboutin se ve más roja. A su lado siempre me siento como un hobbit muy peludo.

—Oh my Goood! Amore! ¡Qué ilusión verte! No sabía si vendrías, te dejé un mensaje en el contestador, pero como no dijiste nada pensé que estarías en una orgía o algo así. —No se ríe, lo dice en serio.

—Perdona, ya sabes que soy un desastre con el teléfono. —Samantha lleva un jersey blanco de cachemira con pluma larga, como un cisne real—. Chica, qué flipada de mansión, ¿no? Estoy alucinando, me muero por verla por dentro. Espero que no tenga los grifos de oro…

—No, tranquila.

—¿Ya has entrado?

—Bueno, los escogí yo.

—¿Cómo?

—Bienvenida a mi casa, Rita.

—¿QUÉ? —Solo tiene quince años más que yo y ya vive en un palacio.

—Mi exmarido es un cirujano famoso y es un cirujano famoso porque me quedé en casa criando a sus hijos y llevándolos a clases de piano y de ballet y de baloncesto mientras él se construía una carrera y yo no. —Me mira, espera que le diga algo.

—Eres una gran madre. —La conversación se ve interrumpida por el abrazo postizo de una clienta estrella de su exmarido.

—Nunca hagas eso, Rita.

—¿Operarme los labios?

—Calla, lo digo en serio.

—¿Los pómulos? ¿El código de barras? ¿Las tetas?

—Constrúyete una carrera, Rita. —Ya volvemos con la carrera y el futuro y la mierda; me vuelve la taquicardia, esta vez más intensa en el coche; me acerco la mano al corazón, ¿qué coño me pasa? ¡Hoy no he tomado café!—. Haz tu vida, Rita. Estos años que estás viviendo marcarán tu futuro. —Ah, ¿sí? ¿No me digas?—. Seguro que harás grandes cosas, Rita, grandes cosas.

—Sí, sí, seguro.

Con veintitrés años, por fin entro en la mansión de Barbie.

Dando la bienvenida con una sonrisa desdentada y tanto amor que derrite, Michael decide romper el protocolo de bienvenida y en vez de estrecharme la mano hunde la cara en mi tripa y me abraza. Aksel nos mira de reojo y se va.

—¡Me alegro de que hayas venido! ¡Tengo una sorpresa para ti!

—¡Guau! Ah, ¿sí?

—Cuando vayas a la cocina, fíjate en que al lado del salami y el prosciutto hay un plato con el pa amb tomàquet que nos enseñaste a preparar. Mamá compró el aceite de oliva que dijiste. El de la oliva arburquina.

—No me lo puedo creer.

—Ve a probarlo. Yo no puedo, tengo que quedarme aquí, que soy en encargado de decir «hola». Soy muy importante.

—Por supuesto, por supuesto, el más importante de todos. Muchas gracias, Michael.

La casa está a reventar. La mayoría de la gente se concentra en el vestíbulo y dibuja una hilera de padres e hijos que dejan los regalos a los pies de un árbol que ríete tú del de Rockefeller. Los invitados sonríen, llevan una copa de cristal en la mano —es la primera fiesta a la que voy en la que la gente no bebe en vasos de plástico—, paso junto a grupitos que dejan fragmentos de conversaciones: a unos les gustó el *Cascanueces* en Broadway, otros se quejan de la calidad de la nieve en Aspen.

De camino a la cocina saludo a Prrr y a Brrr, y al profesor de fútbol y al entrenador de béisbol y a Sheryl, la tenista bajita e histriónica con la que jugué el otro día que después del entrenamiento me felicitó porque le gané con un revés implacable. Y «hasta ahora no me había ganado nadie del barrio»... Bueno, Sheryl, lo siento, soy buena.

Sigo avanzando, disfrutando de las habituales miradas de reojo de la gente del barrio, disimulo con alta profesionalidad y una sonrisa contenida, y por dentro me alegro de que, unos meses después, aún me vean como un ser exótico con cierto aire de misterio.

Al otro lado del comedor, apoyado en la chimenea donde juraría que cuelga un Miró original, el pastor Paul me saluda por compromiso levantando una copa en el aire y decide no acercarse a mí. Se ve que aún ni él ni Dios me han perdonado por el tema del pito celestial.

Eva juega con Mary. Bini espera paciente a que Michael acabe de dar la bienvenida a todos los invitados, y Aksel ha decidido obedecer a su hermana y escribe un anexo motivacional en la nota de presentación del Lego.

Cojo un trozo de pa amb tomàquet y una caipiriña de fresa que me ha preparado un camarero profesional, y me voy de tour por la casa.

Me imagino a Samantha en esta jaula de oro; el eco de sus tacones de aguja a cada paso solitario mientras espera que sus hijos vuelvan del colegio y su marido acabe de follarse a su secretaria. Mientras siente que la vida se le escapa ante sus ojos como se le escapa entre los dedos la arena de su playa privada en Rosemary Beach. La imagino tocando una canción triste al piano de cola, reclamando a la vida que debería haber crecido en un barrio artístico de Europa en el que poder andar sin tacones y sentir que el aire del viejo continente le hace volar los pelos largos de las axilas. Pidiendo a la vida no haber nacido en Atlanta, no haber crecido con uniforme y no conocer el protocolo de la hora del té; que su padre y su abuela no hubiesen diseñado su boda al milímetro el día que Samantha cumplió veintiún años.

—Hola, Rita, ¿qué tal? —Mrs. Gee va vestida de profesora de tenis incluso aquí.

—¡Hola, Mrs. Gee! Bien, muy bien, y tú, ¿qué tal?

—Bien, bien… Llevo días queriendo hablar contigo.

—Ah, ¿sí? ¿Todo bien con Bini?

—Sí, sí. Bini es tan educado… El tenis no es su fuerte, pero… En fin, quería hablar contigo porque mi hijo es psicólogo, y como me dijiste que habías estudiado Psicología —toso porque me falta un poco el aire—, he pensado que quizá podría interesarte hablar con él. —Sonrío, no digo nada—. Bueno, entiendo que lo de hacer de au-pair es solo temporal, que en algún momento querrás empezar a trabajar de lo que has estudiado.

—Sí, sí, claro… —Madre mía, ¿hoy se han puesto todos de acuerdo?—. Muchas gracias por la oferta, consulto la agenda y le digo un día.

Bajo las escaleras. El murmullo de la multitud se atenúa a mi espalda hasta que siento el tacto agradable de los zapatos al hundirse, esponjosos, sobre la moqueta blanca de la planta inferior.

Paso por delante de la piscina climatizada y la sala de juegos. Paso por tres habitaciones de invitados conjuntadas con el baño anexo. Paso por delante de la bodega de media vuelta con control de temperatura, y por delante del gimnasio. Hasta que entro en una pequeña habitación en la que encuentro un bar con barra de cuero y seis taburetes altos forrados de terciopelo azul marino. Parece la antecámara de otro lugar.

Al otro lado de la sala, un sofá tapizado con el mismo tejido y color contrasta con el papel de hojas tropicales de la pared, donde cuelgan multitud de acuarelas. También hay un gramófono dorado y, al lado, una puerta con un cartel apagado que anuncia ON AIR.

¿Una radio? ¿Un estudio de grabación?

Y de repente, como si hubiese sentido mi presencia, el cartel se enciende.

El instante de duda es tan ínfimo que no cuenta. Avanzo por un pasillo con las paredes forradas con el mismo papel tropical y abro la puerta que hay al fondo.

Bingo.

Una veintena de butacas de terciopelo verde botella se reparten en cuatro filas encaradas a una pantalla de cine. La luz es tenue, me recuerda a la sala de la película *El aviador*; el lujo y la aventura. Leonardo di Caprio.

—¿Tú no deberías estar vigilando a los niños?

No me había fijado en la figura de un hombre sentado en la segunda fila. El aislamiento profesional de la sala hace que el sonido raspado de la cerilla se oiga muy cerca. La luz del diminuto fuego le ilumina la cara.

—¿Y tú siempre tienes que aparecer como si estuviésemos en la última escena de *Casablanca*?

John lleva un jersey de cuello alto negro que le marca los pectorales. Apoya las piernas en uno de los pequeños pufs de piel que hay delante de cada butaca.

—Qué graciosa eres.

—Los niños ya son mayorcitos y para eso tienen a sus padres... —Expulsa el humo de forma entrecortada—. ¿Cómo sabías que entraría cuando viese la luz encendida?

—Porque eres la única persona de todas las que hay ahí arriba que se atrevería a fisgonear la casa hasta aquí abajo.

—Ah, ¿sí? Pues qué aburrimiento de gente. ¿Qué peli has puesto?

—No es aburrimiento. Es pudor. He puesto *The Shining*.

—Aburrimiento. *The Shining*, ideal para esta Navidad.

—Son conservadores, Rita. —Le pasa algo—. Tienen miedos, como tú y como yo, pero yo no diría que son aburridos, y lo que están haciendo es muy digno; no menosprecies todo lo que está ocurriendo en la planta de arriba. Ese dinero ayudará a mucha gente... A muchos niños. —No digo nada. Ahora me siento culpable. Da una calada larga—. Pero todo esto te importa una mierda... Estás aquí de paso, dentro de poco te irás y todo esto quedará atrás. Todo esto que ocurre hoy, aquí, todo esto es un juego para ti. —No sé si está intenso o cabreado.

—Durante toda mi existencia siempre he pensado que la vida era un juego, no me he tomado nada demasiado en serio, así que, de momento, no me estás diciendo nada nuevo. —Doy un trago a la caipiriña y bajo los tres desniveles hasta la fila de John. Jack Nicholson, en la pantalla, habla con la secretaria porque tiene una entrevista de trabajo—. En cualquier caso, ¿qué hace, en los límites del inframundo, el hombre más popular de la ciudad?

—No estoy de humor. Es que no me gustan las fiestas navideñas. —Me ofrece el porro—. Menos mal que tú no eres aburrida.

Noto un cosquilleo en la tripa.

—Ah, ¿no? Estás fumado.

—No, no eres aburrida, Rita. Quizá solo por el hecho de que hayas acabado en este rincón del mundo sin saberlo. Aparte, eres la persona con menos perfil de au-pair que he visto en mi vida, y eso que he conocido a muchas au-pairs, créeme. Es evidente que no tienes mano con los niños. —Se acomoda en la butaca y baja el culo hasta el borde del asiento, como si fuese un adolescente.

—Muchas gracias... Aunque sea verdad, me da un poquiiito de rabia.

—No te ofendas. Que no te gusten los niños no quiere decir que no hayas conseguido que te quieran. ¿No lo ves?

—…

—Pero… ¡da igual! —sigue—. Te irás… Te irás de aquí con lo que sea que has venido a buscar y volverás a la bonita Barcelona, e irás a la Boqueria y desayunarás con Juanito, y vivirás con tus amigos y tu familia y harás lo que quieras hacer en la vida. Y yo seguiré aquí, recaudando dinero para los necesitados, en un bucle sin fin. Un bucle sin familia.

—Venga, no exageres, que los dos sabemos que no sientes lo que dices, y cuando me vaya, el día que quieras coges a Lola, cruzas el Atlántico y te plantas en Alp, que tenemos aeródromo y te va a encantar mi pueblo.

—Y las vacas de Antònia, el camino de Sanavastre, esquiar bajo la luna llena desde el Niu de l'Àliga, y bla, bla, bla… Es como si hubiese vivido en la Cerdaña toda la vida. Como si me hubiese desvirgado en la Trànsit.

—Impresionante.

—Ja…

—Pero ¿te has visto? No puedes ser más perfecto, joder. Deja de quejarte.

—En fin, tengo un mal día, ya te he dicho que no me gusta la Navidad.

—A mí… a mí esta tampoco. Pero… lo superaremos.

—Supongo. Hace casi veinte años que la odio, soy un profesional.

—Además, tú no tienes que preocuparte por la cuesta de enero. —Me río.

—Ja, ja… —Antes de dar la siguiente calada, me sostiene un poco más la mirada y sonríe—. Seguro que harás grandes cosas, Rita, brillarás con fuerza.

—Joder, ya estamos otra vez.

Me mira sin entenderlo.

—¿Cómo?

—Estoy harta de que todo el mundo me diga lo mismo. Ya no soporto que nadie más me lo diga con tanta impunidad. ¿Por qué todos decís eso? ¿Cómo podéis afirmarlo con esa seguridad, si no tenéis ni idea?

—¿El qué?

—¡«Grandes cosas»! ¿Qué se supone que quiere decir «grandes cosas»? —Alzo la voz—. ¿Qué son «grandes cosas»? —Se me acelera el corazón, me cuesta respirar—. ¡Basta! ¡Solo quiero trabajar de algo que me guste! ¡Y ya está! Tener una rutina, o no, pero trabajar. Que mis padres se sientan orgullosos de lo que he conseguido. Quiero levantarme por la mañana con una dirección clara, sabiendo que el día tendrá sentido y que seré productiva, que habré aportado algo tangible e interesante a este mundo, lo que sea, pero que le encuentre sentido, que me dé dinero para vivir. ¡No quiero hacer «grandes cosas», joder, yo solo quiero hacer «algo»!

—Sweety… Te entiendo… ¿Y no es eso lo que queremos todos, Rita? ¿Descubrir qué hemos venido a hacer aquí? —No sé si entiende la gravedad de mi momento—. Lo conseguirás, estoy seguro.

—¡Pero es que ya no sé qué más hacer! ¡Ya no sé dónde o cómo buscar! Có-cómo-cómo… se supone que… —Se me dispara el corazón. Me está pasando algo grave.

—¿Estás bien?

Me levanto de un salto. Me pongo a caminar rápido para intentar entender y justificar el ritmo acelerado del corazón. Pero no funciona. Sacudo los brazos y las manos. Salto. Vuelvo a correr arriba y abajo.

John me sigue con los brazos abiertos, como si anticipase que me voy a caer en algún momento. Me quito el jersey, me desabotono la camisa, y con el esfuerzo se me llenan los ojos de lucecitas de colores.

Jack Nicholson tecleando en la máquina de escribir empieza a difuminarse. Me rasco los ojos con todas mis fuerzas, pero el corazón sigue acelerado y las lucecitas no se van. Pienso en ir a un lavabo (¿Por qué? ¡No lo sé!). ¿Qué me pasa? Necesito un estímulo fuerte, me abofeteo la cara.

—¡Rita! ¡Para! —Cojo el vaso y me tiro el resto de la caipiriña a la cara. Pero no funciona. No noto las manos, ni los pies, ni el brazo izquierdo. ¡Mierda, mierda, es un ataque al corazón! ¡Estoy teniendo un ataque al corazón!

—Respira.

Pero ¿quién tiene un ataque al corazón a los veintitrés años? ¿Ahora es cuando se supone que me pasa la vida por delante? ¡No la veo! ¿Y Rintin? ¡Aquel perro fue importante! ¡Y no lo veo!

—Respira. —John está asustado, pero a la vez habla con calma, parece saber qué me pasa. Me coge de los brazos—. Rita. Mírame. ¡Respira!

—No… no, no puedo…

—Tienes un ataque de ansiedad. No pasa nada. —¿Qué es un ataque de ansiedad?—. Mírame y concéntrate: ponte las manos en la boca y la nariz, así, como una tienda de campaña, y respira dentro de la tienda. —John tiene unos ojos de fumado muy graciosos, y me gustaría reírme, pero ahora no puedo porque me estoy muriendo—. Cierra los ojos y respira. Rita, créeme, todo irá bien…

Inspiro, espiro. Los ojos llenos de lágrimas. Inspiro, espiro. No puedo dejar de llorar. Inspiro, espiro. Noto la moqueta cara, gruesa y suave, primero en las palmas de las manos, después en los brazos, finalmente en la cara. El suelo.

Ha funcionado. Después de un rato largo y absolutamente terrorífico, la tienda de campaña ha reducido la hiperventilación y, cuando se me normaliza el pulso, me he quedado en la moqueta como si me hubiese desmayado pero aún estuviese consciente.

Estoy tan cansada como si acabase de correr cuarenta kilómetros. Como si hubiese tenido cuarenta orgasmos en un día. Sin fuerzas. Siento un hormigueo ondulante en los dientes que apenas me deja hablar, también lo siento en las manos y en los pies. John dice que es normal.

—El instinto animal ha respondido a lo que tu cuerpo ha interpretado como un peligro y el corazón ha bombeado toda la sangre para afrontarlo: a la boca para morder, a las manos para luchar y a los pies para correr.

Muy interesante. Por favor, que no vuelva a pasarme nunca.

El último pronóstico que anunciaba las «grandes cosas» que se esperan de mí me ha salido caro. Ha sido la gota que ha colmado el vaso. Ahora entiendo por qué antes de ayer me desperté a medianoche con un grito que me dejó sentada en la cama, y ahora también entiendo las taquicardias aleatorias que he tenido mientras veía plácidamente los discursos de Obama. Habría preferido el resto de las somatizaciones de la ansiedad que ha mencionado John —menos las suicidas—, como un lumbago, por ejemplo. ¿Y qué puedo hacer para que no vuelva a pasarme?

—Deja de presionarte —dice John—. No te das cuenta, pero lo haces continuamente.

Pasa mucho rato y los dos nos quedamos inmóviles.

Lo intentaré. Intentaré dejar de compararme con las carreras profesionales de mis amigos del otro lado del Atlántico, intentaré dejar de pensar que llego tarde a todo, que los Cohen empezaron a hacer cine a los ocho años, que Whitney Houston cantaba a los catorce. Que mira a Lisa Simpson. Intentaré dejar de pensar que los niños tienen un propósito en la vida mucho más claro que yo. Incluso Bini. Que puede que sea verdad, pero flagelarme no creo que me lleve a nada productivo.

El zumbido del relevo de juguetes infantiles de la planta de arriba se ha desvanecido del todo mientras los créditos de *The Shining* se arrastran por mi cara y por la de John.

Si entra alguien y nos ve, pensará que acabamos de pegar el polvo del siglo; habré notado la vibración del móvil dentro del bolso veinte veces, pero no puedo moverme. Quiero estar aquí un millón de años. Me quedaría aquí para siempre, en esta sala de cine, con John, viendo todas las películas de la historia. Empezaría por *Blue Velvet* o *My Blueberry Nights*.

Inspiro, espiro. El aroma siempre prometedor de madera y tierra traspasa el jersey negro de cuello alto de John. Tengo los ojos cerrados, mi cara ha abandonado el calor de la alfombra y ahora me apoyo en su pecho, sobre el agradable roce del vello bajo el jersey. El ruido húmedo de sus labios al despegarse el cigarrillo por encima de mi pelo. Me gustaría que nos hiciéramos una foto en blanco y negro.

Me palpo los labios y aprecio que el hormigueo de los dientes ya casi ha desaparecido; vuelvo a sentir las extremidades, muevo los dedos de las manos como si despertase de un sueño larguísimo. Me acaricio las yemas, los movimientos son tan lentos y delicados que no los reconozco. Recupero la realidad, la respiración calmada, la sala de cine vuelve a teñirse de color.

En la pantalla, Dustin Hoffman aguanta el cuerpo con indiferencia sobre una cinta de aeropuerto en la película *The Graduate*. «The Sound of Silence» llena la sala y avanza hasta nosotros con la reverberación aterciopelada de las butacas. Un millar de partículas de polvo brillan dentro de un tubo de luz perfectamente definido.

El perfil de mi cuerpo exhausto se encaja en el cuerpo de John, que me abraza delante de la pantalla. Vuelvo a cerrar los ojos para visualizar una vez más el aire que me entra por la nariz y me sale por la boca. Tal y como él me ha dicho que hiciese. Como si aprendiese a hacerlo por primera vez. Solo pienso en eso. En estar aquí, en respirar. Pasa rato. Dustin Hoffman conoce a la señora Robinson.

Sin embargo ahora, después de la tormenta, la sala ya no es fría como el laberinto de nieve en *The Shining*. Ahora la sala es cálida, en la pantalla aparecen sofás de pana, chaquetas de felpa y cortes de pelo a punto de aventuras, como el de Hoffman.

Con la claridad que te ofrece haber sentido la muerte por primera vez, ahora ya no respiro para subsistir, sino para sentir. Agradezco seguir con la cabeza apoyada en su pecho, sus brazos estrechándome con suavidad.

Respiro su olor, las pulseras de hilo de sus muñecas, las palmas rasposas de sus manos —el tenis, los safaris en África—. Poco a poco recupero las fuerzas, la energía me llega dulce; destellos de luz que vuelven a mi interior y me calientan. Me trataré mejor, sí. Paciencia, que tampoco soy tan mayor.

Dustin Hoffman entra en la habitación de la señora Robinson. La energía crece sostenida, como una hiedra que asciende desde mi tobillo y trepa hasta alborotarme todo el pelo.

Me incorporo. Le miro a los ojos con gratitud, con la vida renovada en los labios. Él me mira y sonríe feliz de estar aquí, ahora, conmigo. La cara me huele a caipiriña.

Me viene la imagen de la primera vez que lo vi, en el club social, cuando el sudor de las tetas me dibujaba dos medias lunas en la camiseta de color carne; cuando él señalaba árboles de nombre desconocido con la punta de la raqueta y yo no sabía inglés, y él se parecía a Kevin Costner en *Bailando con lobos*.

Lo recuerdo tocando la trompeta. Dos lenguas que jugaban con una pastilla de éxtasis y aquella espalda desnuda que tocaba el piano de cola. Recuerdo que me miró y me sonrió, y pensé que nunca me atrevería a dar un beso a un hombre como aquel.

Dustin Hoffman encaja una cruz gigante en las puertas de la iglesia… John y yo hacemos el amor. Un millar de partículas de polvo se suspenden en el aire, invisibles. Nuestros cuerpos a oscuras bajo una nube de vapor y lámparas antiguas. Esto tiene que ser, por fuerza, el centro del universo.

Llega lo inesperado: «Oh, happy day!»

—Hairy... ¿A los peces les entra agua en los ojos?

El que habla es el mismo niño que ayer aplaudía con orgullo el cálculo matemático que su hermano mayor exponía sobre la vida de un juguete. El mismo al que ahora le chorrea el labio inferior con una gran cantidad de saliva en señal de que llevaba rato dándole vueltas a la pregunta.

—¿O los tienen cerrados —continúa— y nadan con los ojos cerrados y cuando saltan fuera los abren y vuelven a cerrarlos cuando vuelven a entrar en el agua?

Joder, que solo son las nueve de la mañana. Que tenía el día libre y me he ofrecido voluntaria para llevarlos de visita cultural para compensar mi desaparición repentina anoche «por ataque de ansiedad». Estamos en el coche. De camino. Y pienso: pero ¿los peces tienen párpados?

—A ver, Bini... —Alargo la frase lo suficiente para que intervenga uno de sus hermanos.

—Los peces no tienen párpados, Bini. —Aksel gestiona la indignación que le produce la pregunta—. ¿No recuerdas lo que nos explicaron en la conferencia de fisiología e hidrodinámica de los peces en el Museo de Historia Natural de Nueva York?

—¡Tenía tres años, Aksel, claro que no se acuerda! —Eva hojea el dosier que ha impreso con todas las jugadas del Barça B de Guardiola; está preciosa, el pelo rubio alborotado en una coleta deshecha le cae, desordenado, sobre la frente, un tanto abombada.

—Y si no tienen párpados, ¿cómo duermen? —Bini empieza a estresarse. A veces le pasa, cuando la duda es demasiado grande y la respuesta tarda.

—Pues supongo que duermen con los ojos abiertos, Bini —intervengo sin pensar mucho, con la intención de calmarlo—, ¡como el Satanás de *Bola de dragón* o Gandalf!

—¿Has dicho «Satanás»? ¿Por qué hablas de Satanás, Hairy? ¿Quieres decir que tengo que preguntárselo a Dios? —Bini no entiende cómo hemos llegado hasta aquí—. ¿Cómo vas a dormir si no cierras los ojos? ¡No puedes dejar de mirarlo todo!

—No le hagas caso, Bini, que Rita no sabe lo que dice. —Aksel al ataque, pero no digo nada, no quiero enfrentarme a él—. ¿A quién se le ocurre explicar la disciplina de la ictiología a través de la religión o con personajes ficticios que no conoce nadie? —Sigue hiriente, aguantando el tipo al límite.

Después de la noche agridulcísima de ayer, no puede resbalarme más. Y aparco en el descampado de delante de la casa de Martin Luther King.

—Bini, tranquilo. —Eva se adueña del silencio con una intervención aparentemente despreocupada, fruto de una clara inteligencia emocional—. Los peces llevan muchos más años que los humanos en este planeta, seguro que saben lo que hacen.

Más allá de leer su discurso en los libros del colegio y verlo en las películas, hasta hace una semanas no sabía casi nada de él. Así que fui a la sección de historia nacional de casa y cogí su libro oficial: *My history, by Martin Luther King*. Y cuando Andrew me lo vio en el Starbucks, me dijo:

—Si empiezas este libro, tendrás que leerte otro.

—Entonces no lo empezaré —bromeé.

Pero Andrew no se rio.

Leí el libro y me empapé de la vida de Martin Luther King. Y cuando le dije a Andrew que lo había terminado, me miró fijamente, dejó en el suelo la montaña de *The New York Times* que cargaba en los brazos, y sacó el libro que había guardado detrás de la barra esperando ese momento.

Malcolm X, autobiografía, y me lo dio con ambas manos, sosteniendo a conciencia el peso de las palabras que me entregaba, tan serio como el día que no se había reído.

«El futuro pertenece a aquellos que se preparan hoy», me dijo, y yo le pregunté si era una indirecta para mí, que había estudiado una carrera para nada, y que me gustaría estar preparándome para un futuro profesional, pero aún no sabía cuál.

Pero no contestó, y una vez tuve el libro en las manos me ofreció un chupito de thai latte de no sé qué y recuperó la sonrisa fulminante habitual.

Acabé el libro la semana pasada, iluminada y aterrorizada al mismo tiempo. Por lo que había ocurrido en Atlanta, por lo que había ocurrido en el sur y en el resto del país, por lo que aún seguía ocurriendo.

De repente me di cuenta de que era brutal vivir tan cerca de donde había sucedido aquella historia bonita y horrorosa, y me entraron unas ganas locas de ir. Me parecía increíble que viviésemos a solo quince minutos de su casa. De las vacas de Antònia a Martin Luther King.

Miro la casa y digo en voz alta, flipada: «I Have a Dream». Después miro alrededor y pienso que, aunque nos encontramos en un vecindario bastante céntrico, la ausencia de gente y de colas un sábado con este sol me hace dudar. ¿Dónde está todo el mundo? Cojo el libro y vuelvo a comparar la foto para asegurarme de que no estamos en el lugar equivocado, lo que no me extrañaría.

—¿Por qué hemos venido aquí? —se queja Aksel. Otra vez—. ¡Ya vine con el colegio!

Perfecto, estamos en el lugar correcto. Aksel sigue renegando mientras se peina los rizos hacia atrás con los dedos. Ahora que lo veo de lejos, a plena luz del día, juraría que ha crecido y ha adelgazado. Hace días que tengo ganas de darle un abrazo, pero es probable que tenga una jeringuilla letal de tiopental sódico —¡lo que llego a aprender con esta familia!— para deshacerse de mí de una vez.

—Pero no habías venido conmigo —le contesto.

Abro la portezuela de madera de entrada al recinto, anestesiada por el momento. Siento el peso de la historia bajo mis nuevos botines de tacón de piel rosa, de la ventana desde donde quizá escribiera su discurso para la posteridad, imagino la última vez que tocó esta puerta, antes de la mañana fatal en Memphis, la trascendencia de la...

—¿Y Bini?

—¿Qué?

—Bini, no lo veo. —La voz concentrada de Eva me despierta como una hostia con la mano abierta.

—¿Qué? ¿Qué dices? ¡Pero si estaba aquí hace un momento!

—No estaba «aquí hace un momento», Rita —repite Aksel lleno de rabia—. Te has bajado del coche sin fijarte ni en cómo salíamos, ni si nos poníamos la chaqueta ni nada. Como siempre.

—¡¿Bini?! ¡¿Bini?! —Eva grita, preocupada.

Miro por todos lados y no lo veo. Solo distingo a un grupo de yonquis al final de la calle.

—Tranquilos, tiene que estar por aquí, no pasa nada...

—¡BINIIIIII! —Aksel echa a correr, nervioso. Mira en el coche, entra en la casa tras subir los escalones del porche de dos en dos.

—¿Bini? —Intento mantener la calma. Analizo el entorno y pienso como un niño de cinco años. Bueno, no: pienso como Bini. Empiezo a cagarme. Veo un polideportivo, una iglesia...

—¡Evaaaaaa! —Aksel grita a su hermana, que ha salido corriendo hacia los yonquis.

—¡Eva! Pero ¡¡¡¿¿¿qué haces???!!!

Salgo corriendo detrás de ella. Aksel, detrás de mí. Eva pone en práctica todos los trucos que le he enseñado para correr como nunca lo ha hecho; el impulso de los brazos, la longitud de las zancadas, las ganas, y cuando por fin la alcanzo ya está hablando con los yonquis.

—¡En la iglesia! ¡Dicen que le han visto entrar en la iglesia!

Me aseguro de que Aksel y Eva me siguen y ahora corro yo. Hago un esprint con mis botines rosas como cuando robaba un balón a la defensa en un partido de baloncesto. Los yonquis gritan: «Run, Forrest, run!». Nunca me cogían.

Subo las escaleras que me llevan hasta la puerta blanca de la iglesia y la abro sin cuidado, separando los brazos todo lo que puedo.

El dramatismo de mi entrada se adueña en seco de las palabras del sacerdote y de la atención del centenar de creyentes que ocupan los asientos —el sitio está petado—. Los hombres vestidos con chaleco y corbata; las mujeres, con telas y sombreros de mil colores, y plumas y velos delante de los ojos. Qué maravilla.

Pero todo eso me da igual porque veo a Bini en la última fila, sano y salvo, que escucha la misa con las manos bajo su culo diminuto, y me mira sorprendido, como si no me esperase. Como si él fuese un padre de familia, y yo, una prima lejana que está de paso, la última persona a la que esperase ver.

—¡Oh! ¡Hairy! —dice el tío con toda la tranquilidad—. Chisss... —Me indica silencio y me dice que me calme—. ¿Ya habéis acabado la visita?

Le miro sin decir nada, le cojo la mano e intento hacerme sitio con él y sus hermanos en el banco más arrinconado que encuentro.

Pero parece que al sacerdote no le gusta mi idea.

—¡Escúcheme, jovencita! —La iglesia en silencio. ¿Qué les pasa a los curas de Atlanta conmigo? El hombre levanta el brazo desde lo alto del altar y me pide una explicación—. ¿Por qué ha entrado así en la casa del Señor? —El acento es cerradísimo, del sur, negro, y habla desde la curiosidad, quiere saberlo de verdad—. ¡Nos ha asustado!

—Perdone, perdónenos a todos, había perdido a un niño...

—De acuerdo, bienvenidos a vuestra casa...

El sacerdote prosigue con el sermón. Ahora ya no podemos irnos; le había cortado justo cuando estaba presentando a un coro que ha acudido desde Birmingham.

—Hairy... —Bini se señala la mano—, la maaano...

No se la estrujaba por rabia. Se la estrujaba por miedo. Por miedo a haberlo perdido. Porque Aksel tiene razón: soy un desastre. Si no fuese porque seguramente son superdotados y autosuficientes para su edad, es probable que los hubiese perdido en alguna gasolinera de Alabama en el primer viaje hacia álgebra que hicimos juntos. Porque, aceptémoslo, en realidad son ellos los que me han cuidado a mí.

El sacerdote habla de honestidad y pone como ejemplo una anécdota de su vecina Kimberly.

El coro de Birmingham se prepara, van todos vestidos con túnicas de color morado hasta los pies.

Trompetas, un saxo y un tambor. Empieza un piano. Un chico joven y calvo y con perilla —parece el genio de *Aladdin*— empieza a cantar desde el rincón.

Oh, happy day...

Los integrantes del coro, dispuestos en tres filas, gravitan al unísono de derecha a izquierda, en movimientos totalmente coordinados, y crean una escena suave e hipnótica. Es la primera vez en la vida que veo cantar góspel.

Oh, happy day...

El joven tiene una voz gravísima, qué caja torácica, qué poderío... Su voz guía al resto, mantiene un tono grave y calmado, hasta que después de otro «Oh, Happy Day» alza la voz y comienza la nueva estrofa con un «eeeeeeaaa...» que escala tonos y volumen.

El coro entero sube el tono. ¡Explosión! Aplauden al nuevo ritmo. ¡Más explosión! Un torrente de voces sobradas y alegres genera una bomba de energía que asciende hasta el techo y se apodera de la sala, de mis hombros y de mi nuca, de los cuerpos de mis niños, de todo.

Me entran ganas de gritar «Hakuna matata!», pero me invento la letra y canto, y siento que con cada palmada gano un año de vida.

Miro a Aksel de reojo, anestesiado por el balanceo de las túnicas, por el arte de la canción, por la puesta en escena. Porque él sabe qué significa estar sobre el escenario, hacerse vulnerable y contar una historia con la voz y con las manos.

El director de orquesta, que tendrá unos ochenta años, da saltitos y no puede ensanchar más la sonrisa, atrapado por la fuerza. Veo brazos levantados, manos en el corazón, ojos cerrados y gente que abandona el banco y se dispersa para seguir el ritmo con las piernas. La energía es increíble, las voces hacen que me resuenen los pulmones, los niños no dejan de reír. ¡Que no se acabe nunca! ¡Que se pare el tiempo! Cantamos con las manos y con los pies y con todo lo que somos ahora mismo. Cantamos a la vida y nos cantamos a nosotros cuatro. Por estar aquí, ahora, todos juntos.

La música se detiene de golpe, y pese al silencio repentino la sala sigue sumergida en una nube de magia. Los integrantes del coro levantan el puño en el aire y nos regalan una treintena de sonrisas que iluminan esta mañana soleada que se cuela por las ventanas de la Ebenezer Church.

Miro a Aksel con la sensación de haberme quitado de encima un peso enorme. Lo cojo por los hombros y lo miro a los ojos.

—Aksel... —se me hace un nudo en la garganta, él me mira con ganas de escucharme—, fue culpa mía. Fue culpa mía no llegar cuando tú esperabas verme en el escenario. —Él baja la cabeza, dolido—. No es verdad que me parase a reanimar a un ciervo...

—Ah, ¿no? —pregunta Eva, decepcionada.

—No... Lo siento. Pero mientras conducía como una loca, esperando llegar a tiempo para verte, pensé que aunque no estuviese allí, todo iría bien. Que la valentía que te había hecho llegar hasta aquel escenario era todo lo que necesitabas, que no te hacía falta nadie para rapear solo la teoría de Bohr. Que no me necesitabas. Porque ya lo habías conseguido, Aksel —levanta la cabeza, por fin—, ya has encontrado tu pasión en la vida, y has hecho lo más difícil de todo: enfrentarte a ello. Eres un ejemplo para todos. Para mí y para tus hermanos, y ellos aún no lo saben, pero también lo eres para tus padres. Lo siento mucho, Aksel, perdóname.

—Sí, perdónala, Aksel —dice Bini, que abraza a Eva.

Aksel enfoca la mirada a través del pelo rubio, sin apartárselo de la cara. La multitud multicolor comienza a dispersarse y a saludarnos con una sonrisa entrañable. Aksel por fin da el paso. Ignora el protocolo que indica que ningún niño en plena prepubertad puede mostrar señales de afecto a su au-pair y me abraza. Me abraza fuerte. Me reencuentro por fin con el olor a polvo y a vainilla de su pelo, su cuerpo más delgado y más alto. Cierro los ojos y pienso que nunca me habría imaginado que podría llegar a quererle tanto.

La salida de la iglesia se llena del júbilo habitual que invade a la gente tras un buen concierto, exagerado por el hecho de que es domingo, que los asistentes son negros y que nadie en todo el mundo canta como ellos. La comunidad se reparte en un regimiento de sombreros multicolores que me vuelven loca.

El sacerdote se despide de nosotros después de confesar a Bini que no está seguro de si Satanás duerme con los ojos abiertos o cerrados, y nos invita a volver pronto.

Nos encontramos el coche rodeado de autocares que, ahora sí, descargan una buena cantidad de turistas que vienen a visitar la casa de Martin Luther King. Los niños y yo nos cogemos de las manos y cruzamos la calle con un esprint bonitamente descoordinado, y justo cuando llegamos al arcén, cuando me doy cuenta de que mis botines rosas están cubiertos por una fina película de polvo, sucede lo inesperado.

—¿Rita? —Una voz alta, clara y catalana me llama. La voz sale de una chica de mi edad, delgada y de piel morena. No sé quién es.

—¿Sí? —contesto, flipada, como si acabase de encontrarme con una desconocida que ha cruzado un portal imposible de espacio-tiempo—. Perdona, ¿nos conocemos? Soy muy mala con las caras...

—¡Joder, qué fuerte! Soy Elena, la amiga de Alba Casamayor, ¿te acuerdas?

El portal espacio-tiempo me provoca una sensación rarísima. La Vila Universitaria aquí. Alba Casamayor y Martin Luther King.

—¡Oh! ¡Albaaa! ¡Ahora sí, claro que me acuerdo de ti! No me lo puedo creer, pero ¡qué casualidad! ¿Qué haces aquí?

—No te acuerdas de mí, ¿verdad?

—Sí... No, lo siento, no...

—¡Tía, nos conocimos en la última fiesta de la Autónoma!

—Ah...

—Pero acababas de comerte una ensaimada de marihuana con un amigo tuyo de Mallorca, y cuando nos presentaron ya había empezado a hacerte efecto. Incluso te acompañé a comprar unos donetes Nevados...

Un año más tarde, resuelto el enigma de quién llevó los donetes Nevados al piso.

—¡Guau! ¡Increíble! ¡Flipo! ¿Y qué haces aquí?

—Estoy de escala entre Guatemala y Barcelona, y he aprovechado que el aeropuerto ofrecía una excursión hasta aquí y... —Me mira con un dejo extraño.

—Muy bien, muy bien... —Elena está muy contenta—. ¿Qué... qué pasa?

—Ayyy... Es que me hace tanta ilusión verte...

—Vaya... Sí, sí, a mí también... No tener que hablar en inglés todo el rato siempre se agradece...

—Bueno... —se ríe—, para eso ya tienes a Six, ¿no?

—¿Qué? ¿Six? ¿Cómo sabes quién es Six?

—¿No te lo ha dicho Alba? —No entiendo nada—. Cada vez que envías un e-mail de los tuyos, ¡nos reunimos todas las amigas de la uni en clase de informática y lo leemos! ¡Los hemos leído todos! ¡Nos gustan mucho! Un día incluso nos echaron del aula...

—¿Los e-mails? ¿Qué e-mails?

—¡Pues los que mandas contando tus aventuras aquí, en Atlanta! También se los reenvío a mi tío. Los e-mails en los que hablas de cuando conociste a Tek Soo, que se pone muy rojo, o cuando llegaste al club y conociste a John y llevabas una camiseta de color carne con las tetas sudadas. —No tengo filtro—. Pero mi preferido es cuando el pastor pilló a las niñas jugando con aquel cerdo... Eso te lo inventaste, ¿verdad?

—Pues... no, no... —Estoy un poco aturdida—. Todo lo que cuento... me ha pasado de verdad... Quizá lo exagero un poquiiito, porque tengo influencia andaluza, pero son historias reales...

—¡Joder, qué fuerte!

—¡Joder, qué fuerte tú! —grito—. ¡Estoy flipando!

—Bueno, pues… ¡Pues no dejes de escribir, Rita, que nos amenizas las clases de nanotecnología! La verdad es que cuesta entender los textos, porque no pones acentos y metes unas parrafadas infinitas, y a veces describes mucho, pero tienen su gracia…

—Pues, pues te lo agradezco… —Alguien la llama.

—¡Tengo que irme, Rita, que me perderé la visita!

Me quedo allí clavada observando a los turistas que se mezclan con las mujeres vestidas de colores. Unos harán un viaje para la historia. Los otros entrarán a preparar grits y ocra y empanarán el pollo en la cocina.

Los niños se pelean a lo lejos por no sé cuál de los números primos y así, de pronto, sintiendo niveles de surrealismo y de felicidad a partes iguales, aparece, en este rincón del mundo sin asfaltar, lo más inesperado.

El cartel de luces de neón de Pam. El rap de Aksel. El Grand Canyon de Michael.

La certeza en los ojos de la yaya aquella soleada tarde en la azotea de casa, cuando lo vio todo tan claro. Por fin reconozco lo que hace tanto tiempo que buscaba. Por fin la vocación.

El mejor sexo de Six

Piiiiiip...

—Hairy —Eva me reclama tres escalones por debajo del mío—, lo que quería decirte el otro día es que un falso nueve tiene más capacidad de movimiento para arrastrar al defensa. Pero en cualquier caso... ¿crees que Xavi haría un pase largo más preciso que Iniesta? Tengo mis dudas.

—Un segundo, Eva.

Piiiiiip...

—Sí, pongo a Xavi, porque aunque Iniesta sea más completo en el juego, Xavi tiene mejor estadística de precisión. Bueno, es que Xavi es un genio, ¿no?

—Hombre, por supuesto... E Iniesta también.

Piiiiiip...

—Importante recordar: «Jugar el balón desde atrás. La velocidad del balón es más importante que la velocidad de las piernas».

—¡Hombreeeeeeeee, la desaparecida vuelve del ultramundo! —digo yo, contenta al oírla—. ¿Estás bien?

—¿Qué? ¡Hombre tú!

—Pero ¿qué dices? ¡Si te he llamado un montón de veces! —me quejo.

—Rita, ¿no has recibido mis llamadas? Por cierto, tienes el buzón lleno, no se te pueden dejar mensajes.

—¡Ni una llamada, Six! ¡Empezaba a preocuparme! No he recibido ninguna, me han llamado mil veces los de las fajas reductoras de los cojones y ya, ¡mira, justo antes de que me llamases tú, han vuelto a llamarme!

—¡Era yo, burra! Que no te he llamado desde el número del trabajo, te he llamado desde el personal.

—¿Desde el personal? ¿Estás bien? ¿Y eso?

—¿No tienes mi número personal? —pregunta Six.

—No, porque siempre me has llamado desde el trabajo.

—Coño.

—¿Y por qué me has llamado desde el personal?

—¡Pero si te llaman cuarenta y nueve veces al final lo coges, Rita! ¡Aunque te vendan unas putas fajas! Además, si eres un palillo, ¿para qué quieres una faja? Bueno, da igual, ¿qué haces? ¿Qué es ese ruido infernal? ¿Dónde estás?

—Son niños, Six, niños. ¿Qué quieres que sea? Los niños están jugando y Eva repasa la estrategia del partido de fútbol de mañana. Es muy importante. Lleva meses preparándose… Tiene que aprobar como sea.

—Ya lo sé. Nos conocemos desde hace meses, ¿recuerdas?

—¡Eso digo yo! ¿Y tú? ¿Qué tal estás? ¡Se acaba el invierno! Huele a la Fashion Week de París, a los colores pastel de Wes Anderson, a las primeras cervezas en la plaza del Sol.

—Anda, calla, flipada, que eres de pueblo y vives en Atlanta.

—Por Dios, eres Voldemort. Menos mal que voy bien de autoestima.

—Por cierto, como no te encontraba por ninguna parte, te he llamado a casa y he hablado con Fulbright… Tenías razón, es gay.

—¡Pues claro! Esta mañana por fin he podido colarme en su calendario y he visto que quedarán otra vez, no decía cuándo, pero ponía «importante PP». No lo sé, tía, estoy muy intrigada. Sueño que los veo follando en el atril de los Premios Nobel.

—Tiene que salir del armario de forma inminente —dice Six—. Eso no hay quien lo aguante.

—Chitawas no solo la tiene muy gorda —sigo yo—, sino que representa todo lo opuesto a Fulbright, todo lo que le gustaría ser, es el canalla que él no ha sido nunca.

—Mantenme informada, por favor, necesito saberlo.

—Por cierto, ¡el otro día pensaba que no llegaste a contarme lo de Tek Soo! Me dijiste que te repugnaban los hombres…

—Nunca he dicho que me repugnasen los hombres. Dije que me repugnaba la facilidad con la que puedo conseguirlos. Aquella noche estaba cachonda y Tek Soo estaba allí, como un cachorrito, esperándome.

—Pobre Tek Soo… ¿Y qué? ¿Cero pelo en el cuerpo, pequeña como un conejo y aburrido como una morsa?

—Mira, en la mayoría de las situaciones me asquearía recordarlo, pero, Rita, fli-pé con Tek Soo…

—Anda ya.

—Te lo juro. Yo que tú lo probaría, el chino ofrece un *cunnilingus* memorable.

—¡¡¡No me lo puedo creer!!! ¿No le reventó la cara por la vergüenza?

—No, no le di tiempo. Tía, qué ruido hacen esos energúmenos. ¿Dónde estás, en un parque de velocirráptores?

—Yo diría que se parece más a la matanza del cerdo. Pero no, no son ni diez; estoy en el entrenamiento de fútbol de Eva, que a final de curso tiene el examen. Llevamos todo el año entrenando, pero la tía es tozuda como una mula y no quiere que le enseñe a hacer una chilena.

—¿Qué es una chilena?

—Da igual. ¿Se puede saber por qué no me llamas desde el móvil del trabajo y por qué te estás fumando un mentolado a las cuatro de la tarde, si es uno de esos rituales sagrados tuyos de las siete?

—¿Cómo coño sabes que me estoy fumando un mentolado?

—Por la micropausa que haces antes de encenderlo para pulsar el botoncito de la menta. Tía, no es para tanto.

—Friki.

—Se le llama ser observadora.

—He dejado el trabajo. —Six se pone solemne.

—¿Qué? Venga ya.

—Hace una semana.

—¿Qué? ¿Por qué? ¿Y ya no tienes la tarjeta de crédito para gasolina?

—No, tía, eso me hizo dudar mucho —dice Six.

—¿Ni tenemos entrada gratis en… la discoteca esa?

—Tía, esa discoteca es lo peor. Todo lo que odio de la cultura americana está en esa sala de sofás blancos. Esos músculos, qué asco.

—Ya, pero teníamos cubatas gratis.

—Sí, los cubatas, los cubatas…

—Venga, ya vale. Es coña que has dejado el trabajo, ¿no? —Me pongo seria.

—No… no es coña.

—¿Qué?

—Que he dejado el trabajo, Rita.

—Tía… ¿qué te pasa?

—…

—¿Six?

—Bu-bueno… —Le da vergüenza. Los silencios son muy largos.

—Te pasa algo grave. Prácticamente no has soltado ni un taco desde que he descolgado el teléfono. No te has cagado en el patriarcado empresarial, ni familiar, ni en la brecha salarial. No me has comentado que Zuckerberg acaba de fichar a una mujer como jefa de operaciones y que el primer día de trabajo se dio cuenta de que no había lavabo para mujeres porque nunca había habido una mujer directiva. El tono de tu voz es más bajo y más dulce. Six, es grave.

—Rita...

—¡Te has enamorado!

—Pfff...

—Joder, te has enamorado.

—Sí. Muy heavy.

—Guau. No puede ser. ¡Increíble! ¡Imposible! ¿Cómo? ¿Quién es?

—Es una diosa, Rita. Una diosa griega de pelo rizado y ojos verdes. Nos vimos y fue algo muy bestia. Fue en un aparcamiento, a plena luz del día. Las dos nos quedamos paradas. Así, de golpe. Incluso se me cayó el café al suelo... Tiene el pelo rizado y los ojos verdes.

—Eso del pelo y los ojos ya me lo has dicho. Lo has sacado de una peli romántica cutre. Qué cliché.

—No... No... Tía, sabes que me da rabia todo en general y en especial los clichés. ¡Odio los clichés más de lo que odio a Los Morancos y los musicales, más que al Tricicle!

—¡Eh! El Tricicle, respect.

—Pero estoy atrapada, Rita. Atrapada en una espiral de placer e irracionalidad que no me deja ver bien.

—Una espiral de placer, dice... ¿Ver bien el qué?

—Pues que creo que me han aumentado las dioptrías y todo, tía, lo que te digo, es muy bestia. Me quedé tan parada cuando la vi... Quiero decir, literalmente, no podía moverme; fue ella la que tuvo que acercarse a mí.

—Imposible.

—Lo que no entiendo es por qué no está toda la humanidad enamorada de ella. Ni siquiera se rio cuando se me cayó el café.

—¿Lo del café es verdad?

—Sí.

—La virgen…

—Y vino. Y me dijo que se llamaba Valentina y me dio su tarjeta. Así, pimpampún. ¡Y estaba allí de paso, Rita, de paso! Nunca había estado en aquel aparcamiento, ¡ni siquiera había venido nunca a Atlanta!

—Estoy flipando. ¿Qué aparcamiento es?

—El… el… el de Murphy's.

—¡Nooo! ¿Fuiste a Murphy's sin mí? ¿Y nuestro pacto? ¿Sabes las veces que he querido ir y no lo he hecho porque no estabas?

—Sabes que como mínimo necesito una French toast a la semana, y ya llevaba dos. Fue rápido, de verdad… Después de darme su tarjeta, me dijo que tenía una miga en la frente, y me reí y entonces me la quitó, y le dije que… Le dije que debía de hacer veinte minutos que la tenía ahí, y que por eso se habría reído el camarero…

—…

—La llamé quince minutos más tarde. No pude aguantar más.

—Joder, eso es gravísimo.

—Y esa noche fuimos a cenar… a… Murphy's.

—¿¿¿A Mur…??? —No puedo indignarme más.

—¡Nos habíamos conocido allí! Y fue increíble, in-cre-í-ble… Nunca había sentido nada así, te lo juro. Y ella, que nunca había sentido nada por una mujer, ni siquiera se lo había planteado, no le dio importancia, fue como «OK, esto es muy puro, pues adelante»… Es tan emocionalmente madura, tan inteligente, tan preciosa y…

—¿Y…?

—Es que floto, Rita. Floto.

—Joder… ya lo veo… Bueno, me alegro mucho, de verdad… Pero ¿qué tiene que ver ella con el trabajo?

—Bueno… —Six emite sonidos guturales llenos de culpa—. Es que…

—Oye, ¿dónde estás, llueve?

—¡Coño, tía! Pareces Sherlock Holmes hasta arriba de éxtasis.

—Llueve, no es para tanto, Six.

—Prométeme que no te enfadarás.

—Uy…

—Prométemelo.

—Dispara.

—Me he mudado a Seattle.

—¿¿¿PERDONA???

—Estoy en Seattle desde hace una semana…

El pecho se me llena de una sensación de traición insoportable. Cuando estás tan lejos de casa, una amiga como Six no es solo una amiga. Es una mejor amiga multiplicada por cien. Los ojos llorosos. Ya no queda nadie en el campo de fútbol. Solo Eva y su carpeta de estrategia llena de posibilidades.

—No me lo puedo creer.

—Rita, es que de verdad que lo que siento por Valentina es de otra liga.

—Sí, pero ¡no por eso te mudas a la otra punta del país! ¡Que te has ido a Alaska, idiota!

—Pero es que la conexión que sentimos, la certeza fue tan fulminante, que no pude hacer nada. Desde ese día no hemos dejado de hacer el amor… Ella no fue al congreso por el que había ido a Atlanta, yo falté tres días al trabajo y ni siquiera pude inventarme una excusa cuando mi jefe me preguntó el motivo… Tía, ¡es que lloro cuando tengo un orgasmo! ¡Que lloro!

—…

—¿Te has enfadado?

—De ahí lo del mentolado.

—¿Cómo?

—Te estabas fumando el mentolado ahora porque en Seattle son las siete de la tarde.

—Elemental.

Silencio prolongado.

—¿Cómo has podido irte sin decirme adiós?

—Es que… ha sido muy rápido, Rita, lo siento, te he llamado mil veces…

—Supongo que tendrás que volver para recoger tus cosas, ¿no?

—No… Es que… es que ya me lo traje todo…

—Increíble. ¡Increíble! Putas fajas reductoras.

—Ya lo sé. Es una locura, quizá sea el mayor acto de impulsividad que he cometido nunca. Pero no tengo familia, Rita. No tengo casa, y aunque ser huérfana sea una grandísima mierda y venga con más traumas que enfermedades sexuales tiene Charlie Sheen, lo único positivo es que no tengo que dar explicaciones a nadie. Mi casa soy yo.

—Vaya.

—Bueno, ya me entiendes, yo… y tú.

—…

—Perdóname, en serio. No poder despedirme de ti fue un calvario, hasta di una vuelta por el barrio de Leafmore, pero no sabía cuál era tu casa, e incluso me acerqué a Georgia Tech, fui a la escuela de idiomas y nada de nada.

—Ya… Estábamos de vacaciones de Navidad… Mañana vuelvo.

—Cuando encuentre trabajo, serás el primer viaje que haga. E iremos a Murphy's juntas, y saldremos de fiesta a Hall in the Wall, tomaremos café en el San Francisco e iremos de compras al Urban Outfitters; repetiremos todos nuestros rituales favoritos. Ya te echo de menos.

—Claro, que ahora no tienes trabajo. —Me da rabia la manera cómo ha aniquilado su personalidad, la seguridad que la define.

—No me preocupa el trabajo, ya sabes que tengo un currículum impecable. Y lo mismo puedo venderte unos grifos de oro que un sake de Tailandia. ¡Además, estoy en el epicentro del desarrollo tecnológico mundial! ¡Que tomo café donde lo tomaba Bill Gates en los años setenta! ¡Aquí todo el mundo es joven, tiene carrera, se le entiende cuando habla y la mayoría ya tiene iPhone! ¿Has visto alguno? ¿Has visto que no tiene teclado?

—En Tailandia no hacen sake.

—Pero te lo vendería de todos modos.

—...

—...

—Debo colgar...

—Pues no he oído que te llame ningún niño.

—...

—Rita...

—¿Qué?

—Sin ti no habría soportado vivir en Atlanta.

¡Es que la quiero mucho y la echo mucho de menos!

—No habría soportado vender grifos de oro a rusos que escupen en el suelo. No habría soportado una rutina de más de dos años. Nunca había aguantado tanto en una ciudad, y ha sido por ti. Desde que te conocí, entendí que lo que sentía cuando estábamos juntas era lo más cercano a sentirse en casa... A tener una familia.

—...

—Y dicen que las familias son nuestra brújula, nuestra guía. Son la inspiración para conseguir los objetivos más imposibles, nuestro pilar cuando tropezamos.

—Eso lo has sacado de alguna tapa de yogur.

—No, de las citas del gobernador de Oklahoma en la contraportada de una revista ortodoxa.

—My God.

—¡¡¡Pero lo digo en serio!!!

—...

—Ahora es tarde. Ya somos familia, Rita. Puede que te cueste creerlo, pero hoy estoy en Seattle también por ti, porque si no supiese que siempre puedo contar contigo no me habría atrevido. Porque me has enseñado a ser feliz, a ponerme exageradamente contenta solo porque en la discoteca pinchen una canción que nos gusta, a comerme unos huevos Benedict como si fuesen caviar de beluga y a sentir qué es una amiga de verdad. ¿Recuerdas aquel día, mientras tomábamos el brunch en la cafetería San Francisco, que estábamos llorando de la risa y una mujer se nos acercó para decirnos que ella pagaría por poder reírse así con una amiga?

—Sí...

—Me lo has enseñado tú. Has hecho que sienta menos rabia por todo en la vida, Rita... Y eso... eso es un milagro.

—Pues sí, un milagro.

—Te quiero, Rita.

—Eres muy valiente, Six...

—Eso ha sonado a «Te quiero», «Gracias»...

—Que no, idiota, que yo también te quiero, pero es que esto sin ti será una mierda... Joder, Six, qué animal... Ahora mismo te mataría, pero me alegro por ti... Mucho, muchísimo, de verdad. Esa Valentina debe de ser la hostia.

—Quizá ahora que te dejaré más tranquila averiguarás qué quieres hacer en medio de tu caos de niños superdotados y cubatas de Jägermeister...

—Pfff...

—Quizá aparezca así, como si nada, en un aparcamiento.

—De hecho, fue después de un concierto de góspel, delante de la casa de Martin Luther King.

—¿Qué? Pero ¿qué dices? ¡No querrás meterte a monja! No te rapes, ¿eh? ¡Que tienes un pelazo!

El primer y último partido que jugará Eva

Cada fin de semana, cuando mi hermano y yo teníamos partido de baloncesto, venía la yaya. Cogía el Panda rojo, la fiambrera con croquetas y se instalaba en el polideportivo de Puigcerdà a ver un espectáculo que no acababa de entender, pero que hacía que se le saltase la croqueta cada vez que Albert o yo marcábamos (lo cual ocurría a menudo; sería falsa modestia decir que marcábamos poco).

Año tras año, la afición creció tanto en la cancha como entre el público, y llegamos a vivir auténticas situaciones épicas tanto deportivas como personales. (Años más tarde, incluso descubrí a antiguos y atractivos fans en la puerta de la Trànsit, compartiendo pitis a las siete de la mañana).

La grada del poli se llenaba a trozos de familiares y aficionados con poco trabajo que venían a pasar la tarde y a cumplir con la dosis mensual de cotilleo. El espectáculo estaba garantizado. Aunque uno de los mejores momentos era cuando llegaban «los júniors». De media dos años mayores que nosotros, desvirgadores potenciales, nos observaban con el mismo entusiasmo desganado que les dedicábamos nosotras.

Todo el mundo debería vivir alguna vez en la vida emociones como las que sentimos sobre aquel parqué. Vivencias didácticas con peste a sudor y rotulador permanente que marcaron para siempre a un grupo de adolescentes que experimentábamos primeras veces bajo la esperanzadora mirada de nuestros progenitores.

Más o menos como lo que veo hoy aquí. El partido de final de curso de la clase de Eva está a punto de empezar: Ardillas contra Tucanes. La esperanza parental que yo en mi grada era bastante menos intimidante que la que se propaga en esta cancha. Aquí se respira la misma tensión que en una final de la Champions League Barça-Madrid.

Si alguien la ve desde fuera, la escena se presenta como otro espléndido día en la capital del estado de Georgia. Mientras subía los escalones de las gradas, me ha llegado un aroma a romero y rosas. El aire ya huele a primavera, y el sol nos regala buenas y necesarias dosis de vitamina D.

La chapucería y la vitalidad de una docena de críos de ocho años se mezclan alrededor de la entrenadora de la clase de Eva —restos de Gatorade recorren los labios de los niños, las pequeñas medias desiguales—, pero la infancia se difumina a medida que la cuenta atrás anuncia el inicio inminente del partido. Aguzo la vista y observo la estrategia. El rotulador de la entrenadora repasa la táctica dibujada en la pizarra, pero ocurre algo, porque esa no es la estrategia que hemos propuesto Eva y yo. De momento va todo mal.

La entrenadora se santigua.

Los niños hacen lo mismo. La virgen, qué nervios.

Empieza el partido.

Los gritos de los padres arrancan con el primer chute. Miro a los lados del campo y no salgo de mi asombro. Es como si se hubiesen transformado. Me ha parecido ver que un padre escupía en el suelo. El pastor Paul clava la mirada en su hija, Mary, y alcanzo a percibir la invocación a Dios Nuestro Señor desde aquí. Maracaná.

Ni rastro de la elegancia que se espera de una masa intelectual como esta; la sobriedad habitual se ha quedado en casa, entre libros y diplomas de Harvard con vistas a jardines de diseño.

En otra ocasión —más bien, en cualquier otra ocasión—, este panorama me habría hecho increíblemente feliz, ¡por fin un poco de sangre, un poco de nervio! Pero hoy no. Cuando estás en el campo, lo último que quieres es que tus padres te hagan pasar vergüenza. Sobre todo si tienes ocho años.

Por suerte, Hanne y Fulbright no son de los peores; quizá porque alucinan al ver que su hija experimenta transpiración facial por primera vez en su vida en un partido de fútbol. Igual que, si el partido no va bien, alucinarán cuando Eva lleve el primer suspenso de la historia en territorio Bookland, y su carrera a Harvard tendrá un punto negro, quién sabe si insoslayable. Este país no puede ir bien.

Al primer gol en contra, Eva me mira, se despeina y hace señas con los brazos arriba y abajo, a derecha e izquierda. No entiendo nada. Le respondo que tiene razón. A ver, no pasa nada si no gana, pero de momento solo se ha quejado de la estrategia de la entrenadora.

(Y con razón. Esta mujer no se da cuenta del caos en el equipo. Sus indicaciones no tienen sentido).

Al segundo gol se despeina algo más y deja caer el brazo muerto con mala leche. Al otro lado de la grada, una madre abronca al árbitro porque dice que no ha pitado una falta clarísima. Otro padre le dice que exagera. Al tercer gol, Eva me mira y se ríe con ironía y desesperación. Le digo que deje de dar instrucciones a todo el mundo y que intervenga: que robe el balón y corra al contraataque, que se anticipe, que chute a portería, ¡que haga todo lo que hemos practicado!

Pero no hace nada.

Eva se queda como un pasmarote en el extremo izquierdo, mira a las bandas, y empieza a cruzar el campo con la parsimonia de una adulta que acaba de entrar como funcionaria con contrato indefinido. Y como si llevase la verdad del mundo en el bolsillo, me lanza una última mirada y abandona el partido.

Una de las primeras veces que me quedé a solas con Eva, recuerdo que llevaba una camiseta del club de natación heredada de su hermano; también recuerdo que me sonrió y me estrechó la cintura con toda la fuerza que le permitieron sus bracitos, con vello de color claro.

Entonces pensé que era un abrazo sincero, de bienvenida, pero días más tarde me di cuenta de que lo hacía casi como un ruego, con la esperanza de que llegase a ser la aliada que Daniela había sido para ella. No es que Eva necesite ayuda, o que no se lleve bien con sus hermanos, pero Daniela se había convertido en una hermana mayor, en la otra chica de la casa, y Eva disfrutaba del extra de ternura, de las palabras azucaradas y amorosas de la colombiana, de la hermandad femenina que no le proporcionaban sus hermanos.

Tardé en darme cuenta de que cuando me hablaba mal, cuando se frustraba porque yo no sabía que los mamuts se habían extinguido en el Paleolítico y no en la Edad de Hielo (referencia: película *Ice Age*), o cuál era la diferencia entre la memoria RAM y ROM, en realidad se enfadaba porque yo no era Daniela. Pero poco a poco, antes de que me diese cuenta, supimos construir nuestra parcela, diferente de la que compartía con la colombiana, pero igual de bonita.

Eva, como todos los Bookland, tiene una inteligencia para la que no sabría encontrar en mi repertorio de adjetivos un comparativo que le haga justicia, pero aparte de eso, y quizá como distintivo más interesante, no hace falta prestar mucha atención para percatarse de que su astucia es aún más prominente y de que su generosidad y buena voluntad en todo lo que hace transcenderán su condición actual de niña. Eva es una máquina maravillosa.

Eva no sale en la segunda parte porque no sé qué coño le ha picado. Pienso en lo que le diré cuando la vea hecha polvo. Intentaré gestionar el inmenso orgullo que siento por el camino que ha recorrido desde inicios de curso y le diré que no pasa nada. Que si no entra en Harvard tampoco se acabará el mundo. Le recordaré de dónde venimos y adónde hemos llegado.

La clase de Eva pierde 3 a 0, pero, para sorpresa del equipo rival y desesperación de los padres, salen del vestuario gritando y riendo. «¡No tienen espíritu competitivo! ¡Estos niños no saben lo que es luchar en la vida! ¡Se lo hemos puesto todo demasiado fácil!». Escupitajo. Escupitajo.

Y entonces la veo. Eva salta al campo, coleta despeinada, pizarra en mano, al lado de la entrenadora. La mujer se vuelve para mirarnos a los Bookland y a mí y nos guiña el ojo, como si estuviese haciendo un favor a la niña. Pero ella sabe tan bien como yo que esa niña de ocho años es su única esperanza.

La clase de las Ardillas se distribuye por la hierba tomando como referencia la alineación del Barça de la final de la Champions de 2006. Solo tardan un minuto en meter el primer gol, la grada lo celebra con un aplauso alegre pero contenido —el gol de la vergüenza—, conscientes de que es imposible remontar. Van 3 a 1.

Eva, por su parte, no da muestras de exaltación; señala con el dedo, segura y contundente, y da instrucciones a sus compañeros, que las siguen al pie de la letra. Y solo durante un instante glorioso, Eva se vuelve para guiñarme el ojo, y siento una emoción estratosférica.

Los contrincantes no saben cómo ha pasado y el segundo gol también llega muy rápido. Los padres no pueden creérselo. Hanne adopta el tono más gutural que le he oído hasta el momento, a Fulbright se le desabrocha el primer botón de la camisa y deja entrever el escote peludo que debe de volver loco a Chitawas (pocos días para el encuentro). Aksel y Bini se han subido a las sillas y gritan como ovejas desbocadas. La remontada ya no es una utopía.

Faltan solo diez minutos para que acabe el partido. La entrenadora pide calma, mira de reojo la táctica que Eva dibuja en la pizarra y emite órdenes a sus Ardillas. Las Ardillas se calman y miran a Eva. Brazos estirados en el aire en máxima tensión. En el campo, silencio.

Eva grita una palabra que no logro escuchar y, acto seguido, Katie, a quien se le han cruzado los cables, dispara una vaselina que ni ella ni nadie sabrá nunca cómo ha conseguido coordinar. El balón traza la parábola perfecta. La tensión es insoportable. El balón acaba en la red de la portería en una imagen que se grabará para siempre jamás en el cerebro de la pequeña Katie y de todos los que hoy estamos aquí. Gol.

A partir de este instante nadie se responsabiliza de sus actos, ni de los pensamientos oscuros que la adrenalina hará salir por la boca de cada uno de nosotros. Ya no importa si la desaparición de los mamuts fue en el Paleolítico o en la Edad de Hielo, la RAM o la ROM. A partir de ahora solo hay un objetivo: ganar.

Una niña le mete una hostia a un niño. Otro se cae al suelo solo y llora. El árbitro, que está igual de exaltado que el resto del público estival, pone orden. No hay una sola persona sentada, a Eva se le cae la pizarra al suelo. Quedan cinco minutos.

El equipo contrario intenta chutar a portería igual que Katie… pero va fuera. Muy justo. Ataque al corazón. Vuelven a hacer lo mismo apenas unos segundos más tarde. Más justo. Doble ataque al corazón. Si la yaya estuviese aquí, habría hecho volar las croquetas hasta Wyoming.

El equipo contrario ataca de nuevo. El gol del rival es inminente. Es cuestión de minutos, y solo quedan dos. ¡Solo quedan dos minutos! Hasta que llega lo inevitable. Un niño con más cuádriceps que yo, pega un chute brutal a nuestra portería, tan bien apuntado que deja sin respiración a todas

415

las familias Ardillas. Siento que la realidad a mi alrededor empieza a moverse a cámara lenta. Los escupitajos a contraluz, al padre Paul le faltan dedos para coordinar las oraciones con el rosario. Los gritos en silencio. Que no entre, que no entre.

Contra todo pronóstico, las plegarias del pastor Paul surten efecto y el balón golpea el larguero y rebota con tanta fuerza que va a parar a los pies de Mary, quien esperaba justo en el punto en el que Eva le había dicho que se quedase. Mary chuta. Y Mary marca el gol de la victoria. Final del partido.

Lo que viene a continuación es el maravilloso tejido de la historia, la primera página de la leyenda. La anécdota que transcenderá generaciones.

El mundo sigue desplazándose a cámara lenta, y veo que Fulbright salta con los brazos levantados y la camisa ya solo se le aguanta por un botón. Hanne se abraza a un espontáneo y salta tanto, pero tanto, que hace volar una sandalia hasta la última grada. El pastor abre mucho la boca y mira al cielo, se arrodilla y lanza el rosario por los aires. Bini ríe y llora a partes iguales, y Aksel grita tanto que se le hinchan las venas del cuello. Mary y Katie y el resto de las Ardillas corren hacia Eva y descubren un abrazo que no habían conocido hasta ahora. Una alegría que no habían conocido hasta ahora.

Eva se deja abrazar. Ya no lleva la coleta, ni la pizarra ni nada, y la lanzan por los aires como dentro de unos años lanzarán a quien ha sido su referente. De vuelta en el suelo, se aparta del grupo, salta la valla y empieza a subir las gradas a pasos de gigante. Y yo bajo las gradas a pasos de gigante, y nos encontramos. Me abraza con todas las fuerzas que le quedan y yo soy la persona más feliz del mundo.

Y pienso que todos deberíamos vivir un momento así alguna vez en la vida. Porque todos y cada uno de nosotros nos lo merecemos, y porque después de sentir tanta belleza y tanta fuerza, nos convertimos en personas mejores de lo que éramos antes.

Siempre e indiscutiblemente, albóndigas

La luz generosa de la primavera acaricia con sutileza las reliquias de Roberta. La gramola, el molinillo de café, los culos de dos aztecas como bombos. Identifico fotos nuevas. Ella delante de una pirámide de Egipto y otra caminando por campos de arroz asiáticos. En Vietnam, quizá. Roberta no tiene pinta de turista y siempre parece que la acompañe un explorador de renombre. Pero ¿cómo puede viajar tanto esta mujer?

Se sienta en su sillón con una parsimonia insólita. No dice nada. Tiene todas mis redacciones sobre la mesa, pero no las toca. Como si viniese al caso, abre la puerta de una neverita de madera escondida bajo el escritorio y saca una botella de Coca-Cola. Es la primera de todas las veces que he entrado en este estudio que no tiene prisa. Hoy parece que tenga todo el tiempo del mundo.

Sin acelerar el ritmo, se sirve la Coca-Cola en una especie de ritual a base de sacudidas. El sonido esponjoso del líquido al aterrizar en el culo del vaso la anima. La sacudida siguiente empieza cuando las burbujas de la anterior se han evaporado. Los chorros son cada vez más cortos. Pienso que quizá me esté perdiendo algo. Observo la estancia de reojo. Chorrito a chorrito, Roberta sirve hasta la última gota de la botella de cristal. Hasta que coge el vaso, lo analiza y, por fin, después de un millón de años...

—¿Qué tal estás, Rita?

Por fin bebe.

—Estoy flipando con la Coca-Cola.

—Normalmente la gente se ríe o pregunta al tercer chorrito.

—¿Normalmente?

—Contigo he hecho un par más, pero nada. Has observado toda la majadería con unos ojos que parecía que me estuviese comiendo los calzoncillos de lord Byron.

—¡Roberta! —Me escandalizo como una tía mayor. Acento de Alp.

—Rita, albóndigas, por favor, que soy profesora de escritura, no Laura Bush.

—También.

—¿Qué tal estás?

—Bien, ya me lo has preguntado. —Estoy nerviosa—. Estoy muy bien. ¿Pasa algo?

—¿Cómo llevas el escrito para el concurso de *The Georgian*?

—No lo he empezado.

Deja el vaso en la mesa. Las burbujitas, los chorritos, a la mierda.

—Aún falta, pero más te vale espabilar.

—Estoy acabando de decidir el tema.

—El tema no es lo más importante.

—Ah, ¿no?

—Claro que no. La cuestión es escribir algo que te haga levantar de esa silla y que no tengas ganas de hacer nada más que escribir sobre eso.

—Ya... escribir... El otro día... —me pongo más nerviosa—, el otro día supe que quería escribir... como trabajo... como profesión. —Me retuerzo los dedos de la mano, creo que lo que digo es una chorrada—. Pero lo supe porque una chica me dijo que le gustaba leer mis textos, y pienso que es cutre que me haya dado cuenta de que quiero tomarme la escritura en serio solo porque una desconocida me ha dicho que le gusta lo que escribo.

—Oh.

—¿No podría haberme dado cuenta yo sola? ¿Tengo que depender de la opinión de los demás?

—Pero ¿qué importa cómo te hayas dado cuenta? Dime una sola profesión que no necesite un público. Que no necesite que le den una palmadita en la espalda. Desde un trabajo mecánico, como el de un cartero, hasta un pionero como Miguel Ángel. Todos necesitamos saber que lo que hacemos tiene sentido, que se apreciará.

—Puede ser… No sé ni por qué lo digo… Me habrá entrado la vena del colegio de monjas. El narcisismo como pecado, que esté mal visto hablar de uno mismo. Un tema, todo sea dicho, con el que nunca he tenido ningún problema. Si se hace algo bien, ¿por qué no puede presumirse de ello? Si te lo mereces… Aunque en el tema del amor me pongo muy nerviosa y…

—Rita, céntrate. Da igual cómo te hayas dado cuenta. Si es gracias a una desconocida, pues que así sea. Albóndigas.

—Además, resulta que la desconocida se llama Elena, como la ciudad. Bonita coincidencia, ¿no crees?

—Rita. —No entiende la broma.

—De acuerdo, de acuerdo… albóndigas.

—¿Albóndigas?

—Tú has dicho albón… Da igual.

—Si quieres escribir de verdad, tienes que saber que el trabajo de escritora es muy solitario. Y a ti no te veo muy solitaria.

—He aprendido, Roberta, este año he aprendido. De vez en cuando la soledad es necesaria y reparadora. De todas formas, «escritora» me parece una palabra demasiado importante.

—No digas tonterías. Aunque en realidad ser escritora o no serlo no es decisión tuya. La escritura te escoge a ti, no tú a ella.

—Ah.

—Y si te ha escogido, lo sabrás con el tiempo. Pero si es así, si la vida te ha bendecido con este don, tienes que saber que vivirás una aventura apasionante. Descubrirás que escribir es cruzar un desierto constante, y cruzarlo sola. Un desierto que no tiene fin, solo un horizonte difuso que siempre tendrá dunas mejores que las que pisas.

—Dunas… de acuerdo.

—Aíslate, Rita. Albóndigas, Rita. Identifica qué te hace vibrar, qué te divierte, qué te hace cambiar y escríbelo.

—Buscaré la inspiración.

—¿Insp…? ¡¿Inspiración?! —Da un pequeño puñetazo en la mesa—. ¡No! ¡Una mierda! ¡La inspiración es una chorrada! Igual que la idea clásica de que el escritor tiene que ser como Fitzgerald o Byron; una vida de drogas, alcohol y desesperanza. Que si la fobia al folio en blanco, que si bla, bla, bla… ¡Una mierda! —Los rizos, que le chocan esponjosos sobre la piel oscura, me parecen un poema—. Eso solo funciona en las películas. Encontrarás muchas frases azucaradas de grandes escritores que hablan sobre la mejor manera de escribir, pero solo hay una: sentarse y…

—Sangrar.

—¡Mírala, citando a Hemingway! Citarlos te hará quedar bien. Leerlos te hará escribir mejor.

—De acuerdo.

Roberta se relaja. Aparta la vista y el ritmo de voz se le ralentiza.

—Escribir… escribir es una profesión, Rita. —Habla como si acabase de entrar en otra dimensión, como si lo que tiene que decir a partir de ahora ya no fuese solo para mí—. Escribir es un oficio que merece todo el respeto. El respeto y el honor de la gente que se toma el trabajo en serio. Escribir es arte y es belleza. Si crees que quieres hacerlo, que te ha escogido, tienes el deber de intentarlo.

—De… de acuerdo.

Se recuesta en la butaca. Coge la Coca-Cola para darle un trago, pero vuelve a dejar el vaso en la mesa. Cierra los ojos en un suspiro profundo. Transcurre un rato que le pesa lo suficiente para alargar el paréntesis más de lo necesario. A lo lejos oímos que la puerta de la escuela de idiomas se cierra de golpe. Ya no queda nadie en el edificio. Cuando por fin vuelve a abrir los ojos, se levanta y camina hacia sus recuerdos.

—Antes te he dicho que el tema sobre el que escribas no es lo más importante.

Habla de espaldas a mí y se detiene delante de la estantería más apartada.

—Me refería al hecho de que… de que los temas que mueven el arte siempre son los mismos… El amor, el miedo, la esperanza. El trabajo del artista es darles forma a partir de su existencia. Quién eres en el momento en que pintas, en que compones, en que cantas y en que escribes. Si escribes sobre el amor, es posible que hables de tu familia, de tus amigos y de tu tierra. Si escribes sobre el miedo, mencionarás el dolor inolvidable del primer corazón roto. En general, escribirás con palabras ágiles y alegres por los colores de los recuerdos que tienes ahora, por el júbilo agridulce de vivir en la veintena. Esa es tu fuerza, Rita, tu verdad.

De repente, los hombros de Roberta se encogen. Toda ella se contrae delante de un libro.

—En cambio, si yo hablo de amor…

Con un gesto calculado, abre el libro por una página exacta y saca una fotografía. Es pequeña, y no distingo la imagen. La sostiene con cuidado y la mira un instante, muy rápido.

Avanza hacia la ventana en busca del calor del sol; la luz le perfila las pequitas, los labios carnosos se aprietan con fuerza, la mirada se esconde detrás de sus rizos.

—Si yo hablo de amor, podría escribir sobre qué es dar a luz. Qué es sentir cómo sale de ti para respirar el mundo con un grito. El momento en que sus ojos grandes te miran y te cambian para siempre. El olor dulce de la sangre caliente, su piel encima de la tuya. Sentir que su risa te alarga los años. La alegría de verlo crecer, de ver la vida de nuevo, todo por primera vez. El mar, la sandía, los perros y el cine.

Su cuerpo está absolutamente inmóvil.

—Si escribo sobre el miedo, podría escribir sobre qué es perderlo. Sentir el terror más absoluto. Que te arranquen de la vida. Que desaparezcan los colores y vivas en la oscuridad. Experimentar tu propia muerte, existir en un vacío inacabable, que cada partícula de aire que respires se te haga insoportable.

Al otro lado de la ventana, la brisa hace danzar unos brotes que han crecido en una maceta olvidada. Observo con urgencia los primeros tallos del año con el corazón encogido, buscando respuestas. ¿Cómo puede ser? Una mujer con su vitalidad. Ella también mira los brotes, los tallos, pero no los ve. Hasta que por fin levanta la barbilla hacia el sol, recordando la dignidad que años antes tuvo que rescatar. Una vieja sonrisa le aparta los rizos blancos y descubre a la Roberta que reconozco.

—Si escribo sobre la esperanza, podría hablarte de la luz. Una pequeña chispa que salta en un universo negro. Una grieta muy fina y muy débil, pero al fin y al cabo una rendija de luz. La claridad de la belleza… —Sonrío más—. Hay tanta belleza en el mundo, Rita… Podría escribir cómo es revivir en la bondad de los demás. Sobre buscarla y encontrarla en todos los rincones del planeta. ¡Encontrarla a espuertas! Y encontrar la bondad en todas las formas del arte. Porque en el arte, querida, siempre encontrarás la esencia humana.

Sin mirarla más, coge la foto y vuelve a dejarla en el interior del libro. Desanda el camino y regresa al estudio, a esta tarde que se alarga. Recoge mis redacciones de encima de la mesa y viene hacia mí. Me encuentra encajada en la silla, compungida, absorta y agradecida. Se agacha a mi lado, y con la seguridad de los que han regresado de la muerte me dice:

—Quien eres ahora mismo, Rita, aquí y ahora, es un tesoro irrepetible. Atrápalo y escríbelo. Hazle justicia.

Acto seguido, levanta todos mis escritos, me los enseña y los hace trizas. Roberta, esta musa que el *carpe diem* ha escogido de entre los vivos como su embajadora, vuelve a su butaca y da un trago de Coca-Cola largo y refrescante, como si no acabase de pasar lo que acaba de pasar. Y antes de que yo desaparezca por la puerta de esta sala del espíritu del tiempo, remata:

—Y recuerda, Rita, siempre e indiscutiblemente, albóndigas.

La Gillette, la cita secreta
y el contestador automático

La primavera desfila rápido al otro lado de la ventana del salón con un rastro florido y un olor prematuro a cemento caliente y after sun. El calor de Atlanta es muy heavy.

Las horas y los días pasan sobre el teclado de mi ordenador, ya sea en un banco de la piscina con los niños ahogándose de fondo o dentro del coche mientras espero a que salgan de clase de violín.

Y cuando no escribo, leo. Leo libros —todo lo que encuentro, de Hermann Hesse a J. K. Rowling y a Joan Didion, y textos aleatorios que me da Roberta— y revistas, claro, *The New Yorker* en vena, *The Georgian* y *The North Avenue Review*, que siempre hay algún texto que me hace reír.

Las tardes con los niños se alargan al ritmo habitual de la primavera, la sombra de los árboles pronto es lo bastante alargada para dejarnos un rato más en remojo en el riachuelo de al lado de casa, y después el sol nos acaricia las caras, blancas y finas después de un invierno intenso.

Y con el exterior, claro, la amiga Gillette ha vuelto a instalarse en la estantería de mi baño para endurecerme los pelos hasta próximo aviso. Dos días, quizá tres. No tengo tiempo de ir a depilarme con cera.

La proximidad de final de curso es evidente. Mi curso y el de los niños. Los deberes se hacen más rápido, las agendas van más llenas y los gritos son cada vez más altos.

Aksel escribe y reescribe versos en las páginas de la libreta de chino; Eva perfila las estrategias futbolísticas: «Jugar el balón desde atrás. La velocidad del balón es más importante que la de las piernas», y cede con menos resignación a la práctica de penaltis y vaselinas. Y Bini… Bueno, Bini da la impresión de haber desatascado del todo la cañería de sus ideas de negocio: motos solares que te hacen la cena, tazas que cambian de color según la saliva, que tu cara sea una caca que hable en la pantalla del móvil de última generación de John. Todas me parecen brillantes.

En la franja adulta de la familia Bookland, la cosa es más inestable. Fulbright se comporta con más incomodidad que nunca —el reencuentro Bookland-Chitawas es inminente— y Hanne parece haber aprendido a gestionar la incertidumbre con un nuevo color de cabello y unos botines calcados a los míos. La paradoja es que cuando Fulbright está en la cúspide homosexual, su mujer está más guapa que nunca.

—¡Chancha! —Conchi y su último sofoco me reclaman desde la puerta principal.

—¡Voooooooy!

—¡Peluda! ¡Jeiri! ¡Ven!

—¡Que ya voy!

—Toma, te han llegado dos paquetes certificados. El primero es de Au-pair in The States. —Conchi levanta las cejas dibujadas, expectante.

—Sí, ya lo sé: tengo que decidir si me quedo un año más o vuelvo a casa.

—¿Y qué vas a hacer? —Si no fuese porque es imposible, creo que le gustaría que me quedase.

El segundo paquete me arranca una sonrisa. Conchi mira el remitente sin ningún tipo de escrúpulo.

—John —explico— está en el comité presidencial de *The Georgian*, una revista de la universidad que me gustaría saber cómo funciona porque hay un concur...

—Claaaaaaaaaaaaro... Y yo soy la reina de Inglaterra. Por cierto, los bolsillos de los pantalones de Aksel están llenos de papeles con unas palabrotas escritas que... ten cuidado de que no los vean el señor y la señora. Ya se los pillaron una vez y se enfadaron muchísimo.

—Ah, ¿sí?

—Sí, cuando estaba Daniela... —no puede contener una sonrisa al recordar a su diosa colombiana—, incluso le llamaron la atención en el colegio.

—¿A Aksel? ¿La atención? No me lo puedo creer.

—Sé que escribe esas cosas en privado, y me da igual, pero que no le pillen sus padres.

—OK... —Pues que empiece el espectáculo.

Conchi vuelve a la cocina y por fin me quedo sola para abrir los paquetes con calma. Saliva. Sonrisa. Todo lo que tenga que ver con John sigue humedeciéndome la epidermis. ¿Qué será? ¿Una noche de gala? ¿Un vestido de Dior de mi talla? ¿Acciones de Coca-Cola? Que sean acciones de Coca-Cola, por favor, que no le cuesta nada. Con una ya me vale.

Vaya, son todos los deberes de Eva que he ido dejándome en su casa; la montaña de papeles que Philipp me ha suplicado mil veces que me lleve y que ha decidido enviarme antes de empezar a odiarme de verdad. Y... bingo: un sobre con mi nombre escrito a mano.

Rita:

Hoy, revolviendo entre recuerdos, he encontrado la pluma con la que te escribo. Pertenecía a mi abuelo y con ella firmó papeles que me han traído hasta aquí, hasta este papel, hasta nosotros. Qué ironía, la vida, ¿no crees?

He pensado que de todas las personas a las que podría enviársela, a ti te haría especial ilusión una nota con mi mala letra, pero con cierta épica en la tinta.

Te deseo muy buena suerte mañana.

Estaré allí, esperando que ganes.

Y si no es así, simplemente celebraremos que existimos.

JOHN

Y cuando crees que no puede sorprenderte más, John y su...

¡MIERDA!

Hay un tercer sobre. El tercer sobre anuncia la catástrofe. Veo el título «Importante» en rojo y negrita sobre la mesa de las cartas de recibidor.

¡La presentación de Aksel es mañana! ¡Y el curso acaba tres semanas antes de lo que pensaba! (Pero ¿quién coño acaba el curso en pleno mes de mayo?).

¡Mierrrrrrda!

Corro a buscar a Aksel.

Salgo fuera y me los encuentro a los tres en la mesa del porche, sentados como si fuesen jubilados de vuelta de todo, dando sorbitos a sus respectivos vasos de leche con cereales de colores mientras juegan al bridge. Hace una tarde de película. La lavanda. Los pájaros. El columpio.

—Aksel.

—Hairy —dice Bini—, he dibujado esta taza que cambia de color según la saliva. Pero ¿crees que es mejor que cambie de color con la saliva o con el sudor de la mano?

—Tengo que contaros algo.

—Hairy —continúa Aksel—, ¿qué te parece que utilice la potencia del géiser del Steamboat, que es el más grande del mundo, como metáfora para el día que las mujeres por fin consigáis la igualdad salarial?

—Hairy —saluda Eva delante de un nuevo circuito eléctrico, y me ofrece una fresa—, ¿quieres?

Durante un microsegundo revivo la épica del partido. El último chute. La alegría desenfrenada. El abrazo. La prolongación tangible de la vida.

—Niños.

—¿Crees que el géiser es una analogía demasiado forzada en una misma estrofa? Se entiende, ¿no? ¿O pondrías el Excelsior, de 1888, para tener en cuenta el factor histórico? Todo esto, claro, lo mezclaré con mi punto de vista personal y vital, tal como me dijo Soul.

—Aksel, por favor, no me lo tengas en cuenta. No es tan grave como parece, pero cuando te lo explique te suplico que no se lo contéis a vuestros padres y que no te enfades conmigo.

—Creo que pondré el Excelsior, que subía veinte metros más que el Steamboat, y haré la analogía con la superación de obstáculos. Volveré a llamar a Soul para que me diga qué le parece.

—La saliva es más relevante que el sudor, ¿no? —sigue Bini—. Todo depende de lo que busques, supongo…

—¡Niños!

—¿Un envenenamiento o un ladrón?

—¡NIÑOS! ¡Aksel tiene la presentación mañana!

Aksel se aparta el pelo.

—Los profesores no han dicho nada porque teóricamente se consideraba una especie de prueba sorpresa para la que teníamos que prepararos desde casa. Mierda.

—No paras de decir la palabra «mierda» —suelta Eva, sentada en la punta de la mesa, apretando el clavo de un nuevo circuito eléctrico—. Te he oído decir «mierda» desde dentro, y ya lo has dicho tres veces. Y ahora has vuelto a decirlo. Cuatro.

—Pues mejor que no leas mis textos, Eva… «Mierda» es el primer nivel. —Aksel arquea las cejas, orgulloso.

—¡Dejad de decir «mierda»! Los dos. La cuestión es que la prueba no es dentro de dos semanas, ¡es mañana por la tarde!

Los tres Bookland me miran con expresión imprecisa.

—Hairy... —responde Aksel.

—Por favor, no se lo contéis a vuestros padres, que aún están molestos porque Bini se perdió la final del coro de la iglesia. Podemos solucionarlo.

—Hairy —insiste Aksel en el tono de un director de instituto estreñido—, tranquila, ya lo sabía.

—Pero ¿cómo? No lo entiendes, ¡es una estrategia secreta de los profesores!

—Hemos estado haciéndolo desde principio de curso, Hairy —explica Eva—. Desde que se fue Daniela, leemos los sobres que no se deben leer y miramos las notas que solo pueden mirar papá y mamá, las del final de la agenda... Y más estas últimas semanas, que te pasas todo el día escribiendo y estás en la luna.

Bini coge la taza y chupa el asa, confundido.

—Y también escuchamos los mensajes del contestador de tu móvil, por si las moscas —informa Eva.

—¡EVA! —Aksel vuelve a ser un preadolescente.

—Tranquila, son divertidos. Los que te envías con Six no los entendemos mucho, porque habláis en catalán y muy rápido. Pero cuando lo hacéis despacio, se entiende a la perfección. De hecho, solo hemos tenido que buscar cuatro palabras para entenderlos del todo. Como... «cony» y «puta», que, como suponíamos, no quiere decir «una mujer muy alta». Six lo dice todo el rato.

—¡¡¡EVA!!! —A Aksel le estalla la cara, pero Eva sigue.

—Si no hubiésemos hecho todo esto, no habríamos entregado ni un documento a tiempo —dice Eva—. Pero no pasa nada, Hairy, de verdad, nos has ayudado en muchas otras cosas y sin darte cuenta nos has vuelto más independientes.

Entonces ¿saben que me he enrollado con John? ¿Y con Rachel? No sé qué decir. No sé si todo esto es bueno o malo.

—De acuerdo, pero ahora enséñame lo que tienes, Aksel. Tenemos que repasar hasta el último detalle… Mañana nos lo jugamos todo.

Las clases de chino

Estoy haciendo pancakes. Llevaba mil años sin hacerlos y he pensado que, al fin y al cabo, preparar pancakes para toda la familia siempre es buena idea.

Sentada a la barra de la cocina, remuevo la masa y observo que la humedad ha vuelto a apoderarse de Atlanta en un tiempo récord. Poco a poco redescubro la ciudad verde y vigorosa con la que me encontré hace casi un año. El jardincito que da a la cocina, cuidado y recogido, y la mesa de cristal con un dedo de polen en la que escribí «hello».

Vierto la masa espesa en la sartén y de repente caigo en el empírico y aberrante hecho de que la palabra «pancake» significa, literalmente «pastel a la sartén». ¡Pastel a la sartén! La sencillez de la lengua inglesa nunca deja de sorprenderme. Los primeros pasteles a la sartén los hago con ganas, con intención estética. Redondos y ovalados, esponjosos, incluso dibujo un corazón. La remesa siguiente es menos romántica. Acabamos de volver de la actuación de Aksel. La masa cae más rápido, la forma redonda entra en decadencia, la esponjosidad se esfuma. Veo un grumo y no lo quito. No sabría definir las formas. Uno incluso parece un pene, y de todos modos lo pongo en la bandeja.

Siempre he tenido una gran fe en los poderes curativos, socializadores y pacificadores de la gastronomía. En mi caso, no hay nada que no cure una buena longaniza o, en terreno americano, un buen pancake. Pero hoy, teniendo en cuenta lo que está a punto de pasar, puede que ni todos los pasteles a la sartén con forma de corazón del estado de Georgia sean capaces de dulcificar la conversación.

Aksel y sus padres están sentados en el sofá, cada uno a un lado de la mesa. Fulbright hace rato que mantiene un tono neutro. No sabría decir si el interés es genuino o si está a punto de empujar la mesa contra la pared. Yo, de momento, pongo la bandeja de pancakes encima de la mesita. Y me sirvo el primero.

—Entonces ¿me estás diciendo que este año no has ido a clases de chino? —empieza Ful.

—No, no he ido, pero he hecho todos los deberes, ha ido pasándomelos Peter.

Hanne coge un pancake y cuando lo tiene en el plato me lanza una mirada fugaz, como diciendo: ¿qué coño es esta mierda? Per què s'indigna si no ha arribat al pene?

Aksel traga saliva. Los silencios de sus padres son terriblemente largos. Aún lleva la gorra al revés, en la posición exacta de cuando estaba en el escenario, con el pelo sin domar, buscando una salida.

—Y he repasado los ejercicios yo solo en casa. ¡Papá, he sacado la segunda mejor nota de toda la clase!

—¡¡¡Al loro, chambao, aserejé!!! —Aksel habla chino.

—¡¿Al loro, chambao, aserejé?! —contesta Hanne.

—¿Al loro, chambao, aserejé? —Y Fulbright.

—Eso es lo importante, ¿no? —responde Aksel.

—La nota es importante, pero no es lo más importante —dice Fulbright. La tensión puede cortarse con un cuchillo—. Ya sabes que lo que has hecho es muy grave. —Me clava la mirada—. Lo que habéis hecho es muy grave, Rita.

Fulbright resopla por lo bajo, triste, y coge un pancake con forma de croqueta de bacalao mal descongelada.

432

—Traicionarnos de esta manera no tiene nombre. —Hanne no levanta la mirada—. Mentir durante tanto tiempo y hacerlo con tanto descaro es crear un precedente terrible en una familia.

—¿Por qué no nos lo contaste desde el principio? ¿Por qué engañarnos de esta forma? —continúa el padre.

—¡Hombre! ¿Tú qué crees? —Aksel se pasa de indignado. Sus padres alzan la vista, como si se hubiesen perdido algo—. Como mínimo reconoced que si os lo hubiese dicho, si hubieseis podido decidir, nunca habría subido al escenario a…

—¡¿A decir «mierda» y «capullo» y… y «PUTA»?! —Hanne estalla.

—¡A rapear! —contesta él.

—¡Te has jugado todo el expediente! ¡Todos estos años de esfuerzo! ¡Tu futuro! ¡Todo! —Ahora estalla Fulbright.

Hanne estaba a punto de coger otro pancake, pero es el que tiene forma de pene. Vuelve a lanzarme una mirada de «¿qué mierda es esto?». Se levanta y va a buscar vino.

—Pero ¿por qué? —Aksel replica a su padre—. ¡No me he jugado mi futuro! ¡Lo que pedían era que se expusiesen unos temas en el escenario! No especificaron el formato.

—¡La especificación del formato la dictamina un colegio centenario de reputación nacional! —grita Hanne.

—¡Una reputación basada en un protocolo arcaico y absurdo! Seguro que ha ido hasta algún miembro del Ku Klux Klan…

—¡AKSEL! —grita Fulbright.

—¡Es verdad!

—No lo entiendo, pero ¡si siempre te ha encantado tu colegio!

—¡Los que no lo entienden son ellos! ¡El rap es arte! ¡El rap es la disciplina artística más visceral y sincera que hay! ¡El rap es verdad! ¡Y mis versos hablaban de injusticia, de feminismo, de racismo, de cambio climático, de… de mí!

—¡Pero decías «puta»! —Hanne arranca el corcho.

(¿Pero esta gente no era demócrata?).

—¿Y qué? Cada vez que decía «puta» la atención subía un treinta y siete por ciento y los mensajes ganaban fuerza. Estoy seguro de que todo el mundo recordará los millones de toneladas de plástico que se lanzan cada día al océano...

—Es que aún sigo en shock... —La copa de vino hasta arriba—. ¡Aún sigo en shock!

—No sé qué clase de colegios tenéis en Barcelona o en Puigcerdà —sigue Ful—, qué educación os dan, pero lo que ha pasado hoy aquí no es normal.

Aksel contiene las lágrimas.

Me vuelve la imagen de Aksel sobre el escenario. El momento increíble en que se ha puesto la gorra, le ha dado la vuelta y ya no ha habido marcha atrás. John mirándome con una sonrisa llena de orgullo, toda la piel de mi cuerpo de gallina. El público ha alucinado. La vida al máximo.

El silencio en el salón de la familia es terrible. La seguridad de que esta conversación marcará a los Bookland para siempre.

—¿Estás contenta, Rita, de acabar tu año así? —Fulbright habla lento, triste, y le tiembla la mano.

—¡Di algo, Rita! —grita Hanne desde la cocina.

—Antes de nada, me gustaría pediros disculpas por haber mantenido este proyecto... el rap, en secreto. Dicho esto, si con «así» te refieres a este momento, es evidente que no, y siento mucho que esta conversación resulte frustrante para todos. Pero si te refieres a la imagen de Aksel sobre el escenario... —silencio dramático no buscado—, no se me ocurre un final mejor.

—Vaya. —Fulbright se siente traicionado.

—Y la verdad es que no —continúo—, ni en Barcelona ni en Puigcerdà he visto una actuación como la de hoy. —La derrota colectiva flota en el aire. Aksel me mira y no puedo quererle más—. Pero puedo deciros que vuestro hijo nunca está tan feliz como cuando escribe canciones.

—¿Ahora nos vas a decir tú lo feliz que es nuestro hijo?
—Hanne se acaba la copa.

—Perdón, no quería exponerlo así. Pero comparado con los índices de felicidad de la gente a la que he ido conociendo a lo largo de mi vida, podría decir que la felicidad de Aksel es francamente enorme. Y encontrar el secreto de la felicidad a los diez años no está mal, ¿no? Ya me habría gustado a mí. Es más feliz con sus versos que cuando vamos a la exposición planetaria del Fernbank Museum.

—¿En serio? —pregunta Fulbright, sorprendido.

Aksel primero duda, pero enseguida asiente en silencio.

—En el escenario, delante de toda esa gente, hoy Aksel ha brillado. Y a pesar de las caras de terror, a pesar de que a más de cuatro profesores... Bueno, a pesar de que a todos los profesores se les ha desencajado la mandíbula, él ha seguido; ha pasado de todo y ha creído en lo que hacía. Se lo ha jugado todo...

—Todo el expediente... —dice Hanne.

—Lo que quiero decir... —noto que me arden los párpados— es que se necesita mucho valor para subir ahí arriba y mostrarse así de vulnerable. Lanzarse al vacío. Aksel ha sufrido mucho para llegar hasta aquí. De hecho, todos hemos sufrido con él, pero sobre todo hemos aprendido de él.

Sus padres disimulan la rabia, pero principalmente sienten tristeza y responsabilidad, el istmo de terror por haberse perdido el camino de llegada hasta este momento, el camino apasionante que su hijo ha tenido que recorrer hasta esta mesa de la cocina, hasta esta bandeja de pancakes cuestionables a la sartén.

—Seguramente —continúo— hoy no sacará una A. Ni una B. Y yo no tengo ni idea, pero es probable que el día que vaya a Harvard o a Vanderbilt o a la universidad que sea, y se siente a la mesa del presidente...

—Normalmente no es el presidente, es el...

—Quien sea, Aksel.

—El día que te sientes en esa mesa y vean que en tu expediente hay una mancha negra, deberías explicarles que esa mancha negra te enseñó más de la vida que todas las «A» de la lista.

—Vaya, ahora tenemos una coach... —Hanne ya no se ríe—. No te hagas ilusiones...

—Y volviendo a la pregunta que me hacíais, allí tampoco presentamos los proyectos rapeando; ni en el colegio ni en el instituto ni en la universidad. Pero ojalá hubiese tenido un compañero en la clase de sexto que se hubiese atrevido a revolucionar el espectáculo de final de curso, con la gorra del revés, y hubiese rapeado sobre la teoría de Bohn, la brecha salarial y el cambio climático. Porque aquel día se me habría encendido una luz.

Sus padres recorren la mesa con la mirada. Quedan tres pancakes. No sé si me odian más o comparten lo que digo; para bien o para mal, he conseguido el silencio más largo de todos.

—¡Hay un hombre en la puerta! —Bini arruina el momento pegando un grito desde el descansillo de las escaleras, desde donde ha oído toda la conversación con su hermana.

—¿Es el pastor Paul? —pregunta Hanne—. Tiene que venir a traerme unos documentos.

—No... No es el pastor Paul, mamá, ese hombre está más moreno que el pastor Paul —contesta Bini absorto.

—A mí me suena —dice Eva a su lado—, pero ahora no sé dónde le he visto... Creo que le he visto en el programa de Jerry Springer...

—¡Este hombre está muy fuerte! —Bini vocaliza poco porque ha pegado la cara a una de las ventanitas y le observa sin miramientos—. ¡Y lleva el tatuaje de un perrito muy bonito, y los ojos son corazones!

De repente, Fulbright se queda sin aire. Me clava la mirada como si fuese la última amiga que le queda en la Tierra antes

de que un meteorito imparable nos fulmine a todos. Efectivamente. Nos quedan solo unos segundos para salvar a esta familia.

Federico Chitawas está en la puerta de casa.

En la mesita solo quedan los pancakes con forma de corazón y de pene.

Total eclipse of the heart

Chitawas hace menos de una hora que se ha duchado. Lleva el pelo mojado repeinado hacia atrás y una camiseta con la bandera americana pintada con purpurina. Se mira los pies, nervioso, y sin darse cuenta sacude el ramo de tulipanes amarillos que ha llevado para la ocasión. El aire le sale a trompicones, entre los nervios y la ilusión, pero la respiración se le corta de golpe cuando ve que quien abre la puerta no es Fulbright, sino su mujer. La familia Bookland más la au-pair esperamos detrás de Hanne.

—Hola, ¿puedo ayudarle? —Hanne ofrece su mejor sonrisa postiza.

—Sí... Hola, buenas tardes, he... he... he venido a ver al señor Bookland.

—Hanne se gira para arrugar la nariz, le pide a Chitawas que espere fuera y cierra la puerta.

—¿Quién es este hombre, Ful?

—Déjame hablar con él. —Ful levanta la cabeza.

—¿No será otro...?

—¿Otro qué? —pregunto, con insolencia.

—¡Rita! —Ful me enseña los colmillos inferiores—. ¡Llévate a los niños a la cocina!

—¿Otro qué? —pregunta Eva.

—¡Mi padre solo lleva cuatro putos meses en el Gobierno, Ful! —La rabia de Hanne le hace olvidar que estamos todos escuchando en círculo.

—Ma… mama, has dicho «putos» —apunta Bini.

—¿Cómo crees que se lo tomará el partido si se entera de que su familia trae inmigrantes ilegales a casa? ¡Que pueden echarle, Ful, joder!

Pero a ver: ¿se enfada porque Chitawas es ilegal o porque es su amante? ¿Y ya sabía que eran amantes? ¿Ya sabe que Ful es gay? No entiendo nada.

Fulbright ignora a Hanne, sin miramientos y con bastante rabia, indignado por la condescendencia con la que lo trata. Sale fuera para encontrarse con su amante y cierra la puerta. Mira a ambos lados para asegurarse de que no les ha visto ningún vecino y se lleva a Chitawas al garaje.

Me apoyo un momento en la pared y pienso que no puedo creer lo que está pasando. Pero ¿¿¿por qué coño ha venido a casa???

Hanne gruñe como un rinoceronte —normal— y baja las escaleras para ir al encuentro de su marido por el interior de la casa. Abre la puerta del garaje con tanta fuerza que se carga el pomo. Los niños intentan seguirla y yo quiero seguirlos a ellos, pero antes de que Hanne entre en el garaje para lanzarse a la yugular de su marido, me clava una última mirada.

—Llévatelos a la cocina.

La mezcla de rabia y tristeza hace que los cuatro nos quedemos petrificados en nuestros respectivos escalones.

Es evidente que, a partir de hoy, esta casa nunca volverá a ser la misma.

La guerra empieza con una calma gélida. Desde donde estamos vemos que los tres hablan medio escondidos entre los coches, pero sus voces nos llegan con claridad.

—Si no me explicas qué pasa, llamaré a la policía.

—Por el amor de Dios, Hanne, pero ¡qué dices! Deja que me explique. Te dije que confiases en mí. —A Ful le tiembla la voz, improvisa.

—¿Confianza? ¡Y me lo pagas así, trayéndome uno a casa! ¡A nuestra casa! Te juro que llamaré a la policía.

—No digas tonterías. Los dos sabemos que no serías tan estúpida como para poner en peligro el culo de tu padre.

En este momento insisto a los niños en que dejemos de escuchar la conversación y nos vayamos a la cocina. Pero no quieren.

¿Y cómo se lo tomarán? De pequeña siempre me daban mucha pena los hijos con padres divorciados. Tenía la impresión de que iban más sucios y de repente jugaban peor al fútbol.

—Venga, va, niños… Chisss… ¡Vamos a la cocina, venga!

—¿Quizá sea un trabajador del Starbucks al que vas? —Eva insiste en ubicarlo.

—No, no, Eva, a este hombre no lo has visto nunca, créeme.

La claridad de la tarde se cuela por las ventanitas del marco de la puerta y se reparte por los escalones en los que estamos sentados. Bini recorre con el dedo el cuadrado iluminado encima de la madera, hasta que una sombra resquebraja la figura de luz. Conchi mete las llaves en la cerradura y entra en casa. Viene de clases de taekwondo y va vestida con el quimono.

Busco su mirada para hacerle un resumen de lo que pasa en la planta de abajo, abro mucho los ojos, pero me ignora. No parece muy interesada en lo que sea que estemos haciendo todos aquí sentados en las escaleras, sobre todo porque le ha venido un sofoco de los bestias y lo único que le importa es arrancarse la ropa. La cinta amarilla que lleva atada en la frente le hace la función de las cejas que no tiene —las lleva pintadas—, se baja los pantalones hasta los tobillos, se planta delante de la nevera y aletea con las solapas de la chaqueta como un dragón enfriándose el cuerpo.

Admiro la escena mientras me presiono con fuerza las coyunturas de la mandíbula. Desde que Chitawas ha aparecido, se me ha agarrotado la cara.

Pero parece que con la llegada de Conchi se ha firmado una tregua en el garaje. Los niños se quejan de que sus padres ya no chillan y no oyen lo que dicen, hasta que Hanne emite un grito horrorizado y se oye un portazo.

Ya está. Ya ha pasado. Fulbright se ha armado de valor y ha confesado su homosexualidad a su mujer. El amante.

Es que no podía ser. Hanne no habría seguido con él si supiera que era gay y que se veía con otras personas, en especial con un actor porno. No habría aguantado ni por la carrera política de su padre. Esta mujer tiene demasiados ovarios.

Los niños me miran esperando que les dé una explicación al grito de su madre, pero no sé qué decir y se me encoge el corazón. Ahora, mientras acaricio las puntas del pelo hiperhidratado de Eva, solo puedo pensar en el contrato de au-pair que descansa en el suelo de mi coche, entre piruletas y tierra batida. Aún no he logrado decidir si me voy o no. Los niños. John. Roberta. La vida aquí.

Me pregunto si los vacíos del formulario de au-pair en América están bastante limpios para llenarlos con mis datos y alargar la estancia todo el tiempo que me dejen. Pasar aquí esta época en que los niños me necesitarán. Que mi vida al otro lado del Atlántico puede esperar.

La puerta del garaje se abre con una lentitud dramática. Subimos corriendo al salón. El pomo que ha roto Hanne antes de rajar la yugular a su marido cae al suelo, pero no lo recoge nadie.

La densidad del drama pesa sobre los hombros de los tres, que caminan hasta el salón, uno tras otro. Su matrimonio acabado, el amante entre los dos, Fulbright, que sueña con los músculos de Chitawas cubiertos de aceite de coco.

Los pasos de Hanne inician la marcha hacia nosotros; camina más lento que de costumbre, absorta, pero no se detiene.

Detrás de ella viene el intruso, que pese a la envergadura del músculo avanza con torpeza, asustado, y necesita una pausa cada dos escalones. Pero ¿por qué cojones viene? ¡Que se largue! ¡Joder, que se largue!

Al final llega Fulbright. El gran descubierto, el avergonzado y el liberado, que avanza con la adrenalina del susto, pero también con el alivio de poder vivir la vida que le piden el cuerpo y el escroto. Para ser quien siempre ha querido ser.

Nosotros les esperamos de pie, tensos. El silencio es casi insoportable. Los niños se cogen de las manos agarrados a mi alrededor, como si previesen lo que está a punto de ocurrir. El veredicto que les cambiará la vida para siempre.

Después de lo que me parecen noventa años de espera, los tres se plantan por fin en lo alto de las escaleras. Los tres, uno al lado del otro, dispuestos en el rellano donde está la mesita del correo y los papeles importantes. En la mesita en la que hemos sido todos tan felices: donde recojo los DVD de Netflix y robo los *The New Yorker* antes que nadie; donde Hanne y Ful se han despedido de sus hijos cuando se han ido al colegio durante tantos años y se han dado un beso cotidiano pero siempre dulce de buenos días. Este mismo rellano en el que los Bookland han dado por sentado que la vida siempre sería fácil, intelectual y libre de actores porno, ahora está visto para sentencia.

Hanne gana puntos por momentos. Qué mujer, qué calma más admirable, la mirada fija y decidida, la humedad de los ojos controlada a niveles de heroína americana. Wonder Woman. Chitawas baja la cabeza, esta tensión y esta vergüenza no la aguanta ni su musculatura chutada de Winstrol. Le sudan las manos y entrelaza los dedos con tics nerviosos. Quién le ha visto en pantalla y quién le ve ahora. Quizá si llevase los calzoncillos luminosos o pudiese gritar «¡Machupichote!» otro gallo le cantaría.

Fulbright, intoxicado por la pasión que siente hacia el actor, no demuestra vergüenza ni remordimiento. Es más, levanta la barbilla en un gesto orgulloso y le rodea los hombros con el brazo. ¡No puedo abrir más los ojos y echar la barbilla hacia más atrás para mostrarle que roza la locura! Pero ¡qué hace! ¿O quizá tiene una estrategia y sabe qué está haciendo? Quizá sea mejor así: corte limpio.

Bookland padre se dispone a iniciar el discurso, pero antes llama a Conchi, como parte de la familia, para que participe de este nuevo comienzo.

Conchi sale de la cocina con la cabeza gacha, intentando descifrar la complicada técnica de la atadura de chaqueta de taekwondo, mientras sigue el inacabable repertorio de insultos colombianos. «Eh, ave maríaaa, qué chaqueta tan berraca». Cuando consigue que el cinturón pase por la segunda presilla, levanta la cabeza para darse cuenta de que hace rato que la esperan siete cuerpos tensos.

Pasea la mirada sin entender qué sucede. Observa a los niños y deduce el drama. Lee la humedad en los ojos de Hanne: pese a la fortaleza vikinga de la mujer, están a punto de saltársele las lágrimas. Conchi continúa el escrutinio hacia Fulbright, a quien no hace mucho caso… hasta que se detiene en el intruso musculado.

Es muy rápido. Conchi identifica algo tan poderoso que en apenas un segundo deja de ser la mujer a la que todos conocíamos.

¿Conchi también ve porno desde el ordenador de Ful? ¡No puede ser! ¡Esto es increíble!

La alegría es evidente. Dejan de dolerle los huesos. Ya no hay menopausia ni sofocos ni insultos. La nostalgia que arrastra cada día y a cada paso de su vida acaba de evaporarse. Federico Chitawas no levanta la cabeza, la vergüenza le pesa más que a Fulbright, pero aun así Conchi se le acerca para comprobar que lo que ve es real.

Pero ¿qué hace? ¡Qué osadía!

Conchi alza los brazos, aún cubiertos por las mangas del quimono, y palpa las mejillas del hombre con las manos.

Nadie dice nada. Nadie entiende ni pregunta nada. Ahora que lo pienso, no sé si me imagino a Conchi viendo porno a escondidas.

Chitawas alza por fin la mirada y confirma lo que Conchi temía. Le conoce. Pero la mirada va infinitamente más allá de como se mirarían dos meros conocidos. El aura que los envuelve es cálida y enorme. Chitawas llora.

¡NO PUEDE SER! ¡AHORA LO ENTIENDO!

—Ya estoy aquí, mamita querida…

La familia de los amantes
y los amantes de la familia

El encuentro es animal.

El abrazo es tan profundo que si emitiese luz iluminaría todo el estado de Georgia. Sus cuerpos encajan con una urgencia tan desesperada como lo harían dos personas antes de morir, o dos personas que se han reencontrado después de otra vida. El único abrazo que puede surgir de una madre y un hijo después de una tormenta que les ha separado durante quince años.

El amor se propaga y lo inunda todo.

Hanne intenta contenerse, pero las lágrimas le brotan sin medida. Como me brotan a mí y a Fulbright.

Conchi y Chitawas intentan hablar entre la conmoción del sueño hecho realidad, con una felicidad irrepetible.

Pero... a ver... no puedo creerlo: el hijo de Conchi es el amante de Fulbright. Conchi es la nueva suegra de Fulbright. Estoy en una telenovela sudamericana.

—¡Ya lo tengo! —El grito de Eva corta la escena como un cuchillo de carnicero. La revelación—: ¡No conozco a este hombre de Springer ni del Starbucks! ¡Este hombre es el que sale en la pantalla de papá! ¡En el porno!

—¡Eva! —Le tiro del brazo y la tensión de la infidelidad vuelve a apoderarse de mí.

—¿Cómo? —Hanne busca respuesta entre mocos y lágrimas.

—¿Lo ves? —prosigue Eva—. Es el que lleva esos calzoncillos que hacen luz y que...

—¡Eva! —Fulbright me mira indignado mientras gestiona la imagen de su hija de ocho años delante de la pantalla de su ordenador—. Ya hablaremos luego.

—Pero ¿qué quiere decir eso? —Hanne sube el tono.

—Hanne, de verdad... —Fulbright se sonroja—. Te he pedido que lo hablemos luego, que ahora...

—Papá y Chitawas... ¡Papá y Chitawas son amantis! ¡Como los de Jerry Springer!

La frase de Bini, que no entiende ni él, cae como una bomba nuclear en el salón del 2651 de River Oak Drive.

El encuentro madre-hijo se ve fulminado por la sentencia de un crío de cinco años que ha creado un impacto opuesto a su medida. Fulbright está al borde del desmayo.

—¡Bini! Por el amor de Dios, pero ¿qué dices?

Fulbright está muy nervioso. No entiendo de dónde se lo ha sacado Bini.

—Bini, ¿por qué lo dices? —Hanne busca explicaciones, pero no las encuentra—. ¿Y por qué estás tan nervioso, Ful?

—¡Este niño está loco! —grita Conchi—. ¡¡¡Loco!!!

—No está loco —intervengo en defensa de Bini—. Yo lo vi. —Mierda.

—¿QUÉ? —Hanne se agarra a la barandilla, a punto de caerse por las escaleras.

—¡¡¡Sí!!! Es Machupi... —Eva no puede verlo más claro.

—¿Qué quiere decir «porno»? —pregunta Bini.

—¡Rita! ¡Explícate! —Hanne me mira con desesperación, pero ya es demasiado tarde.

—Pues... —Me quedo paralizada—. No creo que sea yo quien deba explicarlo...

—¡Rita! Pero ¡¿qué dices?! —Fulbright tiene los ojos inyectados en sangre.

No puedo con tanta presión y no veo más salida que la verdad.

—Pues que además de lo del… del ordenador… os vi entrar juntos en el hotel Marriott y…

—Dios mío, necesito sentarme… —Hanne palpa la pared.

—Y, sinceramente, no creo que sea tan grave…

—Rita, ¿qué coño estás diciendo? ¿Que sea grave el qué? —El pelo despeinado de Fulbright, los ojos, los colmillos.

—¡Que seáis amantes! ¡Si acabo de decirlo!

—Pero ¿le has ayudado porque es tu amante? —Hanne se deja caer en la silla.

—Rita, ¿te has vuelto loca? ¡Claro que no! —Ful da un puñetazo a la mesita donde dejamos el correo, que se agrieta.

Se ha hecho sangre. La sangre le brota del brazo. Gritos. Tensión máxima. Y de repente silencio.

Pienso en cómo me gustaría ahora mismo estar en el Aroma tomándome un planchadito de longaniza. O un vermut en Barcelona con mis amigas, en la plaza del Sol. Con aceitunas y berberechos y salsa Espinaler.

—A ver…

Fulbright se apoya en la pared de lo alto de las escaleras. La tensión empieza a convertirse en derrota. Conchi le cura el corte y le venda la mano. Chitawas está flipando.

—Por favor, dejad que me explique. —Respira de forma exagerada, con la boca abierta, como le enseñaron en aquella clase de yoga. Inclina la cabeza hacia atrás y empieza el que probablemente sea el discurso más trascendente de su existencia—. Hace ocho meses que gestiono el visado de Federico para que pueda venir a Atlanta con su madre. —Silencio—. Pero no se lo he contado a nadie. Lo he llevado en silencio absoluto para no crearle ilusiones a Conchi y para no poner en peligro la inmaculada carrera de mi queridísimo suegro. Pero como es imposible conseguir un visado en este puñetero país, al final pagué para que Federico entrase aquí de manera ilegal. Sí. —Mira a Hanne—. Ilegal. Pero hace unas semanas por fin le conseguí un contrato que firmamos en una habitación del Marriott —me mira menos rabioso de lo que debería estar—, sí, en el Marriott, en un hotel, para que no nos reconociese nadie... Sobre todo porque este hombre de aquí, efectivamente, es una puñetera estrella del porno sudamericano.

—Bueno, también lo soy en Polonia y en República Checa... —Chitawas ve necesario dejar claro que su público es vasto e internacional.

—¿Qué quiere decir «porno»? —vuelve a preguntar Bini. Se está comiendo una golosina reseca y parece que no le importe que nadie le conteste por tercera vez.

—Estoy tan orgullosa de ti, mijito... —Conchi no puede dejar de abrazarlo.

—Y lo he hecho en secreto —prosigue Ful— para que no pasase lo que acaba de pasar: que mi mujer se diese cuenta de que había ayudado a un ilegal. Que pensase que esto afectaría a la carrera política de su padre. Que por la *logística* —lo dice en latín— del asunto, pareciese lo que no es. Pero Rita, aparte de ser nuestra querida au-pair, también ha resultado ser el puto Sherlock Holmes.

—Lo... lo siento mucho... —El riego sanguíneo por fin me ha llegado a la cabeza y me permite articular una disculpa que jamás llegará a la altura de lo que se merece.

—Amor mío —Hanne se levanta de la silla—, nunca habría imaginado que me alegraría tanto de que trajeses a un ilegal a casa.

—O sea —Eva necesita aclararse—, que papá ha ayudado al hijo de Conchi a entrar en el país y ha conseguido que estén juntos. ¿Eso es ilegal? ¡¡¡Pero si es su hijo!!! ¿No somos demócratas?

—¿Y eso qué tiene que ver? —se indigna Aksel, que ha logrado hablar después de una hora de múltiples parálisis cerebrales.

—Señor Bookland —Conchi ha vuelto a la embriaguez de felicidad y llora—, nunca en la vida podré pagarle lo que ha hecho por mí y por mi hijo. Todos estos años soñando con este momento y ahora usted me lo trajo aquí, en carne y hueso. —Carne—. Me dio usted la vida. Me lo dio todo. ¡Se ha ganado el cielo! Así que no sufra, porque Dios lo acogerá en su reino..., aunque sea usted gay.

Cuando vuelve a oír la palabra «gay», cuando se da cuenta de que todos los años de cátedra y de didáctica del conocimiento no le han servido para explicarse, Fulbright se rinde. Abandona la estabilidad de su cuerpo, largo y estrecho, y se deja caer al lado de la mesita del correo, ensangrentado, atrapado en un cansancio fulminante. Y desde el suelo espera que, aunque ya no le salgan las palabras, su familia entienda que puede que vea porno, pero no ve el porno de Chitawas. Que lo único que quiere ahora mismo es coger la biografía de Carl Friedrich Gauss, el príncipe de las matemáticas, y acabar tranquilamente el capítulo de la geodesia. O jugar otro partido de tenis mediocre y fingir que le importa perder. Solo quiere una tarde normal. Una tarde sin sorpresas ni el anonimato ni la adrenalina de la clandestinidad. Porque lo único que quería Fulbright era ayudar. Reunir a una madre y a un hijo. Y que aunque parezca que da igual lo que él tenga que decir al respecto, su familia entienda que ni es gay ni tiene un amante.

Los sueños de Lola

El esplendor de *Las cuatro estaciones* de Vivaldi hace que vuelen las cortinas de todas las ventanas de la casa de John. Fuera, un ejército de floristas, jardineros y paisajistas reparten el verano en carretillas a rebosar. Philipp dirige la orquesta con la espalda recta y el sol primaveral reflejado en la gomina que le mantiene el pelo detenido en el tiempo.

Contemplo el espectáculo desde una terracita privilegiada. Me tomo un café con leche y retiro las capas de un cruasán que podría haber venido tranquilamente de la Rue Montorgueil de París. Parece imposible. Tanta exuberancia estética, tanta coherencia musical, tanta mantequilla en los dedos. Pienso que no sé por qué no he venido más veces a desayunar aquí, o por qué no me mudé directamente el primer día que entré descalza, con el tupé moldeado por el sudor y las piernas llenas de tierra batida. Un jardinero empieza a podar un arbusto tomando el ejemplo de una figura impresa en un papel.

Faltan veinticuatro horas exactas para la entrega de premios de *The Georgian*. Piedmont Park recorta el cielo a lo lejos y mañana estaré justo al otro lado del skyline, esperando sentencia literaria. Cierro los ojos y repaso algunas de las frases de la redacción. Creo que son buenas, pero no sabría decir si lo bastante buenas para ganar. Creo que sí. O quizá no. Sí, creo que podría ganar el concurso. Imagino lo que debe de ser ver mi texto publicado en papel, las palabras impresas, el nuevo sueño. Voy a buscar otro cruasán.

Habrá unas cuarenta personas poniendo en solfa los jardines de la casa. Están por todos lados, incluso hay algunas arreglando el pequeño aparcamiento de Lola, donde ella espera, bonita e impoluta, la próxima aventura. Hanne me envía un mensaje más austero de lo habitual para decirme que hoy no hace falta que vaya a buscar a los niños al colegio. La calma seca después de la tormenta. Aún tengo resaca de Chitawas. Aturdida por la culpa pero contenta porque, después de inmigración ilegal y porno y sangre, a todos nos quedase una sensación de justicia y de amor que lo eclipsó todo.

Día libre. No se me ocurre un lugar mejor en el que invertirlo. Hago un nuevo viaje a la cocina para coger un capuchino con extra de espuma, y cuando vuelvo parece que la figura que se esculpe sea humana. En lo alto de la pequeña colina, cruzando el límite de este mundo de maravillas, por fin llega John. Vaqueros y camiseta y el escote y el vello.

Lo miro y pienso que nunca encontraré a nadie que me fascine tanto como este hombre, tan hermético, tan maravillosamente complejo y vulnerable. Lo miro y me entran ganas de llevar camisetas blancas sin sujetador, de ser muy europea, de fumar cigarrillos dramáticos delante de una luz de vapor. John es París y es Nueva York. Es vivir en un mundo de fotos de La Habana en blanco y negro, de clubes de jazz clandestinos, de escaleras de madera estrechas y viejas que abren la puerta del ático más bohemio de todos. John sería algo así como la esencia de la vida.

Rodea al jardinero por los hombros, me señala y sonríe.

—No serás tan cutre como para hacer un arbusto de mí, ¿verdad? Aunque, por otro lado, no se me ocurre una idea mejor.

—Ya te gustaría. —La terracita se llena de aromas de madera y de tierra—. ¿Te quedas a comer?

—Y a cenar.

Me da un beso en los labios más largo de lo que esperaba.

Me paso la mañana en la terracita, hablando con él, leyendo los *The New Yorker* pendientes y viendo como la casa, poco a poco, se convierte en un cuadro de Seurat.

—Mi receta de *vichyssoise* es la original. —Philipp prepara la cena y John y yo le escuchamos sentados muy juntos al otro lado de la barra—. Es decir, la receta que Louis Diat cocinó en el Ritz de Nueva York, inspirada en cómo enfriaban su hermano y él la sopa de puerros y patata con leche fría. Así nació la sopa en los años cuarenta, este es el origen real, las demás versiones son falsas. Y le puso este nombre porque él era de Vichy.

John me estrecha la mano, burlón, ante el orgullo con el que Philipp cuenta la historia. Aprovechamos que se da la vuelta para besarnos. Llaman a la puerta y por fin nos quedamos solos. Y como si fuésemos dos adolescentes que hacen pellas, nos damos besos que me transportan al Ritz de Nueva York y a los veranos de Francia. El olor de la *vichyssoise* se mezcla con el primer perfume del verano, que se acerca y entra bailando con el vaivén de las cortinas. Philipp vuelve a la cocina y John me coge la cara con las manos para darme un último beso.

—Pero hay algo más importante que la *vichyssoise* de Louis Diat, darling —continúa Philipp como si no se diese cuenta de lo que hacemos—: ¿ya has decidido si te quedas a vivir en Atlanta?

Ganar

Hileras de instrumentos dorados desfilan al hombro de soldados que tocan al unísono sobre una hierba impoluta. Unas cheerleaders tejen una coreografía tan precisa como la lista de clichés cumplidos. Cientos de familias orgullosas llegan desde todos los rincones del país con lágrimas en los ojos para ver a sus brillantes descendientes lanzar el birrete por los aires mientras yo lo observo todo con una envidia y una añoranza terribles.

Por fin nos toca a nosotros, los últimos monos de Georgia Tech. El momento de la verdad en que uno de nosotros, entre casi doscientos participantes, conseguirá infiltrarse entre la élite y ocupar una página en la publicación más prestigiosa de todas: *The Georgian*.

Filas y filas de sillas blancas ocupan el césped de la explanada más grande del campus. Mi clase de escritura creativa se reparte en cinco filas; Tek Soo está sentado a mi lado, contento y expectante. Lo miro y pienso en el camino que ha recorrido hasta ahora. Recuerdo el día que lo conocí, con la cara como un tomate y la mirada a rastras por el suelo, hasta este momento, que me devuelve la sonrisa con total confianza, y la piel le brilla con un tono maravillosamente pálido. A su lado se sientan los chinos, que ríen y se abrazan con las venezolanas.

En el escenario están todos: el rector de la universidad, la directora de la escuela de idiomas, Roberta, los representantes de *The Georgian*, y también los del otro periódico, *The North Avenue Review*, el que alguien describió como el primo fumeta de *The Georgian*.

Y en uno de los extremos del escenario, camuflado con un sombrero de panamá, él.

Trompetas. Tambores. Comienza la ceremonia.

Las apariciones institucionales son cortas e intensas, llenas de ilusiones, compromiso y futuro. Yo siempre floto con estos espectáculos inspiracionales.

Miro de nuevo alrededor con la esperanza de que Fulbright y Hanne hayan cambiado de opinión y vengan con los niños. Pero no los veo.

Esta mañana no he podido disimular cuando, aún fuera de combate por el shock de oír la palabra «amante» saliendo de mi boca, la señora y el señor Bookland se han inventado una excusa barata para quedarse en casa. No sé si es castigo o vergüenza, pero la cuestión es que no han venido. Y me lo merezco.

Así que estoy sola. Sin yaya, sin padres ni hermano y sin familia adoptiva, esperando la victoria o la derrota que más ilusión me ha hecho en la vida.

Roberta habla en último lugar. Su discurso es un compendio de poesía, aventura y hostia de realidad. Muy de su estilo. Pero sobre todo de aventura. A diferencia de los demás, no cita a ningún presidente americano, lo que encuentro especialmente elegante, y en algún momento recuerda que «escribir no nos hará ricos, pero nos hará volar más alto que nada». No ricos. Volar. De acuerdo.

Acaba con la mayor ovación y ofrece una sonrisa que ilumina al público, hasta que por fin da paso al momento de la verdad: la Champions League de los Juegos Florales.

Me levanto otra vez y miro a un lado y al otro en busca de los Bookland. Nada.

Para entregar el premio, el rector y Karen Tucker se levantan para acompañar a Roberta. Habla Karen. Estoy tan nerviosa que las palabras se apagan y se transforman en un «piiip» larguísimo e ininteligible. El discurso es corto y directo, y el anuncio es inminente.

No oigo lo que dice, pero una cosa está clara: las tres miradas se clavan en mi silla y Roberta está muy contenta.

Me quedo congelada. No puede ser.

¡Es imposible! ¡Lo sabía! ¿He ganado? ¡He ganado! ¿De verdad? ¡Pero si incluí la frase «cómo le gusta la zanahoria al conejo de mi novia»!

Poco a poco el discurso vuelve a perfilarse:

—Por el dominio remarcable de una lengua extranjera, por la elegancia y la inteligencia —¿elegancia e inteligencia?—, por su humildad —¿¿¿humildad???— y por poner de manifiesto en estas páginas un talento difícil de obviar: el premio al mejor texto literario para la edición especial de *The Georgian* es para: Tek Soo-Oh Rangman.

Patapum.

Mi caída vendría a ser como el primer descenso del Dragon Khan. Bajo en picado, con el estómago en la boca, un poco de babilla que me llega a la frente, me trago el grito y justo antes del suelo recojo un pelín de dignidad para volver a subir.

Aplaudo, primero por inercia, pero muy rápido por convicción, porque la verdad es que me hace mucha ilusión. Aplaudo mucho. Me levanto la primera y aplaudo tanto que gitaneo. Flamenco. Lola Flores.

Tek Soo se lo merece. Sus historias siempre resuenan a países lejanos y días antiguos; y los personajes son misteriosos y apasionados. Además, su abuelo era ninja. Y, claro, ¿quién coño puede superar a un abuelo ninja? Mi yaya era la reina del mambo, pero no sé si llegaría a ser capaz de hacerle justicia sobre el papel. De convertirla en un personaje atractivo… Sobre todo teniendo en cuenta que no era ninja.

Tek Soo me abraza tipo «abrazo de primera dama» y enfila el camino de la victoria. El tono beis y saludable de su piel se ha ido a la mierda y sube al escenario con la cara como un pavo.

Las autoridades le entregan el premio con un aplauso glorioso. Todo el mundo en pie. Este premio es más bestia de lo que pensaba.

Al borde del escenario, recluyéndose en un calculado segundo plano, John hace rato que me observa lleno de orgullo; sabe perfectamente que no he ganado, pero me mira como si lo hubiese hecho. Le devuelvo la sonrisa; el sol me ilumina el cabello y me produce reflejos de color caoba, y coincidimos con la belleza del momento, las fotos de La Habana en blanco y negro, los cigarrillos dramáticos a contraluz, París.

La ceremonia acaba con abrazos abundantes. Ahora el de Tek Soo es tan fuerte que me levanta del suelo. Pienso que qué día tan bonito, y qué sol y el rímel corrido.

Abandono mi fila y me dirijo al escenario para dar las gracias a Roberta y para ir a buscar a John.

Pero de pronto el tacto de una mano pequeña y tierna que reconocería entre un millón de manos me detiene.

Bini me abraza fuerte a la cintura y me mancha la camiseta de chocolate. Después llegan Eva y Aksel, y no me lo creo y les abrazo todo lo fuerte que puedo. Detrás de ellos, las figuras de Fulbright y Hanne observan la escena con la misma alegría. El abrazo es largo, y sé que me lo quedo para siempre.

—¡Guau! —Una voz con un swag descomunal entra en escena—. ¿Así que estos son los niños a los que cuidas?

Me vuelvo para descubrir al emisor del mensaje y me encuentro al chico que nos hizo el tour por el campus a principio de curso. Le acompañan dos chicas, más institucionales pero con el mismo swag descomunal.

—Sí… estos son mis niños… —respondo, sin entender qué quiere decir.

—Creo que no nos han presentado personalmente —el chico me tiende la mano—, me llamo William Hernandes. Y ellas son Anne Comenge y Clarianne Carré.

—Encantada. Soy Rita Ra…

—Rita Racons —me interrumpe Anne—. Te conocemos.

—¿Cómo?

—Rita, somos el equipo editor de *The North Avenue Review*. No somos tan prestigiosos como *The Georgian*, pero igual de rigurosos y mil veces más irreverentes… y más divertidos.

—¡Sí, sí! ¡Claro! Os conozco… Os leo siempre. —Los niños observan la conversación como si fuese la final de Wimbledon.

—Rita —William modula el swag y se pone solemne—, hemos leído tu texto y nos ha gustado mucho. Hemos venido a preguntarte si nos permitirías publicarlo en papel en el último número de *The North Avenue Review*.

La casita del árbol

No imaginaba que desde aquí alcanzaría a ver el campo de girasoles donde he acabado esta mañana en la bici, cuando iba de camino a visitar mi muro de piedra favorito. He pasado bastante rato en el campo, tumbada en el suelo mirando el cielo, intentando entender cómo había más de cinco girasoles que en lugar de mirar al sol se miraban unos a otros. Supongo que ser girasol tampoco es fácil.

La voz de Bob Dylan sale por la ventana de mi habitación y se mezcla con los cencerros de las vacas de Antònia; y pienso que me parece raro entender todas las palabras en inglés de Bob Dylan sentada aquí, en la azotea, con el ruido de los cencerros de las vacas de Antònia.

—¿Rita? —Mi hermano asoma la cabeza entre las cortinas de la puerta de entrada a la azotea con falsa indignación—. Mamá pregunta si prefieres arroz negro o fideuá para comer. Y que conste que solo te lo pregunto porque no hace ni una semana que has vuelto, pero esta tontería de decidir el menú a tu gusto se nos está yendo de las manos.

—Arroz negro. Y yo también me alegro de estar de vuelta.

—Hago la mueca del periquito con resaca, él hace la del oso hormiguero que va caliente.

—También dice que deshagas la maleta de una vez, que se

te pudrirá la ropa y se te arrugarán esas postales cursis que te escribieron tus amiguitos yanquis.

Se me llenan los dedos de purpurina con la primera postal que revivo. Y me río porque la que más brilla es la del unicornio de Conchi y Chitawas, que compite muy de cerca con la de Mrs. Gee, que, menuda sorpresa, es una bandera americana de dos palmos por dos palmos que cuando la abres hace sonar el himno nacional.

Su postal promovió uno de los momentos estelares de la fiesta. Hacía poco que había llegado, todavía estaba en shock por la sorpresa, por los gritos, por el despliegue de gente y sangrías y otras recetas mediterráneas que todo el mundo había preparado para la ocasión —¡también había longaniza!—, recetas que se repartían por media docena de mesas que iban del comedor a la cocina y llegaban fuera, hasta el jardín de casa.

Los Bookland se encargaron de que no faltase nadie. Por supuesto, vino todo el barrio de Leafmore: niños, padres, amigos de tenis, amigos de piscina, el pastor Paul vestido de Michael Jackson, y toda la gente que, según Ful y Hanne, «habían dicho explícitamente que querían venir a tu fiesta de despedida en caso de que al final decidieses irte».

Eso también incluyó a Mrs. Moore, la maestra de Bini, y a todos mis amigos de Georgia Tech: venezolanas, chinos, Tek Soo... ¡Karen Tucker incluida!

¡Incluso apareció Andrew con un surtido de dónuts inéditos del Starbucks!

Roberta llegó más tarde. Venía con la maleta hecha y el pasaporte en el bolso. «Eres mi primera escala del viaje más largo del año —dijo—. ¿Ves? Ser profesora son todo ventajas». Me explicó todos los países que visitaría, incluidos un par que no había oído nunca. Intercambiamos direcciones, me dio un abrazo larguísimo y se fue.

Eso sí, estoy segura de que si dentro de diez o veinte o treinta años me piden que recuerde un momento que me haya marcado la vida, la vida en general, es muy posible que recuerde la alegría que sentí cuando vi que se abría la puerta de casa… y aparecía Six.

Habíamos quedado en que volveríamos a encontrarnos en Barcelona al cabo de dos meses, pero la tía voló las cinco horas que hay de Seattle a Atlanta para verme la cara. ¡Y la tuvo, claro que la tuvo, mi cara! «Además —dijo—, que esté enamorada y agilipollada perdida no quiere decir que pierda la oportunidad de volver a ver a todas las venezolanas juntas… Y además, además, tenía muchas ganas de verte».

No me lo podía creer… Fue increíble.

Según el algoritmo espaciotemporal de Aksel, llegamos a ser setenta y ocho personas, que creo que fue cuando Mrs. Gee pidió a todo el mundo que guardase silencio; ese fue el momento estelar. Abrió la postal y me dijo que le haría muy feliz que cantase el himno de Estados Unidos de América.

En ese instante me daba todo igual, porque estaba en pleno subidón de alegría sin precedentes, así que levanté la longaniza a la que por fin había conseguido echar mano y comencé a cantar: «Oh say can you seeeeeeeeeeeee» y chan y chan, «whose broad stripes and bright staaaaaaaaars» y tatatachán, y dale que te pego, hasta que el resto de la comitiva no pudo resistirse —estamos hablando de americanos resistiéndose a cantar el himno de los americanos—, y aquella bonita tarde de verano se convirtió en una bonita escena digna de *American Pie*.

¡Qué gran fiesta!

A lo largo de mi vida habré preparado una quincena de fiestas sorpresa y, ahora que he estado al otro lado, como protagonista, tengo que decir que la experiencia es brutal.

Pero la realidad es que aquello no fue una fiesta sorpresa. Aquella tarde celebramos mi salto al vacío, un salto que se fundamentaba en una sensación nueva difícil de describir, pero que sentía con mucha fuerza en mi interior.

Quería escribir, y sabía que para aprender a escribir bien debía hacerlo en mi lengua —había encontrado una escuela de escritura en Barcelona, el Ateneu Barcelonès, de fama internacional y que ofrecía todo lo que quería hacer en aquel momento—, pero no sabía si el resto de la humanidad entendería que me hubiese decantado por ese deseo, escribir, marcharme. Y cuando decía el resto de la humanidad me refería a John.

John estuvo en la fiesta desde el principio, al lado de Philipp, Michael y Samantha. Fueron los primeros a los que vi. Cuando bajamos del coche y los niños subieron las escaleras corriendo, les seguí sin entender a qué venía tanto alboroto hasta que abrieron la puerta de casa y la multitud estalló en un grito.

Durante toda la tarde pasó tan desapercibido como pudo, y al mismo tiempo ejecutaba su papel alegre y comprometido de vecino ejemplar. Pero a los ojos de las mujeres del barrio (y de los hombres del barrio) su imagen transcendía, como siempre, como un male fatale provisto del toque siempre irresistible de misterio y promesa. Pasé por un par de conversaciones en las que se especulaba acerca de los nuevos motivos que habían separado a John de su familia, extremándose hasta hipótesis terribles, pero que se detuvieron en seco al verme. El hecho de que hubiese decidido irme calmó los rumores que corrían sobre qué teníamos él y yo, pero eso no quería decir que no continuásemos siendo buenos amigos (¿eso éramos, buenos amigos?).

La fiesta pasó rápido, demasiado rápido. Six se quedó hasta el final —incluso después de que se fueran las venezolanas— y dijimos que volveríamos a vernos cuando acabase su ruta de amistades de Atlanta.

Me estaba despidiendo de Prrr y Brrr, y la fiesta acababa con los restos del pa amb tomàquet, de las tortillas de patata, las croquetas y las paellas. Y, por supuesto, algún taco mexicano. Entre tanto, deambulaba intentando asimilar el esplendor y la generosidad americanos, todo el amor que había recibido, mucho más de lo que habría imaginado nunca, y el móvil no paraba de sonar con mensajes protocolarios que sentía de verdad, como había sentido de verdad cada uno de los abrazos que me decían que Atlanta y el barrio de Leafmore siempre serían mi hogar. Y mientras me acababa una copa de cava, llegó un mensaje que sobresalía entre todos:

Te espero en el jardín, en la casita del árbol

La inercia de las palabras me recorrió el cuerpo con electricidad. Y no sé si sería el cava, la sangría o la ironía, pero en lugar de —como mínimo— entrar en shock, me eché a reír a carcajadas.

—Pero… ¡¿tenemos una casita en un árbol?! —grité.

—¡Sí! Me dejé los riñones construyéndola —contestó Ful desde la cocina, medio borracho—, pero, como te puedes imaginar, ¡los niños no le han hecho nunca ni puto caso! —Sí, Ful decía «puto» y no se escondía.

A continuación, Fulbright y Hanne se miraron. Era evidente que habían follado más de una y de veinte veces en la casita del árbol. Pero ese día se miraban porque por fin lo habían conseguido: su casa se había convertido en el centro neurálgico de la fiesta del barrio de Leafmore. Y había sido una fiesta cool. Muy cool.

—Incluso —mentí mientras dejaba que la última copa de cava se rindiese a la gravedad sobre mi lengua— Prrr y Brrr me han dicho que se lo han pasado mejor hoy que en la última fiesta de John.

Al oír aquello, Ful no se contuvo más: abrazó a su mujer y le dio un beso tan intenso como los que le había dado durante las primeras semanas de noviazgo en el campus de Harvard, cuando descubrían juntos los *Fragmentos* de Heráclito y paseaban por Cambridge cogidos de la mano, como pasearon Oliver Barrett IV y Jennifer Cavalleri en aquella novela preciosa titulada *Love Story*.

Al fondo del jardín, más allá de la valla que delimitaba la propiedad, había un caminito. Era un caminito de novela de misterio, de esos que aparecían entre los arbustos, y el rastro se difuminaba a causa del polvo y el paso del tiempo. ¿Y qué encontramos al final de los caminitos de las novelas de misterio? Más misterio.

La incógnita en cuestión era una casita de madera construida en lo alto de un árbol, de geometría y acabados milimétricos, envuelta por ramas de hojas verdes que le daban un toque de novela de verano.

Me detuve delante del tronco, hasta que el recuerdo me fulminó:

Una cuerda sale disparada desde el interior la casita y cae junto a los peldaños a una distancia calculada del suelo, solo apta para atrevidas. La cojo por la punta con ambas manos, decidida a escalarla, y la recorro con la mirada hasta encontrarme con él.

John no estaba borracho ni fumado. No llevaba la camisa desabrochada en el segundo botón ni le veía ese vello del torso que me hace salivar. Y llevaba calzoncillos: tema serio.

Aun así pensé que nunca me había parecido tan sexy como en ese momento, apoyado en aquella pared de madera que me traía recuerdos ancestrales de quien había sido yo hacía un año.

—Esperaré a la luz de las velas, en la casita del árbol de nuestros sueños.

Empezó así, con poesía y con la magia que transciende todo lo que dice por el mero hecho de existir.

—Guau, empezamos fuerte.

—Es poesía dendrológica barata, querida —señaló la cita escrita en uno de los tablones—, estos Bookland no dejan ni un rincón sin marcar.

—¿Sabías que existía esta casita? —le pregunté.

—No, pero una amiga me ha enseñado a fisgonear en las casas ajenas. Y vale la pena. ¿No crees que las casitas en los árboles esconden algún tipo de conjuro infalible?

Me reí. Las hojas del árbol entraban por la ventana que daba al arroyo y danzaban al caer. La luz del ambiente era de color lila, y John iba descalzo.

—Toma. —Me tendió un objeto pequeño envuelto en papel de periódico.

—¿Qué es?

—Un regalo.

Lo abrí. No lo había visto nunca, pero sabía perfectamente lo que era.

—Pero ¿es el famoso… con el que tu… tu… firmó el contrato con Coca-Cola?

—El mismo —contestó, impasible.

—¡Pero esto es historia nacional, historia mundial! ¡Debería estar en un museo!

—Madre mía, qué exagerada eres. Es un bolígrafo, Rita.

—Sabes que es altamente probable que lo pierda.

—No es más que un boli.

—Ya.

—Y escribe muy bien, por cierto. Espero correspondencia.

—Sabes que la tendrás. En cuanto llegue a Barcelona, te escribiré.

Un pájaro avanzó a saltitos ágiles hasta el final de la rama más larga. Lo observamos mucho rato, en silencio, y acabamos sentados, uno junto al otro, dándonos la mano.

—Nunca pensaste que me quedaría, ¿verdad?

John se ríe por lo bajo.

—Ni un solo momento.

—Como mínimo, espero que me eches de menos.

—Cada miserable segundo de mi existencia. —Se rio, pero lo dijo en serio.

Al cabo de mucho rato, cuando la luz ya era azul marino, John sacó la servilleta que le había escrito Juanito el de la Boqueria tantos años antes, aquel amanecer en que un plato de gambas de Palamós le salvó la vida. Y me la enseñó, no para dármela, sino para decirme que a la Boqueria, a ver a Juanito, tenía que ir él solo.

No fue una despedida exagerada. Primero porque las odio, pero sobre todo porque si algo estaba claro entre John y yo es que desde el día que nos conocimos nunca nos diríamos adiós del todo.

—Por cierto —le dije—, aún no sé cómo se llaman estos árboles, siempre he entendido que se llamaban «putas de río».

—Es que, Rita, se llaman «putas de río».

The end

Toda la familia Bookland caminó conmigo hasta el mostrador de Delta Airlines del aeropuerto, como un equipo indisoluble. Cuando la azafata nos vio se rio, pero no hizo preguntas. Era como si no pudiésemos separarnos, la necesidad de exprimir hasta el último segundo juntos, muy juntos, era mutua. Pero el final, cruel, había llegado.

—Hairy... —Bini no me ha soltado la mano desde que hemos entrado en el aeropuerto—, ¿sabes por qué los peces no cierran los ojos debajo del agua? Bueno, ¿ni fuera del agua?

—Explícamelo, Bini. —Y yo no quiero que me suelte la mano.

—¡Pues porque no tienen párpados, Hairy, por eso no los cierran!

—¡No! ¿En serio?

—¡Sí! ¡No tienen! Hairy...

—Sí, Bini...

—¿Cuándo volverás?

—Pues dentro de nada... —La punzada en el corazón es terrible—. No me habrás echado de menos y estaré de vuelta, ya lo verás. Mientras tanto, mira —abro la mochila—, te he traído un regalo.

Bini despega su manita de la mía.

—En esta libreta he anotado todas tus ideas de genio. Desde el primer día que te vi y me dijiste que los policías también deberían ofrecerse como taxistas porque siempre llevaban el coche vacío y seguro que iban al Rock'n Taco.

—¿Y la del papel del váter que hace luz también?

—También. Todas, Bini. Las he anotado todas. —Bini repasa la libreta con mucha atención—. Pero, como ves, aún quedan páginas en blanco, y espero que cuando vuelva las hayas llenado. Aunque te parezcan ideas pequeñas o imposibles, da igual: escríbelas, porque todas valen.

»Para ti, Eva, también tengo un regalo.

Eva lleva llorando desde que ha venido a despertarme esta mañana a mi habitación con unas galletas de plátano y fresa que nos hemos comido juntas en la cama.

Después de un año, he sobresalido en el control del cálculo logístico transatlántico, así que supe anticipar a la perfección la llegada del regalo que había pensado para Eva (llegó ayer a última hora de la tarde).

Eva arranca el papel entre la desgana y el drama, y se limpia los mocos con la manga. Es una prenda de ropa. A ella no le gustan los regalos que son ropa, hasta que descubre la sorpresa: una camiseta del Barça con su nombre escrito encima del número 6, el número de Xavi.

La emoción es mil veces mayor de lo que había imaginado. Las lágrimas se le secan de golpe, y grita y salta porque no puede creerse que tenga la camiseta oficial del club que ninguna niña de ocho años conoce mejor que ella. Se la pone y celebra la emoción como uno de los goles que ha revisado un millón de veces, de rodillas, con beso en el escudo, deslizándose por delante de la puerta de seguridad. La trenza que le he hecho antes de salir de casa es ahora un manojo de pelo desordenado más bonito que antes.

—Y a ti, Aksel —la emoción es enorme—, a ti te he traído esta Gillette. Que el año que viene no puedes ir con ese bigote al colegio. ¿No has visto el mostacho que llevas?

Los Bookland se ríen y a Aksel le explota la cara de vergüenza. Se acerca y me abraza fuerte, y noto que ha crecido un poco más, y le huelo el pelo de vainilla seco y alborotado.

A Hanne y a Fulbright me gustaría decirles que ya podría haber llegado a su casa a los dieciocho años. Que su casa, como todas, tiene una parte de desastre, pero una parte infinitamente más grande de magia y de universo único y fantástico. Me gustaría darles las gracias por todas las palabras que no me han dicho, por dejarme encontrarlas sola; por todos los entre líneas y todos los silencios que me han llevado adonde quería. Gracias por los libros, por demostrarme que leer es mejor que no leer. Gracias por el tiopental sódico, por el Polevetsian dance y el *Humoresque*, por Aníbal, por Parménides y Empédocles. Por esta inercia que ya llevo dentro de querer aprender más y mejor. Pero sobre todo gracias por dejarme querer tanto a sus hijos.

Y no se lo digo exactamente así, pero les abrazo muy muy fuerte.

Desde el cielo, más que una ciudad, Atlanta es una explanada frondosa e infinita de naturaleza verde. Kilómetros y kilómetros de árboles salpicados por lo que desde aquí parecen pequeñas cicatrices, centenares de ciempiés. Cada corte es una calle, y en el extremo de cada punto hay una casa.

Conozco una de esas casas. Es de color azul y está al final de una cul-de-sac. Aparte de las ardillas que trepan por los troncos, por la calle no pasa mucha gente, pero da igual, porque en verano puedes tumbarte en el porche con los brazos abiertos y oír el sonido de los grillos mientras la madera vieja te calienta la espalda. Las noches de invierno, los vecinos llegan temprano a casa, y puedes observar la vida al otro lado de las ventanas sin cortinas en una penumbra de colores beis.

Conozco una de esas casas. Es de color azul, y dentro hay tres niños que viven entre enciclopedias, circuitos eléctricos y reproducciones de batallas históricas. No siguen los patrones habituales de los niños de su edad, pero si te atreves a quererlos, pueden cambiarte la vida para siempre.

Como excepción, Hanne y Fulbright llevaron a los niños a la papelería para que escogiesen los materiales que quisiesen para hacerme la postal de despedida; por una vez podían hacer una postal que no fuese con material reciclado. Los niños escogieron material reciclado.

Como era de esperar, la obra estaba llena de información relevante y de hechos históricos contrastados. Pero también habían incluido viñetas de momentos que habíamos vivido juntos: el aparcamiento clandestino en el que Soul rapeó aquella noche prohibida. El cerdo y su pene desbocado (todos sabemos que Eva era consciente de lo que hacía). Una viñeta llena de perros idénticos —como Goldie— que había pintado Bini. La he leído cien veces y en cada ocasión descubro algo nuevo, como ahora, que me he dado cuenta de que el T-Rex por fin vive en una vegetación coherente con su periodo histórico.

La voz de Bob Dylan canta la última canción desde la ventana de mi cuarto, pero ya no se mezcla con los cencerros de las vacas de Antònia; la voz nasal asciende sola por la fachada de casa. Es hora de comer.

Respiro hondo; el olor de la ropa tendida se mezcla con el del arroz negro, las gambas y el alioli. Y cuando vuelvo a abrir los ojos, dispuesta a incorporarme para bajar a la cocina, me doy cuenta de que en el bolsillo de la maleta en el que guardé todas las postales hay una que no reconozco.

Me levanto para cogerla y descubro un sobre blanco sellado con saliva reseca. Lleva mi nombre escrito con una letra que reconocería entre todas las letras de todas las galaxias del universo.

De repente un flash: es la mañana que me voy. La yaya tiene la cabeza llena de rulos y me prepara todos los táperes para que me los lleve al aeropuerto. Los ancianos del pueblo esperan en el portal de casa para despedirse de mí. Antes de irme, una frase en el aire: «¡Y no te olvides de mirar bien todos los bolsillos de la maleta!».

Alp, julio de 2007

Del único viaje del que te puedo hablar, aparte de cuando tu padre me llevó a ver a la Pantoja a Barcelona, es de cuando me fui de las Casillas de Martos.

Me acuerdo de que era un martes (y ya sabes lo que dicen de los martes), pero me fui igual. Todo fue muy rápido. No alcancé a coger nada más que el bolso del domingo y cuatro perras, porque, si mi madre me llega a atrapar, me mata. No me dio tiempo ni de coger la foto de cuando canté en Málaga. Me fui sin nada nada nada.

Pero me acuerdo de cuando subí al tren sevillano. Me acuerdo de la sensación que tuve cuando me senté al lado de una jaula de gallinas. Cuando el tren arrancó y miré por la ventana. Eso no se puede olvidar nunca. Recuerdo el fuego que sentía por dentro cuando llegué a la estación de Francia de Barcelona y vi el humo y los cristales rotos, ¡y toda aquella gente!

Creo que sentí que podía volar. Fue muy impactante, pero no tuve miedo, porque los viajeros de verdad, los que viajan con el corazón abierto, no tienen miedo. Están demasiado ocupados con la endrenalina. Aquel día, por primera vez en mi vida, me sentí libre.

Yo no sé si habrá humo cuando llegues allí donde vas o si la estación tendrá los cristales rotos. Sé que a lo mejor piensas que tienes miedo, mi niña, pero no es miedo lo que sientes, ya lo entenderás con el tiempo.

Parece que hayan pasado mil inviernos desde que me fui de mi Andalucía. Pero cada día me acuerdo de aquel martes y cada día le doy las gracias a Dios por aquel viaje en tren. Porque aquel tren me llevó hasta mi familia, hasta tu hermano y hasta ti.

Nunca olvides lo que este viaje te va a hacer sentir, cómo te va a hacer volar, porque este recuerdo te hará tirar pa'lante muchas veces en la vida.

Disfruta del camino más apasionante de todos, Rita, el que te va a llevar hasta ti.

Buen viaje, mi niña.

Te quiere tu yaya.

NOTA: Cómete hoy las croquetas, que si no se van a echar a perder.

A mis dos yayas Natàlia

Agradecimientos

A Esther Rebull, mi greca, por mencionar la palabra «au-pair» por primera vez. A todas las chicas a las que conocí en aquellas salas enmoquetadas de Nueva York y que nunca leerán estas palabras. A Marta, por desviarse y traerme jamón. A todos los vecinos del barrio de Leafmore, que me abrieron sus corazones sureños y sus canchas de tenis. Al profesorado y los trabajadores de The Language Institute de Georgia Tech, mentes privilegiadas para descifrar los acentos más imposibles, como el mío. A todos los amigos que hice allí, donde la amistad se multiplica por mil. A Andre Castenell, el camarero del Starbucks que todo el mundo querría tener. A Alex Font, por inmortalizar Nueva York bajo el agua blanca y negra de las fuentes de Harlem. A todos los que leísteis los e-mails eternos sin acentos ni puntuación ni filtros. Muy en especial a Núria y a Alba Casamayor y sus compañeras del aula de informática.

A los profesores del Ateneu, que me hicieron seguir, sobre todo, por supuesto, al «muy notable» Melcior Comes. A Míriam, por el crédito de libre elección. A Joan Riambau, por abrir e-mails inesperados que acaban convirtiéndose en un libro como este. A Anna Jolis, mi primera editora, por enviarme el e-mail que más he esperado en mi vida y por creer tanto en esta historia.

A las mujeres increíbles de Frankie Gallo: Andrea, Judit, Pam, Anna, Cris y Cuba, por su enorme generosidad. A Alba, porque todos los viajes, en algún momento, me transportan a aquellos veintiún días. A mis hermanas literarias, Cinta y Aina, pero también a Clara y a Mireia. A las Chirlas, por estar ahí.

A toda mi familia, por animarme siempre desde una subjetividad maravillosa. A mis tíos, por cuidar de Nord mientras editaba a contrarreloj. A Antoni Bassas, por confiar en mi inexperiencia y por las anécdotas ovales. A Duncan, por el asesoramiento LGTBI+, a Jay, por la teoría de Bohr, a Neus, por la edición más bonita. A Ester, por esperar tanto el papel. A Blanca, sabia consejera. A Edu, por la ilusión.

A toda la gente de Betahaus, porque sin ellos habría acabado la novela cinco años antes, pero no habría vivido algunos de los mejores años de mi vida ni tendría material para la segunda.

A los compañeros de cuna y al equipo de neonatos de la Valldhebron que pasaron por el Box 21 mientras *Las bragas al sol* crecían al lado de Bruc.

A Ana Lozano, porque ya antes de conocerla las momias de Albacete eran para ella.

A Aurora Mena, mi arma, por encontrarnos entre el hielo y el fuego.

A la gente de la Cerdanya.

A todas mis amigas y amigos. Os echo de menos.

Índice